臺灣原住民文學選集

文論 一

孫大川 主編

目錄

總序：文學做為一種民族防禦

文／孫大川 paelabang danapan

一

介入書寫世界應該是臺灣原住民近半個世紀以來，最突出的文化現象。藉由文字書寫的形式，原住民終於能以第一人稱主體的身分說話，與主流社會對抗、溝通甚而干擾、豐富彼此的內涵，這實在是整體臺灣千百年來最值得讚嘆的事。我們終於能擺脫「半調子」的本土化口號，與島嶼的「山海世界」面對面的相遇。

原住民嘗試使用文字符號進行書寫，當然並不是現在才開始，早在和西班牙、荷蘭接觸的時代，即以拉丁羅馬拼音符號翻譯、記錄自己的族語。清代的漢語、日據時代的假名，甚至戰後初期國語注音的使用，都曾經是原住民試圖介入臺灣主流社會，渴望和外來者彼此認識、溝通的手段。可惜這些努力，都沒有形成一種結構性的力量，讓原住民的主體世界真實敞開。

對原住民或所謂少數民族而言，「介入」之所以困難，主要是因為介入的行動是兩面刃，是藉由離開自己來找回自己的一種冒險。原住民或少數者的聲音要被聽見，必須用主流「他者」的語言或符號來說話才行。說它是冒險，是因為這樣的介入極可能要付出自己文化、語言和認同流失的代價，清代的平埔族群就是明顯的例子，當代臺灣原住民面對著同樣的挑戰。不同的是，清代「土牛」界線的漢番隔離，以及日據時代特殊化的理蕃政策，使廣泛的中央山脈一帶和花東地區的原住民各族，即使到戰後，雖面對許多同化力量的衝擊，但仍大致保留了各自的族語、祭儀和風習。「介入」的風險雖然巨大，但底氣猶存。如何掌握臺灣內部政治、經濟、社會、文化和意識型態的變遷，以及國際大環境總體趨勢的發展，在夾縫中找回自己民族的能動性和創造力，正是這一代原住民族人共同的使命和實踐目標。

二

「介入」牽涉到許多不同的方面，也包含著各個不同層次的問題，文學創作當然是其中重要的一環。主體說話了，它是原住民自我的直接開顯，宣示自己的存在與權力。我們曾經說過，對原住民或少數民族來說，真正的介入是一種冒險，一種離開自己朝向他者的路。從目前有限的資料來看，具民族主體意識，藉他者語言說話的例子，並不是現在才開始[1]，早期受日文教育的泰雅族樂信·瓦旦、鄒族的高一生、卑南族的陸森寶、阿美族的黃貴潮（Lifok 'Oteng），以及戰後以漢語寫作的排灣族陳英雄（Kowan Talall）、鄒族的伐依絲·牟固那那、泰雅族的游霸士·撓給赫、魯凱族的奧崴尼·卡勒盛等等，都是藉他者的語言來說自己的故事。

一九八〇年代，原住民運動興起，接受比較完整漢語教育的原住民知識青年，有了更大介入書寫世界的實力。文學方面胡德夫、拓拔斯·塔瑪匹瑪、瓦歷斯·諾幹、莫那能、利格拉樂·阿𡠄和夏曼·藍波安等人，在文壇漸露頭角。不過，這段時期原住民的文學書寫大致上是零星的，也比較是伴隨政治運動的產物。一九九三年「山海文化雜誌社」成立，原住民文學的運動與隊伍，才逐漸以組織的型態集結、運作與成長。

1 這種語言混用的情況，在部落即興歌謠或所謂林班歌曲中，有著非常豐富的創作傳統，至今不衰。

我在一九九三年《山海文化雙月刊》創刊號的序裡這樣說：

「語言文字的問題，也是《山海文化》必須克服的難題。原住民過去沒有嚴格定義下的『書寫』系統，因此『雜誌』的呈現，對原住民原來的『言說』傳統，其實是一個極大的挑戰。通常，我們可以嘗試兩種策略：或用漢文，或創製一套拼音文字來書寫。《山海文化》的立場，願意並同時鼓勵這兩種書寫策略；而且為尊重作者本身所習慣使用的拼音系統，我們不打算先釐訂一個統一的拼音文字，讓這個問題在更充分地實踐、嘗試之後，找到一個最具生命力的解決方式。漢文書寫方面，在語彙、象徵、文法，以及表達方式的運用上，我們亦將採取更具彈性的處理原則。因為，我們充分理解到原住民各族皆有其獨特的語言習慣和表達手法；容許作者自由發揮，不但可以展現原住民語言的特性，也可以考驗漢語容受異文化的可能邊界，豐富彼此的語言世界。」

鬆開族語的顧慮，大膽介入漢語書寫，目的不是要拋棄族語，而是想激發原住民創作的活力。從現在的眼光來看，當時對語言使用的彈性策略，應該是有效的。《山海文化雙月刊》雖因經費困難而於二〇〇〇年停刊。但自一九九五年起至二〇〇七年止，「山海」共籌辦了七次原住民文學獎，其中兩次與中華汽車合辦，另五次皆由「山海」自辦。二〇一〇年之後，由於原住民族委員會的政策性支持，每年皆以標案的方式由「山海」承辦「原住民族文學獎」、「文學營」與「文學論壇」三項活動，至二〇二二年止共十三屆。二〇二三年之後，則由原住民族文化事業基金會續辦。

這一連串的文學推動措施，深化了原住民文學創作的質量，不但培育了三十多位成熟的作家梯隊，也拓寬了原住民文學的內涵和題材。作家們的成就，受到多方的讚賞，迭獲各大獎項的肯定。教學和研究的現場，文學外譯的挑選，都有我們原住民作家活躍的身影。

三

二〇〇三年，「山海」在臺北市政府文化局、國藝會的補助下，與「印刻」合作編輯了一套共七卷的《臺灣原住民族漢語文學選集》，大致總結了一九六二年至二〇〇〇年原住民作家主要的漢語書寫作品。詩歌、散文與小說卷皆以原住民作家的作品為收錄對象；文論的部分，則廣納各方學術研究的成果。這應該是原住民作家專屬的第一套選集，也是我們給臺灣文學跨世紀的禮物。細細閱讀那段時期的作品，除了少數如瓦歷斯．諾幹和孫大川等觸及了一些較為廣泛的議題外，原住民作家集中關注的焦點主要在三個方面：

首先，是對自身文化與社會崩解的憂慮。田雅各《最後的獵人》、《情人與妓女》所描述的場景，莫那能《美麗的稻穗》激昂、控訴的詩歌，以及孫大川《久久酒一次》對原住民黃昏處境的分析；這些文字一方面試圖激起族人的危機感，另一方面也提醒主流社會深切檢視自己長期以來所造成的結構性傷害，屈辱和悲憤成了原住民文學創作的養分。

其次，八〇年代原住民青壯世代的主體性覺悟，連帶意識到自己內我世界的荒蕪，戰後都市的流離，部落祭儀的廢弛和族語快速流失等等的困境，促使族人很快發現自己的原住民認同其實是空洞的、貧乏的。夏曼．藍波安九〇年代初的《冷海情深》、奧崴尼．卡勒盛的《野百合之歌》，以及霍斯陸曼．伐伐的《玉山魂》等等著作，都充滿了回歸祖土、灌溉自己荒涼的主體之意志與渴望。

最後，在與自己母體文化重新相遇的過程中，原住民作家找到了原住民原本就以「山海」為背景的文學傳統。它一方面明確地體認到臺灣所謂的「本土化」運動，並不只是一種政治性的認同，而是對島嶼山海空間格局的真實回歸，是人與自然倫理關係的重建。這種見識，幾乎普遍存在於原住民作家的字裡行間。

四

二〇〇〇年以後，之前的關注焦點雖然仍是作家們持續反省的主題，但觀點更深入了，寫作的技巧與手法也更加細膩。尤其值得欣慰的是參與的作者不但增多了，而且陸續有年輕的世代加入了寫作的行列。巴代大部頭系列的歷史小說，不再只是控訴和悲情，他雖然以原住民的視角做為敘事的主軸，但他讓更多的「他者」加入對話的情境。他對傳統巫術題材的運用，和奧崴尼．卡勒盛或霍斯陸曼．伐伐的《玉山魂》，有著完全不一樣的風格。在奧崴尼和伐伐那裡，傳統的巫術和禁忌是做為文化要素來鋪陳的；但，在巴代的《笛鸛——大巴六九部落之大正年間》、《檳榔．陶珠．小女巫——斯卡羅人》、《巫旅》等系列作品中，巫術則是催動故事情節的動力基礎。毫無疑問的，歷史的原住民詮釋，是原住民文學二〇〇〇年之後，最突出的寫作興趣。馬紹．阿紀的《記憶洄游．泰雅在呼喚1935》以及里慕伊．阿紀以女性角度寫的《山櫻花的故鄉》，乃至於多馬斯．哈漾二〇二三年的新作《Tayal Balay 真正的人》，都是以不同的筆法、角度和切入點，思考歷史對原住民的意義。他們明顯受到線性時間系列的影響，對事件的解釋，徘徊於神話傳說和歷史考據之間。這是在奧崴尼和伐伐的類歷史小說中，幾乎看不到的現象。

前輩作家夏曼．藍波安，二〇〇〇年之後其創作力更為雄健。《航海家的臉》、《老海人》、《天空的眼睛》、《安洛米恩之死》、《沒有信箱的男人》等大作陸續出版，將海洋的書寫推向極致。他的《大海浮夢》，觸角及於南太平洋，其國際形象已型塑完成，他恐怕是目前臺灣最具國際知名度的作家，其生活實踐及「身體先到」的創作哲學，有著一般作家無法比擬的魅力。同樣地，瓦歷斯．諾幹也不遑多讓，他的《當世界留下二行詩》和微小說，不但是一種新的寫作形式之嘗試，也作為他推廣文學教育的實踐手段。而《城市殘酷》、《戰爭殘酷》與《七日讀》，則展現了瓦歷斯走向世界、探索更為廣泛的人生議題之旺盛企圖心。年輕世代的乜寇、Nakao、沙力浪、馬翊航、程廷、黃璽、林纓，以及參與歷屆原住民文學獎的寫手，有些作者雖還未集結出書，但都有亮麗的表現。他（她）們創作的興趣和關心的議題，已與主流社會共呼吸，性別、科幻、政治、醫療、生態、族語、部落變遷與都市經驗等等，都是原住民作家要去面對、處理的課題。因為族群的特殊視角，對這些議題的理解和想像，自然與主流社會有著不同的判斷。

五

簡單地回顧這半個世紀以來，臺灣原住民介入文學世界的情形，特別著重二〇〇〇年前後的對照，是想讓讀者對原住民文學發展的能動性能有一個概括的掌握。從集體到個人、時空環境的變化，都反映在原住民作家的作品中。不同於以往，這些作品一篇篇串連成一道民族的防禦線，取得另一種客觀的存在形式。

為保持原住民文學歷史發展的完整性，本選集盡可能收錄有明確作者掛名的最早作品，如鄒族高一生的〈春之佐保姬〉、〈獄中家書〉、阿美族黃貴潮的〈日記選粹〉和卑南族陸森寶的〈美麗的稻穗〉、〈思故鄉〉等[2]。但，為避免和二〇〇三年印刻版選集重複，我們不得不對若干作家的精彩作品割愛。

此套選集分《文論》三冊、《小說》四冊、《詩歌》二冊、《散文》三冊，共十二冊。《文論》由陳芷凡、許明智負責選文，陳芷凡撰寫導論；《小說》由蔡佩含、施靜沂負責選文，蔡佩含撰寫導論；《詩歌》由董恕明、甘炤文負責選文，董恕明撰寫導論。《散文》由馬翊航、陳溱儀負責選文，馬翊航撰寫導論。編選的過程，經過多次的討論，考慮文章的代表性、文學性、主題的開拓與篇數的平衡等等，為容納更多作品，小說以短篇為主，長篇則徵得作者的同意，做精彩片段的節選，並節制選錄。為鼓勵創作新手，我們也大量選錄參與各類文學獎的作品(包括山海及其他單位舉辦的獎項)。編輯的過程中，我們都驚嘆於原住民作家創作的熱情，短短的幾十年，卻能生產出這麼多質量兼備的作品，原住民多麼渴望訴說自己的故事啊。

感謝原住民族委員會夷將．拔路兒主委的全力支持，沒有他的首肯，我們根本無法進行這項工作。感謝聯經出版公司的林載爵兄及其編輯團隊的盡心協助，能與像聯經這樣具有學術聲望的出版公司合作出版，是原住民作家的福氣。謝謝山海的林宜妙以及所有參與選文、撰稿、校對、編輯的老師與同學們，你們的辛勞成就了這個有意義的工作。我們將這一切都獻給每一位原住民作家朋友，你們創作的無形資產會是原住民未來文化的活水源泉。

其實二〇〇〇年之後，一個與原住民文學平行的另一種書寫介入，也如火如荼地展開了。二〇〇〇年起包括族語教學、教材編撰和族語認證考試等族語復振措施，便一一浮出檯面。二〇〇五年教育部和原民會會銜函頒「原住民族語言書寫系統」，二〇一七年立法院更進一步通過「原住民族語言發展法」，二〇一九年原住民族委員會捐贈成立「財團法人原住民族語言研究發展基金會」……這些政策、法令和機構，使原住民族語「書面化」的可能性成為現實。用自己的族語進行文學創作的條件，有了一個新的契機；我們在藉「他者」的語言、文字說話、書寫之外，有了一個可以保存自己聲音的創作工具。最近不少人開始用這套系統整理部落祭儀、古謠與神話，嘗試建立自己民族的「古典」。這對當代原住民文學的發展，是一項非常重要的工程。與主流社會逐漸共呼吸的原住民漢語文學，固然挑戰並突破了許多傳統原住民社會的禁忌與文化框框，但同

2　這當然是掛一漏萬的挑選，我們相信這方面仍有相當大的搜尋、增補之空間。

時也不得不面臨前文所說的付出認同流失的代價。無法「返本」的「創新」是走不遠的，也容易迷失自己。此外，有愈來愈多作家，比如布農族的卜袞，全力投入族語創作的道路。也許我們可以期待有一天真的可以編輯另一套用各族族語書寫的文學選集，其內容包括祭儀、巫咒、古謠與神話，當然也包含發生在當下的愛情故事和生活點滴。

孫大川・簡介

paelabang danapan，一九五三年生，臺東下賓朗部落(Pinaski)卑南族。

比利時魯汶大學漢學碩士，曾任教於東吳大學哲學系、東華大學民族發展研究所、臺灣大學臺灣文學研究所、政治大學臺灣文學研究所。二〇〇九年擔任原住民族委員會主委，二〇一四年擔任監察院副院長，現為總統府資政、東華大學榮譽教授、臺灣大學與政治大學臺文所兼任副教授，以及臺東縣立圖書館總館名譽館長。

一九九三年孫大川創辦「山海文化雜誌社」，發行《山海文化》雙月刊，並籌辦原住民族文學獎，致力於搭建原住民族文學的舞臺，開拓以書寫為我族發聲的機會，亦是「原住民族文學」概念的最重要論述者。

著有《久久酒一次》、《山海世界——臺灣原住民心靈世界的摹寫》、《夾縫中的族群建構——臺灣原住民的語言、文化與政治》、《搭蘆灣手記》、《Baliwakes，跨時代傳唱的部落音符——卑南族音樂靈魂陸森寶》等書。並曾主編中英對照《臺灣原住民的神話與傳說》系列叢書十冊、《臺灣原住民族漢語文學選集》七冊，且與日本學者土田滋、下村作次郎等合作，出版日譯本《臺灣原住民作家文選》九冊等。

導論

文／陳芷凡

《臺灣原住民文學選集．文論》三冊三十篇文論的編輯，是為了盤點臺灣原住民族文學研究的方向與脈動。作品的生成，除了作家所思所感，也在於明確或者是幽微地回應當代文壇的論述；文學評述雖然是因應作品而成，然而，我們也不能忽略論述觀點具備召喚作家作品書寫的可能。因此，文學作品與文論之間，彼此影響、互為參照，同樣是臺灣原住民族文學建構的重要推手。

確認了文論編輯目的，我想談談文論的選文過程。我和臺大臺文所學生許明智一起合作，我們先以幾個關鍵詞：原住民、原住民文學、原住民族文學、口傳文學、神話傳說、臺灣十六族族名（如：泰雅族、撒奇萊雅族）、平埔族族名（西拉雅族、凱達格蘭族）進行期刊論文、專書、會議論文集的蒐集；另一脈絡為政大臺文所學生彭翰霆，他以同樣的關鍵詞進行碩博士論文整理。統整之後，工作小組開始密集閱讀，並在其中挑選我們各自心中的三十篇文論。我們希望有更多學者的論文可以放進選集，因此，基本上一位學者收錄一篇文論。工作小組每位委員都有心中的那三十篇文論，為了說服其他委員放進或放棄一篇文論，耗費的心神不亞於文學獎評審。確認了這三十篇文論之後，我們依照論述重點分成三個向度：口傳文學與知識、作家作品與文學史論述、原住民族文學的世界視野。這三個向度不僅是臺灣原住民族文學論述的趨勢，也意謂著作家作品內涵的跨度與豐富性。

《臺灣原住民文學選集．文論》第一冊的主題為口傳文學與知識。口傳文學不僅是原住民族文學的基礎內涵，亦為重要的表達形式。巴蘇亞．傅伊哲努〈阿里山鄒族神話樹〉以「樹」的概念，安置鄒族的神話主題與情節，嘗試理解族人如何應用神話傳說於儀式、禁忌、觀念與日常生活，文化習俗如同藤蔓依附在神話（樹）。這篇發表於二〇一一年的文章，已然揭示了原住民族知識與知識體系在日後討論的脈絡。在原住民族知識體系的光譜中，「歷史」這一概念具有重要意義，本書彙整二個層次：其一，族人透過口傳文學挑戰「歷史」的概念；劉秀美〈日治時期花蓮阿美族群起源敘事中的撒奇萊雅族〉考察日治時期花蓮阿美族起源敘事，拉出一條不同於文獻的時間軸。在阿美族起源敘事中，南勢群的撒奇萊雅族與阿美族分屬於不同社群，這個判斷在口傳起源敘事得到解釋，也巧妙地回應當代族群正名的政治性。其二，從傳播的時空考察口傳文學之變異；研究者聚焦於神話傳說與歌謠的當代再現，側重口傳文學的變異性與時代意義。

鄭光博〈泰雅族口述傳統 Lmuhuw 的研究〉彙整泰雅族 Lmuhuw 研究資料，建構口傳文學在當代蒐集、研究與應用的脈絡。除了二〇一二年大嵙崁溪流域耆老 Watan Tanga（林明福）登錄、指定為重要文化資產保存者，鄭光博特別指出近年來新興的 Lmuhuw 文資保存、傳習研究與政府法規建置，讓 Lmuhuw 的述說與傳唱，特別是民族表體（語言、*gaga* 祖訓規範、習俗）與載體（部落、社群、河川流域）的深厚連結，重新被世人理解與看見。楊南郡考察矮黑人神話傳說，完成〈踏查半世紀——臺灣矮黑人的傳說與調查〉。該文論不僅歸納《鳳山縣志》等清代文獻、日治時期小島由道、鹿野忠雄等人的田調，楊南郡親自進行矮黑人遺址踏查，強調神話傳說與人類學、考古學研究的合作可能。口傳文學與區域考察方面，陳孟君以馬淵東一〈パイウン族に於ける邪視の例その他〉一文，論述 palji 傳說流傳於臺東的區域特質。palji 傳說的主角為一男性，該男性身體帶有某種殺傷力，特別是眼睛，能夠立即擊斃任何生物。根據陳孟君的考察，流傳於臺東的 palji 傳說不僅強調戰事功能，諸如該傳說的敘事背景往往是排灣族與卑南族的衝突，palji 傳說也帶出排灣族階序社會與危機應對的脈絡。同樣側重神話傳說與區域的連結，林和君〈臺灣跨族群山林傳說之關係——魔神仔與屏東縣旭海、東源部落傳說考察〉連結閩客族裔的魔神仔與屏東縣旭海、東源部落流傳的矮黑人傳說，希望透過各族面對山林的共同敬畏，想像不一樣的原漢關係論述。陳敬介〈文學與文化觀光行銷策略——以南庄鄉賽夏族實例觀察〉以南庄賽夏族為例，觀察部落文學旅遊與行銷的可能性。作者指出伊替．達歐索《巴卡山傳說與故事》一書，蒐集了南庄賽夏族十七個神話傳說，這些口傳文學成為當地節慶活動、工藝、飾品、服飾、食物發想的靈感與行銷主題。文學與文學研究的實務應用如何做得更好？本文指出在產學合作機制、數位媒材更新的基礎上，口傳文學具備改變民眾理解和想像「文學」的潛力。

當口傳文學成為作家作品的靈感來源，二者之間的多重關係成為徐國明、劉育玲、魏貽君三篇論文的論述重點。徐國明〈當神話變成了歷史——一九九〇年代臺灣原住民族歷史建構與文化政治〉一文留意一九九〇年代官方全面支持地方與族群文史的建構，「臺灣原住民史」計畫如何選擇、製造並使用所謂的「歷史」，而這樣的「歷史」，在史觀更迭與書寫技術精進下，得以在去脈絡化、再脈絡化與文本化的轉折中重構族群文化。史觀呈現「現在的過去」，而文字「再脈絡化」現在的過去，二者皆具有回應當代局勢的彈性，口傳文學的當代意義得以創發。如同徐國明的積極回應，劉育玲〈口傳文學與作家文學的三重對話——以臺灣原住民族文學為考察中心〉，以三重對話梳理口傳文學與作家文學的關係，包括作家對文學的理解、作家作品對口傳文學的翻譯、援用與詮釋、以及作家作品與口傳文學互相、互為建構的期盼。魏貽君以「作者形成」（Author formative）的概念思考戰後臺灣原住民族文學，完成〈敘事性族語歌詩及其族裔意識認同的線索——巴恩·斗魯、吾雍·雅達烏猶卡那、巴力·哇歌斯的生命敘事〉。不同於跨語世代的集體噤聲，魏貽君指出戰後初期至一九六〇年代的原住民文學表述者、創作者，能以日語、羅馬字拼寫族語，再現口述傳統。巴恩·斗魯等「作者」展現了日常生活樣態的文學，作為讀者的族人們則是其作品的集體分享者、承載者與傳播者。這一類敘事性的族語歌詩創作，跳脫戰後初期國語政策與文藝政策的限制，得以成為臺灣原住民族文學論述的重要一環。

口傳文學與知識這一主題的十篇論文，不管是鄒族神話樹、阿美族起源敘事、泰雅族 Lmuhuw、臺灣矮黑人傳說、流傳於東臺灣的 palji 傳說、跨部族山林傳說，以及南庄賽夏族神話傳說，我們一方面感知論文作者研究神話傳說的當代企圖，另一方面也確認了這些論述對應於族群知識、文化發展以及文學史建構的意義。這些文論深化口傳文學研究之內涵，並成為臺灣原住民族文學史論述的重要基礎。

《臺灣原住民文學選集．文論》第二冊主題為作家作品與文學史。一九八〇年代原運興起，族人第一人稱表述成為身分認同的具體實踐。後續雜誌刊物與作品的出版，得以在此強而有力的自覺之中確認「我(們)是誰」。孫大川〈捍衛第一自然：當代臺灣原住民文學中的原始生命力〉一文說明捍衛第一自然，便是確認「我(們)是誰」的重要方式。相較於逐漸人工化的世界，孫大川指出第一自然的原始生命力可視為一種認同、一種身體儀式，甚至是一種書寫策略。這是原住民族文學與環境、與生命連結的重要視角。雖然原住民族文學所展現的第一自然層次相當豐富，孫大川也直言這樣的第一自然不該被本質化與浪漫化，他期盼原住民族文學最終能擺脫文化政略的思維，緊密地與日常生活再次連結。原住民族文學與第一自然的重新連結，可視為陳伯軒〈寫出──活出文學：臺灣當代原住民漢語文學「美學」的兩個面向〉論述的基礎。如同「寫出文學」、「活出文學」的主標題設定，作者試圖從符號美學形式、以及作家作品處境經驗二個層次建構原住民族文學的「美學」。這一角度所考慮原住民族文學的「美學」層次，將挑戰既定的美學典範，成為讀者思索何謂「文學」的起點。

除了作家作品的實踐，「文學」面貌也在文學場域中逐漸明確。謝世忠指出族人以書寫回答「我是誰」之契機，與一九九三年《山海文化》雙月刊的創刊密切相關。這篇〈《山海文化》雜誌創立與原住民文學的建構〉的文論，定調了《山海文化》雙月刊扮演號召、製作、認定原民文學作者湧現與作品出版的角色，是國立臺灣文學館「臺灣新文學發展重大事件」之一。本文羅列《山海文化》創刊之前、停刊之後的文論，並進一步觀察文論議題與原民社會之互動。謝世忠期許研究論述與作家作品應同時並進，透過文論、書評積極推動臺灣原住民族文學的能量。文論與書評的介入，影響讀者如何理解與詮釋作家作品，劉智濬這一篇〈田雅各如何被接受？〉提出一個有趣的觀察。劉智濬認為田雅各文學作品的經典化，源於臺灣文學場域興起、原住民族文化復振，以及多元族群政治與原漢關係共構之結果。這個現象一方面形成作品意義的延伸，也成為讀者接受、感知臺灣原住民族文學的脈絡。同樣以文學場域進行觀察的文論，還包括黃季平與黃惠禎留意原運之前已著手書寫的陳英雄。黃季平〈臺灣原住民族「舊．新文學」的唯一作家陳英雄〉一文指出原住民「新」文學有兩個階段的發展，分別是六〇年代使用新文學語言，八〇年代文學主體意識之確認，而這中間的二十年是新語言寫舊文學的過渡階段。陳英雄作為「舊．新文學」唯一作家的文學史意義，是黃季平這篇論述之關懷。陳英雄跨越新語言與舊文學之間的場域觀察，亦可從黃惠禎〈陳英雄與盧克彰的文學關係〉一文看到更多線索。陳英雄《域外夢痕》的後記提及盧克彰對自己創作的鼓勵，黃惠禎透過文獻整理，發現盧克彰曾以臺東排灣族創作《陽光普照》，並於一九七一年改名為《太陽神的子民》重新出版。參照陳英雄二〇一〇年出版《太陽神的子民》，二人皆以排灣族頭目一家四代人為主角。黃惠禎透過二個作品的互文性，試圖讓讀者看見六〇至八〇年代，臺灣文學場域回應原住民議題的討論。在原住民形象建構之中加入性別的考慮，我們則可以理解蔡佩含〈想像一個女獵人：原住民山海書寫裡的性別／空間〉關於「想像女獵人」、「女獵人想像」的雙重辯證。蔡佩含以文學美學、出版市場與空間裡的性別編碼，闡釋原住民女作家如何在文學典範之中／之外，重新想像一個在經驗論、生產機制與敘事傳統論述中的女獵人形象。

除了上述提及報刊雜誌、讀者接受與文壇交涉之外，學者發掘了閱讀原住民族文學的獨特視角，得以在回應當代議題的基礎上，點出原住民族文學史尚待補充的版圖。董恕明以「畸零地」——微小、曲折、破碎、隱微的特色，解釋了原住民漢語詩歌的挫折主題與突圍力道。這篇〈直直地去，彎彎地回——臺灣當代原住民漢語詩歌中的「畸零地」初探〉以「文化裡的保留地」、「生命的過敏原」、「忘路之遠近，異質寫……」諧音雙關的小標設定，展現了對漢語、對文學論述的另類嘗試。劉柳書琴以〈被圍困的敘事：泰雅族北勢群達利．卡給的隘勇線戰爭敘事〉討論達利．卡給如何書寫抗日攻防與被迫編入現代國家體制的適應過程，隘勇線作為一個具體監控與文學意象，在這篇論述中巧妙地編織起來。劉柳書琴指出，一九一〇年大安溪沿岸快速蔓延的隘勇線，不只圍困了歷史中的北勢群，也圍困了族人在後殖民時期的集體記憶與地方感建構，圍困敘事因此成為北勢群遺留至今的傷痕。同樣談及傷痕的文論〈幽黯山徑：瓦歷斯．諾幹作品中的白色恐怖記憶〉，馬翊航分析瓦歷斯．諾幹不同時期書寫白色恐怖記憶的作品，重述傷痕主題如何在個人生命、書寫策略、族群意識以及多重暴力之間展現。其中，馬翊航以「霧」為喻，描繪了等待揭開的霧、網絡與謎團般的霧、滋養的霧、貼附於人類軀體與感官的霧，試圖讓創傷敘事成為創傷的共同見證。

有關作家作品與文學史論述的十篇文章，勾勒了作品主題、文學場域與文學史連動的複雜關係。在這個脈絡中，「我（們）」怎麼寫，「你（們）怎麼閱讀與詮釋」包覆在一個個與時俱變的文學場域和社會想像之中。這幾篇文論的提問，包括原住民作家作品如何被接受？如何觀察第一自然、性別、戰爭記憶、創傷敘事與原住民族文學的交織性？「我（們）」與「你（們）」持續對話，開拓了原住民族文學史的長河。

《臺灣原住民文學選集．文論》第三冊主題聚焦於原住民族文學的世界視野。本書呈現臺灣原住民文學的世界視野有兩個層次：一、作品與世界的各式交會。二、文學作品中有關世界感的呈現。在第一個層次，翻譯作為一個中介的意義顯得特別重要。臺灣原住民族文學有許多外文譯本，最有規模且穩定的日譯行動由下村作次郎等師長進行。下村作次郎〈日本對臺灣原住民族文學的研究——翻譯、出版與書評〉一文分析兩個日譯本的讀者回饋，分別是一九九二年十一月《悲情の山地——台湾原住民小説選》的日譯本；以及二〇〇二年十二月到二〇〇四年三月由土田滋、孫大川、瓦歷斯·諾幹、下村作次郎共同編輯、草風館翻譯的《臺灣原住民文學選》四卷。下村作次郎統整日本讀者的回饋，相關評論包括殖民遺緒、懺悔意識、臺灣原住民與日本愛努族的跨國處境參照、以及透過原住民族文學感知「臺灣人」認同的探索與開放性。這是日本文壇討論臺灣原住民族文學的重要起點。如同下村作次郎投入日譯實踐，陳榮彬〈星球性、反全球化、地方知識：臺灣原住民文學英譯與世界文學〉一文側重全球語境下翻譯與無法翻譯原住民族文學的思索。陳榮彬指出那些抗拒全球化對於可讀性、流暢性的翻譯，特別是將原住民語言保留下來的翻譯策略，對於擴大世界文學的邊界有其貢獻。因此，翻譯者刻意呈現無法翻譯的部分，蘊含著對於世界文學內涵的思索。翻譯與跨文化翻譯的辯證，同樣交會於王應棠〈跨文化理解與翻譯：魯凱族田野經驗與閱讀原住民漢語文學之間的對話〉一文。王應棠以「魯凱族好茶部落的田野為文本」、「奧崴尼漢語書寫的文本為田野」的雙重觀點，指出翻譯作為一種跨文化理解的模式，豐富了原住民漢語書寫的意義。原住民族文學透過外譯前往世界，也透過漢語書寫的跨文化翻譯能量走進臺灣文壇。

翻譯是臺灣原住民族文學邁向世界之路的一個方法，另一路徑為跨國比較研究。原住民族的跨國橫向連結，在於共感世界原住民族的處境，並透過主張與行動改變既定的權力關係。《山海文化》第二期設定「國際原住民年的回顧與展望」專題，特別刊登〈一九九三聯合國國際原住民年主題：原住民&新夥伴的關係〉一文。該文指出一九九四至二〇〇三年為世界原住民族國際十年，主要目標是加強國際合作，解決原住民族在人權、環境、發展、保健、文化和教育等領域之問題。孫大川指出，若族人能參看中國、第三世界少數民族的處境、苦難經驗與文化資產，形成跨越國界的文化同盟，將有機會改善漢人中心、白人中心之困局。我們可以發現「國際原住民年」與文化同盟的倡議，形構了一個討論跨國原住民性（trans-Indigeneities）的機會。黃心雅〈跨太平洋原住民的生態想像：夏曼・藍波安與太平洋原住民文學〉以東加作家郝歐法、紐西蘭毛利族作家伊希麥拉（Witi Ihimaera）、毛利族詩人蘇利文（Robert Sullivan）、北美原住民作家荷根（Linda Hogan），以及達悟族作家夏曼．藍波安等人的作品為例，從太平洋島嶼生態美學與航海知識著手，建構太平洋跨原住民性的研究方法。楊翠比較排灣族伊苞、藏族唯色作品，完成〈兩種回家的方法——論伊苞《老鷹再見》與唯色《絳紅色的地圖》中的離／返敘事〉一文，從女性、族群自覺、離返敘事等主題，旁及華語語系論述的關係學視角建構「跨原住民性」的可能。楊政賢〈來自「巴丹」？蘭嶼達悟族人的「南方」意識及其「北方」論述〉關注蘭嶼和巴丹島在神話傳說、物質文化與傳統習俗的關聯之外，蘭嶼傳統歌謠顯現了達悟人與巴丹島人的通婚、海上交易與島嶼互訪。因此，這些歌謠中的「南方」指涉蘭嶼和巴丹島的互動網絡，這一跨原住民性的連結，來自於地緣位置與洋流黑潮之影響。黃國超〈番人之眼的理論旅行——論 Walis Nokan（瓦歷斯．諾幹）文學中的「理論」及運用〉以後殖民論述、現代主義、社會主義與自由主義概念分析瓦歷斯．諾幹作品，揭示了理論作為一種跨國／跨族群比較研究的視野。這四篇文章分別以太平洋島嶼生態美學、華語語系論述、島嶼論述、理論旅行等研究路徑，提出了跨國原住民性論述的積極視角。

臺灣原住民族文學世界視野的第二個層次，即文學中的世界感。邱貴芬、陳芷凡合寫的這篇文章〈當代臺灣原住民族文學〉（原標題為 Indigenous Literature in

Contemporary Taiwan）指出二〇〇〇年之後發展的臺灣原住民族文學樣貌，趨向一種揉合「世界感」（cosmopolitanism）的原住民書寫。作者們雖然持續原住民族文化復振的關懷，但似乎更注重如何通過新的敘事重新創造原住民文化的再生。作品通常採取全球和跨文化的視野，將主題擴展到「生態學、現代性、全球主義和行星意識」等議題，以因應文化生產和消費環境變化所帶來的新挑戰。這篇文章以瓦歷斯．諾幹、夏曼．藍波安的跨國主題，以及巴代、乜寇．索克魯曼和多馬斯．哈漾的魔幻寫實手法，作為「世界感」論述的靈感來源。

另一個方式觸及「世界感」的討論，可參見林芳玫〈從地方史到東亞史與世界史：巴代歷史小說的跨文化與跨種族視野〉一文。林芳玫以巴代《暗礁》發展「暗礁主體」的獨特性：多物種共存的生態系以及重層的時間性。林芳玫指出暗礁主體並非西方個人主義式的單獨個體，而是與周遭動、植物形成跨物種的互動。此外，原住民回溯傳統與文化復振運動，都指向未來原住民文化與傳統的協商與更新。暗礁並非孤立存在，海難帶來外來的人與物，訴說著暗礁主體與外界的相逢。透過林芳玫的「暗礁主體」的建構，巴代小說所呈現的時空尺度，得以施展於地方史、東亞史與世界史的脈絡。其中，暗礁主體與外界的相逢，呈現了主體本身的彈性和與時俱進，這也是陳芷凡指出族人們探問

「我是誰」以及「我可以選擇是誰」的考慮。

陳芷凡〈以「南島」為名：原住民族文學中的認同政治與島嶼想像〉一文，指出相較於一九九〇年代以來臺灣南島政治論述的發展，孫大川透過原住民族漢語文學辯證了文化中國與文化南島的影響，提出南島語言作為檢視臺灣歷史縱深的方法；夏曼·藍波安以生活經驗界定我群為「海上的人」，更以海洋為家國之立場挑戰南島民族的血緣、語言分類。作家作品所展現的南島觀點，其意義不只是凸顯不同主體論述「南島」的差異性，亦間接反省臺灣以南島為名的國家治理與族群政治。這三篇文論所觸及的「世界感」，包括作品主題與敘事表現的跨國呼應，以及暗礁主體所呈現的時空尺度和主體彈性，展現了臺灣原住民族文學與世界交會的潛力。

臺灣原住民族文學的世界視野，在翻譯與文化翻譯、跨原住民性的建構以及作品所揭示的「世界感」論述達成。除了具備世界視野，我們也期待臺灣原住民族文學的世界之路能更加茁壯。原住民族文學邁向世界的過程中，外譯實踐、國外駐村作家活動、國際出版社與國際讀者的認可機制，與族人們持續書寫的努力同樣重要，也同樣地值得期盼。

在二〇〇三年孫大川老師編選《台灣原住民族漢語文學選集》的基礎上，二〇二三年以更大規模的人力與心力，持續著《臺灣原住民文學選集》的完成，身為選集團隊的一員，我感到無比榮幸。謝謝原住民族委員會、聯經出版公司的幫忙，以及文學選集這三十位學者的大力支持。期盼三冊《臺灣原住民文學選集．文論》能展現臺灣原住民族文學論述的深度與廣度，這不僅是我們對《山海文化》三十週年最有感情的回應，也是研究者們對原住民作家作品最深的支持與敬意。

陳芷凡・簡介

現任國立清華大學臺灣文學研究所／人社院學士班副教授、清華大學原住民資源中心諮詢委員、清華大學人文社會學院「世界南島暨原住民族中心」執行委員。

曾任國立清華大學臺灣研究教師在職專班主任、北京中國社科院民族文學所訪問學人、山海文化雜誌社編輯。研究領域為族裔文學與文化、臺灣原住民族文獻、十九世紀西人來臺踏查研究。

著作有《臺灣原住民族一百年影像暨史料特展專刊》、《成為原住民：文學、知識與世界想像》；主編《臺灣文學的來世》；共同編著有《The Anthology of Taiwan Indigenous Literature:1951-2014》。

浦忠成

〈阿里山鄒族神話樹〉

pasuya poiconx。一九五七年生於嘉義縣阿里山鄉特富野部落（Hosa no Tfuya）鄒族。中國文化大學中文所博士。現任國立成功大學臺灣文學系兼任教授、監察院監察委員。曾任職於師大附中、花蓮師範學院、臺北市立教育大學、東華大學原住民民族學院教授兼任系主任、院長，以及國立臺灣史前文化博物館館長、考試院考試委員。

早年曾獲淡江大學五虎崗文學獎（散文）、大專院校明道文學獎（散文），以及生態文學報導文學獎首獎，後專心致志於臺灣原住民族神話的採集與研究。著有《敘事性口傳文學的表述》、《被遺忘的聖域：臺灣原住民族文化、神話與住民族文化、神話與文學》、《庫巴之火——鄒族神話研究》、《臺灣原住民族文學史綱》（上／下冊）、《再燃庫巴之火》、《神話樹與其他》等學術專書。

本文出處：二〇一一年三月，《臺灣原住民族研究學報》一卷一期，頁一六三—一九五，臺北：台灣原住民族研究學會。

阿里山鄒族神話樹

一、前言

臺東縣延平鄉布農族巒山部落有一處被巨大的榕樹盤據的地方，那些巨榕樹枝繁葉茂之外，延伸的樹枝長出或粗或細的氣根，氣根深扎土地，又讓樹枝不斷延展，乍看其景，樹似乎能走幾步路，因此當地部落居民稱之為「會走路的樹」（澎湖白沙鄉通梁古榕亦然）。筆者多年來進入部落進行神話的調查，也在諸多的文獻中嘗試探索神話真正的意義，巨榕樹盤根錯節、千奇萬狀的形態，以及它能擴張地盤的能力，讓筆者深覺以此形容神話所具有的意義，應該是一條可以嘗試的道路。

神話作為一個民族認識、適應其所生存環境過程的觀察、思維的結果，其實可以視為先民知識體的一部分。很多人，包括知識分子會對神話表示輕蔑，至少認為這是比較沒有具體功能的物事，然而神話結構主義大師李維斯陀（Claude Lévi-Strauss，二〇〇〇年，頁六八九）說[1]：

神話的話語無非就世界的秩序、實在的本性、人的起源或者人的命運等給我們以教益。人們不能指望神話毫無形而上學的善意；神話不會去營救已瀕臨衰竭的意識形態。另一方面，神話讓我們充分了解它們淵源所自的社會，有助於展現這些社會運行的內在動力，昭示信念、習俗和制度存在的理由，而它們的安排乍一看來是不可思議的；最後，也是最重要的，它們使人得以發現人類心靈（esprit）的某些運作模式，它們多少世紀裡亙古不變，在無垠的空間裡普遍流播，因此可以認為它們是根本性的，可以試圖在其他社會裡、心理生活的其他領域裡重又發現它們……我對許多美洲部落神話所作的分析在所有這些方面，都決不是沒有意義的。

先民對於生存環境的認識、適應模式（mode）及其由心智、身體實踐所累積知識與經驗，影響其未來生活方式與文化內涵。能夠認識、適應生存的環境，尤其是自然的環境，對於先民而言是攸關族群存續的嚴肅議題，賈德·戴蒙（Jared Diamond，一九九八年，頁

1　李維斯陀甫於二〇〇九年十月間逝世。

四五〇）說：

同一祖先族群的苗裔，在不同的環境中會有不同的命運，他們或者滅絕了，或者返回狩獵——採集的生活型態，或者創建複雜的國家，視環境而定。同樣的，源自同一祖先族群的澳洲土著，到了佛林特島（Flinders Island）、塔斯馬尼亞島或澳洲東南部，或滅絕，或成為世界上工藝技術最原始的狩獵——採集族群，或建造運河密集經營高產值漁場，視環境而定[2]。

《淮南子》〈原道訓〉一段神話意境的文字可以證實先民對於生存環境意圖探究的心理：

包裹天地，稟授無形，橫四維，而含陰陽，紘宇宙，而章三光。甚淖而滒，甚纖而微。山以之高，淵以之深，獸以之走，鳥以之飛，日月以之明，星辰以之行，麟以之遊，鳳以之翔。

《淮南子》〈原道訓〉是漢族的先民嘗試考察宇宙由原初的世界，到漢代國家的形式已經齊全的哲學思維；又如《禮記》〈月令〉有五帝，則試圖說明天上界神靈的構成分布，與四季運轉的情形。（栗原圭介，昭和六十二年）顧炎武《日知錄》卷三十言：

三代以上，人人皆知天文。「七月流火」，農夫之辭也。「三星在天」，婦人之語也。「月離於畢」，戍卒之作也。「龍尾伏晨」，兒童之謠也。後世文人學士，有問之而茫然不知者矣。

這說明古時候的漢民，很早就依據仰頭看見的天象——星宿運行的位置、形態，去建立歲時月令並表達個人的感受；這些原本為人熟悉的天象，卻在漢民脫離了充滿神話氣氛的早期社會後遺忘了。楊義（一九九八年，頁一三二）認為：

---

2 不過賈德．戴蒙不否定人類的創造活動的重要性：「要不是人類的創造活動，我們今天還在用石器切肉，茹毛飲血，像我們兩百五十萬年前的祖先一樣。所有的人類社會都有發明人才，不過有些環境提供了更多的起步素材，提供了更適合利用新發明的情境。其他的環境則否。」

以時間呼應天道的思維方式，具有類乎宗教的儀式感和典重感，在古老的時代已經沉積為中國人的精神原型。這種精神原型的生成，意味著中國的時間標示，已經不能看作純粹的數學刻度，它已經隱喻著某種關於宇宙模式的密碼。這種精神原型按照中國人濃郁的歷史意識，以神話歷史化形態，早已儲存在民族必讀經典《尚書》的首篇〈堯典〉中了。那位「光被四表，協和萬邦」的堯帝，命令羲和二氏，畢恭畢敬地尊奉上天，「曆象日月星辰，敬授人時」……以一神分四身的方式，把四方和四時對應起來，代表著古中國人時間——空間整體性模式的一次經典性規範化。

這是將看似無形的時間現象，藉著四方的極點——暘谷、交趾、昧谷、幽都以對應著季節的春分、夏至、秋分、冬至。如此的對應模式是由原始神話逐漸發展而成的時間哲學，其產生的原因就在於先民試圖建立周遭環境的方位、秩序、內涵。這是所有民族在知識初萌時期必然會以其全副精神從事的思維創造，其目的是要確認物我之間的關係、互動的方式。環境的構成有多少，人類創造的神話就有多少。因此，李維斯陀（一九八九年，頁一二一—一二三）曾經引用一位他所研究的原住民智者的話，「一切神聖的事物都應有其位置」，同時加以演述其涵義：

人們甚至可以這麼說，使得它們成為神聖的東西就是各有其位，因為如果廢除其位，哪怕只是在思想中，宇宙的整個秩序就會被摧毀。因此神聖事物由於占據著分配給它們的位置，而有助於維持宇宙的秩序。從外表看來，儀式的繁文縟節可能顯得毫無意思，其實它們可用一種對人們或許可稱為「微調」（micro-perequation）的東西的關切加以解釋：不使任何一個生靈、物品或特徵漏掉，要使它們在某個類別系統中都占有各自的位置。

人類都意圖將存在和出現眼前的事物定位並賦予涵義，這種認知行為產生的結果，在古遠的年代稱為神話，而今則歸入科學求知的範疇。在變遷相對緩慢的部落社會，由神話、禁忌、儀式與集體擁有的認知系統，會維繫得較為穩定，部落成員的思維與行為很少逾越其界線，否則就是破壞了大家自古傳承的規矩，這些規矩之所以重要，就是要維持「袖珍宇宙」的秩序與穩定的狀態；同時，要針對許多群體認為神聖的事物進行命名、詮釋，以使部落成員依循這種規範系統思考和行動。這種賦名與解說會自然成為制約部落成員的機制，同時也形成與其他群體相異的標籤或區隔系統。

根據語言學、考古學的證據，臺灣的原住民族約在距今六千年前陸續進入臺灣[3]。其先民渡過海洋、進入島嶼，建立新的據點，必然要嘗試認識、適應生存的環境，民族生命方能綿延不斷，傳續至今。原住民族部落的神話跟土地的關係極其密切，因之擁有豐富的土地神話，而其時間觀念則因部落作息隨順季節的更迭而有變化，其運轉係迴旋遞進的形態——隨著時節的變遷，進行日常的作息與神聖的儀式，週而復始，卻非返回原點，而是由古昔遞降至今。這種孤立運轉的時間觀念，要到十七世紀中葉荷蘭等外來的殖民勢力進入臺灣之後，才有根本的改變。在這樣的時間、空間融攝的情境下，要如何理解原住民族部落的神話內涵、功能，爰提出「神話樹」的方法，並以阿里山鄒族為例。

二、神話樹

探討神話的方式眾多，也都能獲致一定的結果，惟在多年以來，筆者接觸自己出身的族群部落，也曾經到布農族、太魯閣族、卑南族、阿美族、排灣族、魯凱族等部落進行過田野工作，發現原住民族對於神話的觀念，與已然遠離部落、擁有綿長文字與文獻歷史的民族(如漢族)有極大的差異。部落人認為神話的真實性、神聖性與可以實踐的程度很高,它們不僅是口頭的或文字上的散體敘述,也跟部落的現實生活有直接而密切的關聯(浦忠成〔巴蘇亞·博伊哲努〕,二〇〇七年)。基於這樣的理解,於是嘗試跨越不同學派的理論與方法,以民族整體的神話作為分析的對象,以「樹」的概念安置每一個神話主題(thesis)、情節(motif),觀察其形態,嘗試理解族群或部落如何看待、應用神話在儀式、觀念與禁忌等相互間有複雜牽涉的事項。

拉爾夫·林頓(Ralph Linton,一八九三—一九五三年)曾經在一九五五年出版的《文化樹》提到其所謂「文化樹」的概念:文化不僅是有一根主幹的進化樹,而是像熱帶的榕樹,擁有各種枝杈交疊的不定根和氣生根;儘管文化演進的過程有傳播、假借和分歧等多種方式,但是依然可以追溯到史前的源流中(陳國強,二〇〇二年)。本文所稱

3 語言學者李壬癸(一九九七年,頁六四)認為:「(南島民族)大約距今六千年前由亞洲大陸遷到臺灣。也有可能是分批來的。時間相當長,最早一批約在六千年前,到臺灣之後大都集中在中南部區域,北部也有,東部沒有那麼早。最晚到臺灣地區的是雅美族,這個民族的語言與菲律賓巴丹群島語言非常接近,彼此之間仍可溝通,可見分化的年代相當晚近,大約只在數百年前。」

「神話樹」有多重視角：

（一）民族整體神話情節內容組成的方式

某一群體擁有的神話內涵特質。一般而言，神話關注的大體相似，但是有些群體所擁有的神話內容在某種部分會特別豐富，或者特別稀少，甚至完全沒有，那肯定有地緣環境、歷史經驗的關係；譬如蘭嶼島上的雅美族擁有極為豐富的海洋及其生物的故事情節，卻極端缺乏高山、溪流的故事內涵，同時其情節特色跟臺灣的原住民族有很大的差異，這是地緣環境以及其歷史文化因素所造成的結果。

（二）神話與文化牽涉交融的形態

神話與文化各種層面的互動關係，譬如儀式如排灣族五年祭（Maleveq）與神話的關聯——排灣族認為其祖先之靈就在大武山，每五年祖先之靈會赴子孫的部落探視，此時族人即行五年祭以迎接之；儀式與神話在部落集體的運轉過程是相互支撐的，儀式由此而獲致神聖與靈力的加持，神話也因此而確認其詮釋與佐證的功能；

（三）部落敘述神話的模式

每一個群體都有其一套敘述其神話的架構、程序，譬如原住民族講述神話的內涵的程序大體是：人類誕生——黃金年代——射日（月）——洪水／避水／取火／水退——建立部落：神定居地／犬或豹覓得居地——文化創造：神靈系統／文面／獵首／作物取得／生產方式／制度形成／儀式創造／歌謠創作——四邊之地之民：巨人族／食人族／矮人族／地下人——歸宿之地（浦忠成〔巴蘇亞．博伊哲努〕，二〇〇七年）。

（四）神話意圖說明的空間世界

神話意圖說明的物質空間通常侷限在其熟悉與相關生存環境範疇之內，而在心靈層面所能涵蓋的則要超出更為遼遠，其所張羅配置涵蓋宇宙天地間思維所及之處，自天地何以分離懸絕、日月星辰運轉、神靈鬼怪居處、四方各類人種物種以及巫術神蹟的奇幻等，再配置於時間不斷的流轉中，其所呈現的極其龐雜的展現系統。

因之，「神話樹」是對於一個民族古老神話的現代理解與重建，也是追溯、探索、彌補與組合過程。吾人可以嘗試想像某一民族由遙遠的古代，在一種獨特的自然環境與人事遭遇中，因為實質與心靈的需要而逐漸創造、增補、刪除（或遺忘）與修正其內部不斷流傳的神話。這是民族生命與神話一同生長的清晰脈絡。神話也可以想像成一個生命由誕生（人類起源）、成長（狂暴歲月——洪水、射日等）、成家（建立部落）、立業（創造或發明文化）、衰病（遭遇疾病、攻伐等）、死亡（群體遷徙、遭到同化）的過程。

還可以直接將民族神話的發展視作一棵由種子萌芽、茁壯，乃至成為頂天立地的巨榕樹。榕樹種子成熟落地之後，也許被樹葉、土壤覆蓋（混沌），接著萌芽的時節到了，雨水、陽光出現（開天闢地），它的幼芽探出地面，也將細根伸入土裡，吸取營養（起源）。它會遭遇氣候如酷暑、暴雨、閃電、嚴寒的襲擊，或者昆蟲、禽獸的殘害（洪水、射日），但是經歷時間的考驗，終有一棵熬得過的幼株，會逐漸長出粗大的樹幹，並開枝散葉（各類神話的主題與情節，包括文化習俗起源、四方地域與人種、穀物來源等），成為根、幹、枝、葉齊全的榕樹（形成一個民族整體的神話體系）。榕樹的氣根與果實落地的延伸或擴展，象徵神話隨著民族足跡的移動或力量的擴散；而其樹體的萎縮、枯乾，象徵民族生存範圍的退縮或民族生命的死亡（滅絕或同化）。

三、具體的例子：阿里山鄒族

（一）部落神話敘述內容

阿里山鄒族部落成員思維中的時間與空間，在神話內涵的表述中可以尋繹其鋪陳的型態，擔負神話講述的耆老在一次次的追溯過程中，藉由神靈、英雄與特殊事件的串聯，建立起一處處的驛站，提供部落的子裔歸回祖先依據智慮與經驗所設想的氛域——由時間、空間與習俗、觀念凝聚而成的領域。部落講述故事並不像現在的研究者將口述資料分解成一則一則的故事單位，在正常的狀態——時間、環境允許的狀況下，長者都會講述「一個段落」或集合著長串的故事體系（浦忠成〔巴蘇亞．博伊哲努〕，二〇〇七年）[4]。阿里山鄒族部落最常見的敘述內涵如下[5]：

1. 調整天地／善神 nivnu（創造女神）／惡神 soesoha ／生死／人 cou 居住之地／文化起源

在古遠的年代，天神 hamo 或創造女神 nivnu 降臨於玉山，搖動楓樹，樹果樹葉掉落，成為人類 tsou 的祖先（或由天神或創造女神於土中播植人種，人由土中長出，成為人類的祖先），人的生命由此開始，而逆神（或毀滅神）soesoha 作法，讓人類的壽命 ngsou 終有完結的期限 la nots'uhi ta mo matsitsihi，創造女神跨足於群山之上，為人類界定居住的領域 teela yoni ta yatatiskova，用腳踩踏，使西部成為平原 poneo，而東方為崇山峻嶺的地形，並且教導人類建造房屋 emoo、狩獵 e'ohu、種植粟米 ton'u 與釀酒 meemi，之後即離開人間。

2. 天象／天升高／射日

彼時，天空極低，群獸聚集，意圖舉天，卻無法奏功，後由小鳥 vivikulei 一舉，天空便升高，天地經過調整 teoteai，成為人類可以居住的地方。有一段時期，月亮 feohu 的光熱讓人類無法正常繁衍子孫，於是由巫師 yoifo 前往高山射月，射中月亮的腹部，月亮血 hmuyu 流地面，染紅石頭 fatu，其光熱原本更甚於太陽 hie，此後遂變得蒼白，光熱頓減；經過一段畏縮猶豫之後，太陽與月亮才輪番升起，每當太陽在西邊 oei'i 落下，月亮才會由東方 omza 升起。天地間又恢復正常的狀態。

3. 洪水／退水／祭歌創作（獵首起源）／取火

不知經過多少歲月，有一次，一條鰻魚 tungeoza 橫臥溪中，導致洪水氾濫，大水

---

4 根據筆者過去的田野經驗，耆老（族群間的差異不大）講述故事會由最古老的部分講起，然後依據其認定的時序逐次敘述；如果環境允許，他們可以由古而今依序講述。

5 本文僅以最常被講述的神話故事作為例子。

淹沒大地 etupu e hpuhpungu，人類只好逃到玉山 patungkuonu，鳥獸也躲到山上。所有動物都害怕 ma'meomu 人類，遠遠的躲著，只有猴子會靠近人。水勢愈來愈大，即將要淹到山頂，一隻螃蟹過來，向人要了一份禮物（女人的陰毛）後，到水裡用螯夾住鰻魚的肚臍，鰻魚忍不住痛而轉身，洪水就慢慢退去。當人類居住在玉山的時候，沒有粟米和蕃薯 f'ue 可以吃，就看看經過的野獸是否肥美，就宰來吃，當時就這樣過日子。

有一天，眾人聚集一起，想要唱歌 pasunaeno，但是總覺得歌聲不夠動聽 moengu，於是殺狗 av'u，以竹竿撐住狗頭，聲音稍稍動聽一點。於是眾人捉一隻猴子，砍取其頭同樣置於竹竿上，此時所唱的歌又更動聽些，唯似仍有一點瑕疵 amtsumo a'umtu ummu。此時有一人說，如果用人頭，應該更好。剛好有一位惡童（或身體殘缺的孩子）kuitsi oko 走過，眾人殺死他之後，將人頭置於竹竿上，所唱的歌極為動聽，於是眾人知道天神喜愛人頭。人類避居玉山的時候，火種 puzu 熄滅，於是派遣 kiyuisi 鳥尋找火種，kiyuisi 雖然找來火種，但是因為飛行速度太慢，火燒其嘴，kiyisi 不能忍痛而放棄，後來又派 uhngu 鳥取火，牠順利帶回火種，從此人類才又有火。

4. 建立部落／建立會所／部落領袖 peongsi 形成／征伐／擴張領域

洪水退去，聚居玉山的人都要下山，瑪雅人 maaya 與紅毛人 angmu 、斯布昆努人 sbukunu 要與鄒族人 tsou 分別，分別時取一把弓，maaya 取柄，angmu 取其端，sbukunu 與 tsou 分別取中間一段。鄒族人走下玉山後，各個氏族分別沿著陳有蘭溪 himeu tsi tshʉmu、清水溪、楠梓仙溪 yamasiana、荖濃溪 fozu tsi tshumu 溪谷遷移，各自建立男子會所。

Nia hosa 氏族離開玉山後，先到鹿窟山附近的 ha'vuha'vu，然後就遷到特富野 tfuya。後來，Nia hosa 氏族邀請居住在特富野對面 ayungu 地的 yatauyongana 氏族加入部落，奠定部落發展的基礎。後來 tosku 與 yaiskana 氏族自 yiskiyana、tuthusana 與 yavaiyaana 氏族 ha'vuha'vu 遷來，特富野部落遂成為各氏族的共同中心。

Nia hosa 氏族曾經長期擔任特富野部落的主人 la letatayazooyi，後來因為仗著人多勢眾，行為殘暴 na'no pak'i，時常藉故焚燒 pemeo 其他氏族的獵場 hupa；讓部落的青年操練圍攻野豬 bua fuzu 的行動，導致青年重傷而死；播種祭進行豆花儀式 mee fo'na 時，也曾發生少女受辱而偕同姊妹投崖自盡的悲劇。此時部落的 vayayana 氏族出現一位身強力壯又有膽識的男子長毛公 ak'e yam'um'a，其勇武懾服 nia hosa 的部眾，於是拱手將部落的領導權讓給長毛公。長毛公之後三代絕嗣，乃以同氏族 kautuana 亞氏族之子 yaaipuku 為養子，繼任部落首長 peongsi。自此爾後，特富野部落即由此家族成員擔任 peonsi，而該家族亦因此而被稱為 peongsi 氏族。

yaaipuku 擔任 peongsi 的時期，偕同渾名大食漢 meyaesi 的 muknana 氏族人 yapasuyongu，率領族人兩次重挫北方的 imutsu 部落，並擴展土地至 veiyo 一帶；後復用兵於南方的 takupuyanu 族群，迫其求和，此為特富野最強盛、據地最廣的時期。對於陳有蘭溪流域的征伐，驅走原居該區的 mumutsu 族群，並建立新部落 luhtu，亦為該時期的重要發展。

5. **粟女神 ba'e ton'u／塔山 hohcubu（歸宿之地）／地下人／收穫祭 homeyaya 起源／祖靈之地與人間不同（時間、食物、形體／巨人之地**

古時候，粟女神 ba'e ton'u 以種粟 hiyoyapo 親自授予鄒族的祖先，教以耕種的方法，並且叮嚀：在播種和收穫時必要祭拜我，我將使你們永遠不至於匱乏。當時一棵粟可以結穗五次，五粒粟米就可以裝滿飯鍋。後來族人怠惰，屢犯禁忌 peisia，最後竟廢棄祭祀粟女神的儀式 meesi，此時，田間及倉中的粟米一起飛走，僅留一穗，族人取以種植，惟僅能結穗一次即枯死，炊煮僅能稍微膨脹。自此，族人才又以謹慎虔誠的態度從事播種祭 miyapo 與收穫祭 homeyaya。

昔日在玉山時，尚無粟米，僅以獸肉為食物 ts'o onou no fou。一日，有人在山中見巨大的山芋 utsei，拔出時，有洞穴，人進入洞穴後，見有人進食，惟不吃飯而飲吸湯氣 oa pahu，族人詢問所吃何物，該人回答是粟或米飯，族人即討取少許，返回地上，族人從此方有粟米可吃。整個粟祭儀式（包括新春的播種祭及秋天的收穫祭）在鄒族部落是最為重要的部分。

粟女神喜愛清靜，因此祭儀期間決不許有任何喧鬧的聲響，大人們在祭粟倉 emoo no peisia 等候粟女神由塔山 hohtsubu 前來之際，為怕孩子吵鬧，通常早早就讓他們睡覺，即使狗也不能使其走動吠叫。據傳特富野曾有一男子在等候的時候，見一隻狗走來，便用一種小弓箭 sipuka（專為祭祀中驅狗所用，箭端置硬果）射狗，未料箭由狗身上彈跳，射中正好進入祭粟倉的粟女神，驚怒的女神轉身便回去，順便將這名男子的魂魄帶走。眾人看到這名男子昏迷，知道粟女神正懲罰他。

粟女神回到塔山，要進食了，她的隨從也為這名男子備妥食物，但是粟女神阻止，說：「我還要讓他回去，不能給他吃我們的食物。」不久粟女神又帶他的魂魄回到部落，這個人也就醒過來。他便把這段過程敘述給部落的人聽。

在部落稍偏北的西方，塔山以其險峻壯觀的斷崖與難以攀爬的地勢，成為族人傳統觀念中神靈如粟女神及許多不知其名的神所居住的地方，故塔山亦有「神靈的會所 kuba no mahihitsu」的別稱，也是人死後靈魂歸去的地方。據傳過去曾有痴情的女子，因為思念病死的情人，每日唱著他們過去相聚時的歌，死去的情人忽然出現，帶她到塔山，那裡有一扇門 pingi si，進入之後，也有和部落相似的人家。這一對愛侶在那裡恩愛的生活，生下孩子的時候，還攜全家返回部落，夫婿帶著酒作為禮物，人們卻只見竹酒筒似乎自行移動。他們的嬰孩在母親的懷中看起來非常健康甜美，外婆一抱到懷中，卻變成樹根 misi no evi 或茅草的根 thutsu，母親接回來，又變成一個嬰孩。女子有一次又回部落，告訴家人：「如果看見塔山入口處上方掛起我穿的衣服 yusu no mi'iyei，就是我已經死了。」過了一段時間，家人果然看見入口處掛起女子的衣服。後來衣服便成白色的石頭。

曾有一獵人在塔山附近追獵一隻山羊時，山羊逃至塔山一處洞穴而失去蹤跡，獵人亦隨而進入洞穴，穴道中遇見一人，要獵人閉上眼睛，閉上眼睛後就看見巨大的房屋，其中有人殷勤接待。該家中有一年輕女子，嫁給獵人。幾天後，獵人出獵，狗見蛇就會追逐，看到野獸反而不追，所以毫無所獲。返家後，妻子告訴他，你所見到的蛇就是鹿。次日，獵人再度出獵，見到蛇就射出箭，蛇被射中，忽然就變成鹿。過了一段時間，獵人思念部落的親友，與妻子暫別時，妻子說五日之後會迎接。獵人回到部落五日，妻子並未迎接他。等分手後的第五年，獵人忽然死去。他的妻子迎接他回去了。後來人們才知人間的五年是靈界的五日。

就在塔山附近，有幾處又寬又深的洞穴，據說是一個巨人 belku 曾經居住的地方。這位巨人小時候原本很矮小，他的母親突發奇想，認為豬閹割後會長得很大，就閹割這個孩子，孩子果然長得很高大，甚至高大到無法住在家中，而尋找洞穴棲身。走在林間，他的頭尚在檜木之上。打獵時，兩腳跨越溪谷，用力搖撼兩岸的叢林，野獸逃出，他就用兩掌擊殺。由於身體變得很巨大，做許多事都感到不便，於是他開始怨恨母親，後來竟然在母親送飯來時殺死她。後來他年老體弱，有一百隻熊一起攻擊並且吃掉他。

6. 瑪雅斯比 mayasvi 祭典起源／人被帶至神界學習祭儀／昴星

瑪雅斯比 mayasvi 祭典中占重要地位的祭歌，相傳是在洪水時期人類避走玉山所製作，亦有說係自瀑布下習得。至於相關祭典儀式與祭祀物品，則部落口碑謂：有一男子攜子到溪邊網魚 you（應係高身鯝魚），後來發現孩子不見了，他到處找，卻都找不著。只好悲傷的回家。過了好多年，眾男子在聚會所時，突然有圓石自天降下，衝破屋頂，掉落地板上；隨後，槍、裹有人頭的胸袋、金草、芙蓉樹皮籤條、腕鐲等物依次自屋頂缺口落下，最後，失蹤多年的孩子也自天降下。瑪雅斯比祭典就是由這個曾經被天神帶到天上的人所教導，他也教人如何編簍。至於祭儀中的禁忌，如離開部落遠行或不及返回參與，皆屬犯禁。今昴星出現東方天空，即開始進行祭典儀式，即因曾有部落男子六人（或說十人）及犬一隻（或說兩隻）於祭儀前入山狩獵，歸社時祭儀已經終了，因犯下禁忌，無法參加輪舞 mayasvi，便在社外自行輪舞，後來他們竟然升上天空，成為天上的昴星 fkuu，於是族人見昴星則知祭儀應當舉行。

7. 四方地域與各類人種／矮人族／食人族／蛇起源

在鄒族的觀念中，在玉山東方的平野，居住著一支稱作 maitayasu（應為魯凱族 mateyasan 社）及 meefutsu（其意為專以袋盛物 ［之人］ 的矮人居住。此族矮人喜奪取他族婦女與孩童。有一位在山田裡工作的懷孕婦人被 meefutsu 擄走。這位婦人被帶走時，沿途不停折斷細小的樹枝 tibkotsu to mae ehti，到 meefutsu 的部落後，她產下一個男孩。男孩長大後，婦人將被擄的故事告訴他，並且準備逃回家園。經過一番艱苦與危險的過程，母子終於回到家園。

另一與 mefutsu 有關的口傳故事為：有一孕婦爬上楓樹採嫩葉 yuvaahi tsi hungu 時，meefutsu 要來抓她，她由樹上跳下，奮力逃跑，meefutsu 在後面緊追不捨，孕婦跳過幾道溝渠，終於擺脫。據說她懷的孩子後來成為部落的頭目或征帥。

族人對於 meefutsu 一向頗為懼怕，尤其兒童。若兒童啼哭不止，則父母往往斥責，說：再哭就把你放在門口，讓 meefutsu 帶走。孩子一聽到，哭聲通常立即停止。

就在 mefutsu 居住地方的對岸，有一食人族，稱為 kayubuyuana，其人種身材高大，膚色黑；傳曾有一鄒族婦人被逮（亦有說法係嫁至該族），該族人因其有孕在身，故並未立即殺她。產下孩子後，她處處小心，因此到了孩子已經走路的年紀，仍安然無事。有一天，家中長者囑她到田地挖些地瓜，她雖然感到不妥，卻不敢違背。回來時，家人對她說：我們已經吃了。妳的那一份在竹筐裡。她過去一看，原來就是她自己的孩子。隨後她就趁機逃走，大家才知這個族群有吃人的習俗。

矮人 sayutsu 在鄒族的部落亦有傳聞；據傳此族人所居位玉山 patungkuonu 北方，住洞穴中，身體矮小，爬上樹豆 fo'na 莖枝，莖枝亦不折斷。善用刀槍，臂力甚強。曾與邵族 suatanu or svatanu 交戰（或說與布農族丹番），後不知所往，已經很久未曾看見。族人相信，這種矮人能隱匿在人影下，所以在一夥人分配物品之際，原本分配的物品是夠的，若分到最後竟然不夠，那就是 sayuts 所取走。

婦人在工作時常聽到蛇叫的聲音，一回她很仔細聽蛇的叫聲，不久就有一個男孩出現；婦人問不出是誰家的孩子，就帶著他回去。孩子長大後，擅於狩獵，總會帶很多獵物回來。後來養母發現孩子走在路上時，常會捉些青蛙吃，有一次還發現他進入洞穴，洞穴外留下一段蛇尾。有一天，一條很粗大的蛇靠近養子，並且用舌頭舔他，舔過的地方就變成蛇身，最後兩條蛇就一同離開了。

另一有關蛇的口述資料，係一婦人與一男子同住，一回她打掃屋子，將地上的小蛇也掃走了，男人責問她為什麼將孩子也掃掉了。一天，男人要出門，交代她千萬不可以打開木匣子，因為老祖父在那兒睡覺。婦人好奇，偷偷打開，原來有一條很粗的蛇蜷伏在那裡。婦人害怕極了，跑到 taungayu 神那裡去，將所遭遇的事告訴祂。taungayu 招集所有的蛇類，並且用手杖擊打地上，將蛇全燒死了，僅有一條未被燒死。所以現在的蛇尾巴都像被火燒焦似的，那就是 taungayu 神燒蛇時留下的痕跡。

8. 占卜鳥 oazmu ／凶鳥 tampuyangu ／怪獸 ma'mumamtso

古時有一孤兒發明槍，並用槍刺殺野獸，較從前便捷（亦有說法言該人擅長狩獵）。至晚年，身體孱弱，無法上山狩獵，便告訴族人：我死後會變成 oazmu 鳥，你們以後狩獵時，只要留意這種鳥的叫聲，就可以有很多的獵獲。他死了之後，身體一塊塊變成 oazmu 鳥飛走了。

鄒族人認為 tampuyangu 鳥為一種凶鳥，叫聲像眼鏡蛇 kenfafo'oha 一般，常在夜間出現，見到的人往往會遭遇不幸。曾有人狩獵時，其陷具 h'oepona 捕捉一隻 tampuyangu 鳥，此人忘了禁忌，將鳥帶回家。儘管後來他將鳥放了，家人卻一一生病而死，最後僅剩一個婦人。所幸她生下一個男孩，靠著這孩子，該家族才又興盛起來。

山中尚有稱作 ma'mumamtso 的怪獸，據說專吃人眼睛 mtso，居於險峻的岩石地形。此物與 tampuyangu 鳥，雖族人似並未有親睹者，惟確實存在於輾轉相傳的口述中，且引以為具體的觀念與禁忌。

9. 癩蛤蟆 fo'kunhe no ak'e ngutsa（雷公的青蛙）／螃蟹與星星

癩蛤蟆 fo'kunhe no ak'e ngutsa（雷公的青蛙）不可玩弄 kematmohi。過去曾有兩個孩子將癩蛤蟆拋來拋去，雷公 ak'e ngutsa 便從天上拋下狀如鐵鍋 tngoo 的土塊，壓住這兩個小孩。

溪中常見死螃蟹，殼上有細孔，族人認為係星星 tsongeoha 所射 pnaa no tsongeoha 或被星星的尿 sifu no tsongeoha 所殺死。

10. 水鬼／溺死鬼

人涉溪偶有溺斃，係水鬼 enhohtsu 所致，據傳昔日 engohtsu 隨身攜一手杖，用手杖打擊水面，則溪水分開，溪底乾燥可以行走。因此族人涉溪時往往求 engohtsu 借用其手杖，如此才能安然涉溪。一天，enghtsu 散步山田中，遭該田地主人撲殺。不久，暴風雨大作，engohtsu 手杖隨同洪流沉沒深淵裡。其後族人溺死於溪水中甚多，且皆沉於該深淵。溺死於下游者，亦會逆流而上，沉入其間。

（二）神話與文化融攝對照

表一：神話主題與涉及習俗行為對照

主題	核心情節	牽涉之習俗行為
起源	1.天神降臨玉山（或特富野部落）搖動楓樹而人類誕生。 2.天神播植人種於土地，生出人類的祖先。	1.人類起源。 2.鄒族祖先起源。 3.生命起源。 4.確認玉山與鄒族的關聯。
神靈系統（參後附圖表）		

空間	1.天地在人類出現之前就已經存在。 2.大地原是不平坦的，由神靈調整而有現在的山川形勢（西邊經過 nivnu 女神踏過所以是平坦的，而東邊來不及踏平所以是崇山峻嶺）。 3. nivnu 在高山石頭上留下足印，宣示族人生活領域。	1.說明何以居住此地。 2.確認居住地的範圍。
黃金年代	1.昔日粟可以膨脹很大，一粒粟可以讓全家人吃飽。人類懶惰或貪吃，煮了太多，於是粟米無法再膨脹，使得人必須煮很多粟米才能讓大家吃飽。 2.人因為沒有依照粟米女神的叮嚀，誠心辦理神聖的儀式，憤怒的女神將所有粟米種帶走。人們在門上發現一小把粟米，拿來種植，它們已經無法像以往那樣膨脹。人們必須種植很多才能溫飽。 3.昔日人類想吃獸肉，只要呼喚野獸，野獸就會前來，人們只要取少許獸毛放入鍋中，就能吃到美味的獸肉。後來因為一個貪心的男子，在野獸身上切了一大塊肉，讓野獸憤怒，決心不再靠近人類，所以人類必須到山裡去狩獵，野獸也會對獵人反擊。	1.珍惜生活資源。 2.虔誠進行祭祀。
天象	1.天以前很低。 2.天有二日，輪番而出，人類無法工作／休息／人類無法繁衍子嗣／酷熱的太陽晒死孩子／於是部落派出巫師到高山頂射太陽／太陽被射中後失去血，變成現在的月亮。 3.星星是部落傑出的人物／違背儀式禁忌的人變成的。	1.解釋天象。 2.說明月亮為何有陰影。 3.惕勵後人。 4.警惕族人勿耽誤祭儀。

洪水	1. 溪中被巨蛇／巨鰻堵住，造成洪水氾濫，人們逃向高山。人與野獸都群聚在高山上。螃蟹向人要求陰毛，人類同意了。螃蟹夾住巨鰻／巨鰻被螃蟹夾住肚臍，忍不住翻轉身體，洪水退去了。	1. 確認玉山為避難之山。 2. 解釋螃蟹身上為何有毛。
部落建立	1. 母狗產子於吉地，於是人以該地為部落。 2. 試種之粟／甘藷碩大，土地肥沃，因此以為部落。 3. 智勇之人發現吉地，建立部落。 4. 部落人口增加，部分人口尋找新的居地。	1. 說明部落歷史。 2. 人與狗的關係
食物	1. 粟米女神賞賜給人類。 2. 在地道(洞)遇見只吸湯氣的地下人，他們擁有食物，透過請求／藏在身體某部位(下陰)，終於帶回部落。 3. 在地道中發現食物種子。	1. 農事祭儀。 2. 空間概念。 3. 解釋作物來源，應當珍惜。
祭儀	1. 洪水時期，人在玉山躲避洪水，神在玉山啟示人以敵首獻祭。a.先以狗、再以猴，最後以殘疾孩子(或頑劣孩子)之首獻祭，至此祭歌始達動聽和諧狀態(已蒙神靈接納)。b.至此人知以人首祭祀天神 hamo 與戰神 iafafeoi。此為祭歌與獵首之由來。 2. 一父帶男孩赴溪釣魚，父親釣得一條高身鯝魚 eoyu，交給男孩後繼續釣魚；a.此後一杓盛醇酒 snima 伸至男孩前，男孩欲取酒杓被帶離地面。父親發現男孩失蹤，到處尋找卻毫無線索。b.數年後衆男子聚集於男子會所 kuba，忽有	1. 獵首祭儀的起源。 2. 神聖祭歌的起源。 3. mayasvi 儀式的起源。 4. 收穫祭 homeyaya 的起源。 5. 播種祭 miapo 時也要祭祀家族所擁有的土地(獵區、漁區等)。 6. 祭儀過程的禁忌源頭。 7. 重申祭祀各類禁忌。

	圓石、豬首、槍、盾牌、芙蓉樹皮籤條等物穿破屋頂由天降下。c.接著一俊秀青年隨之降下，對眾人言其人係數年前隨父釣魚之人，天神將他帶至天界 pepe，教他如何進行祭祀，今日天神囑他返回教導族人。此即瑪雅斯比祭典 mayasvi 之由來。 3.粟女神 ba'e ton'u 叮嚀人類謹慎從事祭祀，將永保食糧豐足。a.粟女神居住塔山 hohcübü。b.性喜安靜，忌吵雜紊亂。c.粟成熟時，祂由塔山赴部落粟田，收穫祭時再隨粟赴各家族祭粟倉 emoo no peisia 中。d.祂眼中，松鼠就如山豬，哪一家族捕得較多松鼠，來年粟米必將豐收。 4.山林的野獸都是土地神 ak'e mameoi 豢養的，狩獵前必須虔誠祈求祂的幫助才能獲得獵物。	
占卜	1.善獵者死後化成卜鳥。 2.他叮嚀族人必須要聽取卜鳥 oazmü 的叫聲，以判定吉凶。 3.蛇是土地神 ak'e mameoi 的使者，如果牠橫臥路上，行人必須折返，如果繼續行進就會遭遇危險情況。	1.鳥占由來。 2.重要事項如狩獵、征戰、祭祀必須事先進行占卜，已決定行止。
四方地域與人種	1.地下人。a.地下人由於沒有肛門，所以飲食僅能吸食湯氣。b.有一男子挖山芋，芋極大，竟挖至地洞，洞內有人正飲食。c.地下人邀男子同吃，發現食物美味，男子欲索些許種子帶回地上種植，但地下人僅允男子同吃，不准他帶走。d.男子偷偷將種子藏於包皮，帶回地上種植，此即今之旱稻。	1.嘗試說明四方地域與各類人種。 2.說明穀物來源。

	2.食人族。a.據傳此種族居於鄒族人所居地之東方。b.昔有一鄒族婦人嫁於該族，見家族人殺死其嬰孩食之，方知。c.該婦人後來逃回部落。 3.矮人族。a.身矮僅三尺，可以攀爬豆樹。b.有法力(或力量甚大)。c.能躲陰影處。d.常伺機擄走小孩、女子。e.常居洞穴中。	
奇人	1.巨根人。a.其巨根於行走時需裝入網袋。b.同伴謊稱敵襲，不及收攏巨根，只得拖行經過荊棘林。c.返家後央人協助除刺。d.釀酒宴客，但群刺飛出成為蜂刺。 2.巨人。a.其母擔心其無法成長，閹之，竟成巨人。後房屋無法居住，移住洞穴。b.捕捉野獸時，只要站立山林間以手揮拍山林，即可獲得野獸。c.其母平日會送餐給他。有一日他竟殺死母親。d.老病時，群熊來襲，巨人遭殺害。	3.說明虎頭蜂的來源。 1.對於個別異人的傳述。 2.對於塔山附近存在巨大洞穴的說明(據說巨人曾經經居住該地)。
歸宿神靈之地	1.塔山。a.眾神居住之地。a1.粟女神亦居此地。b.人類亡魂歸去之地。c.該山有巨大門戶，人死亡後，方能看見。d.其地有已死去之祖先靈魂。e.其地狩獵見蛇其實是山豬，見山豬其實是蛇。 2.曾病死者因情人思念故其魂返部落攜其入塔山。a.一段時間後，女生一子，夫妻偕塔山親友同歸部落，親人未見丈夫，但見酒筒移動，見子欲抱，子變成樹根。b.一起飲宴，但見杯盤移動，未見塔山親人。c.將返，女告部落親友，塔山懸崖若掛上衣服 yxsx no mi'iyei 表示其陽壽已盡，真正進入塔山。	1.神聖之地。 2.禁忌之地。 3.說明祖靈居地與人間部落的差異(時間、食物、形體等)。

	3.曾有因祭祀中無意間冒犯粟女神的男子，其魂遭神靈帶到塔山，男子呈昏死狀態。眾神靈進食時，欲邀其同食，粟女神阻止，言彼將返部落，食物不同不能食用。	
文化 culture	1.鑿齒。a.部落昔有殺人者，逃出部落，眾人以其將返，共議鑿齒以為區別。b.昔有人疾病，難以由口付藥，乃鑿其齒以入藥。 2.歌謠。a.一般的歌謠是在瀑布旁獲得啟發而創作而得。b.歌聲亦取自松樹、竹林、蜜蜂之聲。 3.舞蹈。a.舞蹈是迎接神靈的姿勢、動作、態勢。 4.家族形成。	1.各類文化、制度、觀念內涵產生之說明。 2.說明舞蹈、歌謠（含祭歌）起源。

來源：依浦忠成（巴蘇亞．博伊哲努）（二〇〇〇年）修正。

由神話與文化習俗相互對應的情況，可以了解兩者確實存在著「神話與儀式是一體兩面」這樣的關係。周昌忠認為：

神話就世界的秩序、實在的本性、人的起源和人的命運等給我們教益。神話還讓我們了解它們淵源所自的社會，展示這些社會運行的內在動力，表明社會的信念、習俗和制度存在的理由。最為重要的是，神話使我們發現人類心靈的某些運作模式，它們亙古不變，又在無垠空間裡廣泛流播（二〇〇〇年）。

（三）神靈的分類與信仰的安頓

表二：阿里山鄒族神靈系統表

神名	居住地方	祭祀名稱	特徵或靈物	口傳文學的關聯	職能
1.創造女神 nivnu	天界	無	巨人、女性、善神	調整天、造人、文化創造	宇宙創造者、特富野部落主神（僅特富野存）
2.天神 hamo	天界	敵首祭	人形、巨眼、衣熊皮或紅衣、全身發光、居處遍生金草、靈物為熊	造人	世界主宰者與管理者、諸神支配者
3.司命 posonfhi	天界	無（陪祭天神）	性別不明、天神扈從	無	決定人類命數
4.軍神 iafafeoi	敵首籠與天界	無（陪祭天神）	男神	無	戰士守護神

5.土地神 ak'e mameoi	各處土地（有地名即有此神分身）	收穫祭時獻祭此神	男神、靈物為山貓及蛇	無	保命神（供給糧食）、保境神（驅逐惡勢力或疾病）
6.河伯 ak'e ts'oeha	各處溪流河川	收穫祭時獻祭此神	男神	無	保護涉水者
7.粟女神 ba'e ton'u	塔山、祭粟倉、粟田	播種祭、除草祭、收穫祭	女神	粟起源	提供粟米、管理粟作
8.稻神 ba'e pai	不詳[6]	收穫祭	女神	無	提供稻米、管理稻作
9.獵神 hitsu no emoeyikikiyeingi	獸骨架 tvofsuya	收穫祭中的獵祭獻祭此神，平時有獵獲亦祭祀此神	男神	無	1.引致各類野獸 2.禱求之可多獲獵物
10.社神 hitsu no pa'momntu	社口靈樹（茄苳樹或赤榕）	道路祭、平時經過此地亦予以獻祭	不詳	無	阻止疾病及敵人來犯
11.家神 hitsu no emoo	宗家	收穫祭	祭粟倉及獸骨架為其象徵物[7]	無	使人免受疾疫及火災

12. 瘟神 yata voetsuvtsu	暗黑之處	藉由天神驅逐	不詳	無	使人得瘟疫
13. 痘神 hitsu no koah'oh'o	西方	藉由天神驅逐	不詳	與漢族接觸後方有此神	使人得天花
14. 凶煞 taliuliu	西方	藉由天神驅逐	不詳	與漢族接觸後方有此神	使人得災厄
15. 水靈 engohtsu	深淵及急流處	藉由天神驅逐	不詳	Engohtsu遭人殺害	使人溺死
16. 雷神 ak'e ngutsa	天上	不予冒犯（癩蛤蟆）	不詳	壓死玩弄癩哈蟆的孩子	打雷
17. 風神 hitsu no poepe	不詳	無	不詳	家族圖騰（poiconu）	司理暴風的吹動

6 種稻技術引入後增加稻神，為稻穀的司理神，其職能與粟女神相似，惟其神聖性遠遜粟女神，相關祭儀亦甚簡略。

7 或謂家神與粟神為同神異名。

18. 生育精靈 vaisi	附著於胎兒	無	不詳	無	助婦人生產與區別性別
19. 山崩精靈 tantsahae 8	不詳	無	不詳	無	使山崩

來源：依浦忠成（二〇〇〇年）修正

阿里山鄒族部落的神靈系統逐漸成形：創造女神 nivnu、天神 hamo、司命神 posonfihi、軍神（或戰神）iafafeoi、土地神 ak'e mameoi、河伯 ak'e ts'oeha、粟女神 ba'e ton'u、稻神 ba'e pai、獵神 hitsu no emoekiekiengi、社神 hitsu no pa'momutu、家神 hitsu no emoo、瘟神 yata voetsvtsu、痘神 hitsu no koah'oh'o、凶煞 taliuliu、水靈 engohtsu 等，在部落成員所居住與活動的地域（自然界與超自然界），造成庇佑賜福或給予人類生命威脅的效能。鄒族的神靈有善神 umnu tsi hitsu 及惡神 kuitsi tsi hitsu 的分別；惡神如瘟神 yata voetsvtsu（其意為「居住於黑暗者」，即幽冥之鬼）、痘神 hitsu no koah'oh'o 及凶煞 taliuliu（或謂為火神，係西方漢族住地侵入的神靈，為害最烈，族人對其最為恐懼）、水靈 engohtsu（在深淵急流處使人溺死的神靈）；善神則區別為上神與下神兩大系統，神格地位高下以其司理對象的大小輕重為準，即人生價值大者，其地位亦高。上神司理生命的本質與其發展，也掌握生命與奪之權；下神為司理生命的存立與發展所需的營養與環境，因此上神的地位較下神為高，其居處亦有分別。上神居於上界 yone pepe（此與自然的天 engutsa 有別），下神居於下界 emueona（與自然的土地 tseoa 不同）。創造女神 nivnu 或天神 hamo 為地位最高的神靈，其他一切上神及土地神 ak'e mameoi（年老的祖父或神靈之意）皆受命於此；而土地神以外的下界之神，皆須受命於土地神。最高的主神只照臨世界並指揮諸神，不親自處理人間的事務。

司命神執掌生命的賦予，在嬰兒誕生時降臨，在嬰兒頭上注水，以決定其一生的命數 noasvuta。軍神執掌生命的奪取，當征戰殺敵之際降臨，勝負均取決於此神，如無此神持戰士射出的箭刺入敵人胸膛，則無法擊斃敵人。土地神兼具保命、保境的職能，因此可以保障糧食資源的不虞匱乏，也防止不利於生命的惡神與疾疫侵入，其靈物為蛇 fkoi 與山貓 kuhku。粟女神的職掌係以成熟的粟米交付人類（粟作的生長靠土地神）。

---

8 鄒族人對於此神靈觀念不詳。

獵神幫助獵人獲取獵物（山林中野獸的生長繁殖，由土地公掌理）。河伯能保障漁獲，也能防止外族的侵占，保護涉水者免受水靈的加害。

社神的居處在部落口所植赤榕或茄苳樹 suveu，能阻止疾病與超自然的外力侵入部落。神靈的存在與系統的確立，造成部落祭祀行為與相關儀式的逐步成形，衛惠林等（一九五一年）認為：

> 曹族諸神之司理範圍雖已相當分化，然其主要祭儀則大都包含於農業祭儀中，只成為若干分開之儀節。農業祭儀之中心動機固為粟之耕作，還有許多與粟作無關之動機與之相結合，恰如彼等相信祈求豐稔之祭儀內可以包含實現其他祈求之神力，或出現與粟作無關之動機之儀節，亦含有足以促進粟作之效果之要素。如在其農業祭儀中，同時可發現祈求個人健康與社會康寧之儀節，敵首祭、獵神祭之與粟作祭儀相結合，其意義均為此。收穫祭後連續舉行幼兒周年禮與成年禮，可見其在無精密曆法之社會中，具有年終或新年祭儀之功能。與農業祭儀完全不相連接之臨時性祭儀，有戰爭後之敵首祭，狩獵後之獵神祭，及建築祭。

瓦辛格爾（H. Vaihinger）認為神話有其自身內部的發展規律：一開始是由萬物有靈論的觀念而引起了神話，隨即神話伴隨著祭禮進入宗教，而隨著人類科學知識的增長，宗教教義又降低為一種假設，它由於經不住時間的考驗，又重複歸於神話；同時他認為神話可以作為宗教、詩、藝術和科學的共同母親（朱狄，一九八七年）。王孝廉（一九八七年）亦言：

民族信仰的產生，並不是從理性的自覺而形成的，是依各民族累積長時間的經驗與傳統而形成的共同觀念，把這種共同觀念落實在現實生活之中，就是民間宗教或民俗節日的儀禮。但這種儀禮不是自外來宗教的傳入，而來自民族生活為基礎的自然宗教信仰，如由於對山水木石等自然物的崇敬而形成的自然信仰，對日月星辰及風雨雷電等天然現象而引起畏敬和崇拜，由此將天然現象加以神格化而形成精靈信仰，對於始祖神的崇拜畏敬以及對死靈的恐懼而產生的祖靈信仰，對死後的不安與對來生的憧憬而產生的天堂或幽冥世界信仰，由狩獵、農耕、航海而產生的獵神、農神及航海神的信仰。這些民族信仰並不是隨著民族文化的發展或科學技術的進步而消失，相反的，是不分過去、現在以至未來，長期地像化石一樣，與科學文明及理性思維並存於一個民族的精神和思想之中。

鄒族針對生活所及的領域，與其心思足以追溯的古遠年代，由於特殊的宗教體驗而塑造分布於其生存多維空間裡的神靈系統，時空交錯中可以追溯古遠而暗晦的歷史印象，也能夠將空間領域的鋪排方式予以立體化，人世與天界、幽冥界並存，人類可以藉著各種儀式行為親近取悅或規避防阻神靈，以求得豐收、健康、勝利或遠離災厄。

(四) 土地的命名與認知

對於阿里山鄒族部落而言，除射日神話提及太陽及月亮在東西方升落外，確實並未具體強調此一方向的神話角色與功能，惟觀其神話中人類起源之地及躲避洪水的玉山，適在部落東方；而有關粟米女神神話及鄒族傳統觀念中死後前往的地方，即在西方的塔山(若以特富野部落而言，該處稍偏西北，若由鄒族傳統居住地域以觀，則該山適與玉山成為東、西的座標；惟鄒族觀念的東方及西方殆係廣幅而非微幅意義的方向)。東方日升之地與人類生命起源的園地，以及得以使人逃避洪水災難的玉山，與西方屬於人類生命終絕後的歸宿，天花或痘疫惡靈 hitsu no koa hoho 及凶煞或火神 taliuliu 的住地，以及漢人 puutu 的居地以論，則其間對立的涵義，已然呼之欲出。王嵩山（一九九六年）曾說：

我們可以發現出鄒人對於禁忌期、男子、東方、正門、獸骨架、武器、會所、生命對立於日常，以及女子、西方、側或後門、豬舍、農具、家屋（祭粟倉）、死亡這兩個大分類範疇，分立但又互補的運作；藉由這兩大分類範疇的運作，而在緊密整合、對中心有強烈認同的結構中，達到社會分化的功能，成為鄒人社會的特性。而會所正是這種具備整合與衝突一體兩面之本體（reality）的表現（appearance）。

此段有關鄒族生活習俗的具體觀念，可與前段口傳文學的表述內容相應，王嵩山更進一步提及：「我們常常將神話與歷史及時間勾連起來，卻忽略了神話體現在空間上的涵義。以北鄒（即阿里山鄒）來說，其神話中的玉山，無疑是重要的一個據點，人類以此延伸到『世界各地去』」（同前）；基於此一思考，則鄒族固然能建構一幅能自我詮解並超越時空和生死的領域，特富野部落的口傳文學系統亦能鋪排出其成員在人間 tiskova 與冥界 voetsvtsu 的活動範疇。

阿里山鄒族部落的成員對於其生活領域諸多自然環境的觀察，亦井然有序的呈現於其對各處地理位置的命名，譬如：

'lalauya	楓樹之地（'lauya 楓樹。今阿里山鄉樂野村。）
lauyana	楓樹之地（'lauya 楓樹。）
suveuana	茄苳樹之地（suveu 茄苳樹。）
feofeongsu	feongsu（樹名）之地（在特富野部落東方約一公里處。）
uungo	多蕈菇之地（unho 蕈類。）
eemtsu	多蔓藤之地（emtsu 蔓藤。）
ptsoptsoknu	麻竹林（ptsoknu 麻竹。）
ts'ots'osu	樟樹之地（ts'osu 樟樹。）
tsmutsmuyo	tsmuyo 樹之地
fnafnau	fnau 樹之地
katseoana	鵝卵石之地（katseo 鵝卵石。）
pasana	箭竹之地（pasu 箭竹。位特富野部落北方之小社。）
pngiana	杵木之地（pngiei 木杵。位特富野東南約七公里。）

tuetu 野枇杷之地（etuu 野枇杷。）

fkufkuo 木槿樹之地（fkuo 木槿樹。）

psoseongana 取松樹之地（seongu 松樹。今阿里山觀光區。）

seoseongu 松樹之地

'lilingki 泥濘之地（'lingki 泥濘。）

tualingka 泥濘之地

miskinga 背陽之地

tmasungu 崩滑之地（tma'usuhtsu 逐漸崩滑。位特富野部落東北方一公里。）

kakaemutu 多栓皮櫟之地（kaemutu 栓皮櫟樹。位特富野部落東南方約三公里。）

hiyouana 彩虹之地（hiyoyu 彩虹。位特富野東南方三公里處。）

smismiana smismi 樹之地

'lalaksu 杜鵑之地（'laksu 杜鵑。位特富野東北方二公里處。）

tsuana 湖之地（tsuu 湖。位特富野部落北方一公里處，此地曾有湖。）

而有關於部落成員與土地自然的具體接觸經驗，在時間的長河中建構的歷史人文圖譜，亦隨其足跡所達之處，逐漸展布，如：

yamahtuetsu　堅強之地（位特富野部落東南約四公里，此地有栓皮櫟樹，族人相信其樹靈威力甚強，即使塔山 hohtsubu 的神靈亦無法制服，故名。昔時近傍晚時分，常見自塔山方向有暗紅色雲霧，朝東南方飄移，似亦有自此地向塔山飄移之暗灰色雲霧，特富野部落耆老言係二地神靈爭戰，暗紅色雲霧會逐漸消散，人云係此地之神獲勝。mahtuetsu 堅強。）

toteonuta　磨刀石之地（teonuta 磨刀石。）

nia kuba　舊會所之地（位特富野部落東南約五公里，該地應為 tosku 氏族逐漸加入特富野部落所經之地，惟確切地點已經無法尋得。nia 原本；kuba 會所。）

sosmoyoa　恐懼之地（smoyoa 懼怕。）

toefofgiei　追擊之地（位特富野部落對面的山脊陵，相傳為 imutsu 部落人被特富野部落戰士追擊並殺戮之地。toekameosu 逃跑。）

hahangu　多敵人之地（傳為昔日入侵之敵喜埋伏之地。hangu 敵人。）

zotsnni huyu　單一獸跡之地（由於地勢緣故，野獸行經該地時，原本分散的獸跡會集中一處，獵人最喜歡於此處置放套索與陷具。zotsini 單一；huyu 獸跡。）

yo'ova no hangu　敵人汲水池（yo'ova 池．，hangu 敵人。此地位玉山西南方，傳此處水源或水池曾遭敵人行詛咒巫術 topeohi，因此該處之水有毒，若要飲用，需先將腰刀 poyave no sungtsu 插入水中，藉此巫術作為其毒方能消除。）

sua'fumu no sunguana　多鹿角之鞍部（表示此地山鹿甚多。Suafumu 鞍部．，sungu 角。）

toitsungsu　門口之地（位特富野部落東方三公里，意為特富野部落的門戶 tsungsu。）

tampuyana tampuyangu　鳥之地（tampuyangu 為鄒族相傳一種凶怪鳥類，曾有一男子捕獲此種鳥，後雖放走，仍導致家族災凶的結局。）

mamespingana　婦人之地（mamespingi 婦人。昔日特富野部落曾有豆花之祭儀 mee fo'ona，由於一少女在儀式中受辱，悲憤之餘，偕同其他姊妹於此地投崖自盡，人追念其事，遂以名之，並取消該儀式。）

kupitsana　蝙蝠之地（kupitsa 蝙蝠。）

nghovana　猴之地（nghou 猴。位特富野東方約二公里，相傳該地曾有人家遭眾多猴子侵襲，並食其人，後有一男子釀酒，置放家中，群猴再來，飲酒後皆醉倒，該男子遂逐一殺死猴子。）

keupana　網袋之地（keupu 網袋。位達邦部落北邊數百公尺，傳昔日曾有敵人欲偷襲達邦部落，衝入部落前將所背網袋放置此地，以求輕便，此時在此地上頭瞭望地 p'ootsva 觀望的特富野部落人察覺，乃高聲傳呼，示意達邦部落警戒，由於事跡敗露，來犯之敵無暇取回留置此地的網袋，此地因以名之。）

puau　野鳩之地（曾有敵偷襲特富野部落東方小社 aeyao，殺戮並盡取其人頭，後特富野部落戰士奮力追擊，於長溪 tatsvoihi tsi va'uhu 追上並擊殺之，當時一裨將 maotano 因追殺一名逃走的敵人，未及時歸隊，同隊戰士疑其已戰死，歸社路途嘗試呼嘯 paebai 以呼喚之，前數聲未有回應，俟走至山勢已朝部落之時，眾人試作最後的呼喚，竟傳來微弱似遠方鳩鳥的聲音，眾人方知裨將並未死，乃在路上等候。此地因以名之。）

veiyo

土蜂之地（veiyo 土蜂。此地原為伊拇諸部落領地，後由特富野部落奪去。該地曾有極大的土蜂，據云其工蜂飛至特富野東方的杜鵑山 lalaksu，活動範圍極廣，該地因以名之。）

在鄒族的觀念中，大地 hpuhpungu 上有山川，其基礎扁平如板，地下有與天 engutsa 相同的太虛 mu'eona，日月出沒處就在大地的邊際 puisona no hpuhpungu，山谷為天地創造時代所造成，其後復由大洪水 etupu 的沖刷乃更加高深。安平 ts'ahamu 之外有海 etupu（與洪水使用同一詞彙），惟不知其他地方亦濱臨海洋，亦不知所有溪流均注入於海。近代鄒族所概略知曉的範疇：東方及於花蓮、臺東間的縱谷平野，未超過海岸山脈；北方知曉日月潭以及其北方的濁水溪谷，並達於霧社；南方以望大武山為止，均不達於海岸。地震 motoevi 為神所為，惟不知該神之名，地表為該神的革衣 kuhtsu，神拂去革衣上塵埃時，則大地震動。又有形狀若黃牛 ua tshumu（水鹿之意）的神獸，居於地中，神獸搖動軀體時，大地亦會震動。山崩 eusku 為神靈 tantsahae 營構其屋或開墾山田時所導致。

阿里山鄒族傳統部落教育制度，如 kuba（男子會所）的教育訓練模式，十一或十二歲的男童，會進入 kuba，接受狩獵、征戰、製造與使用武器及漁獵器具技能、聽講氏族歷史、部落戰爭與狩獵冒險的故事。儀式場合如mayasvi（瑪雅斯比祭典）中所進行的tu'e（歷史誦），如達邦部落tu'e（錄八十二句），基本內容是部落男子敘述其在征戰、狩獵、巡行時走過的地方以及獵績、戰功：

請聽戰功／追上敵人／壓制敵人／奮力進擊／特富野社／ya va u sa ／to u Na ya（地名）／追及敵人／行經地名／漢人敵首／取敵人首領之頭／取南鄒人之首／敵首攜至男子會所／將敵人擊潰／（獲）熊／勇士輪番殺敵／敵我相互攻擊／餌誘敵人／敵社名／勇士有神之助／敵首名／ma ya ‘u ma（敵社名）／敵社名／pai sa mu 敵社名／取六個敵首／取了五個敵首／我方無人受傷／敵社名／已接近敵社／ta ta na Nan ／敵首名／敵人全部殺盡／ma tu ‘lu sa ／ma si tao ／出刀殺敵／ma li sa ／ta yu na sa ／ma ‘lu Nea va ／ki Na tua ／ca Nu a ／yatapkia ／Niya ‘ba sua ya ／ma si su pa ta ／太陽升起／取七個敵首／yau hu ca ／pua Nau sa ／pua a cu ／ma tu va ni sa ／ma ka ki nui ／yi pa ‘lu Na ／敵人不知逃至何處／漢人敵首／敵首攜至男子會所／ma sa si na pa ／ma si ka ni ／敵社名／si ‘bu yu ma ha ／行經地名／踐踏敵首／ta ta na Nau ／行經地名或敵社名／ma na ma ／出刀殺敵／yi pa ‘lu Na ／取南鄒人之首

／**行經地名或敵社名**／**取八個敵首**／ma si tu ya vi ／ma si pi pi ／**途中休息取火**／yi ta ti nu sa ／**敵社名**／ya ma 'c 'a n ／yi ta sa pa ya ／**取九個敵首**／mi ta ta ya Nu ／ya va si mo ／**請聽戰功**／[9]

以具節奏性、精鍊的語句，將部落、氏族的征戰、狩獵、巡行、探險等事蹟與相關地名列出，由一年長者領頭唸出，再由與祭眾人複誦，藉此傳承祖先奮鬥歷史、激勵族人意志。

（五）典型／非典型的塑造

部落內部流傳的口傳文學，在各種不同的場合中不斷被講述，或者在男子會所中，或者在家族的聚會裡，甚或田野的勞動和狩獵的旅次，長者擔任故事的講授者與詮釋

9 以羅馬拼音註記而未能翻譯者，係因今日已經無法了解原意（浦忠勇，一九九三年）。

者，部落的成員分別聽取本身應該熟悉的部分；神話和傳說是部落歷史文化的雜揉機體，屬於成年男子知識的基礎，詮解部落對於時間空間形成的概念，建構部落價值與觀念的準衡。在一些膾炙人口的口傳故事中，特富野部落的成員同樣能沉澱出一些足以陶養修鍊的德性與氣質，譬如曾經率領特富野部落男子與伊拇諸交戰，並南襲達庫布雅努 takupuyanu 的 yaipuku ，與渾名 meyaesi（巨食漢或什麼都能吃的人）的 yapasuyo e muknana，前者表現的謀略 maoto'tohungu，後者表現的剽悍勇武 'uteu 的特質，均曾為部落成員津津樂道。aeyao 追擊事件中，裨將 voe tosku 表現的忍耐 buveitsi 的精神，在故事敘述中，常成為勉勵青年們的良好品格典範，而當時婦女們表現冷靜而有智慧的預備工作，使男子們能在完備的準備中出擊，其分工所做出的表現確實是可圈可點的。在迎擊來襲清軍的謀略戰中，婦女們和男子們的團結 tmuteuyunu 合作，忍辱負重 na'no buveitsi 與智謀 ummu tsi tahtsuhi'i，使部落免於滅亡。這些不同的口傳文學敘述內涵在不斷傳遞中，逐漸形塑部落成員的性情與品格，因此部落間呈現的差異由是而突顯。部落中，受到眾人喜愛的，是以下的性情與品格：

忍耐 buveitsi

勤勞 bitotonu

意志堅定 atuktsa na to'tohungu

沉穩禮節 luaen'nva

慎言 bumemeyalu hola ya'ei

慷慨 na'no meyalu

勇敢 uteu

有智謀 mauto'tohungu

性情溫和 na'no ma'tsotsatsini

謙虛敬畏 yieinu

有愛心 himtsotsoveoi

節儉 na'no tiakak'ingi

而受到輕視的性情與態度為：

不能忍耐 oa buveitsi

懶惰 lu'amamza

懦弱 lua ngoheungu or masmoyo or lua peteozu

輕浮無禮 no'no oa luaen'nva

驕傲 bitano

暴躁 pak'i

多言 loyoe'e or yusvi

嫌惡別人 lua himkuzo

喜嘲諷別人 lua potfungu

吝嗇 kiala

喜偷竊 e'oyu

說謊 mekmuyu

行事不光明磊落 kaebu asoe

浪費 oa tiakak'ingi

在鄒族部落成員生存的領域中，經由過去漫長歲月的經驗與體悟，藉著各氏族情感、理性思維及真實生活的融攝與凝煉，構建雜糅著精神與物質層面的多維向度世界；在這樣的世界中，所有與人 tsou 有關的有生物與無生物，均被賦予一定的功能，擺在一定的位置，其質性與價值不一定藉由客觀的鑑定與辨識過程獲致，卻是在實際生活的扎實體驗中，受到主觀的詮釋和運用。在諸多的人事與自然現象的融會交錯中，外觀似是紛雜，卻有非常合理的存在架構與互動模式。

四、集體與個人對應模式

阿里山鄒族部落解說神話的具體方式，是以空間方位配合或對應著人類（包含個人）生命運行而加以呈現：

（一）民族起源之地（東方／玉山）——人之初生

(1)神話：人類的生命藉由神搖落楓樹／播植人種而誕生。

(2)隱喻：個體的生命在玉山形成，然後隨著祖先的足跡到達部落，並將在其地渡過一生，直到生命結束。

（二）射日月／天升高／洪水——狂放少年／衝突／對抗自然／社會

(1)神話：天上二日輪流出現導致晝夜不分；巫師登上高山之巔射下太陽／天空極低讓人類行動極端不便，飛鳥拍擊天空使之上升／鰻魚堵住溪流造成洪水；螃蟹以巨螯夾住鰻魚使洪水退去。

(2)隱喻：少年時期由於性情尚未穩定，經驗不足，面對自然界／人類社會（或部落）經常遭受挫折或衝突。

（三）部落——成家立業／穩定／冷靜

(1)神話：洪水後，各家族陸續尋找地點建立部落並建立會所／有些依據狗所選擇的地方建立遷移的部落／有些以土地肥沃程度選定部落地點。

(2)隱喻：成年後，人要建立家庭與事業。

（四）文化習俗形成——成就事功／累積

(1)神話：逐步建立祭典儀式／生產方式／獲得作物／獵首／占卜／歌謠／舞蹈／身體毀飾／禁忌／價值。

(2)隱喻：個人在部落與家族中逐漸憑藉自身的能力建立功業／獲致名聲。

(五)神靈系統與信仰——內在心靈世界／不可知領域的探索

(1)神話：天地四方(物質世界與精神世界)都存在難以測知的現象／為了安頓身心，人類對於各類超自然存在進行安置或編排。

(2)隱喻：人在生命中，向自然與人類世界尋找知識或理解萬象，以安頓身心的種種思慮／行為／儀式。

(六)四方異人——人生各種平凡／不平凡際遇／遭遇

(1)神話：巨人／巨陰人／矮人族／食人族。

(2)隱喻：人一生遭遇的各種人物或人類／事件／現象。

（七）歸宿之地（西方）——個人壽命有時而盡

⑴神話：塔山為眾神與祖靈所居之地／人類壽盡而靈魂將回歸其地／該地時間與食物等與人間部落有別。

⑵隱喻：人在陽間的壽命結束五日後，其靈魂將飛赴塔山，與已經在那裡的祖靈相聚。

五、結語

在尚未完全脫離神話的現代部落，還存在著一些相傳久遠的儀式行為或觀念禁忌，以及有關它們之間彼此融攝、或牽涉、或連結的詮釋性說法，這種說法通常會在部落耆老或智者講述口碑故事中，以補述或註釋的形式呈現。昔日在部落中，神話的存在與表現方式與依賴文字文獻的民族大相逕庭，神話以巨大的樹的形象，由大地而向蒼穹伸展出巨幹與枝葉，樹身纏繞或依附的藤蔓或附生的植物，都可視為文化習俗對神話的交融纏繞。對於神話樹形象的擴張是由於站在神話的角度開啟視野，由文化的角度觀看，形象的大小可能逆轉；從另一種視野焦點鳥瞰，神話與習俗、禁忌、觀念、信仰、藝術等，均可成為民族文化園地中的一棵樹，儘管已經不見相互依倚纏繞的親密，但是在園林中彼此倚靠的關係仍然存在。

李維斯陀（一九八九年）說：

神話和儀式遠非像人們常常說的那樣是人類背離現實的「虛構機能」的產物。它們的主要價值，就在於把那些曾經恰恰適用於某一類型的發現的殘留下來的觀察與反省的方式，一直保存到今日：自然從用感覺性詞與對感覺世界進行思辨性的組織和利用開始，就認可了那些發現。這種具體性的科學，按其本質，必然被限制在那類與注定要由精確的自然科學達到的那些結果不同的結果，但它並不因此就使其科學性減色，因而也並不使其結果的真實性減色。在百萬年之前，它們就被證實，並將永遠作為我們文明的基礎。

由這樣的角度觀察神話在缺乏文字系統的社會文化，其運轉或實踐的機能就緊緊扣住群體最深刻而基礎的部分，因此其觸角可以在時間的追溯中尋得其蹤影，在空間的探索裡亦處處能攪取其存在的本質，於是神話的延續、歌謠的吟誦、神聖儀式的遂行、習俗觀念的執著等，在在顯示神話作為文化機體的重要組成部分，其生成與發展，乃至成為模鑄民族烙印的主要機能上，有其不可磨滅的意義與價值。

參考資料

王嵩山　一九九五年，《阿里山鄒族的社會與宗教生活》，新北：稻鄉。
朱狄　一九八七年，《原始文化研究：對審美發生問題的思考》，北京：三聯。
李壬癸　一九九七年，《臺灣南島民族的族群與遷徙》，臺北：常民文化。
浦忠成（巴蘇亞．博伊哲努）　一九九二年，《臺灣鄒族風土神話》，臺北：臺原。一九九七年，《庫巴之火》，臺中：晨星。二〇〇〇年，《敘事性口傳文學的表述：臺灣原住民特富野部落歷史文化的追溯》，臺北：里仁。二〇〇九年，《臺灣原住民族文學史綱》，臺北：里仁。
浦忠勇（依憂樹．博伊哲努）　一九九三年，《臺灣鄒族民間歌謠》，豐原：臺中縣立文化中心。一九九七年，《臺灣鄒族的生活智慧》，臺北：常民文化。
栗原圭介　一九八八年，高橋宣治譯，〈原始漢民族及其神話世的世界觀——論上帝神與古代漢民族之間的親族關係〉，收入王孝廉主編，《神與神話》，臺北：聯經。
楊義　一九九八年，《中國敘事學》，大林：南華管理學院。
董同龢　一九六三年，《鄒語研究》，臺北：中央研究院歷史語言研究所。
衛惠林、余錦泉、林衡立　一九五一年，《臺灣省通志稿（卷八）》〈同冑志．曹族篇〉，南投：臺灣省文獻委員會。

Claude Lévi-Strauss　一九八九年，李幼蒸譯，《野性的思維》，臺北：聯經。二〇〇〇年，周昌忠譯，《神話學：裸人》，臺北：時報文化／陳國強主編，二〇〇二年，《文化人類學辭典》，臺北：恩楷。

Николай Александрович Невский　一九九三年，李福清、白嗣宏、浦忠成（巴蘇亞・博伊哲努）譯，《臺灣鄒族語典》，臺北：臺原。

Jared Diamond　一九九八年，王道還、廖月娟譯，《槍砲、病菌與鋼鐵》，臺北：時報文化。

鄭光博

〈泰雅族口述傳統 Lmuhuw 的研究〉

國立政治大學民族學博士，政大民族學系兼任助理教授。長年投入泰雅族研究領域，從事相關語言文化紀錄。主要研究方向為口述傳統、民族史、地名、音樂、民族生態知識、傳統工藝，近年尤關注文化資產之保存維護與發展相關議題。

主編《Lmuhuw 語典——泰雅族口述傳統重要語彙匯編》；擔任《溯原Lmuhuw》、《Pklahang gaga qqyanux na Tayal 牧者——阿棟．優帕司》、《P'ubuy pinrayan hmali na Tayal 言者——黑帶．巴彥》、《Lmuhuw 言的記憶》、《祖先的腳步》等紀錄片導演；國立傳統藝術中心「世代之聲——臺灣族群音樂紀實系列」音樂會「織．泰雅族樂舞」策展人。曾以《Lmuhuw 言的記憶》入圍二〇一七年臺灣國際民族誌影展，曾獲「臺北西區扶輪社第六十六屆臺灣文化獎」文化學術研究獎。

本文出處：二〇一八年十月，《民族學界》四二期，頁一八九—二二八，臺北：國立政治大學民族學系。

泰雅族口述傳統 Lmuhuw 的研究

一、前言

傳統泰雅族社會原無文字書寫的傳統，因此對於社群的規約運作、歷史記憶與文化傳承媒介，便是以祖先所流傳下來的語言，透過口語敘述或歌謠吟唱的方式來進行，這樣的口述傳統被稱為「Lmuhuw」。然而隨著社會文化的急遽變遷，Lmuhuw 即興的存續深受族語活力與語用環境所牽動。

Lmuhuw 按照泰雅語直譯字面的意思是「穿」、「引」之意，以「穿」針「引」線的動作，來象徵特定的言說方式。其表達有別於日常生活中平鋪直敘的用語，針對不同的場合情境或處理的事物，將欲傳遞的訊息以象徵、比喻的手法將詞句串連修辭，或引論託言始祖 IkmButa、IkmYabuh 所留下之 gaga 規範、遷徙歷史為立基論述，以述說或吟唱的方式來呈現。族人稱這樣的言說方式為 kinbazi na ke'（話中有話），認為其為 zihung na ke'（深奧語言），是在不同場合、情境 Imamu（挑選、撿取）適當的詞句來表達敘事，稱之 Lmuhuw。

由於泰雅族的分布區域廣闊，不同流域間或因生態地理環境，以及因地緣、文化特徵、祖源，與歷史發展過程、語別殊異的關係，造就了各自的獨特性。大多數流域的泰雅社群對 Lmuhuw（特定的言說）與 qwas（歌）的認知有分別，並無疊合。其中 Msbtunux、Mrqwang、Mknazi、Mspaziq 等社群，認為提親所使用託言祖訓規範的話語亦屬於 Lmuhuw。但是在 Msthbwan、M'lipa、Msbtunux 等社群，Lmuhuw 一詞除指涉特定之言說外，尚包含吟唱之朗誦式歌謠。

關於泰雅族 Lmuhuw 的相關紀錄，首見於一九一八年佐山融吉《蕃族調查報告書》對於提親時所使用的言詞「ルモホーカイ」（Lmuhuw ke'）的紀錄描述。日治時期以來，百年間對泰雅族音樂之記錄，多概略式的以曲調式或朗誦式歌謠為樂音旋律分類，未能微觀的發掘檢視出本民族觀點。

晚近二十年來對於 Lmuhuw 的紀錄及相關研究，則以大嵙崁溪流域中游 Msbtunux 社群報導人之文本及觀點為代表，由民族音樂研究的觀點為始切入，相關的描述與討論面向側重於朗誦式歌謠的音樂結構、旋律與歌詞的運行模式及音樂特色、gaga 祖訓規範及民族遷徙，也因此 Lmuhuw 似成為泰雅族朗誦式歌謠的代稱。此後並延伸漸次發展觸及歷史記憶、文化資產保存的相關討論。

Lmuhuw 的學術研究成果不多，多為採集紀錄的資料，筆者經爬梳整理後，找到與 Lmuhuw 相關的全部資料共計有五十八筆（見附錄）。

本文是以 Lmuhuw 的採集紀錄和研究成果並重的方式來論述，首先，用時間軸帶出所有的採集與紀錄成果；其次，討論近八年來新興的 Lmuhuw 的文資保存與傳習研究；最後，以 Lmuhuw 表述的核心概念「遷徙」和音樂現象的分析，來論述相關的研究成果。

二、Lmuhuw 的採集與紀錄

與 Lmuhuw 相關之音樂採集與文字紀錄共三十五筆，按照時間分為兩個時期：第一，一九一七至一九八八年，共計有八筆資料，這時期對 Lmuhuw 的了解不清楚，前人多以音樂採集的方式保留當時的吟唱紀錄。第二，一九八九至二〇一七年，共計二十七筆資料；嚴格而言，有意識的採集與整理是在一九八九年以後，對 Lmuhuw 的研究也在之後開始發展。

（一）一九一七至一九八八年

從時間點來看，最早出現可能與 Lmuhuw 相關之文字紀錄似為一九一七年森丑之助的著作（森丑之助一九一七〔一九九六〕年，頁三三四），書中描述泰雅族之歌謠分為自古以來流傳的古歌、一時流行的俗謠、視場合反應即興的歌謠等三種。

古歌多為頌讚祖先之軼事或偉人之功勞者，歌詞中多死語，無法完全了解它的全意。他認為泰雅族的音樂是最原始的型態，特別提出泰雅人歌唱時的心理狀態是非常值得研究的。此處所記之古歌疑與朗誦式歌謠之 Lmuhuw qwas（Lmuhuw 吟唱之古訓或遷徙史詩）吟唱相關，但未見歌詞，難加以判斷。

文獻中關於泰雅族「ルモホ」（Lmuhuw）此一字眼最早出現之記載，當推佐山融吉於一九一八、一九二〇年間，針對合歡（佐山融吉，一九一八〔一九八三〕年，頁二〇五）[1]、馬利古灣群（佐山融吉，一九一八〔一九八三〕年，頁二一〇）及蕃拿餌群（佐山融吉，一九二〇〔一九八三〕年，頁一一九）結婚相關習俗的描述，這是第一篇關於口說 Lmuhuw 的紀錄，留下了提親時「ルモホーカイ」（Lmuhuw ke'）的特殊用語。此外於合歡群亦提到：受到竊盜、通姦、殺人等嫌疑而無法辯說者，為了證明自身清白，乃當眾宣稱：「我將遵從祖先 mButa、mYaboh 和 m'Ayan 等三人遺囑，出草證明清白。若有虛言，將無法獵獲首級。」（佐山融吉，一九一八〔一九八三〕年，頁一一三）而在出草過程中會舉行「ルモホーカイ」（Lmuhuw ke'）儀式（佐山融吉，一九二〇〔一九八三〕年，頁一一四）。此外佐山氏著作前篇記錄了三首北勢群、南澳群與出草馘首相關吟唱之歌詞（佐山融吉，一九一八〔一九八三〕年，頁二七六—二七七），後篇記錄了四首加拉歹群、合歡群、蕃拿餌群與飲酒即興、結婚、出草馘首相關吟唱之歌詞（佐山融吉，一九二〇〔一九八三〕年，頁一四〇—一四一），雖皆僅記詞而無譜，但按內容疑為朗誦式歌謠。

一九三五年小川尚義以科學版本雙語對照記錄書寫角板山一帶，關於英雄祖先 IkmButa 遷徙征伐傳說的部分敘述內容（小川尚義、淺井惠倫，一九三五年，頁六一—六八）[2]，正是 Lmuhuw 敘事或吟唱的內容，但就表現形式上，前者以口語，後者以精練古語搭配音韻旋律呈現。

一九四三年黑澤隆朝由竹頭角社採集之三首結婚式的朗誦歌謠即為目前泰雅族Msbtunux 大嵙崁群所稱的 qwas Lmuhuw（Lmuhuw 吟唱）[3]。黑澤氏提到泰雅族歌謠的特質，無論旋律或節奏，都擁有歌謠出現原理之型態，沒有固定歌詞，臨機應變，根據當時的狀況創作歌曲，沒有固定的旋律格式，也無視拍子跟節奏，像敘述事情一般歌唱。音階有˙二音音階及三音音階，於狹窄的音域旋律範圍內創作。歌曲以朗誦體居多，祝詞、訓詞也都是以歌曲的形式表現（黑澤隆朝，一九七三年，頁四八）。

---

1 以片假名拼音將「ルモホーカイ」語料記錄下來並逐字對照翻譯。此詞之片假名記音，若轉以日語式羅馬拼音記音，應呈「RU-MO-HOO-KAI」，惟其原係由泰雅語發音，以日語假名記音時，礙於兩語發音方式與規則乃至記音符號的限制，所記讀音往往與原語原音有所落差。就文本內容及敘述脈絡並比照泰雅語相似發音之語詞來推敲，若按二〇〇五年行政院原住民委員會與教育部共同頒布「原住民語言書寫系統」之規則拼寫，泰雅語元音【a】有一特性：在連續音節中，會弱化轉為【ə】，弱化的【ə】元音就省略不寫，造成數個子音連續拼寫一起的拼寫系統。「ルモホーカイ」一詞復原拼寫則應記為 Lmuhuw ke'。

2 該書以科學版本鉅細靡遺的將神話傳說之語料加以記音註釋，內容脈絡完整詳實，是研究口傳文學的瑰寶，但可惜的是並未收人 Lmuhuw 這種透過語言傳講吟唱之語言文化精髓。

3 三首結婚式的朗誦歌謠分別為「結婚式祝宴·頭目の歌」、「結婚式の歌·仲人の歌」、「結婚式祝宴·客の歌」（黑澤隆朝，一九七三年，頁三八－三九）。

一九六七年呂炳川採錄自桃園市復興區澤仁村者，有六首是典型 Msbtunux 大嵙崁群所認知的 Lmuhuw 朗誦式吟唱，內容及形式有姻親間的對唱及始祖遷徙、祖訓（明立國，二〇〇三年，頁六五—七三、頁七六、頁九五—九七）[4]。

一九六八年桃園市復興區三民天主堂錄製之黑膠唱片，是最早由族人編曲填詞，結合傳統吟唱及創作歌謠編輯製作之本色化宗教音樂專輯（巴義慈，一九六八年）[5]。

一九七八年許常惠於宜蘭縣大同鄉崙埤村所採集之朗誦式歌謠（許常一九九四年），其旋律與內容形式為典型大嵙崁流域 Msbtunux、Mkgogan 群所稱之 qwas Lmuhuw（Lmuhuw 吟唱）[6]。

（二）一九八九年至二〇一七年

一九八九年林清財於 Sqoyaw（環山部落）採錄留下了一首記名為「求婚之歌」（mifutag）（許常惠，一九八九年，頁一〇七—一〇九）的歌詞記音對照翻譯及譜記[7]。

一九九一年多奧尤給海、阿棟優帕司（一九九一年，頁八八—九五）以泰雅語與漢語對照書寫之紀錄[8]，是第一本由本族人自行採集編著之神話傳說集。

一九九三年杜賴瓦旦採錄出版的錄音帶，可說是有史以來本族人自行採集錄製並出

4　本篇將呂炳川教授一九六七年間之田野採集資料予以數位化整理。在臺灣音樂中心可公開閱聽之mp3有聲資料中，有六首採錄自桃園市復興區澤仁村之朗誦式吟唱，並有一首採錄自新竹縣五峰鄉大隘村，四首錄自宜蘭縣南澳鄉南澳村之朗誦式歌謠，但皆未採詞。聲音檔名為cca102001-mu-mus_ludata_012-0001-m.mp3、013-0001-m.mp3~013-0004-m.mp3、013-0010-m.mp3、cca102001-mu-mus_ludata_015-0001-m.mp3、cca102001-mu-mus_ludata_018-0001-m.mp3~018-0004-m.mp3。

5　戒嚴時期該黑膠唱片雖經合法登記許可出版，但出版時旋即遭警總沒收。唱片內所收錄之歌謠及口白皆為泰雅語，於唱片封套上印有歌謠歌詞之羅馬拼音及片假名拼音。有別於外來之調查研究出版，本唱片所收錄之歌謠的編輯及作曲為出身 Mkgogan 合歡群 Qwilan 高義部落之 Batu Qawil（Yamasita）巫澄安，唱片內容包含八首曲調式創作歌謠及一首即興吟唱之朗誦式歌謠。創作歌謠的內容為對天主及在地泰雅口傳遷徙始祖 IkmButa 之頌讚，歌曲間並穿插有口白之先祖訓言。即興吟唱之朗誦式歌謠題為「MQWAS MRHUW 頌古歌 Song of the Chief」，其旋律與歌詞內容即為大嵙崁流域 Msbtunux、Mkgogan 社群所稱之 Lmuhuw 吟唱。唱片內容所呈現出之構思，可見宣教初期嘗試對信仰本色化琢磨之用心。

6　該CD中曲目編號一「見面之歌」、編號二「兩人見面之對歌」為典型大嵙崁流域 Msbtunux、Mkgogan 群所稱之 qwas Lmuhuw（Lmuhuw 吟唱）。未採詞採譜。

7　許訪談對象為 Sqoyaw（臺中市和平區環山部落）耆老 Piling Suyan（鄭榮貴），該首標題名為「求婚之歌」（mifutag），若按二〇〇五年行政院原民會與教育部制定公告之「原住民族語言書寫系統」，應拼寫為（meihutang）。

8　其中關於英雄祖先 IkmButa、IkmYaboh 遷徙征伐傳說的部分敘述內容，正是大嵙崁流域社群 Lmuhuw 敘事或吟唱的內容，但就表現形式上，前者以口語，後者以精練古語搭配音韻旋律呈現。

版本族傳統音樂錄音帶之始（杜賴瓦旦，一九九三年）[9]。

一九九三年吳榮順於新竹縣尖石鄉採集錄製了兩首朗誦式歌謠（吳榮順，一九九三年）[10]，其中採自Tbahu（田埔）部落者，就吟唱之旋律及歌詞內容而言，可說是朗誦式遷徙史詩吟唱被外界發現之始。

一九九五年李福清以科學版本雙語對照記錄書寫大甲溪流域，關於英雄祖先IkmButah、IkmYaboh 遷徙傳說與祖訓規範部分敘述內容（李福清，一九九五年，頁五四—五九），正是Lmuhuw 敘事或吟唱常談的內容，但就表現形式上，前者以口語，後者以精練古語搭配音韻旋律呈現。

一九九七年李道明、施宗仁製作之ＣＤ中[11]，收錄了一首由Rra／Ma kiyama（天湖部落）耆老吟唱，題為「qwas sinbilan nbkis sraral 古訓」之即興朗誦式歌謠。

一九九八年胡萬川《泰雅族歌謠》，收錄了採集自臺中市和平區，以及南投縣仁愛鄉新生村眉原部落之吟唱。其中第一、第十九首名為「感恩之歌」及「感謝歌」，是提親答應後，即興朗誦式吟唱感謝親家（胡萬川，一九九八年，頁六四、頁六）[12]。

二〇〇〇年余錦福以Pyanan（南山）部落為例，探討古調音樂之形貌與內在深沉的社會文化涵義（余錦福，二〇〇〇年）[13]。

二〇〇〇年因卡美明（雲力思）主唱之「泰雅古訓」，是首度將傳統上由男性吟唱之 Lmuhuw 改編混音，而由女性歌手展演呈現之始（陳主惠、陳明仁，二〇〇〇年）[14]。

---

9 該專輯內容包括傳統吟唱及創作歌謠。本專輯珍貴之處是在未經民族音樂學者採錄並公開發行以前，由本族人自行採錄發行，使苗栗地區 S'uli 澤敖利方言群特有之 Pin'wagi 舞曲得以為外界所知。而其中收錄一首由 Tabilas（苗栗縣泰安鄉錦水村圓墩部落）族人對唱，題為「相親求偶歌 TMJay」之即興吟唱朗誦式歌謠。對唱之曲調旋律以日治後期移住之 Meiskaru 石加鹿群與原在地之 Meirinah 汶水社群相異之旋律來相互應答。兩社群方言殊異，關於始祖起源神話地點及遷徙傳說亦不同，前者被歸類為 Squliq 賽考利克系統，起源自 Pinsbkan 南投縣仁愛鄉瑞岩部落，以 lkmButa、lkmYabuh 為始祖，所吟唱之朗誦式歌謠旋律則是當代研究者所認為之 Lmuhuw 吟唱；後者傳說來自 Papak wa'a 大霸尖山，無 lkmButa、lkmYabuh 之相關始祖傳說。

10 該專輯曲目編號八「求婚歌」採集自 Meikalang（梅花）部落耆老 TahusNomin（陳德田），未採詞。編號三〇「泰雅史詩」採集自 Tbahu（田埔）部落耆老 TemuNawi（田祥發），有採詞。

11 採錄自 R'ra/Makiyama（新竹縣五峰鄉花園村天湖部落）耆老 Payan Bonay（黃清海）。

12 該ＣＤ專輯中共收錄了二十六首歌謠，有簡譜及泰雅語拼音、華語翻譯對照。

13 報告書中有採詞採譜五首，一為因卡美明吟唱桃園市復興區林明福原唱紀錄的詞曲，另四首採自南山部落，內容與祖訓叮嚀、婚姻相關。參見報告書頁三五－四三、八二－九四。

14 「泰雅古訓」之旋律及歌詞係承襲自桃園市復興區溪口部落耆老 Watan Tanga（林明福）所即興吟唱之 Lmuhuw 朗誦式歌謠，因卡美明主唱時，將其唱腔及吟唱拍子速度做了些改編，並搭配上電子音效混音，呈現出高亢激昂之風格。本專輯僅記簡略之漢譯，未有採譜採詞。

二〇〇二年吳榮順於 Msthbwan（瑞岩）部落採集記錄了五首名為泰雅史詩者（吳榮順，二〇〇二年，頁三六－四〇）[15]，係屬傳統 Lmuhuw 吟唱型式。吳氏提到泰雅本族朗誦式史詩型歌謠唱法的特徵在於⑴男人的獨唱為主。⑵以 mi、sol、la 三音為曲調。⑶曲式是不斷反覆的有節形式歌曲。⑷歌詞是完全即興式的隨興演唱，語彙大多是較深奧的泰雅古語。⑸歌謠內容是以族群的起源、族群的遷移、長者的訓勉為主。

二〇〇三年明立國受國立傳統藝術中心委託，進行《呂炳川教授音像資料數位化計畫（第一期）》，將呂炳川教授於一九六七年間之田野採集資料予以數位化整理。在臺灣音樂中心可公開閱聽ｍｐ３有聲資料中，有六首採錄自桃園市復興區澤仁村之朗誦式吟唱，並有一首採錄自新竹縣五峰鄉大隘村、四首錄自宜蘭縣南澳鄉南澳村之朗誦式歌謠，但皆未採詞。

二〇〇三年臺中市原住民族教育資源中心所製作之《Qwas Tayal 泰雅爾之調》內容，收錄了創作歌謠以及傳統朗誦吟（江世大，二〇〇三年）[16]。

二〇〇五年余錦福主持《泰雅族音樂文化資源調查計畫》，是歷年來針對泰雅族音樂最大規模之採集計畫（余錦福，二〇〇五年）[17]。

二〇〇七、二〇〇八年臺灣彩虹原住民關懷協會以 Lmuhuw 吟唱為標的進行採集，共採錄了三十三首朗誦式歌謠並採詞翻譯（AtungYus 阿棟優帕司、Hitay Payan 曾作振、Pagung Tomi 芭翁都宓、鄭光博，二〇〇七年）[18]。

---

15 該五首記名為泰雅史詩者，係發祥村瑞岩部落潘明福所吟唱，屬傳統 Lmuhuw 吟唱型式，但唯獨此五首並未採詞記譜。該計畫報告書針對南投縣仁愛鄉之泰雅族音樂（包含賽德克族）做廣泛的錄音與採譜記詞，報告書所收錄採集共計一百零六首歌謠，其中按現行民族認定屬泰雅族者計三十八首（分別採集於發祥、力行、新生、親愛等四個村，錄於親愛村者有五首），其他皆為賽德克族。

16 CD中收錄四首司加耶武群耆老吟唱，曲目編號一〇為「泰雅爾的起源」、一一為「提親」（男方）、一二為「提親」（女方）、一三為「泰雅爾族譜」，解說參見頁五〇－五二，未採詞採譜。

17 本計畫是首度由泰雅本族人計畫主持人之音樂調查計畫，涵蓋區域範圍廣泛，且採集之數量頗多，並有大量的吟唱歌謠採詞紀錄。採集所得內容分別為朗誦歌謠、傳統小調歌謠、時下現代創作歌謠、兒童歌謠、樂器演奏五類。朗誦歌謠有採詞者計五十四首。調查區域包括新北市烏來區忠治村、烏來村；桃園市復興區澤仁村、義盛村；新竹縣尖石鄉錦屏村、義興村、梅花村；新竹縣五峰鄉桃山村；苗栗縣泰安鄉中興村、象鼻村、梅園村；臺中市和平區達觀村、自由村、博愛村、梨山村、平等村；南投縣仁愛鄉發祥村；宜蘭縣南澳鄉武塔村、金岳村、澳花村；宜蘭縣大同鄉寒溪村、四季村。

18 該年度報告書中共收錄二十六首歌謠，其中二十首屬於朗誦式歌謠。分別採集自 Rahaw（溪口）、Rahaw（新樂）、Theyakan（泰崗）、Tbahu（田埔）、Skikun（四季）、Pyanan（南山）、Te-ang／Nguhuw ruma（大安）、Haga paris（哈卡巴利斯／武塔）部落。該年度報告書中共收錄二十首歌謠，其中十三首屬於朗誦式歌謠。分別採集自 Tbahu（田埔）、Spazi（大隘）、P'anuh（鹿場）、S'uraw／Tin'gu（天狗）、Cinsbu（鎮西堡）、Haga paris（哈卡巴利斯／武塔）、Nan-ow（南澳）部落。

二〇〇八年臺大出版中心將一九四三年黑澤隆朝音樂採集資料復刻出版（王櫻芬、劉麟玉，二〇〇八年）[19]。

二〇一〇年臺灣泰雅爾族永續協會以 Lmuhuw 吟唱為標的進行採集，共採錄了十八首朗誦式歌謠並採詞翻譯（Atung Yupas 阿棟優帕司、Hitay Payan 曾作振、Pagung Tomi 芭翁都宓、鄭光博，二〇一〇年）[20]。

二〇一〇年黑帶巴彥（曾作振）將佐山融吉一九二〇年以片假名拼音記錄提親時「ルモホーカイ」（Lmuhuw ke'）之語料，以羅馬拼音再現（臺灣總府臨時臺灣舊慣調查會原著、中央研究院民族學研所編，二〇一〇年）。

二〇一一年吳榮順（二〇一一年）將許常惠、黑澤隆朝、田邊尚雄對泰雅族歌謠採集之有聲資料[21]，予以數位化、採詞採譜並音樂分析。

二〇一一年雪霸國家公園出版之ＣＤ（林青，二〇一一年）[22]，其中由 Yutak（小錦屏）部落採錄一首題為「遷徙之歌」之即興吟唱朗誦式歌謠。

二〇一一年歌手 Ipay Buyici（依拜維吉）將傳統朗誦式即興吟唱改編，以流行音樂面貌新唱出版（Ipay Buyici 依拜維吉，二〇一一年）[23]。

二〇一二年達少瓦旦將佐山融吉一九一八年以片假名拼音記錄提親時「ルモホーカ

イ」（Lmuhuw ke'）之語料，以羅馬拼音再現（臺灣總督府臨時臺灣舊慣調查會原著、中央研究院民族學研究所編，二〇一〇年，頁一八七）。

---

19 收錄了三首婚禮祝歌，即典型之 Msbtunux 大嵙崁群的朗誦式歌謠 Lmuhuw 吟唱。

20 該年度報告書中共收錄二十一首歌謠，其中十八首屬於朗誦式歌謠。分別採集自 Yutak（小錦屏）、Tbahu（田埔）、Malepa（新望洋）、Kayu（佳陽）、Tabuk（松茂）、S'uraw／Tin'gu（天狗）、Haga paris（哈卡巴利斯／武塔）、Kinyang（金洋）、Ulay（烏來）部落。

21 其中許常惠一九七八年於宜蘭縣大同鄉崙埤村所採錄之兩首（亦曾收錄於一九九四年水晶有聲出版社出版之ＣＤ）以及黑澤隆朝一九四三年於竹頭角社採錄之三首朗誦式歌謠（亦曾收錄於二〇〇八年臺大出版中心製作之黑澤隆朝音樂採集資料復刻ＣＤ），是典型大嵙崁流域 Msbtunux、Mkgogan 群所稱之 qwas Lmuhuw（Lmuhuw 吟唱）（許常惠，一九九四年），未採詞採譜。

22 其中收錄一首由 Yutak（新竹縣尖石鄉錦屏村小錦屏平部落）耆老 Utaw Syat（鍾興定）吟唱，題為「遷徙之歌」之即興吟唱朗誦式歌謠。《彩虹端上的聲音》解說手冊將耆老誤植為那羅部落，參見專輯介紹頁一八。

23 宜蘭縣大同鄉四季村出身之 Ipay Buyici（依拜維吉）主唱題為「泰雅古訓」之即興吟唱朗誦式歌謠，其旋律及歌詞內容係參考因卡美明（雲力思）承襲自桃園市復興區溪口部落耆老 WatanTanga（林明福）所吟唱者，Ipay Buyici（依拜維吉）主唱時，將其唱腔及吟唱拍子速度做了些改編，搭配上電子音效混音，並以 Skikun 四季方言將原唱 Msbtunux 大嵙崁群方言之歌詞予以改寫，ＣＤ以流行音樂的面貌發行呈現。

二〇一二年劉宇陽、錢玉章、蘇美娟製作之CD，是透過學校族語、音樂教材之編寫，結合傳統與新音樂元素，傳承角色由部落耆老轉化為學校教育訓練之當代再現（劉宇陽、錢玉章、蘇美娟，二〇一二年）[24]。

二〇一二年臺灣原住民族社會永續發展協會採錄了兩首 Uwas Kinhakul 朗誦式歌謠並採詞翻譯（Atung Yupas 阿棟優帕司、Hitay Payan 曾作振、Pagung Tomi 芭翁都宓、鄭光博，二〇一二年）[25]。

二〇一六年拉互依倚岕、莎韻尤命為帶動 Smangus（司馬庫斯）部落產業，結合傳統吟唱、創作之泰雅語基督教讚美詩歌與混音特效等新音樂元素，製作專輯詮釋部落的文化演變（拉互依倚岕、莎韻尤命，二〇一六年）[26]。

二〇一七年錢玉章（二〇一七年）透過推動族語及音樂教材之編寫，將採集所得之傳統吟唱予以採詞、編譜後，教授學生以齊唱的方式呈現[27]。

二〇一七年鄭光博以紀錄片的形式，回顧十餘年來與阿棟優帕司、芭翁都宓等人對於 Lmuhuw 採集紀錄的研究方法與心路歷程，呈現 Lmuhuw 的文化內涵並凸顯當代傳承的危機。

24 其中曲目編號七題為「lkmButa krahu 根波塔頌」，由大嵙崁群耆老 Masa Tohui（黃榮泉）作詞，時任桃山國小教務主任 Pawang Iban（錢玉章）以新竹縣五峰鄉 Mskaru 群之傳統朗誦式歌謠旋律來吟唱，有歌詞記音及翻譯。

25 該計畫針對苗栗縣泰安鄉 Meibagah（司馬限）、Meis'uraw（天狗）、Mlalas（南灣）、Meirinah（汶水）部落進行音樂文化之採集紀錄，共收錄了傳統歌樂吟唱及舞蹈之樂音影像三十二首（Pn'wagi 舞曲十七首、Pnhobin 九首、Lmamu 三首、Pn'ilu 一首、Uwas Kinhakul 兩首）；器樂演奏口簧（單簧兩首），而採錄自 Meibagah（司馬限）、Meirinah（汶水）部落所稱之兩首 Uwas Kinhakul 歌謠，即是苗栗 S'uli 澤敖利語別之報導人模仿 Squliq 賽考列克語別社群之旋律所吟唱，語群間之語言使用及音樂表現迥異，亦是識別之符碼。

26 其中收錄三首分別由 Lahuy Icyeh、Pinas 及 Icyeh Sulung 吟唱，標記古調 Lmuhuw，題為「Msgamil 遷徙史詩」、「lkButa 的叮嚀」、「Sinlokah 勉勵」之即興吟唱朗誦式歌謠，有泰雅語歌詞記音及大意翻譯。

27 其中曲目編號二題為「kinnakilan puqing papak na yaki' 祖先的叮嚀」及編號五題為「lkmButa' krahu' 根波塔頌」兩首歌，分別是依據五峰鄉桃山村 R'uzyan 白蘭部落耆老 Tusyu' Payan（曾作權）、大嵙崁群耆老 Masa Tohui（黃榮泉）即興吟唱，由時任花園國小教務主任 Pawang Iban（錢玉章）採集記音，以新竹縣五峰鄉 Mskaru 群之傳統朗誦式歌謠旋律來吟唱，有歌詞記音及翻譯。

三、Lmuhuw 的當代保存與傳習

近八年來新興的 Lmuhuw 之文資保存與傳習研究帶動研究 Lmuhuw 的熱潮，茲以相關重要計畫和累積成果分述之。

（一）重要的計畫

自二〇一一年文建會文資總處籌備處委託臺北藝術大學吳榮順教授主持「非物質文化遺產——泰雅族口述傳統與口唱史詩文化資產調查與建檔計畫」（吳榮順，二〇一一年）[28]，透過該計畫的開展，實為近年來泰雅族 Lmuhuw 口述傳統文化資產保存催生運動揭序之始。臺灣泰雅爾族永續協會成員阿棟優帕司、黑帶巴彥、芭翁都宓、鄭光博受吳榮順教授之邀，參與了該年度的調查研究及文字轉譯之作。透過該計畫的建議與提報，Watan Tanga（林明福）先後於二〇一二年一月十日經桃園市文化局登錄「泰雅族口述傳統」，二〇一二年九月三日經文化部文化資產局指定為「泰雅史詩吟唱」技藝保存者。此後，臺灣泰雅爾族永續協會陸續向新竹、宜蘭、南投、臺中等縣市文化局推薦提報無形文

化資產傳統藝術類之技藝保存者／保存團體，並參與登陸／指定後之相關保存計畫。

二〇一五年，范揚坤（二〇一五年）經文化部文化資產局委託，於「重要傳統藝術——泰雅史詩吟唱 Lmuhuw 保存維護計畫」規劃書中，針對文化部指定之重要傳統藝術——泰雅史詩吟唱 Lmuhuw，提出保存維護規畫。該規劃書中，分章論述 Lmuhuw 口述傳統之保存維護的價值與意義、藝術與文化特色及其保存維護原則、階段性保存維護工作要況與分析、保存維護手法暨要點擬定。條列整理文資保存的法源依據、各縣市針對泰雅口述 Lmuhuw 之文資登錄公告、歷來泰雅族口述傳統相關研究資料之建檔與分析、重要傳統藝術保存者 Watan Tanga（林明福）傳習保存計畫之記錄整理，並擬定策略與辦法供文化行政單位執行保存維護相關計畫之參考依據。

二〇一五、二〇一六年，臺灣泰雅爾族永續協會執行文化部文化資產局委託「重要傳統保存者 Watan Tanga（林明福）傳習保存計畫」，此計畫可視為是關於 Lmuhuw 口

28 該計畫採集整理遷徙歷史相關對談一段、歌謠八首，模擬提親對談情境一段、婚姻歌謠四首，糾紛處理對話說明一段。

述傳統保存之行動研究。在兩年間的保存計畫中，大致針對遷徙傳說中以 Pinsbkan 為起源地擴散分支之社群部落，尋查並訪談深諳傳統知識之重要耆老們，以此為基礎，逐步認識釐清各社群對 Lmuhuw 的概念與認知。透過保存計畫之耆老訪談並資料彙編整理，兩年間留下了大量的剪輯影音成果及文字譯本，訪談內容包括 Lmuhuw 相關涵義、遷徙歷史、模擬提親對談、朗誦式歌謠吟唱，並記錄編譯重要語彙詞條。

（二）累積的成果

二〇一二年吳榮順〈族群、文資法與世界非物質文化遺產觀念的適應與妥協：論泰雅族的口唱史詩 Lemuhu〉以該年度先後經桃園市文化局、文化部文資局登錄、指定之重要文化資產保存者大嵙崁溪流域耆老 Watan Tanga（林明福）為例，透過其所報導之 Lmuhuw 文本紀錄、溯源吟唱史詩之賞析，來凸顯泰雅族 Lmuhuw 吟唱之重要性與特殊性，並比較「口述傳統」在臺灣文資法與世界非物質文化遺產公約之認定。

二〇一四年吳榮順（二〇一四年）將二〇一二年至二〇一四年間記錄整理文化部指定重要傳族統藝術保存者 Watan Tanga（林明福）相關之 Lmuhuw 研究、吟唱內容及生命史紀錄等資料彙編出版[29]。

二〇一四年李佳芸（二〇一四年）分析文化部指定重要傳統藝術保存者 Watan Tanga（林明福）史詩吟唱 Msgamil 中的歌詞與音樂型態[30]。二〇一五年高嘉穗（二〇一五年）以重要傳統藝術保存者 Watan Tanga（林明福）史詩吟唱 Msgamil 的文本資料進行分析，指出「曲調模式」是傳承語言、思維與文化的重要載體。因此，Lmuhuw 語言形式與曲調模式間的關聯性，成為解讀 Lmuhuw 技術的關鍵之一。

---

29 本書係泰雅史詩吟唱 Lmuhuw 保存者林明福於二〇一二年先後經桃園市文化局登錄、文化部文化資產局指定為文化資產重要傳統藝術保存者後，於二〇一二至二〇一四年間，桃園市文化局委託吳榮順主持「泰雅族大嵙崁群口述傳統（林明福）研究調查計畫」資料彙編而成。該計畫除有聲書之出版，並有「泰雅族大嵙崁口述傳統網站」之建置。計畫期程間由吳榮順召集耆老 Watan Tanga（林明福）、其兩位兒子 Batu Watan（林恩成）、Tasaw Watan（達少瓦旦）、Hitay Payan（曾作振）、Atung Yupas（阿棟優帕司）、Pagung Tomi（芭翁都宓）、鄭光博共同參與田野調查、田野資料之泰雅語記音、漢字轉譯並彙編整理、生命史撰寫、文化諮詢。李佳芸採譜，由音組織及旋律的應用與布局、語法的構築、唱腔等三面向做初步的音樂分析。

30 文中透過文獻回顧引述來對報導人 Watan Tanga（林明福）所處的部落社群與 gaga 慣習並初步引介 Lmuhuw 口述傳統與 Msgamil 口唱史詩；分析 Watan Tanga 林明福史詩吟唱 Msgamil 中的歌詞與音樂型態。雖是即興，但所唱出的音樂有一套固定且特有的模式，透過音組織、旋律型、語法構築以及唱腔的分析，來逐一建構屬於報導者其個人的音樂風格。

二〇一七年曾麗芬〈泰雅族口述傳統的傳承以「林明福泰雅口述傳統 Lmuhuw 傳習計畫」為例〉一文（二〇一七年），以文化部文化資產局自二〇一三年至二〇一六年「林明福泰雅口述傳統 Lmuhuw 傳習計畫」之傳承實踐為例，探討當代口述傳統文化資產之傳承模式與保護作為，包括其傳習型態、特色以及成員的相關適應，繼而反思文化資產的延續作為。綜合整理歸納相關資料及訪談後指出，林明福泰雅口述傳統傳習型態以承襲 Lmuhuw 相關傳統知識與吟唱技巧為目標，同時重視口傳內容的紀錄與整理，既使口傳敘事及 Lmuhuw 相關語彙整理的重要性被凸顯，並為建立傳習教材的重要基礎。此外，傳習者結合傳統祭儀、當代信仰與文化劇展演賦予 Lmuhuw 文化再現之活力，凸顯出本民族語言與文化之主體性，述說、書寫並構思呈現方式，反映出此一無形文化資產須持續思考適合當代之傳習、再現詮釋、推廣模式與文化場所（culture space）等相關保護作為。

二〇一七年林明福等人彙集二〇一五、二〇一六兩年期間，執行文化部文化資產局委託「重要傳統藝術保存者 Watan Tanga 林明福傳習保存計畫」時，所共同撰寫之詞條兩百條，是 Lmuhuw 口述傳統透過文字化之紀錄書寫，來輔助傳習的重要進程。二〇一七年由 Watan Tanga（林明福）總編纂、鄭光博主編之《Lmuhuw 語典：泰雅族口述傳統重要語彙匯編一》（Watan Tanga 林明福，二〇一七年）[31]，可視為是 Lmuhuw 口述傳統文化資產傳習與保存計畫之行動研究結晶。執行計畫期程間，針對遷徙傳說中以 Pinsbkan 為起源地擴散分支之社群部落，尋查並訪談深諳傳統知識之重要耆老們，以此為基礎，逐步認識、釐清各社群對 Lmuhuw 的概念與認知。透過傳習課程之傳授、保存計畫之耆老訪談並彙編整理資料，深化了傳習內容的質與量，並得以比較研究。

Lmuhuw 語典總計篩選彙集詞條兩百條。按詞條內容與性質分類，與「遷徙歷史」相關內容占全書之半數，包括 Llyung Bnaqiy 北港溪、Llyung Tmali 大甲溪、Llyung Mnibu 蘭陽溪、Llyung Minturu 和平北溪、Llyung Mkgogan 大嵙崁溪、Llyung Mklapay 油羅溪、Llyung Mstranan 南勢溪等，各河川流域周邊之民族、社群、部落名，以及遷

31 本書由 Watan Tanga（林明福）總編纂、黃季平監修、鄭光博主編。詞條記錄撰寫者包括 Watan Tanga（林明福）藝師、Batu Watan（林恩成）、Tasaw Watan（達少瓦旦）、Atung Yupas（阿棟優帕司）等三位藝生及 Hitay Payan（黑帶巴彥）、Yuhaw Piho（林約道）、Pagung Tomi（芭翁都宓）、鄭光博。關於語典詞條之挑選、編輯與整理。紀錄內容包括詞條單語字義、詞條解釋與漢譯、例句、用語區域、報導人及撰寫人姓名，並註明所屬社群部落。

徙相關重要的地名、祖先人名，其他則為深具文化涵義之單字或與修辭相關的複合形容語彙詞組。該書為泰雅族本族人集體寫作，以民族本位的觀點，用泰雅語為主體論述書寫，搭配漢語對照轉譯，記錄由 IkmButa、IkmYaboh 此兩位從 Pinsbkan 祖源地帶領族人向北開拓遷徙之英雄祖先所開展之民族史資料，具有重要價值。

四、Lmuhuw 的研究

圍繞 Lmuhuw 的研究可以分為兩個部分，一為 Lmuhuw 核心概念「遷徙」的研究，二為 Lmuhuw 音樂現象分析的研究，分述如下。

（一）Lmuhuw 核心概念「遷徙」的研究

一九三五年移川子之藏針對「アタヤル族」之研究，以方言對照祖源地及地域群，將自稱為 Tayal／Itaal／Itaral 者分為兩個系統[32]。以起源地、方言、社群、流域為分類分析之架構，並留下族源傳說、族群遷徙及家族系譜等面向之珍貴紀錄（移川子之藏、宮本延人、馬淵東一，一九三五年）。

移川氏鉅細靡遺地觀察歸納，提出 Pinsbkan 祖源地之傳說圈，對應於以 Squliq 方言系統（Tayal 語稱為 Kinhakul）分布區全境及屬於 S'uli／C'oli 方言系統，而與 Kinhakul 混居之 Mb'ala 社群。他在以 Squliq 方言系統分布為主的區域團體考察中，將此一大範圍對應於 Pinsbkan 起源傳說圈，並按流域分區記錄[33]。

在 Squliq 方言系統分布為主的區域對應於 Pinsbkan 之起源傳說圈中，敘述之源起

32 按其對地域團體（qotux llyung，同一河川流域之結盟）的考察，將祖源地為 Pinsbkan 者之傳說圈，對應於以 Squliq 方言系統（Tayal 語稱為 Kinhakul）為主要分布地帶（其中包括屬於 S'uli／C'oli 方言系統，而與 Kinhakul 混居之 Mb'ala，例如：居於今南投縣仁愛鄉新生村眉原部落及宜蘭縣南澳鄉東澳村、碧候村、金岳村、武塔村、金洋村博愛路者），而將祖源地為 Papak wa'a 之傳說圈，對應於以 S'uli／C'oli 方言系統為主之分布地帶。

33 分為北港溪上游、大甲溪上游、大濁水（和平北）溪流域、濁水（蘭陽）溪上游、大嵙崁溪流域地區及其他。其中「大嵙崁溪流域地區及其他」範圍最廣，涵蓋原大嵙崁溪流域（今稱大漢溪，分屬桃園市復興區全境、新竹縣尖石鄉後山地區之玉峰村、秀巒村）、油羅溪流域（新竹縣尖石鄉前山地區之新樂、嘉樂、義興、錦屏、梅花等村）、鳳山溪流域（新竹縣關西鎮錦山里馬武督）、南勢溪流域（新北市烏來區全境）。

皆始於 IkmButa 及 IkmYaboh 這兩位帶領族人由 Pinsbkan 祖源地向北開拓遷徙之英雄祖先。二者之名號廣傳於 Pinsbkan 神話傳說圈，但其流傳亦有地域之差別。IkmButa 之傳說以臺中、新竹以北之西部山地為主，其傳說故事多為遷徙過程中與 Bebuzyuq（賽夏族）或 Skhmayun 之爭戰為主，系譜顯示其係屬 Mkmazi 系統，而 IkmYaboh 之口碑傳承，則以祖源地及雪山山脈以東者為主。

儘管移川氏之著雖未提及 Lmuhuw 述說或吟唱的表現方式，但他所記錄的內容，正是 Lmuhuw 引述開拓祖先與社群遷徙過程，用以論證處理獵場、地權使用糾紛爭議或遷徙史詩今唱的重心與精髓所在。其對各流域先到開拓及部落建立者相關口碑的梗概紀錄，對照於現存各家 Lmuhuw 敘事或吟唱，遷徙的路徑、人名、創建部落與拓展分布等吻合度極高，甚或為耆老凋零口傳資料難覓的當代，提供了極珍貴的研究參照以及歷史記憶再建構的素材。而 Pinsbkan 與 Papak wa'a 兩大傳說圈對應於語言、族源遷徙、民族接觸與文化、音樂特色，正凸顯出其差異區隔。就泰雅族民族史建構與書寫的面向而言，移川氏的研究成果提供了重要的架構與線索稽考之方向。

一九八四年廖守臣參酌《臺灣高砂族系統所屬の研究》、《臺灣蕃族志》、《高砂族調查書》，佐以自身之田野紀錄，針對「泰雅族」之遷徙與拓展為題之編譯撰述[34]，是當時首部由本族人書寫的專著（廖守臣，一九八四年）。廖氏著作在日治時期相關資料尚未漢譯前，甚或時至今日仍是「泰雅族」相關研究最重要的參考著作。

或許是受撰著當時時代背景的影響，著作中關於年代之紀錄奉中華國族朝代之道統正朔紀年[35]。有別於移川氏之著作以流域為分區書寫，廖氏以民國統治時縣市鄉鎮區劃來分區分章節論述，並附上山地行政區中各鄉、村泰雅族人口的統計數字。關於社群名、部落名、人名，則是將日治時期文獻中以假名拼音者，改為以漢字音譯記錄，這些非以羅馬拼音準確記音的譯名經不斷引用後，易生辨識判讀上的困擾。

廖守臣承襲移川子之藏及李亦園（一九六三年，頁七）之研究成果，按語言—方言為區別標準，而提出了以族、亞族、系統、群之分層分類線性之階序，並於其下對應地域群而提出了分類表。此一分類的困難在於同一地域群內的各部落不見得同語（例

---

34 二〇〇四年前，官方分類認定之「泰雅族」包括現今所稱之泰雅族、太魯閣族、賽德克族。廖守臣是花蓮Truku人，但他對民族分類的看法，主張基於文化及語言之親緣性，而認同彼此共同以「泰雅族」為名。

35 同上註。例如頁六十六中以清光緒二十三年（一八九七年）、民國三年（一九一四年）來紀年，而不採日本國統治時期的紀年。

如：集團移住前之南澳群），且須考量游耕社會的特性，「泰雅族」開始定居、定耕的生活型態，乃是近百年的事，而人群社會常因生存條件與歷史因素而不斷衍異。

該分類表，使人易生同源共祖的想像，將社會構成與發展歷程簡化，無法完整地顯示地域社群組成的實際狀況。而援引歷來之學者將泰雅族語按喉塞音之有無及詞形、構詞之差異分為兩個方言群：Squliq 及 S'uli 之分類，則未脫 etic 外部觀點，僅限於學術研究之記錄分類上而不適用於命名，Squliq ／ S'uli 系方言之差異（喉塞音「q」之有無），Squliq ／ S'uli 皆表「別人／外人，人類」之意，以此來作為識別與命名，常使被分類者不知所以然。

廖氏分類內容中，關於馬巴諾（Mpey'nux）系統莫里拉（Meirinax）系統部分似有誤植，按汶水群即自稱 Meirinax，理應置於莫里拉系統，卻植於馬巴諾系統。大湖群與加拉排群的音韻、詞形近於馬巴諾系統（即北勢群），卻植於莫里拉系統。馬立巴系統之命名源自於祖源皆來自 M'lipa 地區（今南投縣仁愛鄉力行村），惟未見其將目前仍居於當地者置於系統下。溪頭群之名稱 Mnibu，原係指蘭陽溪上游，即今宜蘭縣大同鄉茂安、四季與南山村一帶。南山村祖源來自 Mrqwang，理應歸於馬里闊丸群，而四季村按照李壬癸之研究，其大部分之詞形與構詞為澤敖利系統，因周遭鄰近屬於賽考列克之部落，而多有借詞，然而溪頭群卻被歸於馬立巴系統。此外，司加耶武群（Sqoyaw，今臺中市和平區環山、松茂部落之社群）與沙拉茅群（Slamaw，今臺中市和平區梨山地區佳陽、梨山部落之社群）並不具從屬關係，且其係由 Pinsbkan 祖源地直接遷出建社，即使鄰近，但用語差異頗大，將其置於馬立巴系統之下，顯然有誤。

又南澳鄉操 Kinhakul 語之居民自稱為 Kinhakul（即語言學所謂 Squliq 方言），認為其祖源係來自 Pinsbkan，由 Pinsbkan 直接遷移，並未於 M'lipa、Mk nazi、Mrqwang 等祖源地鄰近之三大根據地停留，若按近代學者以上述三地之名為賽考列克方言群下分類之三大系統，Kinhakul 其應分於賽考列克下之何系統，就值得玩味。

二〇〇六年鄭光博之碩論，透過涉及對 Lmuhuw 文化核心之祖源觀念相關的族群分類、神話圈、象徵物、Lmuhuw 傳述方式等四個面向來進行闡述[36]。將自稱及自我認同為 Tayal 者之 emic 觀點予以呈現，並由其內部對於祖源觀念的相關爭議，來談當

36 其中收錄整理了一首由桃園市復興區 Rahaw（溪口）部落 Msbtunux 大嵙崁群耆老 Watan Tanga（林明福）吟唱之 Lmuhuw 文本，頁六六—七八。

代 Tayal 歷史記憶的建構。

二〇〇九年鄭光博整理與探討泰雅族的社與語言之變遷，在文中指出《臺灣高砂族系統所屬の研究》一書中，將アタヤル族按方言對應神話始祖起源地居住流域予以分類為三大系統進行書寫，此重要遺產為當代族人之溯源及學術研究者提供了珍貴的寶藏。鄭光博文中參照原書中アタヤル族的 Səqoleq 系統、Tsə'ole'／Sə'ole' 系統對應於當代民族認定之泰雅族進行討論，並引原書中以河川流域、方言社群之架構為綱，參照與原書作者群考察同時期的其他相關資料，如《蕃社戶口》、《高砂族調查書五》等來看影響社與語言變遷的相關因素，針對移川子之藏、宮本延人、馬淵東一昔日考察後迄今之發展概況進行初探。文中以流域對照部落、社群暨方言之變動資料，正提供了當代傳承接續 Lmuhuw 說唱發展的養料。

二〇〇九年起，伊藤順子引二〇〇〇年以來余錦福、賴靈恩、鄭光博對 Lmuhuw 之研究，佐以其來臺之田野訪談[37]，陸續發表了三篇以泰雅族史詩吟唱總論之研究（伊藤順子，二〇〇九年、二〇一一年、二〇一二年）。

二〇一〇年鄭光博透過對大嵙崁溪流域耆老 Watan Tanga（林明福）所採集整理的 Lmuhuw 文本，介紹泰雅傳統敘事方式之媒介、使用場合、相關禮規及結構，並透過尋根溯源吟唱史詩的賞析，來呈現 Tayal 獨特、有別於文字書寫傳統的歷史記憶及其建構方式，同時，對照當代的情境，以發掘歷史記憶建構的邏輯（鄭光博，二〇一〇年，頁一之六之一、一之六之三〇）。

二〇一五年鄭光博〈泰雅族 Lmuhuw 的名與實〉一文透過彙整九個社群部落資料[38]，比較區域對 Lmuhuw 名稱、語彙使用情境及指涉涵義之異同。「穿引」、「串」是 Lmuhuw 的動態基本涵義。表現於言說上，各社群對 Lmuhuw 普遍的認知是一有別

---

37 訪談地點為新北市烏來區、桃園市復興區、苗栗縣泰安鄉、宜蘭縣南澳鄉。

38 文中反思自一九九五年迄二〇一五年二十年間對泰雅族 Lmuhuw 之研究，被記錄研究的視角主要來自大嵙崁溪流域中游 Msbtunux 社群的報導人。關於 Lmuhuw 的描述與討論面向側重於朗誦式歌謠、gaga 祖訓規範及民族遷徙，也因此 Lmuhuw 似成為泰雅族朗誦式歌謠的代稱。有鑑於泰雅族的分布區域廣闊，不同流域間或因生態地理環境、地緣、文化特徵、祖源、歷史發展過程、語別殊異，造就了各自的獨特性。語言建構了泰雅族與外族的邊界，藉由語言也得以分辨民族位階之下，次團體(方言群、地域群)的順序位階。因此本文針對口傳述說或吟唱中，英雄祖先 lkmButa 及 lkmYaboh 由祖源地 Pinsbkan 向外遷徙拓展所勾勒出的傳說圈，並與之相對應的 Kinhakul 與 Mb'ala 語群分布範圍中，透過彙整 Msthbwan、Mlipa、Slamaw、Sqoyaw、Hagaparis、Mspaziq、Mknazi、Mrqwang、Msbtunux 等，九個於遷徙拓展歷程具象徵代表性的社群部落之敘述報導資料來加以討論，比較區域間對 Lmuhuw 名稱、語彙使用情境及指涉涵義之異同。

於日常生活用語的特殊表述方式，與處理事情或調解糾紛相關，引述始祖 IkmButa、IkmYaboh 所留下的 gaga 祖訓規範或遷徙歷程、部落社群領域為立論基礎，針對欲教導或調解處理的事物來傳講或申論辯述。在 Msbtunux、Mrqwang、Mknazi、Mspaziq 社群認為，提親所使用託言祖訓規範的話語亦屬於 Lmuhuw。表現於吟唱上，大多數流域的部落社群對 Lmuhuw（特定的言說）與 qwas（歌）的稱名有所分別，並無疊合。但是在 Msthbwan、Mlipa、Msbtunux 等社群，Lmuhuw 一詞除指涉特定之言說外，尚包含吟唱之朗誦式歌謠。

當代因著交通的便利，部落社群間的交流往來不再因地形的阻隔而受限。Lmuhuw 與 qwas 這兩項由精練語言及豐富傳統知識發展之泰雅民族的文化核心，儘管習慣用語或有差異，但經過溝通與說明後，是可以被理解的。也因此當外來研究者以 Lmuhuw 為朗誦式遷徙史詩吟唱的概念認知，去進行音樂研究並引以為採集標的時，歌謠似乎被採集記錄下來，但對於被描述的文化主體之內部觀點與稱名指涉的差異，則隱而未顯，不易被發現察覺。

（二）Lmuhuw 音樂現象分析的研究

一九九五年陳鄭港依據其於桃園市復興區的田野採集資料，針對該地族人對 qwas（歌謠）的概念與分類予以歸納整理，首先提出 qwas-rmxou（qwas-Lmuhuw）為指涉提親、婚禮、頭目聚會等正式場合使用的朗誦式歌謠（陳鄭港，一九九五年，頁七二、七六）[39]。此一稱名的提出與開端，可說是近二十年來對泰雅族朗誦式歌謠研究的先河，此後記錄者及討論相繼以「Lmuhuw」之名對泰雅族朗誦式歌謠接踵開展出相關研究。

一九九六年，黑帶巴彥在民族音樂學界對於 Lmuhuw 相關研究前，首位以 ke' zmihung 深奧語言的概念，來介紹述說或吟唱之場合與方式（黑帶巴彥，一九九六年，頁一〇八）。

---

39 文中有三首吟唱之採譜及歌詞的泰雅語記音紀錄（未漢譯），參見頁一七七－一七九、一八二－一八四。

二〇〇二年黑帶巴彥繼續用 ke'zmihung 深奧語言的概念，來說明吟唱。並提出「會宗曲」之概念及內容分類（黑帶巴彥，二〇〇二年，頁六二—七三）[40]。

二〇〇二年第一個以 Lmuhuw 為題專論的學位論文則出自賴靈恩（二〇〇二年）[41]，她以大漢溪流域泰雅社群為例，探討 Lmuhuw 與史詩、族系、部落分布、祖訓規範、音樂的關係。而在賴靈恩的碩士論文之後，有關泰雅族 Lmuhuw 史詩吟唱的研究及相關紀錄漸次開展，堪稱 Lmuhuw 研究之啟蒙先驅。

賴靈恩透過 Lmuhuw 歌謠中的敘述來記錄歸納馬卡納奇、馬立巴、馬里光系統由起源地 Pinsbkan 向北遷徙拓展至大漢溪流域，從上游而下形成馬卡納奇、馬里光、合歡、大嵙崁四個社群和相關部落分布的歷程，並列表比較《臺灣蕃政志》、《蕃族調查報告書》、《臺灣高砂族系統所屬の研究》、《高砂族調查書》、《泰雅族的文化——部落遷徙與拓展》等文獻紀錄與當代耆老報導的異同，是透過民族音樂學的研究視角進行區域遷徙資料整理的典範。

二〇〇八年余錦福發表了兩篇論文，指出 qwas Lmuhuw 具有從語言衍生的原生特質，並累積與傳遞整個族群文化的重要功能，分別就朗誦式歌謠遷徙史詩的淵源與內容[42]，及歌詞結構、吟唱模式等面向切入討論（余錦福，二〇〇八年 a；余錦福，二〇〇八年b，頁三一－六四）[43]。

二〇〇八年王櫻芬（二〇〇八年，頁三三五－三八三）回顧日治時期音樂研究者所採集之泰雅族素材[44]，就其音樂型態進行分析，回溯其中的變遷軌跡，並進一步與戰後的泰雅族歌謠進行比較，以勾勒出歌謠在八十年間持續傳唱和變遷的大致輪廓。

---

40 黑帶巴彥文中提到：「會宗曲」是一首泰雅族古老的歌，泰雅語稱「qwas Tayal」，這首歌在泰雅族人心目中，視為唯一表明宗親來歷的依據，也是彼此互相認宗的主要依據。正因為這首歌有彼此認宗的功能，因而將它取名為「會宗曲」。其內容概分為 sinbilan ke'mrhuw raral 古訓、pinshzyan na bnkis raral 遷徙過程、ttrhwan na qwas 炫耀祖蹟等三個階段，日治時代末期，炫耀祖蹟這一段就沒有人再唱。文中並有兩段 ke'zmihung 深奧語言的述說及吟唱之對照翻譯文本。

41 此論文為大料崁溪暨周邊流域的朗誦式歌謠吟唱，留下九首豐富完整的採詞及記譜文本。

42 論壇配合該年為「國際語言年」（International Year of Language，訂以「無形文化資產的口傳藝術」為主題，呈現無形文化「以語言為媒介的口傳或口述傳統」特質。文中針對朗誦式歌謠遷徙史詩的淵源與內容（qwas Lmuhuw 語意之命名、史詩內容、歌謠內容、語言特色、吟唱者條件）進行介紹與討論。

43 文中由歌詞結構、吟唱模式兩大方向切入，針對歌詞運用的思維、歌詞的編唱語法、歌唱的運用思維、歌唱的表現樣貌等面向予以討論。

44 該文以一九四三年黑澤隆朝於角板山、竹頭角、眉原三個部落採集的泰雅族歌謠為出發點，結合一九二〇、三〇年代北里蘭、田邊尚雄、竹中重雄分別在角板山、Msthbwan（瑞岩），以及 Piyanan（南山）、松羅、Skikun（四季）等部落所採集的泰雅族歌謠進行比較討論。

文中作者對於朗誦式歌謠，分別從旋律結構、節奏節拍和音階音域進行比較研究。

二〇一三年張韻平針對 R'uyan（白蘭）部落歌謠之研究，透過整理文獻中大嵙崁溪流域所認知之概念，來套用鋪陳說明 Lmuhuw 為泰雅族的古老歌謠，並將當代由白蘭部落所採集之歌謠及提親語料予以分類整理（張韻平〔比黛布魯〕，二〇一三年）[45]。

二〇一五年李佳芸以吳榮順於一九八八年採錄新竹縣尖石鄉秀巒村田埔部落 Temu Nawi（田祥發），及二〇一二年採錄桃園市復興區澤仁村溪口臺部落 Watan Tanga（林明福）二位耆老吟唱之遷徙歌謠為例進行音樂分析（李佳芸，二〇一五年）[46]。

二〇一六年陳彰以 Sqoyaw 司加耶武群為例，探討 Lmuhuw 的歌詞特徵與社會功能（陳彰，二〇一六年）[47]。

五、結語

一九〇一年臺灣總督府成立「臨時臺灣舊慣調查會」，一九〇九年其下設立「蕃族科」，開展了一九〇九年至一九二二年間臺灣原住民族之調查研究與相關著作之出版。

在此背景下，自一九一七年以來森丑之助、佐山融吉於泰雅族民族誌記錄之綜述中，於音樂歌謠、馘首、結婚之分項紀錄中，首度出現與 Lmuhuw 相關之簡述，更留下了

---

45 將當代採自五峰鄉白蘭部落之歌謠分為問候、占卜、提親、遊戲、思慕等五類歌謠，並彙整簡要之部落遷徙史。其中收錄五首題為「問候之歌」、「Lmuhuw」、「提親之歌」的朗誦式歌謠採詞與譜記，參見頁九〇—一〇九、一二〇—一二二。此外並記錄了當代之提親對話文本，參見頁一一六—一二〇、一二三—一二五，惟該文本以當代直白之口語述說，實非屬以精練、寓意深遠之象徵比喻言語來述說形容之 Lmuhuw。

46 文中首先透過對大嵙崁溪流域地理環境的認識，以及對分布於此區之泰雅族賽考利克系統起源傳說及語言的了解，來建構本研究的背景知識。其次，透過文獻資料以及田野調查訪談，建構 Lmuhuw 口述傳統的用途、表現方式以及蘊含其中的 gaga 信仰，並透過地圖理解重建其中最重要的「Msgamil」，記錄祖先拓墾荒野過程的「尋根」。再針對所選用的二首 Lmuhuw，於歌詞、音樂結構、樂句及旋律型態、節奏、語法等方面進行分析比較，尋找此二首 Lmuhuw 在歷史上的共同記憶，以及即興演唱出的曲調所呈現的共同特徵。

47 文中分析司加耶武群 Lmuhuw 的敘事內容安排、遷徙歷史及歌詞指涉內容等歌詞特徵，並以該社群為主要範圍，對 Lmuhuw 的團體領導及凝聚族群認同感的角度切入，建構吟唱場域中所蘊含的社會功能。本文並附有五篇針對朗誦式歌謠之採詞及翻譯，其中四首是由司加耶武群耆老吟唱，就內容來看，有暢述祖先起源、模擬姻親男女雙方代表之對唱、即興抒發受訪感受；一首是沙拉茅群耆老吟唱，內容即興抒發與訪談者相見感受並介紹祖先遷徙。文中司加耶武群部分報導人對 Lmuhuw 與 Lmamu 字義之區辨及對 Lmuhuw 是屬說或唱之呈現方式，提出了與一九九五年以來研究者透過對大嵙崁群 Lmuhuw 研究所建立之認知，提出了差異性的看法，惜或礙於語言限制，作者並未深入予以區辨探討。

提親時「ルモホーカイ」（Lmuhuw ke'）特殊用語之短篇語料。然而此後七十餘年間與Lmuhuw 相關之民族誌內容素材，或因不同研究者之目的與取向，而分別被零碎地採集、收納於民族音樂、語言學、口傳文學、族群分類與民族遷徙等範疇，唯名稱與全貌未能被認識與彰顯。

一九九三年吳榮順首度將具有族源遷徙相關歌詞內容之朗誦式吟唱，定名為「泰雅史詩」，是其具象被紀錄發現之始。一九九五年陳鄭港對泰雅族大嵙崁群歌謠的分類，明確指出 qwas-rmxou（qwas-Lmuhuw）為指涉提親、婚禮、頭目聚會等正式場合使用的朗誦式歌謠。二〇〇二年賴靈恩以大漢溪流域泰雅族社群 Lmuhuw 歌謠為題之學位論文，帶動泰雅族 Lmuhuw 史詩吟唱相關紀錄研究漸次開展。近二十年來，因著大嵙崁溪流域歌謠採集與研究資料之累積，Lmuhuw 似成為泰雅族朗誦式歌謠的代稱。

二〇一一年吳榮順與臺灣泰雅爾族永續協會成員，針對泰雅族口述傳統與口唱史詩文化資產之調查研究以及提報，實為近年來泰雅族 Lmuhuw 口述傳統文化資產保存催生運動展開序幕。二〇一二年大嵙崁溪流域耆老 Watan Tanga（林明福）被登錄、指定為重要文化資產保存者，因而開展了其與臺灣泰雅爾族永續協會成員戮力推動之相關傳習保存計畫。

二〇一五年范揚坤針對文化部指定之重要傳統藝術——泰雅史詩吟唱 Lmuhuw，提出保存維護規劃，並擬定策略與辦法，供文化行政單位執行保存維護相關計畫之參考依據。

二〇一五年鄭光博經由傳習保存計畫之紀錄與行動研究，彙整九個社群部落資料，比較區域間對 Lmuhuw 名稱、語彙使用情境及指涉涵義之異同，指出「穿引」、「串」是 Lmuhuw 的動態基本涵義，是表現於言說及吟唱上，有別於日常生活用語的特殊表述方式，除指涉特定之言說外，或包含吟唱之朗誦式歌謠。Lmuhuw 與 qwas 這兩項由精練語言及豐富傳統知識發展而出之泰雅民族的文化核心，儘管各社群間之認知或有差異或疊合，但經過溝通與說明後，是可以被理解的。也因此當外來研究者以 Lmuhuw 為朗誦式遷徙史詩吟唱的概念認知去進行音樂研究並引以為採集標的時，歌謠似乎被採集記錄下來，但對於被描述的文化主體之內部觀點與稱名指涉的差異，則隱而未顯，不易被發現察覺。

二〇一七年曾麗芬以「林明福泰雅口述傳統 Lmuhuw 傳習計畫」之傳承實踐為例，探討並反思當代口述傳統文化資產之傳承模式與延續保護作為。

二〇一七年由「林明福泰雅口述傳習計畫」所衍生之 Lmuhuw 語典出版，深化了傳習內容的質與量，促進文化資產之推廣與傳播，並使其得以延伸開展民族史、民族文學、民族音樂學、語言學等比較研究。

回顧百年來 Lmuhuw 被發現記錄、研究的進程，乃至晚近八年來新興的 Lmuhuw 文資保存與傳習研究，正是由 etic 記錄研究外顯的音樂形式，轉向 emic 透過語言表述深層的民族文化核心與內在思維之主體詮釋與再現的遞嬗歷程。

透過 Lmuhuw 的述說與傳唱，凝聚形塑了泰雅族同語共祖起源的我群集體意識與向心認同，牽引出婚姻血脈連結及部落社群穩定運作的規約，勾勒確立了泰雅邊界的維繫和民族的主體。將民族的表體（語言、gaga 祖訓規範、習俗）與載體（部落、社群、河川流域）穩固的連結在一起，產生社會性區別的功能，並因此反映出其重要性。

二〇一六年七月《文化資產保存法》修正新法增列「口述傳統」，二〇一七年六月公布實施《原住民族語言發展法》，開宗明義制定原住民族語言為國家語言，為實現歷史正義，促進原住民族語言之保存與發展，保障原住民族語言之使用及傳承。盼望透過記錄、研究、實踐中之相互學習與反饋，能彙整更多「口述傳統」相關之調查研究資料，落實轉型正義，激盪開展出更多有效傳習與保存面向，振興民語言永續發展的可能性。

附錄：Lmuhuw採集、紀錄、研究資料五十八筆[48]

序號	年代	採集者／記錄者／研究者	內容（紀錄、研究）	類型
1.	一九一七年	森丑之助	歌譜分類說明。	採集紀錄
2.	一九一八年	佐山融吉	提親語料一篇、三首疑似朗誦式吟唱歌詞紀錄。	採集紀錄
3.	一九二〇年	佐山融吉	提親語料一篇、四首疑似朗誦式吟唱歌詞紀錄。	採集紀錄
4.	一九三五年A	移川子之藏	遷徙史紀錄研究。	研究
5.	一九三五年B	小川尚義	傳說文本紀錄三篇。	採集紀錄
6.	一九四三年	黑澤隆朝	三首歌謠（無詞）。	採集紀錄
7.	一九六七年	呂炳川	音樂採集，六首朗誦式吟唱，未採詞。	採集紀錄
8.	一九六八年	三民天主堂	朗誦式歌謠一首（錄音及採詞）。	採集紀錄

48 姓名後標記*為泰雅族人。

9.	一九七八年	許常惠	音樂採集，朗誦式歌謠二首，未採詞。	採集紀錄
10.	一九八四年	廖守臣*	遷徙史紀錄研究。	研究
11.	一九八九年	許常惠、林清財	音樂採集，採詞採譜一首。	採集紀錄
12.	一九九一年	多奧尤給海*、阿棟優帕司*	傳說文本紀錄一篇。	採集紀錄
13.	一九九三年A	吳榮順	音樂採集，採詞二首。	採集紀錄
14.	一九九三年B	杜賴瓦旦*	採集錄音一首。	採集紀錄
15.	一九九五年A	李福清	散文×篇。	採集紀錄
16.	一九九五年B	陳鄭港	首先提出qwas-mxou（qwasLmuhuw）以指涉提親、婚禮、頭目聚會等正式場合使用的朗誦式歌謠，採詞記音採譜三首，未轉譯。	研究
17.	一九九六年	黑帶巴彥*	深奧語言之說明紀錄。	研究
18.	一九九七年	李道明	音樂採集，漢字大意翻譯一首，無泰雅歌詞語料記音。	採集紀錄
19.	一九九八年	胡萬川	音樂採集兩首，泰雅語漢字對照翻譯、簡譜。	採集紀錄
20.	二〇〇〇年	余錦福*	音樂研究，採詞採譜五首。	採集紀錄

21.	二〇〇〇年	因卡美明（雲力思）＊	首度將傳統上由男性吟唱之 Lmuhuw 改編混音而由女性歌手展演呈現。	採集紀錄
22.	二〇〇一年A	黑帶巴彥＊	Ke'zmihung 深奧語言之述說及吟唱文本各一篇。	研究
23.	二〇〇二年B	吳榮順	音樂採集五首，未採詞採譜。	採集紀錄
24.	二〇〇二年C	賴靈恩	碩論，採詞採譜九篇。	研究
25.	二〇〇三年	明立國	呂炳川一九六七年採集資料數位化整理，朗誦吟唱十一首，未採詞。	採集紀錄
26.	二〇〇三年	臺中縣原住民族教育資源中心	製作之《QwasTayal 泰雅爾之調》內容收錄了創作歌謠以及傳統朗誦吟唱。	採集紀錄
27.	二〇〇五年	余錦福＊	音樂調查，錄音並採詞五十四首。	採集紀錄
28.	二〇〇六年	鄭光博	碩論，採詞四篇。	研究
29.	二〇〇七年	台灣彩虹原住民關懷協會	音樂調查，錄音朗誦歌謠採詞翻譯二十首。	採集紀錄
30.	二〇〇八年A	王櫻芬	音樂研究。	研究
31.	二〇〇八年B	臺大出版中心	一九四三年黑澤隆朝採集資料復刻，朗誦吟唱三首，未採詞。	採集紀錄

32.	二〇〇八年C	台灣彩虹原住民關懷協會	音樂調查，錄音朗誦歌謠採詞翻譯十三首。	採集紀錄
33.	二〇〇八年D	余錦福＊	Lmuhuw 歌謠研究論文兩篇。	研究
34.	二〇〇九年	伊藤順子	論文三篇。	研究
35.	二〇一〇年A	鄭光博	研討會論文，採詞四篇。	研究
36.	二〇一〇年B	日台灣泰雅爾族永續協會	朗誦歌謠錄音採詞翻譯十八首	採集紀錄
37.	二〇一〇年C	黑帶巴彥＊	「ルモホーカイ」（Lmuhuw ke'）之語料以羅馬拼音再現一篇。	採集紀錄
38.	二〇一一年A	吳榮順	〈許常惠教授民歌採集運動時期歷史錄音還原第三期計畫期末成果報告【上冊】》（國立傳統藝術中心委託計畫報告書，未出版）是典型大嵙崁流域 Msbtunux、Mkgogan 群所稱之 qwasLmuhuw（Lmuhuw 吟唱）。	採集紀錄
39.	二〇一一年B	吳榮順	泰雅口傳文資建檔計畫採集紀錄轉譯遷徙歷史相關對談一段、歌謠八首，模擬提親對談情境一段、婚姻歌謠四首，糾紛處理對話說明一段。許常惠歷史錄音還原計畫採詞採譜五首	文資保存
40.	二〇一一年C	雪霸國家公園	Yutak（小錦屏）部落採錄一首題為「遷徙之歌」之即興吟唱朗誦式歌謠。	採集紀錄

41.	二〇一一年D	Ipay Buyici 依拜維吉＊	將傳統朗誦式即興吟唱改編以流行音樂面貌新唱出版。	採集紀錄
42.	二〇一二年A	達少瓦旦＊	「ルモホーカイ」（Lmuhuw ke'）之語料以羅馬拼音再現一篇。	採集紀錄
43.	二〇一二年B	劉宇陽、錢玉章＊、蘇美娟＊	《霞喀羅精靈的秘密語——桃山國小合唱團專輯》由大嵙崁群耆老 Masa Tohui 黃榮泉作詞，桃山國小教務主任 Pawang Iban 錢玉章以新竹縣五峰鄉 Mskaru 群之傳統朗誦式歌謠旋律來吟唱，有歌詞記音及翻譯。	採集紀錄
44.	二〇一二年C	台灣泰雅爾族永續協會	翻譯採錄了兩首 Uwas Kinhakul 朗誦式歌謠並採詞。	採集紀錄
45.	二〇一四年A	吳榮順	Lmuhuw 研究、音樂紀錄採詞採譜及分析五篇，生命史紀錄。	文資保存
46.	二〇一四年B	李佳芸	研討會論文，採譜，音樂研究林明福史詩吟唱 Msgamil 的文本資料進行分析。	文資保存
47.	二〇一五年A	李佳芸	碩論，採譜，音樂研究。	研究
48.	二〇一五年B	范揚坤	文資保存維護。	文資保存
49.	二〇一五年C	高嘉穗	音樂研究。	文資保存

50.	二〇一五年D	鄭光博	Lmuhuw 研究，定義調查比較研究。	研究
51.	二〇一五年E	台灣泰雅爾族永續協會	泰雅口傳文資保存計畫成果報告內之剪輯影音成果部分：文字譯本採集紀錄轉譯遷徙歷史相關對談五段，模擬提親、娶親對談情境二十一段、朗誦歌謠錄音採詞翻譯三十首、重要語彙詞條採集紀錄編譯一百條。	文資保存
52.	二〇一六年A	陳彰	碩論，朗誦歌謠採詞翻譯五首。	研究
53.	二〇一六年B	拉互依倚岕*、莎韻尤命*	歌謠採詞翻譯三首。	採集紀錄
54.	二〇一六年C	台灣泰雅爾族永續協會	泰雅口傳文資保存計畫成果報告內之剪輯影音成果部分：文字譯本採集紀錄轉譯 Lmuhuw 相關意涵訪談對話五段、朗誦歌謠錄音採詞翻譯三首、重要語彙詞條採集紀錄編譯一百條。	文資保存
55.	二〇一七年A	錢玉章*	朗誦歌謠錄音採詞翻譯二首。	採集紀錄
56.	二〇一七年B	鄭光博	紀錄片。	採集紀錄
57.	二〇一七年C	曾麗芬	文資保存維護研究。	文資保存
58.	二〇一七年D	鄭光博、黑帶巴彥*、林明福*、達少瓦旦*、阿棟優帕司*等人	重要語彙匯編詞條兩百條。	文資保存

參考資料

小川尚義、淺井惠倫　一九三五年，《原語による臺灣高砂族傳說集》，臺北：臺北帝國大學。

巴義慈　一九六八年，〈臺灣泰耶爾族傳說與民謠一〉，桃園：三民天主堂。

王櫻芬　二〇〇八年，《聽見殖民地：黑澤隆朝與戰時臺灣音樂調查（一九四三年）》，臺北：國立臺灣大學圖書館。

王櫻芬、劉麟玉　二〇〇八年，〈戰時臺灣的聲音——黑澤隆朝《高砂族の音樂》暨漢人音樂復刻〉，臺北：國立臺灣大學出版中心。

伊藤順子　二〇〇九年，〈タイヤル（泰雅）族の朗唱の諸相〉，《日本大学大学院総合社会情報研究科紀要》一〇期，頁二八六—二九一。二〇一一年，〈朗唱的研究：以泰雅族的朗唱為中心〉，《臺灣學誌》三期，頁九七—一一九，臺北：國立臺灣師範大學臺灣語文學系。

二〇一二年，《声力タイヤル族の朗唱の研究》，東京：文藝社。

江世大　二〇〇三年，《Qwas Tayal 泰雅爾之調》（CD），臺中：臺中縣原住民族教育資源中心。

佐山融吉　一九一八（一九八三）年，《蕃族調查報告書大么族》前篇，臺北：南天。一九二〇（一九八三）年，《蕃族調查報告書大么族》後篇，臺北：南天。

余錦福　二〇〇〇年，〈泰雅族古調音樂之形貌與文化意義〉「第三屆臺灣原住民訪問研究者」成果發表會報告書（未出版），臺北：中央研究院民族學研究所。二〇〇五年，《泰雅族音樂文化資源調查計畫》，宜蘭：國立傳統藝術中心。二〇〇八年a，〈承續民族歷史根譜：泰雅族朗誦式歌謠遷徙史詩之命脈〉，《無形文化資產保存動力論壇研討會論文集》，臺北：臺北縣立十三行博物館。二〇〇八年b，〈泰雅族QwasLmuhuw（即興吟唱）下的歌詞與音樂思維〉，《臺灣音樂研究》六期，頁三一—六四，臺北：臺灣音樂學會。

吳榮順　一九九三年，《臺灣原住民音樂紀實系列之五——泰雅族之歌》（CD），臺北：風潮唱片。二〇〇二年，《南投縣仁愛鄉泰雅族音樂調查研究報告書》，行政院原民會委託計畫報告書（未出版），臺北：原住民族委員會。二〇一一年，〈許常惠教授民歌採集運動時期歷史錄音還原第三期計畫期末成果報告上冊〉，國立傳統藝術中心委託計畫報告書（未出版），臺北：國立臺灣傳統藝術總處籌備處。二〇一一年，〈非物質文化遺產——泰雅族口述傳統與口唱史詩文化資產調查與建檔計畫〉，臺中：文建會文資總處籌備處。二〇一四年，《泰雅史詩生生不息——林明福的口述傳統與口唱史詩》，桃園：桃園縣文化局。

李佳芸　二〇一四年，〈歷史的旋律 Msgamil——林明福（Watan Tanga）的泰雅史詩吟唱藝術〉，《國立臺北藝術大音樂學研討會論文集》，臺北：國立臺北藝術大學。二〇一五年，〈泰雅族大嵙崁溪流域口述傳統（Lmuhuw）與口唱史詩（Msgamil）的比較研究〉，臺北，國立臺北藝術大學音樂學研究所碩士論文。

李道明、施宗仁　一九九七年，〈天籟之音臺灣原住民音樂華夏之音〉第十一集，臺北：光華傳播。

李福清　一九九五年，《和平鄉泰雅族故事歌謠集》，臺中：臺中縣立文化中心。
杜賴瓦旦　一九九三年，《大地之音——泰雅傳統與歌謠一》（錄音帶），臺北：泰雅音樂工作室。
依拜維吉(Ipay Buyici)　二〇一一年，《釋放》（CD），臺北：詮釋音樂。
拉互依倚岕、莎韻尤命　二〇一六年，《司馬庫斯紀念專輯》（CD），新竹：新竹縣尖石鄉泰雅爾司馬庫斯部落發展協會。
明立國　二〇〇三年，《呂炳川教授音像資料數位化計畫(第一期)》，《國立傳統藝術中心委託計畫報告書》（未出版），臺北：國立傳統藝術中心。
林青　二〇一一年，〈彩虹端上的聲音〉（CD），苗栗：雪霸國家公園管理處。
林明福　二〇一七年，《Lmuhuw 語典：泰雅族口述傳統重要語彙匯編一》，臺中：文化資產局。
阿棟優帕司（Atung Yupas）、黑帶巴彥（Hitay Payan，曾作振）、芭翁都宓（Pagung Tomi）、鄭光博　二〇〇七年，〈泰雅族 Lmuhuw 吟唱採集研究〉，《九六年度國立傳統藝術中心原住民音樂採集專案補助成果報告書》（未出版），臺北：社團法人臺灣彩虹原住民關懷協會。二〇一〇年，〈泰雅爾古調 Lmuhuw 吟唱採集研究〉，《財團法人原住民族文化事業基金會九十九年推動文化、語言、藝術及傳播事項調查與研究補助成果報告書》（未出版），新竹：臺灣泰雅爾族永續協會。二〇一二年，〈苗栗縣泰安鄉泰雅族音樂文化採集研究〉，《國家文藝基金會九十九年度第一期文化資產類調查研究補助成果報告書》（未出版），南投：臺灣原住民族社會永續發展協會。

范揚坤　二〇一五年，《「重要傳統藝術－泰雅史詩吟唱 Lmuhuw 保存維護計畫」規劃書》（未出版），臺中：文化部文化資產局。

高嘉穗　二〇一五年，〈記憶之河，部落之書——臺灣泰雅族 Lmuhuw 曲調中的語言現象〉，《音樂傳統與未來學術研討會論文集》，臺北：中華民國（臺灣）民族音樂學會。

張韻平（比黛布魯）　二〇一三年，〈新竹縣泰雅族歌謠之研究——以五峰鄉白蘭部落為中心〉，臺中：國立臺中教育大學音樂系碩士論文。

移川子之藏、宮本延人、馬淵東一　一九三五年，《臺灣高砂族系統所屬の研究》，臺北：臺北帝國大學土俗・人類學室。

許常惠　一九八九年，《臺中縣音樂發展史》，臺中：臺中縣立文化中心。一九九四年，《臺灣有聲資料庫全集傳統民歌篇三：泰雅族與賽夏族民歌》（CD），臺北：水晶有聲出版社。

陳主惠、陳明仁　二〇〇〇年，《生命之歌》（CD），臺北：飛魚雲豹音樂工團。

陳彰　二〇一六年，〈泰雅族 Lmuhuw 的歌詞特徵與社會功能——以司加耶武群為例〉，臺南：國立臺南藝術大學民族音樂研究所碩士論文。

陳鄭港　一九九五年，〈泰雅族音樂文化之流變——以大嵙崁群為中心〉，臺北：國立政治大學民族學系碩士論文。

曾麗芬　二〇一七年，〈泰雅族口述傳統的傳承以「林明福泰雅口述傳統 Lmuhuw 傳習計畫」為例〉，《民族學界》四〇期，頁五—四〇，臺北：國立政治大學民族學系。

森丑之助　一九一七年／一九九六年，《臺灣蕃族志》，臺北：南天。

黑澤隆朝　一九七三年，《臺灣高砂族の音樂》，東京：雄山閣。

黑帶巴彥（Hitay Payan，曾作振）　一九九六年，〈泰雅族的蓋日覓弘〉，《山海文化》一三期，頁一〇八—一一三，臺北：山海文化雜誌社。二〇〇二，《泰雅人的生活型態探源》，新竹：新竹縣文化局。

廖守臣　一九八四年，《泰雅族的文化——部落遷徙與拓展》，臺北：世界新聞專科學校觀光宣導科。

臺灣總督府臨時臺灣舊慣調查會原著　中央研究院民族學研究所編譯，二〇一〇年，《蕃族調查報告書》第七冊《泰雅族後篇》，南港：中央研究院民族所。二〇一二年，《蕃族調查報告書》第五冊《泰雅族前篇》，南港：中央研究院民族所。

劉宇陽、錢玉章、蘇美娟　二〇一二，《霞喀羅精靈的秘密語：桃山國小合唱團專輯》（CD），桃園：BenQ明基友達基金會。

鄭光博　二〇〇六年，〈Sm'inu puqing kinhulan na Tayal ——從祖源觀念爭議論當代「泰雅族」歷史記憶的建構〉，臺北：國立政治大學民族學系碩士論文。二〇〇九年，〈泰雅族的社與語言的變遷——從一九三五年《臺灣高砂族系統所屬の研究》迄今二〇〇九年〉，《第二回臺日原住民族研究論壇研討會論文集》，臺北：國立政治大學原住民族研究中心。二〇一〇年，〈大嵙崁溪流域泰雅族 Lmuhuw 文本分析〉，《二〇一〇全國原住民族研究優選論文集》，臺北：

行政院原民會，頁一之六之一——一之六之三〇。二〇一五年，〈泰雅族 Lmuhuw 的名與實〉，《音樂傳統與未來學術研討會論文集》，臺北：中華民國（臺灣）民族音樂學會。二〇一七年，《Lmuhuw 言的記憶》（DVD），臺北：財團法人原住民族文化事業基金會。

賴靈恩　二〇〇二年，〈泰雅 Lmuhuw 歌謠之研究——以大漢溪流域泰雅社群為例〉，臺北：國立臺灣師範大學音樂學研究所碩士論文。

錢玉章　二〇一七年，《梅后蔓古謠曲》（CD），新竹：新竹縣立花園國小。

劉秀美

〈日治時期花蓮阿美族群起源敘事中的撒奇萊雅族〉

現任國立東華大學華文文學系教授，《中國現代文學》（THCI核心期刊主編）、中國現代文學學會祕書長、中國口傳文學學會理事、秀威出版社民間文學叢書主編、秀威出版社原民／臺灣原鄉繪本故事系列叢書主編。研究專長為民間文學、臺灣原住民文學、通俗文學、海外華文文學。

著有《五十年來的臺灣通俗小說》、《從口頭傳統到文字書寫：臺灣原住民族敘事文學的精神蛻變與返本開新》、《臺灣宜蘭縣大同鄉泰雅族口傳故事》、《火光下的凝召——Sakizaya 人的返家路》、《山海的召喚——臺灣原住民口傳文學》、《火神眷顧的光明未來——撒奇萊雅族口傳故事》、《土地的詩意想像——時空流轉中的人、地方與空間》等。

本文出處：二〇〇九年十二月，《中國現代文學》一六期，頁四五—六六，新北：中國現代文學學會。

日治時期花蓮阿美族群起源敘事中的撒奇萊雅族

一、撒奇萊雅與阿美族聚居地的關係

二〇〇七年一月十七日撒奇萊雅族成為臺灣官方認定的原住民第十三族。過去「撒奇萊雅」被視為阿美族南勢群古老部落之一。根據文獻資料所載，以撒奇萊雅為主的聚落有飽干（Pawkan）、歸化（Sakor）、六階鼻（Cirakayan）、馬於文（Ma'ifor）、加路蘭（karoroan）等五個建立於清領末期的部落；另有卡礑卡（Katangka）、嘉新（Kalingan）、北埔（Paypo）、卓波（Copo）、豐川（Sinsya）、巴呂可（Parik）、拖瓦旁（Towapon）等七個建立於日治時期的部落。散居於荳蘭、薄薄、里漏系中的撒奇萊雅聚落，則有水璉尾（Ciwidan）和月眉（Dawlik）。上述無論是以撒奇萊雅人為主的聚落或撒奇萊雅族散居於其他族系的聚洛，都反映了撒奇來雅族在過去有著長時間與其他阿美族系混居的情況。茲將上述三類撒奇萊雅族社狀況表列於下[1]：

表一：清領末期建立的撒奇萊雅部落

聚落名或舊地名	今地	聚落概況
飽干 Pawkan	花蓮市主權里	位於七腳川溪下游北岸，清康熙以後、光緒元年以前成立，相傳由撒奇萊雅群之 Takofoan 社人所建。日治時有海岸阿美 Ciporan 氏族移入混居。
歸化(德興) Sakor	花蓮市國慶里	位於娑婆礑溪下游右岸，屬撒奇萊雅系 Lifoh 人住區。一八七八年加禮宛事件清廷收其餘眾於 Lifoh，命名為歸化。一九三七年日人依音義改為佐倉。一九四四年土地因洪水流失，社人大多遷至卓波，不久部分社人又遷回。
六階鼻 Cirakayan	鳳林鎮山興里	漢人稱之六階鼻，一九三七年日人改稱山崎，光復後易名山興。移川記載：1.六階鼻為荳蘭、七腳川、里漏等社混合部落。2.族人認為主要成員以撒奇萊雅居多(清末加禮宛事件遷來)，七腳川次之(日治時期遷來)，馬太鞍遷來較遲(光復初期)。
馬於文 Ma'ifor	瑞穗鄉舞鶴村	本社為撒奇萊雅人所建，遷來之前此處已有阿美族人居住。社人為原居於 Takofoan 及飽干社而後遷來之撒奇萊雅人。
加路蘭 karoroan	豐濱鄉磯崎村	位於豐濱鄉北方，建於百年前。加禮宛事件後撒奇萊雅族人南移，最後遷至磯崎。「磯崎」之名為一九三七年日本人所立。日治末葉、光復初期，屬秀姑巒阿美族之太巴塱、烏漏兩社人陸續遷入。

1 以下表格之整理參考許木柱、廖守臣、吳明義著，《臺灣原住民史——阿美族史篇》(南投：臺灣省文獻委員會，二〇〇一年三月)，頁五二—六五、頁八六—九一。

表二：日治時期建立的撒奇萊雅部落

聚落名或舊地名	今地	聚落概況
卡磘卡、茄苳腳 Katangka	新城鄉佳林村	漢人稱「茄苳腳」，阿美族人依日譯稱「卡磘卡」，一九三七年改稱大山、一九四五年名佳林村。一九三七年曾有七腳川人入贅佳林社，自稱七腳川社人。一九八四年廢棄，社眾移至北埔、花蓮等地。
本系統族人已遷出 Kalingan	嘉新	社人原居 Takofoan，一八七八年加禮宛事件招至歸化，後移居軍威(今國聯里)，日治末移至農濱(今國民里)一九四五至一九四六年間因颱風侵襲遷至 Kalingan，成立 Kalingan 社。四年後原地廢。
北埔 Paypo	新城鄉北埔	一九二二年成立，撒奇萊雅人最早遷入。一八七八年加禮宛事件，Polily 為避難至薄薄，日治初因尋找耕地至馬於文。其子 Atok 入贅六階鼻，因耕地不足移至北埔村為日人佃農。其妻之姐、兄從六階鼻、飽干遷入，一九三六年北埔阿美族五戶，三戶為撒奇萊雅，另兩戶為太巴塱。 一九四一年米崙社(即美崙社)撒奇萊雅人因缺水遷居安順，後南移北埔，撒奇萊雅人遂成為北埔主要居民。後陸續有阿美族遷入(北埔為多元部落，有撒奇萊雅、太巴塱、kiwit、瑞良社、烏雅立、苓仔濟、荳蘭等人聚居。)

卓波 Copo 原居歸化社	花蓮市國福里	位於娑婆礑溪左岸（今花蓮市國富里），最早遷入的為撒奇萊雅人，原居三仙和（歸化社）北五、六百公尺，一九四三年遇洪水遷至今國富大橋西南，成立卓波社。後社之大部分又遷回歸化社之 Takofoan。光復初期，本社頭目也遷返 Takofoan，一九六一年七腳川、臺東馬蘭、太巴塱三社混入居住，目前為多系統混合的部落。
十六股（復興）、 豐川 Sinsya	花蓮市國強里	清時稱十六股或復興，一九三七年稱今名。豐川原屬撒奇萊雅群，曾建 Sinsya 社，加禮宛事件後，招撫於歸化社。一九四四年遇水，社之一部遷返。
美崙、巴呂可 Parik	花蓮市國民里	位於美崙溪旁，今花蓮市國民里。原居 Takofoan，加禮宛事件後，招撫於歸化社。但社民居住不久遷軍威，日治時闢為軍用地，社眾遷移，一至今農濱里，一至巴呂可（日人稱米崙社）。
拖瓦旁 Towapon	花蓮市民意里	文獻上稱花蓮港，現花蓮市民意里。原居 Takofoan，加禮宛事件避難卡來萬。一九二二年遷入竹港附近，加禮宛人及 Takofoan 人相繼遷入，名拖瓦旁。一九三一年日人令社人遷至拖瓦旁稍南（亦名拖瓦旁），薄薄、里漏、Takofoan 等社工人亦遷來。光復初期，撒奇萊雅人或遷返故居，或入贅薄薄、里漏、荳蘭等社。

以上為以撒奇萊雅族為主的聚居地，另有一些撒奇萊雅族人散居於其他族社所屬聚落中，如表三所列：

表三：荳蘭、薄薄、里漏系中的撒奇萊雅聚落

聚落名或舊地名	今地	聚落概況
水璉尾 Ciwidan	壽豐鄉水璉村	住民主要為南勢阿美系統的薄薄、里漏、荳蘭及撒奇萊雅等，光緒元年（一八七五年）逐次移民而來。民國初年湧入大量阿美族人，光緒二十年（一八九五年）胡傳《臺東州採訪修志冊》未記載水璉社，因人太少尚未成一部落，一九三七年日人《高砂族調查》稱之為水璉尾。（大約為民國前後成立之社），撒奇萊雅於加禮宛事件先行避難至荳蘭、里漏，再隨兩社人遷入。（時間約為日治初期）。
月眉 Dawlik	壽豐鄉月眉村	包括崩崁、月眉、南月眉三社，撒奇萊雅人主要居於月眉社，南月眉之撒奇萊雅人於加禮宛事件後遷入。

從上述三表中可見出，自清末以來撒奇萊雅族因為族群移居而與阿美族其他族社關係密切，尤其是南勢七社[2]中的七腳川、荳蘭、薄薄、里漏諸社及秀姑巒阿美群的太巴塱社、馬太鞍社等。詹素娟根據文獻資料推論十九世紀初撒奇萊雅與當時的「奇萊五番」（荳蘭、薄薄、美樓、拔便、七腳川）應尚未有整合關係[3]，因此撒奇萊雅系統可能於十九世紀加禮宛事件後才開始與南勢諸社有較密切的互動。

2 南勢七社為七腳川、荳蘭、薄薄、里漏、屘屘、飽干、歸化，其中飽干、歸化兩社為撒奇萊雅群，屘屘為從海岸阿美之Tsiporan移來，也有撒奇萊雅和其他系統混入。參移川子之藏、宮本延人著，黃文新譯，《臺灣高砂族系統所屬之研究》（臺北：中央研究院民族學研究所，未刊本），頁九五〇。

3 詹素娟根據一八一二年（清嘉慶十七年）的購地事件，當時參與土地買賣的奇萊五番通事，並無撒奇萊雅的通事參與，因此推論在十九世紀以前以七腳川溪為界的撒奇萊雅與「奇萊五番社」並無整合關係。參考詹素娟，《族群、歷史與地域——噶瑪蘭人的歷史變遷（從史前到一九九〇年）》（臺北：國立臺灣師範大學博士論文，頁九八），頁二一八—二一九。

二、日治時期南勢阿美與太巴塱起源敘事中的撒奇萊雅

臺灣原住民由於沒有文字，大部分的歷史文化皆保存於以口頭為主要媒介的傳承活動中，這些口頭傳承的內容即使包含了族群部分的文化歷史在內，卻不全部等同於歷史。然而誠如移川子之藏論及阿美族荳蘭的族群發祥傳說時所言，要從這些茫漠的口碑而窺知歷史的事實並不容易，但無論如何，其與中部阿美族有密切的關係則似為「不容否認的史實[4]。」傳說雖非史實，但傳說常常有史實為根據，因此其內容有可能彰顯部分史實。以下將論述七腳川、荳蘭、薄薄、里漏、太巴塱諸社起源敘事中的撒奇萊雅族系，以觀察各社間的互動關係。

日治時期日本總督府於一九〇一年組成「臨時臺灣舊慣調查會」，一九〇九年開始從事臺灣原住民的調查，為較早有系統針對臺灣原住民生活情況所做的調查，其中包括了臺灣原住民口頭傳承的族群起源敘事。一九一三年佐山融吉主編的《蕃族調查報告書》第一冊「阿美族南勢蕃總說」中載錄了南勢七社為同出一祖，七社中薄薄社與里漏社傳說大要如下：

洪水餘生的兄妹搭臼逃至Tatifuracan山，兄妹成婚生子後下山，幾經轉折抵荳蘭之北，數十年後子孫繁衍，耕地不足，一男一女往東離去，定居於現今之薄薄社；薄薄社分支而出後，有社人遷至荳蘭；有社人為冬夜取暖，遷移至柴薪豐富的七腳川，成為七腳川之祖；又有社人離開移居於今荳蘭車站之東，為里漏社之祖。歸化社原稱Sakor，光緒四年曾反抗清朝，歸順後改此名[5]。

七腳川說法大要為：

七社的人原本居住在Faloyan，後來薄薄社的祖先率先遷至Naloma'an[6]。

4　移川子之藏、宮本延人著，黃文新譯，《臺灣高砂族系統所屬之研究》（臺北：中央研究院民族學研究所，未刊本），頁九五九。

5　臺灣總督府臨時臺灣舊慣調查會原著，中央研究院民族學研究所編譯，《蕃族調查報告書》第一冊（臺北：中央研究院民族學研究所，二〇〇七年六月），頁九－十。

6　同前註，頁二。

可見薄薄社、里漏社都有七社出自同一祖先的說法，七腳川社雖未言明七社為同一祖先，但也指出了七社原共居於 Faloyan。但值得注意的是薄薄社與里漏社述及族群遷移時，雖然提及撒奇萊雅所屬的歸化社，但並未明確將其置於洪水劫後餘生兄妹繁衍的共祖脈絡中敘述。七腳川社敘述較為簡單，只提及薄薄社，而未及撒奇萊雅。

一九一五年河野喜六編纂的《番族慣習調查報告書》中也有南勢蕃同出一祖的說法，大要如下：

> 洪水餘生的兄妹成為南勢蕃之祖。兄妹逢變故後乘舟至 Naloma'an 結為夫婦，所生子女又各自婚配繁衍子孫，後人口漸多，居住困難而商議分開居住。社民中有喜多薪柴之地，有欲肥沃之地者，社民分三團以聲音大小分配人數。選擇肥沃之地者，為今之荳蘭社；喜愛薪柴的社民移居於山麓地帶成為七腳川社；留居於 Naloma'an 者後移居至今薄薄社，為了造鹽，又有一部分社民再移居里漏社。但是據傳在 Naloma'an 建立部落之時，歸化社東方曾有叫 Takufoan 社的異族部落存在，後遭清政府討伐，投降者建立 Sakor 社，其餘則逃至他處建立屘屘和飽干社[7]。

這個說法稱原居 Takufoan 而後遷居歸化（Sakor）等地的撒奇萊雅人為「異族」，和前述同屬南勢蕃的薄薄、里漏傳說一樣，未將撒奇萊雅人納入由始祖兄妹繁衍下的我族系譜之中。

一九三五年移川子之藏、宮本延人《臺灣高砂所屬系統之研究》中述及南勢阿美諸社發祥傳說時，說明了此一系統移動的相關口傳資料並不多，且長期與中部及南部阿美族呈現隔離的情況。薄薄社的說法如下：

> 洪水餘生的兄妹乘臼漂到 Tatevuratsan 山，兄妹成婚子孫繁衍。因山地水利不好下山到 Na-rama-an，一部分移居至荳蘭；一部分到薄薄。至於七腳川、里漏、撒奇萊雅諸社有異於 Na-rama-an 系統[8]。

7 臺灣總督府臨時臺灣舊慣調查會原著，中央研究院民族學研究所編譯，《蕃族調查報告書》第一冊（臺北：中央研究院民族學研究所，二〇〇〇年十一月），頁七－八。

8 移川子之藏、宮本延人著，黃文新譯，《臺灣高砂族系統所屬之研究》（臺北：中央研究院民族學研究所，未刊本），頁九五一。

上文也明顯將撒奇萊雅排除在我族系統之外。至於荳蘭社的說法近於薄薄社，但情節較為仔細，且薄薄社僅述及薄薄和荳蘭之祖先為同源，荳蘭則傳說分派出七腳川社及其他，大要如下：

> 洪水餘生的兄妹乘臼漂到 Tatevuratsan 山，兄妹成婚子孫繁衍。洪水退去下山到奇密社附近的 Tsirangasan 山，再分散到各地去。一部分社人到七腳川社西方山地成為七腳川社；有一對夫婦沿著花蓮溪來到 Na-roma-an，夫婦生了三十五個小孩，分到里漏、薄薄、荳蘭各社，里漏人數少因此從事漁撈業；荳蘭、薄薄兩社以狩獵、農耕為主。……又撒奇萊雅是何系統所屬，不詳[9]。

上文對阿美族群繁衍的看法容或與前引其它說法有所不同，但對撒奇萊雅的譜系則抱著存疑態度。里漏社的起源傳說大要如下：

> 太古時候有大洪水，有人逃到 Tatevuratsan 山，水退後，移居到壽南方的 Patsidar，再移至 Na-roma-an。從該地分出的社人 Abas-Matsidar 到里漏，他成為兩社之祖。

另一說為：

Abas-Matsidar 從壽南方的 Patsidar 移到 Na-roma-an，從其地將子孫分派到里漏、薄薄、荳蘭各社[10]。

里漏社的起源傳說情節雖有差異，但主要認為該社與薄薄、荳蘭是出自同一系統，起源傳說中主要述及里漏社、薄薄等社與 Patsidar 的關係[11]，至於南勢七社中諸番社最常述及的為薄薄、荳蘭和里漏社。但無論如何，里漏社的兩則說法在提及我族譜系時，都沒有提到撒奇萊雅。

9 同前註，頁九五五－九五六。

10 同前註，頁九六三。

11 Patsidar 以水蓮尾、壽、達其黎、丁仔漏為舊址，今分布於玉里鎮、瑞穗鄉、長濱鄉、關山鎮及馬蘭等，為阿美族最大的一個氏族。

七腳川的起源則說：

> 因洪水漂到 Tatevuratsan 山的兄妹，子孫人口繁衍，遂移居到奇密社附近的 Tsirangasan，一部分分離北進成為「南勢阿美」諸社，其中的七腳川社祖先來到該社西方山地 Kuduvan 落腳，Kuduvan 指的就是七腳川社的 Na-roma-an（老家故地）。

另有說法為：

> 七腳川社之舊名稱謂為 Kuduvan，他們是從拔仔社的小社 Tsirangasan 移來者。薄薄及荳蘭是從 Tatevuratsan 山移來 Na-roma-an 的，而里漏與七腳川則是屬於別的系統[12]。

七腳川的起源敘事中有一說雖然提及「南勢阿美」同為兄妹始祖，但傳說顯現了七腳川系與其他系統的區別性。重要的是，它還是沒有提到撒奇萊雅的聚居地，因此似乎不認為撒奇萊雅人和本族之間有什麼重要的傳承關係。

至於太巴塱則有如下的起源說法，大要為：

太巴塱的遠祖為起源於馬蘭社南方的 Arapannapana 的男女兩神，兩神有六個孩子，一女為海神所娶，其他子女分別成為布農族、漢族及後來的太魯閣蕃之祖先。另一男一女在大水之時，乘臼從 Arapannapana 漂流到奇密社北方的 Tsirangasan 山，兩人結為夫妻。第三代中的一人從 Tsirangasan 下山到奇密社成為其祖先，其他的子女發現北方有平地，也下山到太巴塱東方的 Sisaksaksi，為太巴塱蕃。一名為 Tatah-tsidar 有三個孩子都出生在 Sisaksaksi，其中 Raya-Tatah 為 Sakiraya 之祖 Soko-Tatah 為 Patsilar 社之祖，Wahror-Tatah 為卑南社之祖……[13]。

12 移川子之藏、宮本延人著，黃文新譯，《臺灣高砂族系統所屬之研究》（臺北：中央研究院民族學研究所，未刊本），頁九六九－九六〇。

13 同前註，頁九三二－九三四。

太古時代，海神因喜歡降臨在 Arapannapana 的兩個女神，而引發海嘯，有一對夫婦漂到 Ragasan 之地養育著神賜的三個子女，有兩名漢人給他們刀子和鋤頭。不久，次子打獵時發現一片沃土，回家告知父母後決定一起遷往，但么女不願同行，另尋其他地方，後成為奇密社之祖。他們遷往的新地方原名為「Suboron」，後來訛為「Tabaron」社。……他們遷至 Sisakusakai 不久，有一名男子入贅成為長女之夫，夫妻生三子女。次子又生三子女，其中長子成為 Patsidar 之祖、次子成為卑南之祖、長女成為歸化社之祖[14]。

從太巴塱的起源敘事中可以發現是以 Arapannapana 山為遠祖發祥地，由此遠祖衍生出布農族、太魯閣蕃、卑南社、奇密社、撒奇萊雅、Patsida 及漢族等不同族群。移川認為據此傳說並無法說明這些族群間是有血緣關係的，但如以此解釋「對於遠近諸社或異種族之存在做一個說明」是適當的[15]。也就是說，太巴塱傳說中出現撒奇萊雅，和其中出現卑南、布農等其它族群一樣，只是用以說明各族相同的起源，這是原住民族源傳說中的常見說法。因此我們只能從太巴塱傳說看出講述者對各族群關係的想像，而不能從中推斷各族之間的血緣遞衍譜系。

上述日治時期的調查報告在敘述中明顯呈現了撒奇萊雅族群在南勢群中與其他阿美族社的區別性，而太巴塱阿美人似乎也不視撒奇萊雅為同族。佐山融吉的《蕃族調查報告書》及河野喜六的《番族慣習調查報告書》都是另外提及撒奇萊雅人的歸化社，而未將其列入兄妹始祖繁衍下的脈絡中敘述。

移川的報告較為詳細，從各社群的敘事角度呈現，其中薄薄與荳蘭的敘事裡撒奇萊雅族社都屬於知之不詳的異族系，里漏社與七腳川社則未特別提及此一族群。在秀姑巒阿美太巴塱社的敘事中，撒奇萊雅與 Patsilar、卑南等社則似乎只被看成是洪水後倖存的兄妹再度繁衍人類時衍生的外族，而並不視為我族之一支；也就是說，撒奇萊雅所以出現在此一敘事中，目的傾向於是為了解釋世上何以有卑南、布農、撒奇萊雅等異族，而不是為了說明撒奇萊雅為與我關係密切的族群。

---

14 佐山融吉、犬西吉壽著，余萬居譯，《生蕃傳說集》（臺北：中央研究院民族學研究所，未刊本），頁一七八－一八。

15 同註十二，頁九三七。

三、日治時期撒奇萊雅系統的起源敘事

人類社會族群觀念的存在顯現了不同族群間的互動關係，如無異族的存在就不會產生我族的觀念，因此族群互動過程中的親疏遠近在在顯現著這些族群的融攝關係。以下以撒奇萊雅自述的起源教事為切入點，進一步探討其與異系族社的互動關係。

佐山融吉的《蕃族調查報告書》記錄了撒奇萊雅系統族社飽干及歸化兩社頭目的說法．其中飽干社說法的內容大要如下：

古時南勢七社原居同地，久之分散居住，飽干社為歸化社的分支[16]。

此說提到包括飽干、歸化在內的南勢七社「古時」、「原居同地」，但因敘述太簡，以致文意不明。且先看歸化社的說法：

古時起大洪水，洪水未退又發生地震，熱水從地縫湧出，幸運之神將臼給一對兄妹，兩人得以脫逃，後兄妹成婚，子孫即為蕃人的祖先。七社人起初集中於米崙山

之北，但隨人口增加，耕地不足，於是里漏、七腳川、荳蘭、薄薄社、Timol（南部蕃人之稱呼）和Cungaw（高山蕃）等皆遷往自己喜歡的地方。臨走時，高山蕃提議日後相見以「manomano」問候，其他族群則答以「hayhay」。其時歸化社的人剛好不在場，便回答「hengheng」，此後打招呼時，歸化社便和薄薄、里漏、荳蘭不同[17]。

這個說法在提到族群因人口增加、耕地不足而分徙各地時，並沒有提到歸化社，似乎也暗示了以撒奇萊雅為主要住民的歸化社與南勢群阿美人之間的疏離關係。傳說提到大家討論日後相見時的問候語時，因不在場而未參與討論的也是歸化社，因此歸化社人的問候語也就和他社有所不同。

這個語言差異的說法，更加強了南勢族群與撒奇萊雅原本可能存在的疏離關係。看

16 臺灣總督府臨時臺灣舊慣調查會原著，中央研究院民族學研究所編譯，《蕃族調查報告書》第一冊（臺北：中央研究院民族學研究所，二〇〇七年六月），頁十一。

17 同前註，頁十一－十二。

來南勢阿美人和撒奇萊雅人自認兩者的關係是若即若離的，因此在前述飽干社的簡短說法中，我們可能只看到社人對兩族關係認知的即之一面，至於離之一面則可能沒有被敘述出來。

移川的《臺灣高砂所屬系統之研究》則記錄多則撒奇萊雅與異族社的起源關係，歸化的傳說大要如下：

> 最初祖先住在米崙山之東，花蓮高爾夫球場西北的 Na-raratsan-an，與荳蘭、薄薄、里漏、七腳川之祖先們居住在一地。在其地分為各社，豎槍比較人數，撒奇萊雅隱藏一部分槍偽裝人數較少，因此分到比較多的人。
>
> Na-raratsan-an 的地名是來自一種捲貝 raratsan 一語[18]。

根據移川的調查，以「Na-raratsan-an」為撒奇萊雅與諸社祖先共居地的說法未見於南勢阿美的其他社群。以 Na-raratsan-an 為族群起源地的說法也見於另一則傳說：

> 有一對男女 vototos 和 Savak 從 Na-raratsan-an 的地中出來結為夫婦，和 Kurum、

Sayan 兩位女子都是撒奇萊雅的祖先。……

此則傳說從族群發祥延伸至普遍流傳於南勢阿美諸社的神人 Votong 傳說，和海神因看上美女引發大洪水的傳說。傳說中神人登天的梯子化為石頭殘留於舞鶴附近；美女為海神所娶，其母向南方尋女，以鐵棒為杖，到秀姑巒溪口 Makta-ai 仍不見女兒，遂丟下鐵杖返回 Na-raratsan-an[19]。其中值得注意的是「舞鶴附近」及似指大港口之地「Makta-ai」等地域性意義。

本文第一節表三所示水璉尾社撒奇萊雅系統的傳說大要如下：

古時有一座海島因海水高漲而致淹沒，兄妹乘船形之樹木而倖存，他們在大港口

---

18 移川子之藏、宮本延人著，黃文新譯，《臺灣高砂族系統所屬之研究》（臺北：中央研究院民族學研究所，未刊本），頁九七一。

19 同前註，頁九七二—九七四。

與貓公之間登陸，二人結婚繁衍子孫。後因土地過於狹小，乃越過海岸山脈分居各地。其中三個男子成為馬太鞍社、太巴塱社之祖；另一男子成為荳蘭社、薄薄社之祖；又一男子則成為撒奇萊雅之祖。最後的兩人沿花蓮溪而來[20]。

月眉社撒奇萊雅系統的傳說大要為：

撒奇萊雅與薄薄社之祖為兄弟，以前住在奇密社，後移到大港口，於是二人與其他人分離，沿海岸北進，沿溪到達十六股之南，在此二人分離各建蕃社[21]。

上述兩社皆為南勢阿美人的移居地，第一則傳說除了提到撒奇萊雅與荳蘭、薄薄等南勢諸社有兄弟始祖的關係，也顯現了撒奇萊雅與秀姑巒阿美太巴塱及馬太鞍社間的密切關係。

秀姑巒阿美織羅社也有撒奇萊雅人混居，其口傳則是：

颱風時花蓮附近海濱經常可見的隨浪漂來的椰子，據撒奇萊雅老人說，祖先之地

Sanasa 有很多椰子樹，因此稱這種樹為 Sanasa[22]。

綜上所述，日治時期撒奇萊雅系統自述的族源敘事大致可歸納為：

(1)南勢阿美七社共源於美崙山之東的 Na-raratsan-an 之地，但歸化社似乎與其他社群有所區別。

(2)源於 Na-raratsan-an，此說法未見於其他南勢社群。

(3)外島渡來說，傳說中的外島 Sanasai 所指為綠島，或指蘭嶼(詳下文)。

---

20 同前註，頁九五八。

21 同前註，頁九五八。

22 移川子之藏、宮本延人著，黃文新譯，《臺灣高砂族系統所屬之研究》(臺北：中央研究院民族學研究所，未刊本)，頁九七五。

四、日治時期阿美族起源敘事

本文前兩節所論列者為阿美、撒奇萊雅各族社在族源敘事中提到撒奇萊雅的情況。本節則擬從阿美人對自己的族源敘事來觀察此一問題。

有關阿美族之起源敘事，移川分為以洪水傳說之形式而敘論者、外海渡來者及以Arapana為發祥地者三種[23]。簡美玲根據傳說也分為高山洪水發祥說、海岸平地發祥說及外島渡來說[24]。二人的分類大同小異。

（一）主要起源敘事

(1)發祥傳說中以洪水為傳說形式的起源敘事，一般會隨著人口之移居而選擇離住地較近且眾所周知的山為傳述對象。例如奇密社、太巴塱社傳說中的高山為Tsirangasan；薄薄、荳蘭社為Tateruratsan。其中Tsirangasan幾乎為全阿美族人所知，有些族社雖然沒有將此山與洪水傳說結合，但仍然知道Tsirangasan這一座山。

(2)外海渡來說，多流傳於海岸阿美和卑南阿美及部分秀姑巒阿美族社中。此類傳說為族人自述祖先來自海外的島嶼，不同部落傳說內容不盡相同，有說法為自綠島乘船自大港口附近登陸者，如貓公社、加里猛狎社、加路蘭社等；也有說從蘭嶼到綠島後再到Arapana之地者，如都威社、都歷社、馬武窟社等皆有此說法。

⑶以Arapana為發祥地者，多見於卑南阿美和恆春阿美。有傳說阿美族和卑南族的祖先同為Arapana之石頭所生，後來阿美族移到Tsirangasan，理由不詳。

另有傳說男子及其孫因洪水來到Arapana，後兄妹結婚，初生蟹，次生石頭，此後石生人，子孫成為阿美族和卑南族的祖先等不同說法。此則傳說雖有不同的情節內容，但顯現了傳述族群與卑南族之間的密切關係。

23 同前註，頁九八四－九九九。

24 簡美玲，〈阿美族起源神話與發祥傳說初探〉，《臺灣史研究》一卷二期（臺北：中央研究院，一九九四年十二月），頁九二－九六。

(二)阿美族與撒奇萊雅系統起源敘事之區別性

口頭敘事中不同族社的共祖起源關係未必為真，但仍有一定的代表意義，因此從族群發祥起源的傳說中往往可以觀察族群之互動關係。

日治時期阿美族主要有如上所述的三種主要起源敘事，與撒奇萊雅系統起源敘事有相當大的區別，分述如下：

(1)阿美族以洪水為傳說形式的起源敘事普遍流傳於南勢阿美諸社及奇密、太巴塱、馬太鞍等社(可參本文二、三節諸例)，只是傳說中漂抵的高山不同。移川認為：「這些恐怕是同一系統之口碑……，隨傳播人群之移動，各應其地方情形而選出洪水傳說之舞臺。」他進一步以薄薄和荳蘭社為例[25]，認為此二社可能原來居於中部阿美之地，在向北移居下，認為洪水傳說舞臺 Tsirangasan 山已不適當，後來又因日久遺忘了部分，遂以 Tatevuratsan 山代替，但 Tsirangasan 山仍保留於荳蘭社的口碑中[26]。

薄薄和荳蘭社原來是否居於中部並無明確證據可以說明，但在南勢七社薄薄、荳蘭、里漏、七腳川等社的起源敘事中，Tatevuratsan 山的確都扮演了重要的角色。同為南勢七社之一的飽干、歸化等撒奇萊雅系統起源敘事裡，雖然也述及洪水，但有關

Tatevuratsan 山的說法卻相對缺乏。根據馬淵東一的調查，過去阿美族在泰雅族、布農族東進下造成北部阿美的南遷，但不堪卑南族壓迫的南部阿美也不斷有族人北移，阿美族就在南來北往的過程中形成了複雜的異系混居情形[27]。因此有關南勢七社的共祖說法及薄薄、荳蘭、里漏、七腳川等社對於 Tatevuratsan 山的共同說法，可能就是在遷移混居的過程中，為尋求新的群體結構、凝聚族群關係的「虛構性譜系」和「結構性失憶」下這成的[28]。

25 移川子之藏、宮本延人著，黃文新譯，《臺灣高砂族系統所屬之研究》（臺北：中央研究院民族學研究所，未刊本），頁九五七。

26 同前註。

27 馬淵東一著，余萬居譯，《高砂族的移動及分布》（臺北：中央研究院民族學研究所，未刊本），頁六一〇。

28 王明珂曾以「虛構性譜系」說明虛構的親屬關係，以「結構性失憶」解釋被遺忘的祖先：「造成一個族群的，並不是文化或血緣關係等『歷史事實』，而是對某一真實或虛構性起源的集體記憶。一旦宣稱新的祖源，即表示他們與原族群的結構性失憶產生，新的集體起源記憶將他們與一些共有這些記憶的人群聯繫起來。族群的結合與分裂，即在不斷的凝結新集體記憶與結構性失憶中產生。」參閱王明珂：《華夏邊緣：歷史記憶與認同》（臺北：允晨文化，一九九七年四月），頁九〇。

然而值得注意的是，撒奇萊雅系統在明清之際即與南勢阿美互動混居，但是為何獨缺在南勢諸社的洪水傳說中頻頻出現的 Tatevuratsan 山？此一問題今日或許已經難以解答，但卻可以假設此一現象是撒奇萊雅與阿美族群差異的一個表徵。

(2)與撒奇萊雅系統關係密切的南勢阿美諸社起源敘事中雖然有七社共源的說法，但傳說中的撒奇萊雅系統往往與其他社群有著區別性。關於撒奇萊雅系統歸化社因不在場造成語言的分化（詳本文第三節）及 Na-raratsan-an 的傳說（同上）都顯現了其與阿美族其他社群的區別。根據移川的調查，阿美族語雖然南北有相當差異，但大體上還是共通。撒奇萊雅語則與阿美族其他族社差異較大，因此他認為阿美族語應可分成撒奇萊雅語和阿美語二種[29]，馬淵東一的調查也有相同的見解[30]。近代撒奇萊雅人陳俊南的田野調查研究也說明了撒奇萊雅語與阿美族語實際上是互不通行的[31]。有關撒奇萊雅系統與阿美族語言分化的傳說也流傳於里漏、薄薄、荳蘭等社[32]，其語言的不同於阿美族諸社應該是早就存在的，才會有流傳於諸社的口頭傳承。

(3)從北海岸到臺東海岸的許多原住民族群都有祖先來自 Sanasa 島的傳說[33]。馬淵東一考察阿美族各社群傳說發現關於「Sanasa」的傳說僅有中、南部阿美族普遍有相關傳說，愈往北地理知識愈模糊，南勢阿美大多隱約傳說 Sanasa 之稱而已[34]。日治時期撒奇萊雅人認為祖先來自外島的說法，主要為居於水璉社及織羅社的撒奇萊雅人所述，因此有論者以為此則傳說可能源自於阿美族的傳說[35]。

---

29 移川子之藏、宮本延人著，黃文新譯，《臺灣高砂族系統所屬之研究》（臺北：中央研究院民族學研究所，未刊本），頁九七五。

30 馬淵東一著，余萬居譯，《高砂族的移動及分布》（臺北：中央研究院民族學研究所，未刊本），頁五九六。

31 許木柱、廖守臣、吳明義著，《臺灣原住民史——阿美族史篇》（南投：臺灣省文獻委員會，二〇〇一年三月），頁四九－五〇。

32 同註二十九，頁九七七。

33 馬賽族、噶瑪蘭族、哆囉美遠人、加禮宛人、海岸阿美及卑南阿美等皆有相關傳說。

34 馬淵東一著，余萬居譯，《高砂族的移動及分布》（臺北：中央研究院民族學研究所，未刊本），頁六一九。

35 許木柱、廖守臣、吳明義著，《臺灣原住民史——阿美族史篇》（南投：臺灣省文獻委員會，二〇〇一年三月），頁四八。黃嘉眉，《花蓮地區撒奇萊雅族傳說故事研究》（花蓮：東華大學民間文學研究所碩士論文，二〇〇九年七月），頁四五。

五、結語

綜合前述探討如下：

(1)康培德依照 Max G1ukman 詮釋群體間相互界定系譜（genealogies）中所言，類似溯及祖源的說法有部分涵義是在釐定團體彼此間的政治關係，康氏據此認為，二十世紀初的荳蘭、薄薄、里漏居民已將撒奇萊雅系統視為其「分支」，共享著相同的本家故地，所代表的應是反映當時人對十九世紀末以來彼此關係的詮釋，撒奇萊雅對應於阿美族的外來屬性，假設成立的話，即在此脈絡下被「南勢」化了[36]。

撒奇萊雅系統雖然在起源敘事上與南勢諸社有共祖之說，卻也呈現了不同系統的說法，秀姑巒阿美的太巴塱社也與撒奇萊雅系統同源關係的傳說。

若依 Max G1ukman 詮釋群體間相互界定系譜的看法，撒奇萊雅系統與南勢阿美固然有著政治關係的整合可能，但與秀姑巒阿美似乎也有著緊密的聯結現象。但無論這些族社如何將撒奇萊雅系統納入本家故地的共享結構中，撒奇萊雅系統似乎未在彼此交流頻繁中以共同的群體記憶聯繫彼此的關係，此部分從撒奇萊雅系統對南勢阿美普遍流傳的洪水傳說中「Tatevuratsan 山」傳述缺乏的情形得以見出。再者，從秀姑巒阿美太巴塱社對於撒奇萊雅系統的「同源」說法雖然可以推測撒奇萊雅系統過去可能長時期與其有互動關係，但在秀姑巒阿美起源敘事中扮演重要角色的「Tsirangasan 山」在撒奇萊雅系統中也是相對缺乏的。

阿美族群曾經因為外來族群的影響南北遷移，其起源敘事呈現如移川論及洪水傳說所言，往往「隨傳播人群之移動，各應其地方情形而選出洪水傳說之舞臺」。因此，荳蘭社殘存著中部阿美 Tsirangasan 山的記憶，中部阿美太巴塱社出現南部發祥之地 Arapannapanag 山都是起源敘事中不足為奇的現象。撒奇萊雅系統雖與中部阿美太巴塱、馬太鞍及南勢諸社關係密切，然似乎沒有受到前述現象的影響。

(2)前已論及，日治時期撒奇萊雅人認為祖先來自外島的說法主要為居於水璉尾社及織羅社的撒奇萊雅人所述，因此有論者認為此則傳說可能源自於阿美族。織羅社的講述者明確指出祖先是從南方島嶼 Sanasai 來的，織羅社為秀姑巒阿美聚落之一，講述者雖

---

36 康培德，〈空間認知與異族建構：「南勢阿美」的近構與演變〉，《東臺灣研究》（臺東：東臺灣研究會，一九九九年十二月），頁二五。

為撒奇萊雅人，但居於織羅社，有可能如研究者所言，傳說受到中、南部阿美的影響。但是考察另一則由居於水璉的撒奇萊雅人所述的傳說，傳說中雖未說明島嶼之名，但述明祖先在大港口與貓公之間登陸。

從前述表三可知水璉尾社的組成分子為南勢阿美系統，包括薄薄、撒奇萊雅、里漏、荳蘭等，撒奇萊雅於加禮宛事件先行避難至荳蘭、里漏，再隨兩社人遷入。水璉尾社的撒奇萊雅人也敘說著外島來源說，其情況與織羅社並不相同。

阿美族群中自述祖先來自外島的主要是海岸阿美、卑南阿美及部分秀姑巒阿美，南勢阿美並未普遍流傳此型傳說，因此水璉尾社撒奇萊雅系統所述之海島起源說無論其來源為何，應已存在一段時間。

撒奇萊雅系統長期與阿美族混居，尤其一八七八年加禮宛事件後，許多族人隱身散居於阿美族部落而致阿美化。從日治時期阿美族起源敘事可以發現，過去被視為阿美族系之一的撒奇萊雅系統在與阿美族社混居過程中確曾出現「虛構性譜系」的情況，如南勢七社共祖及與秀姑巒阿美太巴塱社兄弟始祖的聯繫。但可能因為語言分化的關係，即使與秀姑巒阿美及南勢阿美關係密切，卻在「結構性失憶」上呈現較為薄弱的情境，也就是撒奇萊雅自述的族源發祥傳說仍然保留著 Na-raratsan-an 發祥說法及不屬於南勢阿美地緣下的外島來源說法。

固然從目前的文獻資料無法確定撒奇萊雅依然存在傳說中的 Na-raratsan-an 及外島是否為其原始祖源地，但此說法應存在相當長的一段時間，且為撒奇萊雅系統區別於阿美族的依據之一，這也可能就是移川在調查中發現「撒奇萊雅系統的人既自認為panglsah（Pangcah），但又自我與阿美族區別」[37]的原因。因此，從上述阿美族起源敘事的探討中或可推測，撒奇萊雅系統可能原本並非屬於阿美族或即使與阿美族有關，在年代久遠以前早已經分化為兩個不同族群。

---

37 移川子之藏、宮本延人著，黃文新譯，《臺灣高砂族系統所屬之研究》（臺北：中央研究院民族學研究所，未刊本），頁九七六。

參考資料

王明珂　一九九七年，《華夏邊緣：歷史記憶與認同》，臺北：允晨文化。

佐山融吉、大西吉壽　余萬居譯，《生蕃傳說集》，臺北：中央研究院民族學研究所，未刊本。

馬淵東一　余萬居譯，《高砂族的移動及分布》，臺北：中央研究院民族學研究所，未刊本。

康培德　一九九九年十二月，〈空間認知與異族建構：「南勢阿美」的近構與演變〉，《東臺灣研究》，臺東：東臺灣研究會。

移川子之藏、宮本延人　黃文新譯，《臺灣高砂族系統所屬之研究》，臺北：中央研究院民族學研究所，未刊本。

詹素娟　一九九八年，《族群、歷史與地域——噶瑪蘭人的歷史變遷（從史前到一九〇〇年）》，臺北：國立臺灣師範大學博士論文。

廖守臣、吳明義　二〇〇一年，《臺灣原住民史：阿美族史篇》，南投：臺灣省文獻委員會。

臺灣總督府臨時臺灣舊慣調查會原著　中央研究院民族學研究所編譯，一九一五〔二〇〇七〕年，《蕃族調查報告書》第一冊，臺北：中央研究院民族學研究所。一九二〇〔二〇〇三〕年，《番族慣習調查報告書》，臺北：中央研究院民族學研究所。

簡美玲　一九八四年十二月，〈阿美族起源神話與發祥傳說初探〉《臺灣史研究》一卷二期，臺北：中央研究院。

陳孟君

〈從馬淵東一〈パイウン族に於ける邪視の例その他〉一文談排灣族 palji 傳說在臺東流傳的異質性與地域性〉

Tjinuay Ljivangraw，屏東縣春日村排灣族。國立清華大學臺灣文學研究所碩士，論文為《排灣族口頭敘事探究：以 palji 傳說為中心》。曾任職中央研究院民族學研究所助理、財團法人原住民文化事業基金會、國立臺灣師範大學原住民族學生導師等職務。目前是全職母親，育有一兒，定居高雄。

本文出處：二〇一〇年七月，《東臺灣研究》一五期，頁三—三一，臺東：財團法人東臺灣研究會文化藝術基金會。

從馬淵東一〈パイウン族に於ける邪視の例その他〉一文談排灣族 palji 傳說在臺東流傳的異質性與地域性

一、排灣族 palji 傳說的概況

palji 傳說在排灣族社會裡是一個流傳廣遠的傳說，不論是西部與東部的排灣族皆可見到此傳說流布的蹤跡。傳說的主角通常是一位男性，由於主角身體的某處帶有特殊的殺傷力[1]，能夠立刻擊斃任何生物，因此必須令其隔離獨居，隨後的內容則依各部落的傳講而發展出不同的意義與結局，有的異文（variant）提到由於主角的異能引起其他部落或異族的威脅[2]，因而慘遭敵人計謀暗殺；有的則說明因主角的異能而成為部落貢獻者；有的則強調因主角異能而形成特殊的地景地物，這些異文多少都能夠呈現排灣族在區域上的差異與特色。

有關傳說的關鍵字「palji」或「pali」這兩個詞彙的涵義為何？雖然這兩個詞彙拼寫類似，但讀音卻有些差別，意思也不一樣。筆者曾至三地門鄉大社村請教報導人陳發利先生有關 palji 傳說的內容，訪問一開始，筆者請陳發利先生寫下自己的傳統姓名，

很恰巧地他的名字就叫「pali」，他向筆者解釋「pali」是人名，而「palji」是指某種很特殊的能力，不是一般人會有的，正如他小時候所聽過的「pu palji」的口傳，主角就是一個眼睛有「palji」的人，只要看到任何生物都能使之斃命。又，筆者在瑪家鄉三和村裡訪問幾個報導人，請他們講述 palji 傳說時，有些報導人很清楚地知道主角的名字與家名，而一談起這整個口傳內容時，常提到的關鍵字則是「ma pu palji」。不過，筆者在春日鄉春日村的調查裡，也有報導人表示「palji」是傳說主角被隔離的地名。

在筆者的調查裡，報導人對 palji 一詞的解釋多半是指特殊的力量，這種力量又以眼睛或手指有殺傷力為主。日本人類學家馬淵東一在臺東的幾個排灣族部落，做了有關「palji」的口碑調查，並將調查內容撰寫成〈パイウン族に於ける邪視の例その他〉

---

1 筆者調查的結果發現，大部分的文獻與部落口傳都指出，具有殺傷力位於主角眼睛，其次是手指，而馬淵東一調查的少數幾則口碑則指出，殺傷力是附著於主角的弓箭上。

2 民間文學（或稱口頭文學）因為口耳相傳的關係，不像作家文學有所文本、定本的可能，所以其流傳的內容必然會產生許多變異性，在民間文學領域裡常可見同一題材而有不完全相同的報導，這些不同說法的口頭講述，就稱之「異文」。

（譯．排灣族邪眼的例子及其他）[3]，刊載在臺北帝國大學的土俗人種學研究室南方土俗學會的研究刊物——《南方土俗》的第二卷第一號裡。馬淵東一對 pali 一詞作了如下的解釋，「在排灣族語裡『pali』這個詞彙的意思，據說是『像電的樣子』。」從馬淵東一對 pali 一詞的理解，以及他所記錄的 pali 口碑的脈絡，提到 pali 除了有附著在眼睛或手指上的例子以外，也有附著在弓箭上的敘述。筆者認為，他文中 pali 一詞其實等同於 palji 之概念，都表示一種特殊的力量，兩者只有記音不同而已。

在《番族慣習調查報告書》第五卷《排灣族．第一冊》中〈毒眼兒 palji〉傳說的採集共有九篇，從敘述上看起來表示 palji 為男子名的有八篇。而目前坊間出版，由作家文人改寫的作品，也常見 palji 一詞被當作人名，其中以排灣族作家亞隆榮．撒可努撰寫的《巴里的紅眼睛》最為知名[4]。

然而根據筆者的田野調查[5]，報導人鮮少對 palji 一詞表示為人名。而筆者聽過的說法，palji 除了可指特殊力量之外，還有表示地名，以及人物的代稱；凡是眼睛或手指有殺傷力的人，以 pu palji 或 ma pu palji 稱之。排灣族涵蓋的地幅相對廣大，文化、語言在不同的地域就有些許程度的差異，某些相同的語詞，其意義與指涉不盡然會完全一致。不過，palji 一詞，還是這個傳說的關鍵字，只要一提到它，報導人都會知道筆者想問的是什麼。

傳說是相當能夠反映地方色彩的一種文類（genre），因此同一個傳說流傳到各地，皆會順應著當地的風土民情而有所變異。筆者發現，palji 傳說在東部排灣的流傳，相較於其他排灣族的地域群體來說，是很具獨特性與異質性的。民間文學（或稱口頭文學）因為口耳相傳自然會有許多變異的情況，但變異的關鍵通常也和地方文化、群體組成有極大相關。

本文即是透過 palji 傳說，了解此傳說在臺東流傳的特殊性與地域性，以凸顯出東部排灣族在歷史情境與區域人文上的異質性。筆者將以日本人類學家馬淵東一的文章

---

3 馬淵東一，〈パイウン族に於ける邪視の例その他〉，收於臺北帝國大學土俗人種學研究室南方土俗學會編，《南方土俗》二卷一號（臺北：臺北南方土俗學會，一九三二年（昭和七年）十二月）。

4 此書為卑南族學者孫大川所策劃編輯的《臺灣原住民的神話與傳說》叢書中的其中一本，在二〇〇三年由新自然主義出版社出版，全套共十冊。

5 筆者訪查的排灣族村落有：三地門鄉的大社村、口社村，瑪家鄉的北葉村、三和村，泰武鄉的平和村，來義鄉的來義村、南和村，春日鄉的春日、古華、士文、力里等村，獅子鄉的楓林村，牡丹鄉的石門村、高士村，達仁鄉的臺坂村、土坂村。

〈パイウン族に於ける邪視の例その他〉一文作為本文論述的主要文獻，此篇口碑的採集都是臺東排灣族的部落，內容實有代表性，由於馬淵東一總共採集了六個口碑，因此筆者逐一給予數字編號以清眉目，引用時也僅摘錄重點，完整的內容皆可查看附錄的譯稿。

排灣族若依地區來劃分，可大致分為北部排灣、中部排灣、南部排灣與東部排灣四個地域性群體。北部排灣相當於排灣人自稱的 Butsul 本群，中部排灣相當於 Paumamauq 群，南部排灣包括 Chaobolbol、Sebdek、Parilarilao、Skaro 之群，東部排灣則相當於 Pakarokaro 群[6]。

而本文所提及的排灣族區域群體，若以現行的行政區來參照的話，北部排灣族主要是以三地門鄉、瑪家鄉的村落為範圍，中部排灣族主要是以泰武鄉、來義鄉、春日鄉的村落為主，而南部排灣族則是獅子鄉與牡丹鄉，東部排灣族是大武鄉、達仁鄉、金鋒鄉、太麻里鄉。

二、palji 傳說中的族群關係與互動

由於傳說是某種社會記憶的表現，對無文字的民族來說，更是傳遞智慧、道理、規訓的一個載體，因此傳說通常關切著某一社群的特定事物，如此具有歷史向度的言說，其中的敘事必定與當地社會的集體認知、歷史意識有所連結。黃宣衛曾經從阿美族的口傳文學，探究歷史建構與異族意象之關聯，發現異族意象經常有賴口傳文學來呈現繁衍[7]。而筆者從排灣族 palji 傳說中，發現 palji 敘事其實是攸關部落邊界的劃分以及當地社會的異己觀。

在 palji 傳說中，由於主角的特殊能力，幾乎使其失去自由，不能夠隨便走動，生活必須賴以他人，而每日的三餐就變成重要的問題，因此，有關解決主角「吃」的問題，通常是傳說中交代最詳細的部分。其中不乏當主角被隔離之後，三餐由誰供給，以及當人們送飯給他，會以什麼樣的暗號通知等敘述情節，這些可看作是主角帶給部落的

6 譚昌國，《排灣族》（臺北：三民，二〇〇七年），頁六。

7 黃宣衛，〈歷史建構與異族意象——以三個村落領袖為例探討阿美族的文化認同〉，《異族觀地域性差別與歷史：阿美族研究論文集》（臺北：中央研究院民族學研究所，二〇〇五年），頁一三七－一五九。

影響。然而，傳說主角的影響所及不僅於此，palji 傳說在另一種層面所彰顯的意義，可以說是一種部落與部落之間、我群與他群之間的敵我敘事。

筆者在中排灣的幾個村落調查時，大部分的異文都很一致地呈現出 palji 傳說與部落對外關係的密切，傳說的主角大多是被鄰近的宿敵或存在緊張關係的他者暗殺，像是筆者在春日鄉士文村的調查，報導人指出「由於士文社（Seveng）和望嘉社（Vungalid）自古以來是仇敵，所以士文的 palji 是被望嘉社的人暗殺」；以及，在來義鄉南和村原為白鷺社的報導人表示，「palji 以前住的地方在舊白鷺（Pailjus）……有一天力里（Leklek）的人知道有這樣的人物，有一點不服氣，加上過去力里跟白鷺不和睦的關係，就想要殺掉他。」報導人所提及的部落都是位在中排灣的部落，而且都是彼此鄰近的部落。

古代部落社會對彼此防禦嚴慎，人們是以部落為認同中心，維護部落的權益與保障內部成員的生命安全是極為重要的事，所以當某部落的某人擁有 palji 異能時，對其他部落而言都是威脅。不過，在 palji 傳說中主角的存在是福是禍其實是一體兩面的，端看部落如何看待之。因此，有些異文會強調某人擁有 palji 而引起敵對部落的殺機或衝突的敘事；而有些異文則凸顯 palji 在部落戰事中的功能的敘事，都可見於北排灣的拉瓦爾群（Raval）中的大社村與口社村、中排灣、南排灣與東排灣，尤其愈往南部以及東部，palji 在戰事防禦上的功能愈被強調。

例如，在《番族慣習調查報告書》第五卷《排灣族．第一冊》，記載著南排灣高士佛社有關 palji 的口碑，提到主角在戰爭中抗敵的優勢。內容如下：

> 然而這時在其右手的食指尖端長出另一赤紅的眼睛，其光強銳與之前的眼睛無異，獸類等若經其指示便立即死亡，因此經常讓其戴上鹿皮製的皮袋。因 palji 的手指毒光太甚，社民經常利用他出草且讓 palji 站在最前頭。palji 若指示敵方，瞬間可殺敵五名，故在戰鬥中總是得勝。其 palji 屢赴戰鬥有功，但據說到了老年遂死亡了[8]。

馬淵東一在臺東地區採集到的部分 palji 口碑提到，主角擁有 palji 異能可以為部落帶來好處，也是與異族抗衡的武器。例如，他在舊土坂社（Tjaubar）採集到的異文（附

---

8 中央研究院民族學研究所編譯，《番族慣習調查報告書》第五卷第一冊（臺北：中央研究院民族學研究所，二〇〇三年），頁一三五。

錄第二則）[9]，就可明顯看出主角 Dumiap 因持有 palji 能力的，對整個大谷社（Talilik）的續存有關鍵性的影響[10]，顯示 palji 可以用來制衡、抵禦更強大的卑南社，為部落解除危機。部分中譯如下：

【ドアバル社 Kulul-Pacalinok】所傳：

タリリク社カチャルパン頭目家的第三代祖先 Dumiap 持著帶有 pali 的弓箭，他的一個部下叫做 Sujam-Caik 的人，殺掉了靠近太麻里的 Qarinavnd 社的人。當時控制這個地方的卑南社很生氣，要求帶著加害者 Sujam 到卑南社出面說明。然後 Dumiap 就帶著女兒 Paukus 和部下 Sujam 去卑南社，並提交賠償殺人的首飾。……

他（Dumiap）發覺卑南社的人躲藏在番社的門口，Dumiap 把女兒留下，和 Sujam 二人前往，卑南社的人趁機殺了 Sujam，取下他的首級。那個時候 Dumiap 射出帶有 pali 的箭，第一發殺了兩人，第二發殺了三人，第三發殺了四人，第四發殺了五人。這麼一來卑南社的女人們跑出來求情，請他原諒，讓他把女兒 Paukus 帶回家。因為以上的情形，附近的番社因害怕卑南社的強大勢力而都要繳納番租，只有タリリク社不必[11]。

文中不斷出現的卑南社（Puyuma），是古代卑南族一個勢力龐大的部落，也就是文獻上記載的，曾經威霸臺東平原一帶，管理臺東各部落的卑南大王所屬的部落。根據許多卑南族的史料及歷史的研究成果，卑南社後來在區域中被尊稱為「卑南王」，不在於他們驍勇善戰，而是他們排解了許多次區域的糾紛與維持後山地區的長期和平，而且，這個王的封號，不是任何的殖民政府冊封任命的王，而是經由所有他的屬地部落的認可而稱呼的，而他們在臺東平原的勢力崛起，可追溯到荷蘭時代，其勢力所及的地帶，大概是以卑南社為中心，向南到大武一帶、向北到關山、池上和成廣澳、新港附近的

9 異文的ドアバル社就是舊土坂社。其位於現在的土坂村北方約十公里處。參考曾振名，《臺東縣魯凱族、排灣族舊社遺址勘查報告》，《國立臺灣大學考古人類學專刊》十八種（臺北：國立臺灣大學人類學系，一九九一年），頁三四—三五。

10 馬淵東一所記的タリリク社，即是大谷社（Talilik）。清朝時期稱作大里力或大力里，由Katjalepan家建立，居民後裔散居於森永村及土坂村。參考張金生，《新化：一個排灣族部落的歷史》（臺東：箕模族文化發展協會，二〇〇五年），頁二七六。

11 馬淵東一，〈パイウン族に於ける邪視の例その他〉，收於臺北帝國大學土俗人種學研究室南方土俗學會編，《南方土俗》二卷一號（臺北：臺北南方土俗學會，一九三二年〔昭和七年〕十二月）。

大小部落[12]。

清朝的陳英，在《臺東誌》提到：

道光以前，卑南生番甚眾。有一番超乎眾之上，稱為卑南王，總管七十二社。七十二社中，凡有射鹿、殺牛、宰豬者，必送一足予卑南王，名為「解貢」[13]。

又，陳季博在〈臺東移住民史〉中提到：

卑南王為卑南番中之俊傑，聰明無比，不特卑南番之畏服，即附近之異種族亦敬服之，悉納租聽命，眾推稱為卑南王，是大約百年前之事[14]。

從以上這些描述，可以了解卑南社曾經在歷史上某段時期稱霸臺東平原，迫使鄰近的番社不得不臣服其威勢。在第二則異文裡，被筆者省略的部分，是卑南社再三刁難主角 Dumiap 的過程，從一開始 Dumiap 賠償首飾、銀鐲，以及搭建竹屋，最後 Dumiap 拿出帶有 palji 的弓箭才壓制了卑南社的突擊，這些敘述都可以看見卑南社與主角 Dumiap 鮮活的互動。最後提到當所有部落都折服於卑南社的威儀而得按時繳納番租，唯有大谷社不用，則是一語道出了因為 Katjalepan 家的 Dumiap 擁有帶有 palji 的弓箭，這個足以滅殺全族的武器，使得卑南社也不得不對大谷社退讓三分，因而不必繳納番租給卑南社。

在附錄的第三則異文裡，也是記載著關於 Dumiap 與卑南社的交往互動，情節與第二則異文有許多不同之處且篇幅也較多，但也都交代了因為 Dumiap 的弓箭，消除了 Dumiap 個人的危機，且大谷社也因此不用繳交蕃租，此外還帶出了幾個貴族家權勢地位的更迭之說。部分異文中譯如下：

---

12 宋龍生，《臺灣原住民史：卑南族史篇》（南投：臺灣省文獻委員會，一九九八年），頁一二八—一三一。

13 陳英，《臺東誌》，《於臺灣歷史文獻叢刊》八十一種（南投：臺灣省文獻委員會，一九九三年），頁八一—八六。

14 陳季博，〈臺東移住民史〉，《臺灣文獻》一〇期（一九五九年），頁一一三。

【カナピ社 Pauka-Kajalavan 與 Gus-Kajalavan（坂西樟）】所傳：

卑南社的男子埋伏在番社的門口，他們兩兄弟來到門口時，那些男子射箭攻擊之，先走過來的弟弟被殺掉了，Dumiap 拿出帶 pali 的弓箭跟他們決戰，第一發殺了四、五十個人，Dumiap 說：「剛才的弓箭是一個 pali 最弱的弓箭，你們如果還繼續抵抗的話，我就要用 pali 最強的弓箭了。」卑南社的人感到害怕而道歉，所以タリリク社不需要因為害怕卑南社而給番租，也因為這樣的理由，好像カチャルパン的親族パチャリノク壓迫サリグサン家，而奪取了他們家的地位[15]。

第三則異文主要內容是有關於卑南社將前往大谷社拜訪頭目 Dumiap 時，Dumiap 因誤信消息，對卑南社招待失禮，Dumiap 為了弭平卑南社的怒氣而展開了一連串的賠禮動作。但過程中卑南社始終不領情，反而預謀殺掉 Dumiap。如果從文學的角度來看馬淵東一所採集的這兩則異文，筆者認為當時的報導人對於 Dumiap 與卑南社之間的互動描述是很具張力的。雖然異文中並沒有直接的提到卑南社之於排灣人 Dumiap 的異族形象，但兩者中一贈一退的情節，以及卑南社一而再、再而三的刁難中，也讓我們看到了排灣人口中的卑南社是多麼霸道與狡詐，而身為大谷社的頭目 Dumiap 又是如何行而有禮以及機警、勇武。

另外，同樣在第三則異文中，還可看到另一則有關加津林社（Qatslin）的palji口碑[16]，內容提到加津林社將眼睛有palji的人安置在部落邊疆，作為防禦卑南族知本社的第一道關卡，然而雖然其眼睛具有異能卻不如Dumiap幸運，下場慘遭異族暗殺。

【カナピ社Pauka-Kajalavan與Gus-Kajalavan（坂西樟）】所傳：

カツリン社（Qatsurin）叫一個眼睛具有pali的人，在タチギル社（Coacingur）下方的Vuravuran溪岸，在那裡防備知本社（Suqaro）或其他北方的敵番，被他眼睛看到的人都會死，聽說水裡的魚、山上的動物，都可以被他殺掉。他們家人把食物拿過去的時候，在遠處叫喊，那個人會戴上黃銅鍋，把自己的臉遮起來，知本社的人知

15 馬淵東一，〈パイウン族に於ける邪視の例その他〉，收於臺北帝國大學土俗人種學研究室南方土俗學會編，《南方土俗》二卷一號（臺北：臺北南方土俗學會，一九三二年〔昭和七年〕十二月）。

16 馬淵東一所記的カツリン社（Qatsurin），清代時期原名「鴿子籠」，日治時期更名為「加津林」，加津林舊社之範圍對照現行的行政區為臺東縣大武鄉的大竹村。

道了這件事，模仿他家人的聲音，接近他，把他的頭砍下來，然後把黃銅鍋拿掉，因為他的眼睛還打開而發光，被他看到的人都死掉了[17]。

文中馬淵東一附註的「Sugaro」，根據陳文德的研究指出，由於知本社的勢力曾經一度往南擴散到恆春半島一帶，據稱在太麻里鄉、屏東縣恆春鎮、滿州鄉境內，被排灣人稱之為「Sukalu」，意思為被抬轎的一群人，而這就是知本往南遷移的一支，後來這些知本人與當地排灣族混雜同化[18]。

卑南社與知本社在日治時期是卑南族的兩大社，若仔細察考〈パイウン族に於ける邪視の例その他〉文中所記錄的 palji 口碑，其中與排灣族發生衝突或糾紛的皆是卑南社或知本社。除了上述幾則異文之外，附錄的第六則異文，也提到了 Balivungai 社 Salingusan 家族的第二代祖先因眼睛帶有 palji，不小心誤殺了自己的孩子，於是部落商請知本社殺掉他。

馬淵東一所調查的 palji 口碑，充分凸顯了臺東族群組成的特性，也反映出東排灣群在遷徙、拓墾時與卑南族狹路相逢的情況，口碑中也呈現排灣族部落與卑南社互動頻繁的鮮活敘述。筆者認為 palji 傳說在各地的流傳中，普遍能標示區域的族群組成。

在中排灣春日鄉的部分異文，暗殺主角的幾乎都是鄰近且互相敵對的排灣族部落；在來義鄉來義村的調查，報導人則指出主角是被靠近萬金的平埔族殺害；在南排灣的牡丹鄉則出現了箕模人（Cimo）或日本人暗殺主角的異文；而在東排灣以馬淵東一調查的口碑來看，與主角部落衝突的他者，不論是卑南社、知本社或斯卡羅人（Sukalu），主要都還是卑南族。這些異文都不約而同地顯示著不同地域中的族群多樣性，而palji傳說也是因著各地域不同的地理空間、族群舞臺而使傳講有所變異。

17　馬淵東一，〈パイウン族に於ける邪視の例その他〉，收於臺北帝國大學土俗人種學研究室南方土俗學會編，《南方土俗》二卷一號（臺北：臺北南方土俗學會，一九三二年〔昭和七年〕十二月）。

18　陳文德纂修，《臺東縣，卑南族篇》（臺東：臺東縣政府，二〇〇一年），頁一〇六。

三、palji 傳說與家族敘事、階序社會之關係

筆者在調查 palji 傳說時，發現異文除了因地域、環境的不同而有所變異以外，就傳說主角身分的不同，傳說傳講的意義與目的也就有所不同。當 palji 傳說的主角是一般人時，傳說的主要內容會關切到主角生活的面向，例如，三餐的問題、與人互動的方式、對部落的影響等，其中的敘事是與部落社群相關。但如果主角是貴族，傳說的面向會聚焦在主角擁有 palji 異能的描摹，強調 palji 異能的持有是家業興旺的原因，或是用來抵禦異族的武器，所凸顯的主題多半是關於一人、一家族內的敘事，而非關於眾人群體的。

因為主角身分而有如此差異的敘事，也可以在馬淵東一所採集的 palji 口碑中窺見。附錄的第一則異文與第三則異文有關姑仔崙社、加津林社的 palji 口碑，這兩個異文的情節是筆者調查排灣族各地域群體的 palji 傳說最普遍的情節。換句話說，筆者田野調查的結果，發現各地流傳的 palji 傳說，普遍的情節是一開始有人發現主角有異能，部落覺得危險而隔離之，由家人或專人負責送三餐，之後被敵對者知悉送餐模式進而模仿，最後敵人趁機暗殺。

不過，一旦傳說的主角身分是貴族的時候，這些尋常見到的情節就甚少出現，卻常以描摹主角不凡、超能的情節代之，即使內容有著對立衝突的他者存在，勝利的一方總是主角，敘事的中心常與家族勢力的範圍、家族地位的崇高、抵禦外侮、遷徙歷程等部落源流有關，也因為這一類的敘事通常攸關家族聲望，因此，除非報導人忘記了，否則大都知道或記得主角的人名、家名。

附錄的第二、三則異文，說到大谷社 Katjalepan 頭目家的 Dumiap，因弓箭上帶有 palji 的關係而擊退卑南社，以及第四、五則異文，提到介達社(Kalatalan) Giren 家原先毫無勢力[19]，後來因祖先 Rangos 眼睛有 palji 的關係，而征服了四周鄰社，使其必須納租給 Giren 家。

這些內容都沒有出現隔離、送飯與被暗殺等情節，雖然這樣的敘述，我們可以容易地理解為，或許當傳說主角為貴族身分時，邏輯上本來就不會有隔離、送飯與被暗殺的

19 馬淵東一所記的カラタラン社（Kalatalan），即是太麻里溪流域古老而有勢力的排灣族介達社（Kalatalan）。國民政府來臺後，併入太麻里鄉正興村，為正興村的其中一個部落。

情節，因為這樣內容違反了排灣族貴族的特殊地位。但，令筆者感興趣的是，對東排灣貴族家來說，palji 異能其實代表了某種特殊的象徵涵義，有關這一點，人類學家吳燕和也曾寫過文章討論。

民國五十三年，吳燕和在臺東縣金鋒鄉太麻里溪流域，採集了幾則東排灣人的神話與傳說，其中也採錄到 Kalatalan 部落 Giren 家的 palji 傳說[20]，吳燕和統稱 palji 傳說為「魔眼人」神話[21]，並依照當時的民族誌寫成了專文〈臺灣排灣人魔眼神話與波利尼西亞馬納信仰初步比較〉[22]，他如此分析魔眼神話對貴族家的意義：

雖然族人在報導魔眼人神話好像是在強調魔眼個人的行為和力量，其實卻等於是宣傳貴族階級的特殊力量和特殊貢獻，如保護社稷、抵抗外族等等。並暗示某頭人宗家跟神的關係，而有神聖不可侵犯的力量和表記。這種貴族祖先事蹟的神話傳說，顯然不會發生平民大眾身上，其階級區分的含義，不彰而顯[23]。

同樣是口耳相傳的傳說，只因為主角身分有別，而出現了兩種截然不同的傳說面貌，筆者認為這與排灣族的社會組織有密切相關，排灣族是明顯有階序（hierachy）的社會，整個社會主要分為貴族（mamatsangilan）與平民（kakitan）兩個階級範疇。譚昌國指出，貴族與平民在神話中有不同的起源，貴族為（太陽）神的後代，因此不管是先天或是後天透過祭儀的加強，貴族都比平民有著更大的 luqem，亦即靈魂與神及祖先的關係表現在人的活動的能力上[24]。

貴族家的 palji 敘事，多半是聚焦於家族先祖的事蹟，不外乎是講述祖先的英勇戰

---

20 筆者認為吳燕和所談的 Kalatalan 部落的 Giren 家與馬淵東一所調查的カラタラン社的ゲレン（Geren）家族，兩者應為同一家族。

21 吳燕和在文中雖然已依據排灣人對傳說（tjaucike）與故事（milimilingan）兩者不同的認知，而說明「魔眼人」的內容是屬於傳說（tjaucike）的範疇，但是他的論文題目與行文卻是以「魔眼神話」一詞貫穿，而非「魔眼傳說」，不知是否因為他採集到的「魔眼人傳說」都有神的角色的關係，才會難以區分是神話或傳說。

22 吳燕和、王維蘭，〈臺灣排灣人魔眼神話與波利尼西亞馬納信仰初步比較〉，《中國神話與傳說學術研討會論文集》（臺北：漢學研究中心，一九九六年）。

23 吳燕和、王維蘭，〈臺灣排灣人魔眼神話與波利尼西亞馬納信仰初步比較〉，《中國神話與傳說學術研討會論文集》（臺北：漢學研究中心，一九九六年），頁六八五。

24 譚昌國，〈家、階層與人的觀念：以東部排灣臺坂為例的研究〉（臺北：國立臺灣大學人類學研究所碩士論文，一九九二年），頁九四、九五。

功、家族威儀的建立過程，如此的敘事或多或少都暗示著其家系成員的天賦異稟與天命不凡的意味。口傳敘事對貴族家來說，形同是一種看不見的資產，正如許功明在〈排灣族古樓村頭目系統來源與承繼的口傳〉一文中，藉由古樓村當代兩大貴族家系的家族歷史與權位更迭的研究，指出口傳在社會生活中的競爭性，口傳成為一種競逐的資源，用以建立自己的家系在部落中的地位[25]。

另外，從口傳流傳的場域來思考，為何貴族家的 palji 敘事與一般普遍常見的 palji 傳說如此不同？一般來說，口傳內容會因流傳場域之不同，而有一個從開放到封閉的光譜。王崧興在阿美族的口傳文學研究中，發現了某些部落知識不是均質地分布於所有部落成員的事實，並指出「一種知識，假如少數人獨占的話，就易於帶有個人色彩」[26]。

流傳於一般社眾的 palji 傳說，在排灣族人歷經遷徙、移居的過程中，傳說也被帶往各區域落地生根，因為人是文化的攜帶者，凡是被人們喜歡的口傳內容，都會以各種形式被傳講、流傳，流通性較高，因此各地皆有異文。由於異文皆出自「集體」之手[27]，所以傳說流傳到最終會有個穩定而一致的面向，此面向正是集體所共享的傳統或價值。然而，由於貴族家的 palji 敘事常依附於家族歷史、系世源流，因而它是代代相傳在家中，口傳內容的流通性不高，外人鮮少有機會知悉。因此貴族家的 palji 敘事極少通過「集體」的形塑與干擾，因此各家異文均自成一格。

儘管大部分貴族家的 palji 敘事幾乎都與家族有名望的祖輩有關，但是筆者在 Salingusan 家詢問的 palji 傳說，則出現了完全不一樣的敘事。以下是土坂村 Salingusan 家（古家）繼仕頭目古秀蘭女士的口述[28]：

---

25 許功明，〈排灣族古樓村頭目系統來源與承繼的口傳〉，《排灣族古樓村的祭儀與文化》（新北：稻鄉，一九九八年）。

26 參見王崧興，〈馬太安阿美族之宗教與神話〉，《中央研究院民族學研究所集刊》一二期，頁一一七。王崧興主要是以阿美族的「神話」為探討內容，提示有關儀式性的「神語」，一般阿美族人是普遍不了解的，故神譜變成少數人獨占的知識，因此易帶有個人色彩。雖然這與筆者研究傳說的內容不大密切，但王崧興指出的是一個口傳社會的普遍現象。

27 一般來說民間文學有三個特性，就是口傳性、變異性、集體性。民間文學既然是以口耳相傳，內容自然因著不同地方與不同的傳講人而有不同的面貌，因而產生異文，而第三個特徵「集體性」主要是指，民間文學在流傳過程中必會受到無數傳講者的加減修飾，之後才逐漸成為趨於眾人、為傳統所接受的樣貌，因而最後流傳開來。傳承下去的作品，其實已經眾人集體之手，而且與當初原樣已大不相同，因此這些作品就有著明顯的「集體性」。以上內容參見胡萬川，〈從集體性到個人風格——民間文學的本質與發展〉，《民間文學的理論與實際》（新竹：國立清華大學，二〇〇四年），頁三七、五四。

28 古秀蘭女士（Salingusan Tjuku），民國三十七年生，臺東土坂人。

這個事情是我vuvu、媽媽說給我聽的，大概是在我結婚之後聽的，我十五歲結婚，我沒有親眼看過這個人。我不清楚palji的意思，應該是說他的眼睛會殺人的意思。這個是好久以前的事了，大概是在有人類的時候就有了。

他的眼睛有紅外線的感覺，就是紅紅的，剛開始的時候只是殺一些小動物，像是蒼蠅等等。他的家人把他帶到河邊想確認看看，他的眼睛是不是真的有殺傷力，結果他看河裡面的魚，魚就死掉了。後來就另外蓋屋子給他住，他的孩子就幫他送飯，孩子送飯的時候，都會先大聲的喊，讓他知道，他就會把眼睛遮起來（不清楚是用布還是鍋子，反正就是遮起來了），日子漸漸過去，他的小孩也愈長愈大。因為他會摸摸孩子，發現孩子長高、長大了。他就想要看看自己的孩子，可能他有一隻眼睛比較好（力量比較小），他就用那一隻眼睛偷偷的看，結果，他一偷看孩子，孩子就死掉了。

由於他殺死自己的孩子，頭目要審判他，可是大家都是自己人不能互相砍殺，頭目就請卑南人（Puyuma）殺掉他。卑南人帶了一百個人去砍他的頭，砍下來以後用布包起來要帶回他們的部落。半路上，他們想要上廁所，就停下來休息，因為他們也很好奇這個palji的眼睛到底長怎樣？就打開布包，想不到打開以後，他們九十九個人都被他的眼睛射死了，只剩下一個倖存，因為他剛好在廁所，所以只傷到他的屁股，他才回到部落把這個事情告訴大家。

在訪問中筆者曾問：「這個傳說是土坂的嗎？」，古女士回答：「對，這是我們的，是 Salingusan 家族的 palji。」一開始筆者以為古秀蘭女士說「因為是自己人，不能互相砍殺。」指的是同一個部落的人不能有殺傷情形，之後才知道原來 palji 是 Salingusan 家族的成員，而「自己人」是指同一家族。所以 palji 傳說的主角是 Salingusan 家的某位祖先，但古女士並沒有提到祖先的名字。

然而，馬淵東一在舊土坂社（Tjaubur）採集到的異文（附錄第六則），與古秀蘭女士所報導的內容大同小異，雖然細節省略了許多，但卻指出了主角的名字，也就是 Salingusan 家族中的第二代祖先 Jakor 的弟弟 Cumai。中譯如下：

【ドアバル社 Lomasan-Kaluv】所傳：

バリブガイ社サリグサン（Salingusan）家族的第二祖先 Jakor 的弟弟 Cumai 眼睛帶有 pali，他想要看自己的孩子，偷偷的看他們的時候，因為有 pali 的關係，他的孩

子都馬上死掉了。所以大家認為，有這樣的人太危險了，於是番社的人請知本社的人殺掉他。

筆者察看 Salingusan 家的家譜，第二代祖先確實為 Tjukal（音同 Jakor），而其果真有位弟弟名叫 Tsumai（音同 Cumai）[29]。筆者之後電話訪問古秀蘭女士，告知日本人馬淵東一曾有如此紀錄，並詢問當初她聽 vuvu 講述時，是否有提到這兩位祖先的名字？古秀蘭女士表示，以前聽此口傳時，vuvu 沒有提到，但有可能真如馬淵記錄的那樣。因為後面的人只是傳說，沒有親眼見過，聽到的時候都只說 palji 而已，現在講這個傳說也只講 palji 而已，不會提到祖先的名字[30]。

前文提到排灣族貴族家會將過去祖先的豐功偉業，透過口傳而代代傳遞下來。對於無文字的民族來說，口傳是貴族家的看不見的資產，透過口傳可以有效地鞏固、維持自家的權力地位。但我們也不能排除貴族的家族敘事也有可能在傳講過程中出現「結構性遺忘」的情況，特別是有可能折損貴族家地位的口述內容。

從這樣的觀點來說，就不難理解為何屬於 Salingusan 家的 palji 傳說沒有提到祖先 Tsumai 的名字。筆者認為 Salingusan 家的 palji 傳說因為主角誤殺孩子的緣故，頭目必須請知本社來代替懲罰，這並不是什麼豐功偉業，因此主角的名字（雖然是家族過去的成員）就不常被後人提起，即便是在家族之內傳承這一類的口述，也未必會提到主角的名字。

總而論之，筆者認為，在東排灣貴族家的 palji 口傳，其象徵意義十分濃厚，由於祖先有 palji 異能的持有口傳，而構成家族的天命不凡，也藉此解釋自家與其他家族之間的位階關係，以及部落源流的歷史。另外，筆者在馬淵東一調查的異文中，發現了一個有趣的現象，在 Katjalepan 家的 Dumiap，與介達社（Kalatalan）的 Giren 家族，有關這兩個家族的先祖因擁有 palji 而能建立威儀的報導，馬淵東一都是從其他部落的報導人口中得知，這個現象表示了，非貴族家的人是如何看待 palji 異能與貴族之間的關係，顯然的，那些非貴族家的報導人也認為 palji 異能的持有，確實是構成貴族之所以

29 張金生，〈傳統領域頭目家族簡介〉，《臺東縣達仁鄉傳統領域踏查史錄》（臺東：臺東縣達仁鄉公所，二〇〇六年），頁三一。

30 筆者到土坂村 Salingusan 家拜訪頭目古秀蘭女士時是二〇〇九年十月十三日，而電訪是二〇〇九年十月十六日，下午三點半。

為貴族而勢力強盛的原因之一。

四、結語

本文以馬淵東一〈パイウン族に於ける邪視の例その他〉一文，分析東排灣的 palji 傳說的地域性與獨特性。流傳在各地的 palji 傳說會依照各區域的族群組成，區域群體的遷徙脈絡，以及與異文化的接觸等，而有不同的變異情況。在東排灣的 palji 傳說中，最常出現的他者，就是與排灣族比鄰而居的卑南族部落。而且由於排灣族的階序社會，貴族家的 palji 口傳特別具有象徵意義，與一般排灣社會普遍流傳的 palji 傳說，內涵與意義實為不同。這一點尤以馬淵東一在〈パイウン族に於ける邪視の例その他〉一文中，記錄大谷社 Katjalepan 家，與介達社 Giren 家族的 palji 口碑甚為明顯。

長期研究卑南族社會與文化的中研院民族所之副研究員陳文德先生，曾向筆者表示，卑南族語中有「mi palji」一詞，巧合的是，這個詞彙竟與排灣語「palji」之意相差不遠，同樣都是指一個眼睛有殺傷力的人，如果人們被他的眼睛看到就會身亡[31]。這令筆者思考，過去排灣族與卑南族曾經被視為同一個族群[32]，若從區域的角度來看，或許南王部落的 mi palji 與排灣族的 palji 語意的相關，很有可能是因為臺東的排灣族與卑南族，地緣相近所以彼此互動頻繁，同化、涵化的程度較深，能夠因文化的交流而互相影響。因此，卑南族的 mi palji 與排灣族的 palji 傳說，兩者究竟有何關聯？或許是值得繼續追蹤的問題。另外，日文的邪視（じゃし）兩字的意思，等同於邪眼（Evil eye）

---

31 感謝中央研究院民族學研究所副研究員陳文德先生所提供的訊息。陳文德先生表示，過去他在臺東南王部落做田調時，曾經聽過當地人說起 mi palji 的事情，當時沒有很注意，但是當他看了筆者在中央研究院民族學研究所「午餐時間」發表的文稿後，他突然想起當時在南王部落，當地人聊起 mi palji 的對話內容，與筆者所談的 palji 傳說雷同。

32 最早對臺灣原住民族做分類工作的，是日治時期日人伊能嘉矩與粟野傳之丞，他們分臺灣原住民為泰雅、布農、鄒、排灣、澤利先（Tsalisien）、卑南、阿美等七族。爾後，一九一二年，被稱為「日本番通」的森丑之助將排灣、澤利先和卑南三族併稱為排灣族（及排灣群諸族）。到了一九三五年移川子之藏、馬淵東一、宮本延人，在他們合著的《臺灣高砂族系統所屬之研究》書中，又將卑南族重新予以獨立部族的地位；另將澤利先改稱為魯凱（Rukai）族，與排灣族分開。以上內容可參考以下著作：衛惠林，《臺灣風土志下篇，土著志》（臺北：中華，一九七三年）。宋文薰編、鹿野忠雄著，《臺灣考古學民族學概觀》（臺北：臺灣省文獻委員會，一九五五年）。宋文薰編、森丑之助著，《日治時代臺灣原住民生活圖譜》（臺北：南天，一九七七年）。

的概念。在palji傳說中以「眼睛有殺傷力」是最普遍的母題[33]，其次才是「手指有殺傷力」。「眼睛」不僅是人類的重要感官之一，它通常也被人們理解為某種「力量」的延伸。究竟「眼睛」在人類社會中，存有什麼樣的文化涵義呢？

事實上，人類對於眼光的恐懼感，以為眼光足以殺人，在人類歷史中是一個非常悠久的觀念。在歐洲的傳說中，女巫常常會化身為其他動物（像是貓），讓她們在鄉間行走而不被人們發現。有些動物也被人們認為是女巫的傭獸，比如：貓頭鷹、老鼠、野兔、貓，史學家認為，會將這些動物認為是女巫的傭獸，來自兩個可能的根源：第一是這些動物常是老婦人會飼養的動物；第二是人們對於邪惡眼光的恐懼心理，認為貓頭鷹、野兔、貓這些動物的注視眼光充滿邪惡，由於這些動物的眼睛在夜晚時，瞳孔會放大，使眼睛變得又大又圓，夜晚中看起來令人格外發毛[34]。

而在國外，邪眼（Evil Eye）已是一個古老的信仰。它並不專指誰具有邪眼，而是一種社會禁忌。邪眼在人類歷史中，可能是最為廣泛的信仰體系之一，它足以控制人們的行為，它在社會組織、社會約束力下，是信仰中明顯又堅強的規範。它的由來解釋是聚焦在眼睛（Eye）作為象徵的意義，而不是在於它作為一個眼光與注視的問題[35]。而阿蘭・鄧迪斯（Dundes Alan）則指出，邪眼信仰（the evil eye belief complex）在印歐語系和閃語系（Indo-European and Semitic）裡，是最普遍且最具影響力的民間信仰。

邪眼信仰在建立的過程中，受到不同文化、時代形塑而演變，在文獻中，邪眼最早被發現在西元五千年前的美索布達米亞文化裡。而最為人知的邪眼特徵，就是某個人具有會帶給別人災難的某種天賦，而且他的眼睛會流露出不健康、不吉利的眼光[36]。雖然邪眼的信仰，從地中海沿岸到歐洲都有其蹤影，但人類學家發現，各地對於邪眼的指稱都不相同，在南非與回教國家裡，Evil Eye 被說成另一個名詞，叫做「嫉妒的凝視」，傳說中邪眼是來自於人們心中的妒嫉，當一個人的不滿與怨氣積累到最高點時，以目光

---

33 根據胡萬川指出，所謂的「母題」是與情節相對而言。情節是由若干個母題組合而成，母題可以是民間故事、神話、傳說、敘事詩等敘事體裁的民間文學作品中，內容敘述最小的單位。以上參見胡萬川編著，《臺灣民間故事類型（含母題索引）》（臺北：里仁，二〇〇八年），頁序文VII。

34 以上觀念是筆者從《國家地理頻道》的「動物惡魔」節目內容中得知的。時間為二〇〇七年十一月十日。

35 Pierre Bettez Gravel, *The Malevolent Eye—An Essay on the Evil Eye, Fertility and the Concept of Mana*, New York: Peter Lang, 1995, p.3.

36 Pierre Bettez Gravel, *The Malevolent Eye—An Essay on the Evil Eye, Fertility and the Concept of Mana*, New York: Peter Lang, 1995, p.4-5.

投射在他人身上，便會形成一種詛咒的力量[37]。另外，基於為了避免潛藏「邪眼」之嫉妒而遭害的心理，在阿拉伯文化中，傳統上婦女習慣戴面紗；而猶太人遇到有人詢問他的健康或經濟時，他們不會直接回答「好」，通常以「不壞」（not bad），這樣較低調、保守的答案[38]。除此之外，各地預防邪眼的方式皆不相同，例如，希臘的邪眼信仰到處可見，希臘人常將不幸運、失敗、疾病都歸因於邪眼，而預防邪眼的普遍方式是，戴著一個有著類似眼睛圖樣的藍色同心橢圓飾物，至於魚和玫瑰的圖樣，在希臘不但是作為生育的一種古老象徵，它們也可用來驅避邪眼[39]。

地中海沿岸或歐洲各地的邪眼信仰之由來，必定有著關於邪眼的傳說，而當一個地方的人們對某個傳說深信不疑時，時間久了，自然就會產生社會規約、儀式信仰等。筆者曾經懷疑排灣族 palji 傳說，有無可能與國外的邪眼信仰有所關聯，因而猜測 palji 傳說可能不是本族原有的傳說，或許是在荷據、西班牙領臺時期，由外國人傳進來的傳說。但是經由調查，筆者認為，由於 palji 傳說在排灣族內僅只是一則傳說，並沒有發展出如地中海或歐洲各地的邪眼信仰，而影響著人們的行為，因此筆者認為兩者的關係並不密切，而且 palji 傳說是生發於本族的傳說，並非由外傳進來的傳說。

不過，若以傳說母題的視角來看，從排灣族的 palji 傳說與卑南族的 mi palji 之概念，再到地中海沿岸與歐洲大陸流傳普遍的邪眼信仰，筆者認為「眼睛有魔力」或是「眼睛有殺傷力」之敘事母題，如此類似於「邪眼」或「魔眼」的概念，它的確是一個跨文化、跨地區的敘事母題，只不過在不同的社會中，其產生的影響力不同、形式有別而已，但都是強調很特殊的「眼睛的力量」。

放眼臺灣與國外的例子，可以進一步的發現，「邪眼」或「魔眼」的敘事母題也顯示著，人類自古以來對於「眼睛」有著某種程度的崇拜或恐懼心理，這可以說是人類文化中共同的現象。

---

37 Pierre Bettez Gravel, *The Malevolent Eye—An Essay on the Evil Eye, Fertility and the Concept of Mana*, New York:Peter Lang, 1995, p.7.

38 Dundes, Alan. '*Wet and dry, the Evil Eye- An Essay in Indo-European and Semitic Worldview*', in Interpreting folklore, Library of Congress Cataloging in Publication Data, 1980, p.94.

39 Pierre Bettez Gravel, *The Malevolent Eye—An Essay on the Evil Eye, Fertility and the Concept of Mana*, New York:Peter Lang, 1995, p.13.

附錄：馬淵東一〈關於排灣族邪眼的例子及其他〉

譯者：陳孟君（清華大學臺灣文學研究所碩士班）
　　　菊島和紀（清華大學語言學研究所博士班）

◎第一則【姑仔崙社 karanvao-Ragaoao】所傳：

很久以前，タリリク社裡住著一個眼睛有 pali 的人，只要被他看到了都會死掉。因為很危險，這個人就住在部落的外面，家人帶食物給他時，在遠處就大聲的叫喊，讓他知道。家人把食物放下後，直到家人離去為止，他一直都戴著黃銅鍋，避免危害他人。有敵蕃模仿他家人的聲音，接近他並把他的頭砍下來，儘管他死了，卻還能睜開眼睛，所以看到他眼睛的人幾乎全部都死了。

同一個部落，第二個是手指上有 pali 的，他的名字叫做 Dumiap，凡是被這個手指指到的，都會死。這個人平常的時候就用黃銅捲在手指上，才不會危害到其他夥伴。

自從這個人死了以後，タリリク社又出現了弓箭上帶有 pali 的人，聽說被這箭射到的話，即使沒有命中也會死掉。

◎第二則【ドアバル社 Kulul-Pacalinok】所傳：

タリリク社カチャルパン頭目家的第三代祖先 Dumiap 持著帶有 pali 的弓箭，他的一個部下叫做 Sujam-Caik 的人，殺掉了靠近太麻里的 Qarinavnd 社的人。當時控制這個地方的卑南社生氣，要求帶著加害者 Sujam 卑南社出面說明。然後 Dumiap 就帶著女兒 Paukus 和部下 Sujam 去卑南社，並提交賠償殺人的首飾。卑南社收下首飾時，首飾突然壞掉了，卑南社說，不收這種壞掉的東西，因而退還。但，還到 Dumiap 手裡，卻不知為何，首飾又馬上完好如初。

其次是交出銀的手鐲，卑南社不認為這是真的銀製，因而退回。之後卑南社命令他加速地砍竹子，立刻做一個小屋，如果不能很快做出來的話，當場就要將 Dumiap 等人殺死。Dumiap 立刻做好，而被允許回家。但是，他發覺卑南社的人躲藏在番社的門口，Dumiap 把女兒留下，和 Sujam 一同前往，卑南社的人趁機殺了 Sujam，取下他的首級。那個時候 Dumiap 射出帶有 Pali 的箭，第一發殺了兩人，第二發殺了三人，第三發殺了四人，第四發殺了五人。這麼一來，卑南社的女人們跑出來求情，請他原諒，讓他把女兒 Paukus 帶回家。因為以上的情形，附近的番社因害怕卑南社的強大勢力而都要繳納番租，只有タリリク社不必。

接下來的故事是在カツリン和カナピ兩個部落流傳下來，同樣的，又講到タリリク社的 Dumiap，但是他的內容跟前面的有點不一樣。

◎第三則【カナピ社 Pauka-Kajalavan 與 Gus- Kajalavan（坂西樟）】所傳：

前面講到的 Dumiap，當卑南社的人來的時候，他問了パリブガイ社(Paribugai)的頭目サリグサン家(Salingusan)要如何迎接他們，他問這個問題的時候，那個頭目回答說：「帶酒跟豬過去，然後在他們面前把豬殺掉給他們吃，這樣比較好」。但是這個是錯的，卑南社的人生氣的說，在他們的面前殺豬是沒有禮貌的。當時，因為卑南社有勢力，Dumiap 懊悔自己的失禮，問卑南社：「如果你們有想要的東西，我會給你。」因此卑南社要求，他們要一種叫 Pakoror 的東西，這是一種用玉作的飾品，Dumiap 給了他們，但是那個東西後來破裂了，卑南社不要這樣的東西所以退回。又要求 Dumiap 給他們對 Dumiap 來說很重要的鈴，這個鈴是傳達頭目（Dumiap）命令的使者腰上所佩帶的鈴。Dumiap 很捨不得把這個鈴給卑南社，但最後還是給了他們。卑南社的人帶著這個鈴回去。

但是這個鈴每天不停的發出聲音，卑南社的人覺得很吵而退回。卑南社又命令 Dumiap，要他兩天後帶著弟弟 Rangaraug 一起到卑南社。他們來了以後，卑南社準備很豐富的酒菜招待他們，打算要趁機殺掉他們兩人。但是，這兩個兄弟的武器一直帶在身上，行事很小心。隔天，卑南社的人命令 Dumiap 幫他們磨番刀，Dumiap 很快就磨好了，磨好的刀很利，足以把磨刀石劈開。卑南社的人因為沒有殺他們的機會，只好再命令他們砍竹子做一個柵欄，這個也馬上做好，完全沒有殺掉他們的機會，所以只好允許他們回家。

但是，卑南社的男子埋伏在番社的門口，他們兩兄弟來到門口時，那些男子射箭攻擊之，先走過來的弟弟被殺掉了，Dumiap 拿出帶有 pali 的弓箭，跟他們決戰，第一發殺了四、五十個人，說：「剛才的弓箭是一個 pali 最弱的弓箭，你們如果還繼續抵抗的話，我就要用 pali 最強的弓箭了。」卑南社的人很害怕，於是道歉。所以タリリク社

不需要因為害怕卑南社而給番租，因為這樣的理由，好像カチャルパン的親族パチャリノク壓迫ガサリグサン家，而奪取了他們家的地位。

另外，カツリン社（Qatsurin）叫一個眼睛具有 pali 的人，到タチギル（Coacingur）社下方的 Vuravuran 溪岸，在那裡防備知本社（suqaro）或其他北方的敵番，被他眼睛看到的人都會死，聽說水裡的魚、山上的動物，都可以被他殺掉，他們家人把食物拿過去的時候，會在遠處叫喊，那個人便戴上黃銅鍋，把自己的臉遮起來。知本社的人知道了這件事，模仿他家人的聲音，接近他，把他的頭砍下來，然後把黃銅鍋拿掉，因為他的眼睛還打開而發光，看到他眼睛的人都死掉了。

◎第四則【カラタラン社 Lavoras-Geren】所傳：

カラタラン社(Kalacaran)的頭目家ゲレン（Geren）家族，其第三代祖先 Vasakaran（男），手指有 pali，第六代祖先 Lavoras（男），其眼睛有 pali。講這個口述的人是ゲレン（Geren）家族的第九代祖先 Lavoras。

◎第五則【トリトリ社 Raosan-Cacalan】所傳：

カラタラン社（Kalacaran）的ゲレン（Geren）家族，從西部移到太麻里溪沿岸的地方，是最近發生的事，來這邊並不久，剛來的時候他們沒有什麼勢力，但是在這個家裡面，出現一個名叫 Rangos 這樣的人，他的眼睛有 pali，另外，在手指上有 pali 的 Vasakaran 也出現了，所以，トリトリ社（Coricorik）跟チョゴチョル社（Congojor）、トロオアイ社（Coroai）、マリブル社（Malivur）、チンパラン社（Cinparan），這些番社都因為 pali 的關係而被征服。變成カラタラン社的部下，而要給他們番租。

◎第六則【ドアバル社 Lomasan-Kaluv】所傳：

バリブガイ社サリグサン（salingusan）家族的第二祖先 Jakor 的弟弟 Cumai 眼睛帶有 pali。他想要看自己的孩子，在偷偷的看他們的時候，因為有 pali 的關係，他的孩子都馬上死掉了。所以大家認為，有這樣的人太危險了，於是番社的人請知本社的人殺掉他。

以上是臺東大武支廳下諸番社的口傳。在高雄州的排灣族也有類似這樣的口傳。而《番族慣習調查報告書》第五卷第一冊，頁數第一九一到一九五，有〈毒眼兒 palji〉的紀錄。

◎部落名稱對照表（筆者整理）

馬淵東一所記之原文	中文	排灣語	備註
姑仔崙社	姑仔崙社	Kuvaleng	為現今的達仁鄉新化村部分村民之古部落。
ドアバル社	舊土坂社	Tjaubur	位於現今土坂村北方約十公里處
タリリク社	大谷社，清朝時稱大里力社或大力里社。	Talilik	居民後裔，散居於森永村及土坂村[40]。
パリブガイ社（Paribugai）		Balivungai	現今土坂村西北方附近。由 Salingusan 的創始祖先的三姊弟中的大姊 Saleng 建立[41]。
カツリン社（Qatsurin）	清代時期名為「鴿子籠」，日治時期更名為「加津林」。	Qutslin	其部落範圍對照現行的行政區，為大武鄉的大竹村。

カラタラン社（Kalacaran）	介達社	Kalatalan	為太麻里溪流域古老而有勢力的排灣族舊社。後併入太麻里鄉正興村[42]。
トリトリ社（Coricorik）	斗里斗里社	Coricorik	舊社位於嘉蘭村大武事業區第十林班地內。國民政府來臺後，被併入到太麻里鄉正興村[43]。

---

40 張金生，《新化：一個排灣族部落的歷史》（臺東：箕模族文化發展協會，二〇〇五年），頁二〇八。

41 譚昌國，〈祖靈屋宇頭目家階層地位：以東排灣土坂村 Patjalinuk 家為例〉，《物與物質文化》（臺北：中央研究院民族學研究所，二〇〇四年），頁一一七。

42 曾振名，《臺東縣魯凱族、排灣族舊社遺址勘查報告》，《國立臺灣大學考古人類學專刊》十八種（臺北：國立臺灣大學人類學系，一九九一年），頁一一、五一。

43 曾振名，《臺東縣魯凱族、排灣族舊社遺址勘查報告》，《國立臺灣大學考古人類學專刊》十八種（臺北：國立臺灣大學人類學系，一九九一年），頁一一、五一。

參考資料

吳燕和、王維蘭　一九九六年，〈臺灣排灣人魔眼神話與波利尼西亞馬納信仰初步比較〉，《中國神話與傳說學術研討會論文集》，臺北：漢學研究中心。
宋龍生　一九九八年，《臺灣原住民史：卑南族史篇》，南投：臺灣省文獻委員會。
胡萬川　二〇〇四年，〈從集體性到個人風格——民間文學的本質與發展〉，《民間文學的理論與實際》，新竹：國立清華大學。二〇〇八年，《臺灣民間故事類型（含母題索引）》，臺北：里仁。
馬淵東一撰，臺北帝國大學土俗人種學研究室南方土俗學會編　一九三二年一二月，〈パイウン族に於ける邪視の例その他〉，《南方土俗》二卷一號，臺北：臺北南方土俗學會。
張金生　二〇〇五年，《新化：一個排灣族部落的歷史》，臺東：箕模族文化發展協會。二〇〇六年，〈傳統領域頭目家族簡介〉，《臺東縣達仁鄉傳統領域踏查史錄》，臺東：達仁鄉公所。
許功明　一九九八年，〈排灣族古樓村頭目系統來源與承繼的口傳〉，《排灣族古樓村的祭儀與文化》，新北：稻鄉。
陳文德纂修　二〇〇一年，《臺東縣史：卑南族篇》，臺東：臺東縣政府。
陳季博　一九五九年，〈臺東移住民史〉，《臺灣文獻》一〇期，南投：臺灣省文獻委員會。

陳英　一九九三年，《臺東誌》，《臺灣歷史文獻叢刊》八十一種，南投：臺灣省文獻委員會。

曾振名　一九九一年，《臺東縣魯凱族、排灣族舊社遺址勘查報告》，《國立臺灣大學考古人類學專刊》十八種，臺北：國立臺灣大學人類學系。

森丑之助著、宋文薰編　一九七七年，《日治時代臺灣原住民生活圖譜》，臺北：南天。

黃宣衛　二〇〇五年，〈歷史建構與異族意象——以三個村落領袖為例探討阿美族的文化認同〉，《異族觀地域性差別與歷史：阿美族研究論文集》，臺北：中央研究院民族所。

臺灣總督府臨時臺灣舊慣習調查會原著　一九二〇〔二〇〇三〕年，中央研究院民族學研究所編譯，《排灣族》，《番族慣習調查報告書》第五卷第一冊，臺北：中央研究院民族所。

衛惠林　一九七三年，〈土著志〉，《臺灣風土志》下篇，臺北：臺灣中華。

譚昌國　一九九二年，〈家、階層與人的觀念：以東部排灣臺坂為例的研究〉，臺北：國立臺灣大學人類學研究所碩士論文。二〇〇七年，《排灣族》，臺北：三民。

鹿野忠雄著、宋文薰編　一九五五年，《臺灣考古學民族學概觀》，臺北：臺灣省文縣委員會。

Dundes, Alan　1980, *Wet and dry, the Evil Eye- An Essay in Indo-European and Semitic Worldview*, in *Interpreting folklore*, Library of Congress Cataloging in Publication Data.

Pierre Bettez Gravel　1995, *The Malevolent Eye—An Essay on the Evil Eye, Fertility and the Concept of Mana*, New York:Peter Lang.

Raleigh Ferrell　1982, *Paiwan Dictionary*, The Australian National University.

楊南郡

〈踏查半世紀——臺灣矮黑人的傳說與調查〉

一九三一年生於臺南龍崎鄉番社坑（現中坑），國立臺灣大學外文系畢業。任職臺南美國空軍基地時，在美軍士官鼓勵下開始登山。一九七六年六月完成臺灣百岳後，開始調查臺灣山區的古道近四十年，並譯註日本時代早期臺灣調查文獻，撰寫報導文學。曾獲中國時報報導文學首獎、教育部原住民文學翻譯甲等獎、國史館文獻貢獻獎、吳三連獎報導文學獎。並以學術成就獲國立東華大學頒贈榮譽博士學位，二〇一二年更獲臺灣大學傑出校友。

二〇一四年罹患食道癌，在治療手術期間持續譯註鹿野忠雄《東南亞細亞先史學民族學》兩大冊，以及撰寫日治時代最大的對原住民族戰爭《合歡越嶺道——太魯閣戰爭與天險之路》。二〇一六年八月廿七日逝世，獲頒原住民族甲等獎章及總統褒揚令。

本文出處：二〇一〇年十二月，《興大中文學報》二七期增刊篇目，頁一—一五，臺中：國立中興大學中國文學系。

踏查半世紀——臺灣矮黑人的傳說與調查

一、前言

臺灣的矮黑人傳說由來已久。千百年來集居於平原及河口地帶的平埔族，和選居於山地的各族群（以上均為臺灣原住民族），不斷的傳述：他們祖先所住的區域，以前住著一群身高不滿三、四臺尺，臂力很強，擅用弓箭的矮黑人，不但能指出矮黑人舊居的位置，還親自查訪過，也能夠描述他們的祖先與矮黑人亦敵亦友，維持過往來互動的故事。

矮黑人故事不只是代代口傳，也屢次出現於歷代史冊上，好像是森林中的精靈，忽現忽隱。我們從原住民老人家口中聽到，或在文獻上看到的，感覺矮黑人無所不在，卻始終無法親眼目睹。

一向有那麼多人指出矮黑人遺址，和矮黑人自己製作或使用過的石斧、小陶甕等器具，卻沒有人確切地證實那些是矮黑人的物品。對於活生生的疑似矮黑人，例如本人曾經在舊好茶社（Kochapongan）遇見一對身高僅一公尺多的魯凱族母子，雖然矮小，但很健康，也曾在臺灣北海岸金山遇到身高約一百一十公分的中年人，臉部與四肢的比例完全勻稱，或許可以採用人類組織抗原的遺傳多態性（ＨＬＡ）檢查，作為特定族群的基因分析，但人數少是無法獲得正確的結果。我們最需要的證據，是矮黑人留下的骨骸和他們曾經使用過的小型生活用具或衣飾。

據說，矮黑人是臺灣的先住民，最先占居臺灣島近海岸的山林中，曾經與後來遷居的原住民各族接觸，或教導農耕，或互相爭戰。不然，怎麼會有那麼多的矮黑人故事流傳於各地呢？

中國古書《山海經》記載：「大荒之東，有小人國。」東方的小人國應該是指臺灣吧。日本古書《古事紀——神代の卷》也提及：「一個小矮神從父神的手指間溜出去，下凡時跌落於粟葉上被彈起，飛到常世之國。」臺灣史學先驅伊能嘉矩引用此段記載，說：「常世之國指琉球或臺灣。」那麼，臺灣在不同年代口述者的心目中，是矮黑人常住之島嗎？

無論是史書上的記載，或是原住民族耆老口傳的描述，都那麼逼真、那麼悠遠，那麼引人遐思，在缺乏直接證據下，這種悠遠的神話傳說將繼續綿延下去，繼續成為話題，這是人類學至今未能解決的一個課題。

實際上，地球上自古以來就有「矮小人種」聚族而居。例如，中非的俾格米人（Pygmies）、印度孟加拉灣東緣的安達曼群島安達曼人（Andamanese）、馬來半島的塞芒人（Semangs），以及菲律賓群島的尼格里道人（Negritos）等。這些矮小人種的主要特徵是：身高一百五十公分以下，膚色較黑，顴骨突出，臉部圓闊，短頭型，頭髮卷縮如毛毯狀、使用長矛與弓箭狩獵……和臺灣所傳的矮黑人特徵很接近，只有一點不同，那就是：臺灣的矮黑人和原住民族，都不曾使用吹箭筒和毒矢狩獵。

總體而言，有關臺灣矮黑人的傳說，各年代都有，尤其流傳於臺灣中、南部，其中，東南海岸及恆春半島疑似矮黑人的遺址最集中，而從西北部賽夏族到南部斯卡羅族（Sugaro-qaro）的地界，竟然有那麼多迷人的矮黑人故事在流傳。我們無法解釋，矮黑人曾經那麼普遍地與各原住民族產生互動，為什麼現在卻無影無蹤？

但願將來終有一天，我們能夠找到真正的臺灣矮黑人和確切的證據。現在，讓大家先看看有關矮黑人的文獻，再聽聽我本人進行初步探查的經過，作為探索的出發點吧！

二、清代史冊上的矮黑人傳說

完成於清代康熙五十八年（一七一九年）的《鳳山縣志》〈番俗篇〉有如下記載：

由淡水入深山，番狀如猿猱，長僅三、四尺，語與外社不通，見人則升樹杪，人視之，則張弓相向[1]。

臺灣史學先驅伊能嘉矩在臺灣割讓予日本後立即來臺，研究臺灣舊史。一八九八年，他評論這一則史冊記載：「臺灣蕃界直到今日仍然呈現混沌狀態，外人只知道十之一、二的真相而已。因為生蕃地仍是一片黑暗，是我們知識所不及的荒蕪之地，不能因為傳說內容離奇，在沒有查證之前，就把它斥為無稽之談。即使無法找到活生生的矮黑人，也要有信心找到矮黑人的遺址和遺物才對。」

1　按：「淡水」即下淡水，現稱高屏溪。

繼伊能氏之後，有更多的日本學者抱著強烈的企圖心來臺灣調查。伊能氏的話，一方面在鼓舞自己，另一方面似乎做為後繼者的代言人，指出展開搜尋臺灣矮黑人的時機已來臨。

三、日治初期對矮黑人遺址的探查舉例

（一）臺灣總督府林學技師小西成章

最早從事臺灣森林調查，綽號「第一蠻勇」。他寄給《東京人類學會雜誌》的通信稿中表示：郡大溪畔的布農族郡大社與巒大社之間，有 Tatsipan 社，其下方有矮黑人廢屋。小西成章命斗六辦務署林圯埔分署的主記吉田貫六郎前往調查，發現疑似矮黑人的舊居，屋頂已坍塌，牆壁仍在。屋內地面用板岩鋪蓋，四面牆壁也是用石板構築。屋子東西長九尺，南北長六尺，牆高二點七到二點八尺左右。根據附近布農族的指證，那是矮黑人 Saruso 的廢屋。小西氏後來親自前往開挖遺址，只找到三個殘破的陶器出土而已。

(二) 臺灣總督府舊慣調查會補助委員小島由道

他曾經報導過自己調查賽夏族著名的矮黑人傳說與遺址的成果。「現在賽夏族每隔兩年舉行『pas-taai』大祭，這是為了安撫矮黑人亡魂而舉行的。相傳，古時候 Taai 住在新竹縣上坪溪上游右岸，麥巴萊山(Barai)的西北山腰 Rai-taai 岩洞內。他們身高只有三尺，但是臂力很大，善於使用妖術，所以賽夏族懼怕他們。他們很會唱歌謠、跳舞，所以我們賽夏族收穫稻米時舉行祭典，一定會邀請矮黑人一起來唱歌跳舞。然而，Taai 天性淫蕩，常常姦淫賽夏族婦女。我們族人想出奇計，在西熬溪岸一個叫做 Ailuha 的地點，砍斷木橋，使走在木橋上的矮黑人墜落而淹死於溪中。只有兩個倖存者想要逃離岩洞住家，他們不接受賽夏人的挽留，逕自朝東方去了。」賽夏族朱姓族老 Tabe- Kale 說：「數年前我們還能夠進入岩洞遺址。入口處大約三點六公尺寬，裡面很寬，可住數十個人，而且有石椅。現在岩崩路斷，成為斷崖地形，再也沒辦法進去了。」從前這個岩洞高出溪面約六尺，如今水位變低，岩洞高出溪面約三、四百公尺。賽夏族把矮黑人 Taai 的岩洞居住處視為聖域，不准別族前往觀看。

(三)恆春半島瑯嶠十八番社總頭目的豬朥束社(Terasoaq)族老潘烏範

他曾說:「矮黑人 Sugudul 以前住在龍鑾社(Lingduan)一帶。他們身材短小,身高不及我們的一半,但是力氣很大。有一次,龜仔甪社(Kuraluts)的人前往龍鑾社,第一次遇見 Sugudul 時,以為他是小孩,問他:『小孩子,你爸爸到哪裡去了?』對方不理他。走到近前再問,他才回答說:『我就是爸爸!你如果要找我爸爸的話,他到耕地工作去了,一會兒就回來。』說完,輕鬆的搬來一塊大石頭,請龜仔甪社人坐。龜仔甪社人不勝駭異,立即奔逃回家。社眾聽完他的描述,在好奇心驅使下,叫他帶他們去看矮黑人。到了矮黑人部落,發現居民全都是小孩子的模樣。」

四、日治初期,人類學者與醫學解剖教授的論辯

日本京都帝國大學醫學部足立文太郎博士,從事體質人類學研究多年。他曾經把存放在臺灣總督府醫學校(臺灣大學醫學院前身),臺灣陸軍病院及東京帝國大學收藏的

「臺灣蕃族頭蓋骨」做過比較研究。

關於矮黑人，一九〇六年足立博士在他所寫的〈關於臺灣古棲土人（Negritos）〉，文章中提到：「菲律賓小黑人（Negritos）曾經分布於臺灣。Negritos 平均身高一百四十五公分，身體瘦小，頭髮捲縮如毛毯狀，皮膚黝黑而乾枯，講自己的方言，使用弓箭。與臺灣蕃人所傳的矮黑人傳說對比，不難發現彼此相似。荷蘭人還沒來到臺灣以前，已有 Negritos 居住，他們是臺灣的先住民。」

對於足立博士大膽的假設，原任東京帝國大學教授的鳥居龍藏博士於隔年，（一九〇七年）提出反駁，說：

我過去正式渡臺四次，從事人類學調查，迄今還沒整理出完整的調查報告。不過，目前正在起草〈臺灣蕃人體質篇〉，包括臺灣矮黑人各族的體質都有論及，在這裡不必細談，只扼要地提出個人的管見。

很多人一聽到矮黑人，立即聯想到住在菲律賓群島的 Negritos，以為是具備黑皮膚、頭髮捲縮、身體矮小等特徵的人種。只是令我疑惑的是：海峽對岸的中國苗族，身體矮小，分布於貴州省全部和廣西、雲南、廣東等三省的部分地帶，以及海南島。古時候，苗族曾經分布到福建、湖南、江蘇及浙江各省，由於漢人入侵，其分布地區逐漸縮小，演變成今日的狀態。現在，福建省福州東方三天行程處，有個地方叫羅源縣，據說還有苗族殘留在那裡。

古時候的臺灣，是不是有苗族住過？是不是可以推斷臺灣蕃人所傳的矮黑人故事，和漢人文獻的記載，都與苗族有關？假定口碑傳說是事實，那麼，臺灣所傳的矮黑人，與其說是 Negritos，毋寧說是像苗族那種矮小的人。我的理由是：傳說中的矮黑人，在體質上和風俗方面，與現今臺灣蕃人相似，但是缺乏 Negritos 的特徵——鬈髮和全身極黑。

不過，各族之中，都有身軀矮小的蕃人混雜在內，當然我也拍照存證了。其特徵有兩種：(1)頭部比例大，但身軀矮小；(2)身體各部分比較均勻發達，但身軀矮小。這兩種人的頭髮都是直毛。

鳥居博士又說：

山上也有直髮的矮黑人，可能是苗族的後裔，平原方面，只有極少的鬈髮人，混居於卑南族、阿美族等平地族群之中。

由於足立和鳥居兩位學者，就臺灣矮黑人的人種學觀點交鋒過之後，就遠離臺灣，兩人都沒有機會回頭來研究矮黑人問題，這個問題在學理上的論辯，就沒有繼續下去。

五、鹿野忠雄博士的發掘調查臺灣矮黑人遺址

從一九三〇年代起，由博物學研究轉向民族考古學的鹿野忠雄，於大學三年級、二十五歲的年齡，發表第一篇非自然科學的論文〈臺灣島矮黑人居住的傳說〉。

從下頁的分布圖可以看出：臺灣原住民各族的傳統領域，都有矮黑人傳說或遺址的分布，延續到平原地帶的族群居住地，包括巴宰族和馬卡道族。但是，比較集中分布於⑴賽夏族與其東鄰的泰雅族居住地，⑵布農族祖居地—郡大溪流域，以及⑶恆春半島排灣族與斯卡羅族居地。本人認為矮黑人的起源地，在恆春半島東岸的觀音山（位於牡丹灣之北），遺址面臨太平洋。

鹿野忠雄，這位臺灣最活躍的學術探險家，在山區調查時，從南鄒族四社群排箭社（Paitsiana）、排灣族甘那壁社（Kanapi）、大板鹿社（Tabanak）等地，採集了很多有關矮

黑人的傳說，發現各族的傳說有共通的內容，認為原住民的傳承，必定有種種事實作為根據。

他歸納出以下幾個要點：

⑴矮黑人身高二至四尺餘。

⑵頭髮的描述不清晰。部分蕃人說：矮黑人的頭髮是紅色，而且捲縮如毛毯狀。

⑶穴居或半穴居，住屋是石板屋構造。

⑷種植芋頭為主食。

⑸善用弓箭，用的是強弓，而箭鏃是用石頭、獸骨或鐵製作的。

⑹部分矮黑人使用陶器、石臼、石杵。

⑺部分矮黑人有出草獵頭的習俗，有些則沒有獵頭習俗。

⑻群體居住，一間房子住很多人。

⑼身軀矮小，但是臂力強，行動敏捷、伶俐。

⑽頸飾是用紅、藍、黃等不同顏色的珠子串連製成的。

⑾大部分的矮黑人，是比泰雅族、布農族更早移入臺灣的先住民。

⑿蕃人曾經一度被矮黑人加害而受苦，但是最後把矮黑人驅趕到別處。

圖一：排灣族地域群體的分布

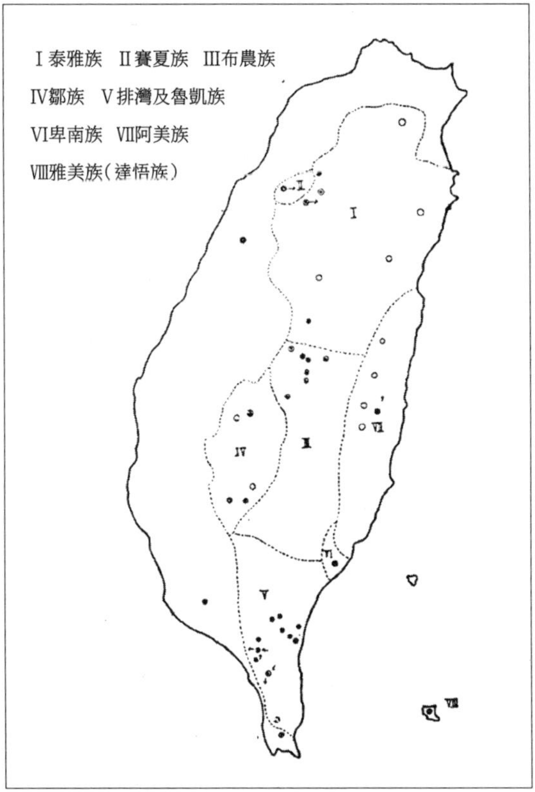

○　傳說有矮黑人存在　　● 當地發現矮黑人遺址
◎　傳說矮黑人曾經存在過　　**O** 當地發現鬈髮人

圖一：排灣族地域群體的分布，鹿野忠雄發表於《東京人類學會雜誌》第四七卷二號，一九三二年。

⒀矮黑人所居住過的地方，被視為禁忌之林，各族都不敢擅入，否則會生病。

⒁大部分的矮黑人是現今蕃人尚未移入臺灣之前的先住民族。

鹿野忠雄引用了很多屬於東部太麻里溪以南，各社所傳的矮黑人傳說，以及遺址上parisi（禁忌）之林的描述，覺得矮黑人曾經住在那一帶，一直到「比較晚近的幾年前」。鹿野強調：矮黑人有其人種學的特徵與習俗。他認為矮黑人的存在不是出自於想像，而是有歷史事實的記述。

鹿野忠雄曾經前往大板鹿社排灣族所指的矮黑人遺址調查。遺址座落於山腰緩坡處，每間廢屋呈半穴居型。三面用豎立的石板構築，石板大小不等，大部分是高四尺半、寬二尺半，厚度五吋，屋寬和內深均為九尺左右。每間舊屋前面都立著兩根石柱，柱高六尺半、寬一尺半，厚度五吋，上端呈凸型。石材很重，材質是雲母片岩。

大板鹿社的排灣族說：他們的祖先和矮黑人一直維持著友好關係。頭目出示一個矮黑人的陶甕，高一尺三吋，據說是遠古的時候，矮黑人為了示好，贈送給頭目的祖先保存的。鹿野認為這一個陶甕，與排灣族頭目家保存的一般古甕不同。矮黑人的陶甕容積小，但是口緣寬大，沒有施加百步蛇雕飾。

早期的學者曾論證過臺灣矮黑人是否屬於 Negritos。鹿野傾向於肯定說。他以現在保存於國立臺灣博物館，排灣族用山豬背部剛毛製成的「腳箍」為例，說：

> 菲律賓群島先住民 Aeta 族（住在呂宋島中部 Pinatubo 火山西麓，屬於 Negritos，但自稱 Aeta）也曾經使用此類腳箍，而其他 Negritos 種族，則是不使用的。

圖二：排灣族大板鹿社所保存的矮黑人陶甕，鹿野忠雄繪，一九三二年。

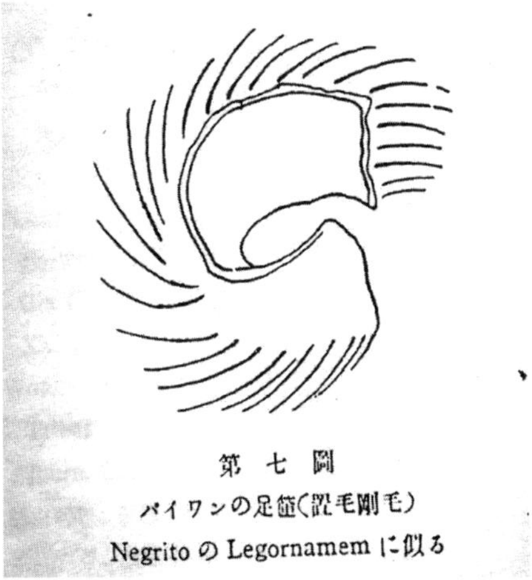

圖三：排灣族的腳箍與 Negritos 族所製的相似，鹿野忠雄繪，一九三二年。

東京帝國大學體質人類學教授宮內悅藏，曾在高雄市那瑪夏區南鄒族居住地發現少數的鬈髮人。他同意鳥居博士的說法：「臺灣蕃人來臺以前，已有部分的人和 Negritos 混血過。」

鹿野曾經引述上述人類學者發現少數鬈髮人為例，做出了一個結論：

臺灣本島曾有 Negritos 生存的可能性很大，與其說「可能有」，不如說「必然有」較為適當。Negritos 矮黑人的物質文化脆弱，一旦埋沒於土中，即使被找到，也不容易恢復其原狀。所以，只剩一個辦法，那就是：尋找絕對不會和別種物品混淆的，特異的 Negritos 族頭骨。

六、個人的矮黑人遺址踏查舉例

（一）雪山西峰下的遺址

一九八一年夏天，本人與登山隊曾在雪山西峰下的營地過夜。當我走向志樂溪源頭取水時，發現溪崖崩壁的邊緣，有二十五間傾圮的石屋群，已崩落溪底的可能還很多。

石屋群占地大約八百平方公尺，位於海拔兩千九百五十公尺高處，屬於高寒地帶。石屋群在一片鐵杉林中，其中一間，屋內已長出約一人半合抱的大鐵杉，可見這個遺址相當古老。每一間石屋的四壁是用自然石砌成，高度約一至一．五公尺，牆壁上方及屋頂已塌毀，原來所用的材料不明。

每間屋子入口處，寬約四十到五十公分而已，只容一個成年人側身而入。本人試著平躺於屋內地面上，因為空間小，雙腳無法伸直。我和隊友做了地面上的發掘，沒有發現人骨或疑似矮黑人的生活用具。

（二）那母岸遺址及清水遺址

一九八三年五月，本人和友人組隊，從花蓮縣卓溪鄉卓麓出發，前往調查被傳為矮黑人遺址的「那母岸」及「清水」兩處遺址，進行比較研究。

那母岸遺址位於那母岸山稜線上，海拔七百七十公尺的地點，有廢棄的石板屋群，石材很考究。部分屋內遺留著石柱，上端尖銳，有橫溝刻紋在上端，另有半圓型石盤及紅色陶片出土。遺址最高處有一塊大石壁，壁面上溝紋縱橫，似乎是人工雕刻的。據當地布農族嚮導的說明，此遺址不是布農族那母岸舊社，是族類不明的人種所遺留，很可能是矮黑人的遺址。嚮導又說：「我們的祖先未曾住在全部用石板構築的房子。」

接著前往清水溪對岸的清水遺址調查，此遺址的海拔高度是六百公尺。除了已傾圮的石板屋群占很大的空間外，還有大量的陰石、陽石（均為疑似巨石文化的遺留）、有孔石盤、陶器破片及其他石器出土。最令人驚異的是，還發現很多小型石板棺（棺內的骨骸已不見，或已腐化）暴露於地面上。石板棺全是小型的，長約三、四尺，似乎是矮黑人的墓葬群。

卓麓的布農人指出清水遺址是矮黑人的舊居，說：「我們的祖先曾經在這個遺址一帶，與矮黑人爭戰及講和，也一度混居在一起。」

清水遺址的範圍很大，可以想見此遺址上曾有大量人口，文化程度不低。不過，除非進行詳細的遺址開挖，看看有無疑似矮黑人遺骸出土，否則從我們的初步調查，無法做出正確的推論。

（三）浸水營古道附近的矮黑人遺址

浸水營古道是臺灣最古老的東西方向橫越道路。日治時代，居住於排灣族地界最久、戰後才離臺的總督府舊慣調查會雇員小林保祥，曾經報導：矮黑人的原居地在臺灣東南海岸，其中一支從大武出發，沿著浸水營古道越過中央山脈，途中，在古道東段出水坡社（Rilao）的南側，茶茶牙頓溪北岸居住。他們後來分散到古道西段北側下方的力里社（Rarukruk），以及古道南方的率芒社（Kasuvongan）、割肉社（Koabal）等地居住。據傳，曾經遷至茶茶牙頓溪畔的割肉社人（西部舊古華的排灣人祖先）自承：「我們的祖先是矮黑人。」相傳，矮黑人身軀矮小，某次出獵時，捕獲了一隻山羌，就背起來回家。回家後發現山羌因為被拖行於地上，背後的毛都磨光了。

1. 西段 Chuwalaju **遺址：**

此遺址位於古道西段的北坡，力里社的東南側。力里社相傳那裡曾有矮黑人居住，並教力里社的祖先唱矮黑人的歌謠。

秋天來了，樹葉紛紛掉落，
等到秋去春來，雨季來臨，
所有的樹木就會再度發芽生長。

二〇〇三年一月，本人帶領古道調查隊，在排灣族耆老徐天貴(Kabaruan- Kapan，當年八十二歲，現已歿)的嚮導下，勘查矮黑人居地。從林道二十一．五公里處下車，向北下降，穿過密生的茅叢，經半小時的搜尋，在海拔一千兩百二十公尺處，找到了遺址。其地有兩間已傾圮的石板屋，以及約三至五間屋跡，屋跡四周只剩東倒西歪的石板群。石板與一般排灣族取自溪底的黑色水成岩不同，而是土褐色的砂岩。廢屋散落於四周，如果時間允許，應可以找到更多的疑似小型屋跡。

排灣老人徐天貴說：「矮黑人遺址的地名是Chuwalaju，chuwa表示地點，laju是樹名。我十八歲那一年，為了探查水源來到此地，無意間發現這一個部落廢墟，返回力里社向長老報告此事，長老說：『那是矮黑人遺留下來的。』當時，有些石屋還很完整。」

2. 東段茶茶牙頓溪北岸 Congurui 遺址：

臺北帝國大學在昭和初年（一九三〇年代），全面調查原住民各族的居住地。負責東臺灣地區的馬淵東一，訪查大武溪沿岸的排灣部落，記錄了有關矮黑人的口述資料。出水坡社傳述：「出水坡社的始祖來到這個地方時，當地已有矮黑人居住，後來矮黑人和阿美族打仗，戰敗後部落潰散，不知所終。」茶茶牙頓社（Calangatoan）也傳述：「始祖來到本社西南側的割肉社居住時，原本住在其東北側出水坡社的下方，地名叫做 Congurui 的矮黑人，心生恐懼而逃走，不知去向。」

當時住在臺東的記者入澤片村（《中央山脈橫斷》的作者）曾訪問當地的排灣族，獲得以下的口述資料：

> 矮黑人是先住民，力氣很大。矮黑人住區不大，共有十間廢屋，每一間只有一坪大小，屋內有石柱，牆壁低矮，普通人是無法居住在這種小屋內。浸水營古道附近的排灣族都相信，進入矮黑人故址會生病，所以他們都不敢闖入其地。

二〇〇三年三月，本人和高雄登山會山友林古松，在加羅板社（Karapang）排灣族嚮導陳田光（Konlo-Mulan，當年六十九歲，已歿）的帶領下，沿著茶茶牙頓溪溯行一天，才到達位於茶茶牙頓社（舊社）上方的矮黑人遺址，地名叫 Congurui，位於北岸 Rosakal 支流的上方，海拔四百二十公尺的寬平山脊。遺址分為三層平臺，高度四百到四百二十公尺，每一層都有整排的廢屋群，大部分已傾圮，另外有散落的石板，部分仍屹立如初，似乎是廢屋的牆壁，均面向東南。最高點有一株大榕樹，山頂風大，日照充足，適於作物的生長。矮黑人的屋式，與一般的排灣族屋舍不同：

(1)排灣族所用的石板，取自溪底的水成岩，石板為深灰色的薄片。但是，矮黑人的建材，取自山坡砂岩，石板較厚，而且呈土褐色。

(2)矮黑人的住家都在地面，不是這一帶排灣族的半穴居屋式。

同行的陳田光說，他的祖父 Kasao 和祖母 Vais，曾經對他說起矮黑人的故事：「矮黑人建部落於山頂，主要原因是懼怕排灣族的馘首習俗。祖先曾與矮黑人接觸，因為語言不通，完全靠手勢溝通。後來，排灣族人口愈來愈多，勢力範圍擴大，矮黑人心生恐懼而逃往北方，不知所終。」

據其祖父母的描述，「矮黑人的身高不到排灣人的胸口，和排灣人一樣種芋頭、小米和蕃薯，也獵捕動物。」陳田光的祖父 Kasao 年輕時，曾經看到半倒的矮黑人石屋，對於矮黑人身材矮小，住屋卻寬敞而感到很奇怪。因為是禁忌的關係，排灣人不敢隨便造訪此處。

在南部浸水營古道幽祕的闊葉林下，矮黑人的傳說繼續在流傳，矮黑人部落遺址仍有留存，使古道的健行增添悠遠魅惑的氣氛。

七、結語

臺灣和離島上，千百年來住著四十多種語言和文化古俗互異的人種，其中，矮黑人的來歷與身世最不清楚。但是，在過去的歷史年代，史冊上記載著種種的矮黑人傳說，也曾經有不同身分的人去探查遺址，迄今始終未能找到真正的矮黑人骨骸和其他有力的證據，使得矮黑人傳說撲朔迷離、真相不明，而永遠停留在神話傳說的領域裡。

本人曾經將日治時代有關臺灣矮黑人傳說的文獻記載，全部譯成中文稿，加上清代文獻，以及自己在田野調查所得，累積了不少無法證實的資料，因為缺乏科學上的驗證，還沒印成專書。

或許，從臺灣山區全域的實地調查，來驗證傳說的真實性，是唯一可行的辦法，但是，是否值得到處開挖可疑的矮黑人舊居，仍有疑問。臺灣矮黑人的傳說與遺址，並沒有引起近代人類學者和考古學學者的重視，而繼續停留在神話傳說的階段，委實令人感到遺憾。

林和君

〈臺灣跨族群山林傳說之關係——魔神仔與屏東縣旭海、東源部落傳說考察〉

現任國立成功大學中國文學系約聘助理教授，成大國劇社輔導老師暨崑劇曲友（工巾生）。研究專長為古典戲曲、古典詞曲、臺灣原住民文化與文學、民間文學。二〇一二年起，進行臺灣原住民族口述傳說的採集調查，獲阿美族長輩賜名 Angay，並獲原住民族委員會主辦「全國原住民族研究論文」社會組二〇一六年優選與二〇一七年佳作。期許自己成為一位跨學門領域、跨族群關懷的文史學者。

著有《魔神仔、矮黑人、saraw 與其他：臺灣跨族群山靈傳說比較與探析》與其他論文等。

本文出處：二〇一四年九月，《臺灣原住民族研究季刊》七卷一期，頁八五—一二六，臺北：臺灣原住民族研究學會。

臺灣跨族群山林傳說之關係
——魔神仔與屏東縣旭海、東源部落傳說考察

一、前言

在臺灣閩南、客家族裔的傳說故事中，有一種被視為鬼魅精怪的「魔神仔」，或稱「芒神」、「毛神仔」，會在山林荒野裡誘迷行人以致失蹤，數日後往往被尋獲於刺竹叢等山林之地，口中充滿牛糞或是蚱蜢等穢物；當事人本身表示，這幾日來意識不清、恍恍惚惚，但是隱約感覺得到有「人」在帶領前行，而且會餵食雞腿、粿食，實際上卻是牛糞等物。然而，在臺灣閩、客以外的族群中，也存有與魔神仔相近、甚至相同的口述故事：例如，在相關的研究文獻中，撒奇萊雅族中的 Tadataha（鬼）即是與魔神仔相當接近的口述傳說：

曾經有一個現在已經死掉的老人家出去，結果失蹤一個禮拜，部落出動年齡階級去找，結果在一個被很高竹子包圍著的一個很窄的地方找到他，把竹子砍掉找到他

以後，他就一直哭一直叫，因為他根本不知道他自己是怎麼樣跑到竹子裡面的，那裡人根本進不去，他就在裡面過了一個禮拜，什麼都吃，連蝗蟲也吃……（張宇欣，二〇〇七年，頁一〇四）[1]。

將其與「魔神仔」或是客家族裔的「魍神」故事進行比對，即可發現兩者之間的情節、情境極為接近。作家王家祥曾於小說中提出「魔神仔就是臺灣原住民傳說中的小黑矮人」之構思，將閩、客傳說與原住民傳說的口述對象結合為一，撰寫成小說《魔神

1 黃嘉眉，《花蓮地區撒奇萊雅族傳說故事研究》（花蓮：國立東華大學民間文學研究所，二〇〇九年），頁八一。轉載其口述內容為：「所謂的 tadatadah 矮矮的，衣服或是身體看起來像黃色的。tadatadah 引誘你的時候沒有感覺，他會麻木你的神經，醒過來的時候就怕了。」

仔》（王家祥，二〇〇二年，頁五—七）[2]。而近來林美容教授的臺灣魔神仔研究成果，更是呼應了這個說法：「魔神仔就是臺灣版的矮人，而且這點是原漢共通的。」（林美容、李家愷，二〇一四年，頁二八八）。

除了小說中的想像故事，在排灣族作家撒可努的童年故事中，也曾自父親處聽聞「魔神仔」的名字：

我問著父親：「卡瑪，你有沒有聽到？對面的山谷好像有老人家在唱歌的聲音。」一直到現在，遠遠傳來的那個聲音，我仍然無法忘卻，彷彿有如童年時聽到老人合聲唱歌的聲音，我的靈魂像飄起似的。

「兒子，你知道那是什麼聲音嗎？」

「我不知道。」

父親露出面無表情且鬼魅的樣子，在我的耳根低語：「那個是惡靈，魔鬼在喚你的靈魂。黃昏時，到了快要被黑夜接替的那個時刻，是惡靈的時刻，他們常出來遊走，這個時刻也是人的靈魂最容易被牽走的時候。有些人能聽到，甚至能看到；而又有些人聽不到、看不到，意識卻被惡靈玩弄，行為和動作完全像另一個人。平地人說那個叫魔神那（山鬼），他們專找意識不清的老人和小孩，以及意志不堅的青年。老人們曾說：「如果你獨自在不熟悉的地方或是闖進了禁區，身體脆弱的時候，那種東西就會跑出來。」……（亞榮隆．撒可努，二〇一一年，頁一八一－一八二）。

在撒可努的故事傳述中，父親稱「惡靈」就是平地人口中的「魔神那（仔）」，亦將排灣族與閩南人的口述傳說對象視同為一，但是這與前述的「魔神仔即小黑矮人（或稱矮人）」所指又有不同。在臺灣的各族群之間，「魔神仔」是否真是閩、客族裔與原住民所共同稱述的故事？或者，其實在臺灣各族群之間，都有一個共同相近的山林傳說，

2 王家祥，《魔神仔》（臺北：玉山社，二〇〇二年），序文中提出，閩南族裔的母親在看到王家祥作品《小矮人之謎》（臺北：玉山社，一九九六年）的舊版封面上繪製的小黑矮人想像圖，即指其為「魔神仔」：「『魔神仔，躲在草埔中，專門在「摸」囝仔，把愛玩不知回家的囝仔摸得昏憨憨，隨帶去墓仔埔，將人丟在那裡，半眠才讓囝仔醒來，驚得半死，做囝仔攏嘸知，魔仔神矮矮黑黑，歸身軀全全毛』……我知道母親從未聽說過原住民傳說的小矮人，無從想像小矮人的模樣；但是這支神祕消失的民族，從前活躍於臺灣平原田野與其他民族的互動與愛恨情仇，悄悄被留下來的；數百年後也在一個閩南系移民後代的小女孩心中化身為惡作劇的頑皮小鬼，待這個小女孩成為母親、接著成為阿媽之後，魔神仔一直是她的子孫們無從想像卻帶點迷惑又畏懼的異物。」

而用不同的信仰、名稱來指述「祂」?又是如何流傳、產生差異、彼此影響其定義與觀念?這正是在諸族群當中可供討論的一種文化共象問題,可以成為理解諸族群之間彼此互動、影響的關係之例證。

如欲理解在諸多文化族群因素交相影響之下的問題,最具體亦最可知的方法,便是在擁有諸多文化族群交相影響的地區進行實地的訪查與了解。本文將結合前人的研究成果、文獻報告,大略描摹臺灣「魔神仔」的流傳概況,及其與原住民傳說之間的可能關係;而本文將以筆者在二〇一三年七月底至八月初在屏東縣牡丹鄉旭海、東源兩部落的田野訪查紀錄為主,探尋在漢人、原住民互動來往的地區——旭海部落是最初由斯卡羅人為首的多重族裔交融地區,而東源部落是當地原住民相關傳說堪稱代表性的排灣族部落——「魔神仔」或是相關傳說在這兩地及其周圍地方流布的現況,並分析這些傳說在彼此互動下產生影響的可能因素。

二、閩客魔神仔與相關臺灣原住民傳說簡述

（一）魔神仔概述

「魔神仔」、或稱「毛神仔」、「芒神」、「魍神」等名，是一種流傳於臺灣閩、客族裔當中的鬼怪[3]，傳聞中祂會在野外誘引行人失蹤、令人神智不清，而在數天之後才會被發現，但是被發現的地點卻在偏僻、危險的地方——例如刺竹叢、人煙罕至的山林中，或是距離事發地點非常遙遠、不太可能自己一個人前往抵達的地方；而詢問當事人在失蹤的過程中發生了什麼事，當事人多表示意識不清醒、說不上來遭遇什麼人事物，但印象中被一個「人」或是一股力量牽引著，有的當事人則會指出帶領著自己的那個

3 董芳苑依臺灣民間信仰的描述，將魔神仔定義為「野鬼」之屬，見董芳苑主講，陳美容記錄，〈臺灣民間的鬼魂信仰〉，《臺灣風物》三六卷二期（一九八六年），頁四三—七五。林美容編著，《臺灣民間信仰研究書目（增訂版）》（臺北：中央研究院民族學研究所，一九九七年）。在其蒐羅研究資料中，魔神仔歸列於「陰神與鬼魂」之「鬼」的項目。

「人」感覺像是自己熟悉的親人。有的當事人更說，就在這失蹤、意識不明的數天當中，帶領自己的「人」會拿粿食、雞腿等食物餵食自己，但實際上是蚱蜢、牛糞一類的穢物。

關於魔神仔的民間傳聞不勝枚舉，甚至遍布臺灣各地山林地區。然目前對於魔神仔的研究罕有專文論述，近年來則有兩本以「魔神仔」、「魍神」為題的學位論文，分別是鍾愛玲《徘徊在「鬼」「怪」之間：苗栗地區「魍神」傳說之研究》，以及李家愷《臺灣魔神仔傳說的考察》，以兼具田野調查資料整建的研究方法，為臺灣魔神仔傳說建立一個初步的奠基。據李家愷所錄，臺灣魔神仔故事的傳述類型大致可區分為：

(1)誘人失蹤：即前述的魔神仔故事類型。

(2)溪邊小鬼：出沒於溪邊，會將溪邊釣客的漁獲偷偷吃掉，而留下小小的、有如小孩身形的腳印。

(3)紅帽小孩：此說見於臺灣平溪地區的流傳，這樣的魔神仔身形也矮如孩童，但會戴上其法力來源的紅帽子隱形，以藉此捉弄農夫。

(4)其他：除上述三者之外的「魔神仔」傳述，例如「鬼擋牆」、「水鬼抓交替」等等靈異事聞，也有可能被視為魔神仔所為[4]。

目前唯一以「魔神仔」為專名出版的論著，僅見林美容、李家愷合著的《魔神仔的人類學想像》，配合田野調查的資料，將臺灣魔神仔傳說的內涵與模樣幾近搜全，更包含中國大陸福建、廈門的調查資料，追查魔神仔傳說的源出與傳播，可謂為相關研究的一個指示性成果。

綜上觀之，雖然魔神仔僅是單一詞彙，內容卻包含了數個不同類型、情境的故事對象，在民間信仰中有人視魔神仔為孤魂野鬼、或是人死後再死一次而化成的鬼怪，亦有人認為魔神仔是山林中的魑魅魍魎之屬，與人死後化成的鬼有所區別，定義多元而交綜錯雜，是一種泛稱性的名義。

---

4 據李家愷所錄，自一八九九年至二〇一〇年止，臺灣各地報載的魔神仔相關事件共有四十七則、報導七十四件（包含重出），紀錄遍及臺灣本島各縣市。口述紀錄詳見李家愷，《臺灣魔神仔傳說的考察》（臺北：國立政治大學宗教研究所，二〇一〇年）。分類論述參考林和君，〈魔神仔與臺灣原住民關係之傳說——臺東東河鄉阿美族傳說考察〉，《臺灣文化研究所學報》四期（臺南：臺南大學臺文所，二〇一三年），頁—二六。

（二）與其相近的原住民傳說

小黑矮人（或稱矮黑人）是臺灣原住民眾族群神話、口述傳說中的重要對象，由口述資料反映小黑矮人是與臺灣原住民祖先有過密切互動的先住民——戰爭、教導石器使用與農耕、互相邀請宴飲等等，後來因為生存空間排擠或各種因素而失和，導致小黑矮人陸續遷移而不知所蹤。

雖然至今尚無法從考古實證來完全肯定小黑矮人的存在，但是在臺灣的賽夏（稱其為 Taai）、泰雅（shinshingu、misinsigot）、布農（Sazusu、Saluso）、排灣（negedrel、Sugudul）、魯凱（ngutol）、阿美（Kaladezai）等各族的口述傳說中各有異稱，也不乏許多栩栩如生的描述[5]。

小說的想像故事是突破現實框架限制的一個出發點。王家祥以自身對臺灣鄉野文史的認識、透過小說筆述的想像，認為魔神仔即是原住民傳說中的小黑矮人；在撒可努的故事紀錄中，他的父親也曾將魔神仔與排灣族的傳說對象類比而稱。從學術研究的角度來看，李家愷在追溯臺灣魔神仔故事的樣貌時，從田調文獻中發現撒奇萊雅族擁有與魔神仔極為相近的口述傳說 Tadataha，提出這樣的看法：

或許在魔神仔傳說的形成過程中，各族群之間的相互影響是更為重要的背景，而這點也是我們只將討論重心與視角放在漢人移民的不足之處。我們所說的魔神仔可能就是許多族群在歷史的發展中不斷互動下而生出的產物，而不是先由某群人所獨有接著再向外傳播出去的。又，魔神仔的傳說之所以在各個族群中都能發現，另一個重要的原因可能也是這樣的傳說，本身可能也是某種跨越族群之人類普遍現象的表達（李家愷，二〇一〇年，頁一三三）。

5 臺灣各原住民族小黑矮人的傳說概況，可參考李壬癸，〈臺灣南島民族關於矮人的傳說〉，《臺灣南島民族的族群與遷徙》（臺北：前衛，二〇一一年），頁一五七－一九四；以及楊南郡，〈踏查半世紀——臺灣矮黑人的傳說與調查〉，《新世紀神話研究之反思——第八屆通俗文學與雅正文學國際學術研討會論文集》（臺北：新文豐，二〇一〇）年，頁三－一五。阿美族的小黑矮人口述傳說罕見於前人的調查文獻之中，但在臺東的海岸阿美族存有詳實可考、兼且年代晚出的口述目擊資料，參見林和君，〈魔神仔與臺灣原住民關係之傳說——臺東東河鄉阿美族傳說考察〉（二〇一三年），頁一－二六。

除了撒奇萊雅族的 Tadataha，在臺東海岸阿美族亦流傳與魔神仔情境、對象極為相似的口述傳說[6]。可初步窺知：在臺灣的族群之間，似乎擁有相近情境的山林故事流傳；然而，這些故事如何流傳？彼此之間有無相繫關係？是一種跨族群的普遍共象，亦或是文化的文化例證之一？

我們可以從兩種文化現象來探索這個問題：一是「涵化（Acculturation）」的過程觀察——以漢人的魔神仔概念為中心[7]，透過魔神仔的名稱與口述故事流傳，在橫向的傳播、接觸與影響之下，進入另一族群的語言與生活文化範疇之中；同時，是否在思維、詮釋、情境相近的類比之下，產生了「魔神仔即是小黑矮人」的成論暨印證。二是文化普遍性（Universal，Rlaph Linton，一九三六年，頁二七二—二七四）的思考——在李家愷搜尋相近文獻紀錄的過程中嘗言[8]，像魔神仔這樣的傳說，「本身可能也是某種跨越族群之人類普遍現象的表達。」（李家愷，二〇一〇年，頁一三三）——亦即，此乃臺灣各族群生活中共有的因素之一，是早期對於山林的未知而產生的想像與詮釋，由於情境相近，所以在原漢之間都有近似的口述故事，而在各族群的詮釋下分別成為了小黑矮人與魔神仔。此二角度的差異涵義在於：若是前者的傳播與輸入所致，即代表閩客族裔以外的族群本無魔神仔的語彙認知，是一個從無到有的過程；若是二者的平行存在之共象，雖然透過接觸而有類比借稱的可能性，但由於閩客以外的族群本身即有相近的主體概念存在，不見得會逕稱為魔神仔，而可能類比為「很像」、或是「漢人稱為魔神仔，我們稱為其他的對象（例如撒可努的故事紀錄）」，但不構成涵化影響後的取代結果。

為了查明是橫向輸入的涵化，或還是共同現象的借稱例證，作者前往原漢互動頻繁的牡丹鄉旭海、以及小黑矮人傳說發源地之一的東源，作為多族群互動地區之例而進行田野調查，以「魔神仔」為其關鍵字，用這山林故事的傳述作為該地區的共同文化因

6 詳見林和君，〈魔神仔與臺灣原住民關係傳說——臺東東河鄉阿美族傳說考察〉，頁一－二六。其田野紀錄詢輯兩則口述傳說：「Falanono」與「Salaw」，前者曾被逕稱為魔神仔，後者與魔神仔故事情境極為接近。

7 原為美國人類學家 P.W. Powell 於一八八〇年所提出，起初用於西方文明對於美洲印第安土著的影響，後續亦借重此論的文化接觸觀察，而研究都市文明對於鄉村生活型態影響等變化。參考國立編譯館主編，《教育大辭書》（七），頁三八三－三八四。

8 原為美國 Ralph Linton 所提出，意指存在於人類各種文化中的共同性文化因素，包括性、家庭制度、思維或生活習慣等等，而且可在一定條件下成為彼此共有的社會認同觀念。本文借重此觀念以推論臺灣閩、客族群與原住民族之間的共同文化因素，也就是魔神仔或與其相近模式的山林傳說故事，並在這一文化因素上釐清各族群之間互動、接觸的關係與其影響。

素，調查其流傳情況。

三、屏東縣旭海部落口述傳說

（一）旭海部落發展現況

旭海部落的建立，應追溯至起於臺東卑南族裔、漸與其他族群相融的斯卡羅人[9]。在斯卡羅族統領瑯嶠地區（今恆春）漢、排灣、阿美、平埔諸社，亦即豬勝束社頭目潘文杰引領的時代，潘文杰令其四子潘阿別遷家，前往牡丹灣、亦即現今的旭海一地開墾，成為斯卡羅族的別社。據筆者詢查，至今部落人口姓氏以潘姓為最大宗，多為潘阿別的親屬子裔，以往也常見部落內的潘姓人家彼此通婚。

旭海部落本身即是由各族組成的族群交融地，據《牡丹鄉志》的調查，本地人口組成如下：

(1)斯卡羅人現今的斯卡羅人由卑南族、排灣族、平埔族、漢人等血統及文化因素涵化而成，本身即是漸漸融入各族群之後、呈現複雜層次的多元族裔，至今族人也少能完整說明自己的族裔所屬[10]。

(2)阿美族：自臺東卑南族居處南遷於恆春半島，一支住在斯卡羅族舊社，如萬里得社和麻美望社；一則住在漢人庄的港口庄和港仔庄（伊能嘉矩、楊南郡，一九九六年，頁二九六）。居於旭海的阿美族，從戶籍資料可知多自港口庄與港仔庄遷來，另有被豬

---

9 臺灣總督府臨時臺灣舊慣習調查會原著，中央研究院民族學研究所編譯，《番族慣習調查報告書》第五卷第一冊（臺北：中央研究院民族學研究所，二〇〇三〔一九二〇〕年），頁九三曰：「seqalu（斯卡羅）是遠從 puyuma（普悠瑪，即卑南）之地而來，即 puyuma 番，其在本地方成立的部落有四個：(1)為豬勝束社（按：今屏東縣滿州鄉里德村），是大頭目 garuljigulj 家的所在地；(2)為射麻里社（今屏東縣滿州鄉永靖村），是大頭目 mavaliu 家所在地；(3)為貓仔社（今屏東縣恆春鎮仁壽里），是大頭目 tjalinglj 家的所在地；(4)為龍鑾社（今屏東縣恆春鎮南灣里），是大頭目 ruvaniau 家的所在地。」

10 楊南郡刊登於一九九二年的〈斯卡羅遺事〉文中稱述：「以七十五歲的潘新福老先生來說，在光復前後擔任滿州國小老師到退休，所教過的學生包括阿美族、排灣族、平埔族、漢族，以及本身的豬勝束後代子弟，卻強調自己是排灣族。他搖頭說從來沒有聽過『斯卡羅』這個族名，也不知道他的祖先來自臺東知本溪一帶，潘新福老先生尚且如此，更不用提其他人了。」見向陽、須文蔚主編，《報導文學讀本》增訂版（臺北：二魚文化，二〇一二年），頁三四〇。旭海部落的斯卡羅人族裔之形成，詳見陳梅卿等，《牡丹鄉志》（屏東：牡丹鄉公所，二〇〇〇年），頁四七七。

勝東社收留、再隨潘阿別一同遷往旭海者（鳥居龍藏、楊南郡，一九九六年，頁二八五—二八六；潘儀芳，附錄1—2）。

⑶馬卡道人：道光九年（一八二九年）為逃避漢人的侵墾而自萬丹地區遷入，由Syaru 率領兩千頭水牛南遷恆春半島，進住龍鑾社；後因水利問題，再東進斯卡羅射麻里社。一八七五年恆春建城，亦有東遷東門外山腳庄、或北往四重溪四重溪庄與漢人混居（伊能嘉矩、楊南郡，一九九六年，頁三〇四）。

⑷漢人：自恆春地區遷入的閩南、客家族裔，迄今亦有自高雄、恆春地區因通婚而遷入旭海的漢人女性。另有一部分乃是一九四九年自國民政府退役的海防部隊軍人，因習慣旭海的生活而自願留居，少數則與當地人通婚（陳梅卿等，二〇〇〇年，頁四七七—四七八）。

⑸排灣族：原居獅子鄉與三地門鄉，光復後為求開墾、或因婚嫁而遷居旭海（不願具名，附錄5—1）。

組成現今旭海部落的人口結構複雜而多元，單以進行開墾的斯卡羅人潘阿別及其父親潘文杰系族為例，潘文杰本身實為客家人、後來成為豬勝東社頭目義子，再與斯卡羅族女子成婚（潘儀芳，附錄1—3）；而據載，潘阿別的元配謝加走又是滿州庄廣東人，此間的血脈傳承已經歷多重族群的融合（移川子之藏等，一九三五年，頁一一六）。因此，現今旭海的斯卡羅族人難以說清自己究竟本屬何族[11]。再加上融入本地的族群，使得旭海成為一個多元而多重的族群聚落。

（二）傳統信仰儀俗背景

由於外來殖民者領政、以及多元種族互相融洽的影響，旭海當地原屬各族的傳統習俗，早在日治時代就幾已消亡，至多僅有祭祀保留下來（臺灣總督府臨時臺灣舊慣習調查會原著、中央研究院民足學研究所編譯，二〇〇三年，頁三三）。據《牡丹鄉志》載述，當時尚存的本地各族祭儀情況如下：

11 例如：依潘儀芳所認定的斯卡羅人族裔起於潘文杰父親林文杰，是為福建客家人後裔，視斯卡羅人為潘姓宗親族群，而非臺東卑南族屬裔，與文獻認定不同。潘儀芳（二〇一三年八月一日訪問，屏東縣牡丹鄉旭海部落）。

(1)斯卡羅族：依《番族慣習調查報告書》的調查，日治時代尚有播種祭(pavharaparishianu)、收穫祭與收穫後祭（臺灣總督府臨時臺灣舊慣習調查會原著、中央研究院民族學研究所編譯，二〇〇三年，頁二九七—二九八）。但一九九五年《牡丹鄉志》的調查表示，已無法從本地斯卡羅族後裔中得知祭儀，亦無傳統祭儀或成年禮的舉行。

(2)阿美族：《牡丹鄉志》詢查，僅存收穫祭（bagaro）可見，以往為小米收成後為收穫祭，後來固定於每年農曆七月十五日舉行，舉辦於原斯卡羅族頭目潘榮宗先生家門前廣場。一九九五年起，因變不再舉行。

(3)馬卡道族：存有老祖（即阿立祖）祀壺信仰，亦有向婆、尪姨。潘阿別媳婦、阿美族潘阿蘭即曾受老祖任命為尪姨（陳梅卿等，二〇〇四年，頁四九二），並擔任神壇負責人。每年農曆正月十五舉行跳戲，以往在斯卡羅族頭目家前，近年改至神壇前小廣場（陳梅卿等，二〇〇〇年，頁四七九—四八一）。

(4)排灣族：牡丹鄉的排灣族部落尚可見如祖靈崇拜、豐收祭或是祈禱祭等祭儀（陳梅卿，二〇〇〇年，頁四六七—四七六；董實，附錄2—1），也還保留巫師的信仰與制度（施奔娜，附錄1—1）。但筆者在旭海村並未徵得排灣族的相關祭儀，可能已流失（潘儀芳，附錄1—1），也可能是排灣族人由外地遷入之故，時令祭儀均返回原生地參加。

目前旭海部落例常舉行的儀俗，據筆者查知，有：

⑴新年歌舞：不分族群，在農曆正月初一至十五，舉行如同漢人般的過年慶祝活動，期間以唱歌、跳舞度過，而且每戶人家均攜帶食餚至頭目家廣場前，一同歡宴。一九九五年起因村中青壯年不熱衷此儀俗，縮減為五天，全部落也不會再聚在一起，而在各自家中慶祝度過。近年則會在正月初一各家各自聚宴後，部落眾人會聚集在頭目家跳舞、並且吟唱以前為頭目抬轎的歌舞，而這項歌舞是現今本地孩童的學習項目之一（潘儀芳，附錄1—1）。

⑵阿美族收穫祭：近年來，部落內保留並舉行阿美族的八月豐收祭[12]。

⑶潘氏宗親會：每年新年後，由村中潘姓子裔舉辦宗親會。但有時亦在滿州里德本

---

12 李卉婷，〈【短片】旭海漁民節　謝天祈豐收〉，《蘋果日報》，來源：http://www.appledaily.com.tw/realtimenews/article/new/20130817/244230/，檢索日期：二〇一三年十月二十九日。

社舉辦。

（三）魔神仔口述傳說析例

旭海本地自潘阿別一脈遷墾以來，除了地緣上與鄰近的阿美族、排灣族相繫，也自其父潘文杰處而當時的漢人互動密切——蓋旭海此處為清領時期瑯嶠、卑南道的路津要道，當地諸族均需從此處借道前往臺東，包括經商的漢人，途中必須仰賴潘文杰的庇護，以平安通過而不受騷擾[13]。因此，旭海一地在儀俗、生活習慣，乃至於口述故事原本就包含了各族的樣貌。其中，筆者於旭海當地徵集的魔神仔故事，即是閩、客口傳故事流傳於眾族相融之地的反映例證。以下分類列述：

1. 典型事件

「典型事件」即指魔神仔事件中較為通見而普遍的狀況，包含：「當事人在過程中意識不清」、「遭對象誘失而迷路」、「尋獲於當事人不可能獨自抵達的危險地點，或是超乎其體力、認知範疇的遠處」、「當事人聲稱對方供予食物，實際上是牛糞、蚱蜢等穢物」等等。例如：

有一個是去年（按：二〇一二年）在牡丹（部落）發生的，有一位大約四十、五十歲的中年男性，他平常就會去山上採靈芝，但是去年一次上山，他卻失蹤了一整個星期。後來，他才在刺竹叢中被找到，大家才知道他是被魔神仔摸去了，因為上山的山路他平時就相當熟悉、不會無緣無故迷路，還失蹤了這麼長一段時間，而且平常根本就不會有人走進刺竹叢裡頭去啊（潘金里，附錄4－1）。

魔神仔都出現在深山裡、像是牡丹那一帶的山裡，像我們（旭海）這裡這種的「淺山」地區是不會有的（潘金里，附錄4－C）。

13　即現今慣稱的阿塱壹古道。瑯嶠、卑南道概況，可參考楊南郡，〈臺灣古道的性質與近況〉，《臺灣百年前的足跡》。（臺北：玉山社，一九九六年），頁一四七－一四八。

從本例中的地點（山上）、失蹤（一星期）和尋獲於危險地點（刺竹叢）等現象來看，這是閩、客族裔口中相當熟悉的魔神仔事件，而且，發生在鄰近的排灣族牡丹部落。

此外，據口述人表示，這樣的事件在牡丹鄉一帶「聽說過很多」，在最近幾年當中，就其所知已有三件，當事人「老人家、小孩都有」；而當事人都稱自己「茫茫渺渺（神智不清）」、「不知恙人」、「找嘸路」，且都被餵食牛糞。在這些事例當中，有一件也是上山採靈芝的老人，地點、過程都與前述引文如出一轍，而口述人和當時所聽聞者，都說「這是被魔神仔『摸』走了」（潘金里，附錄4—A）。

其次，在旭海村內亦曾發生過魔神仔所為的事件。例如：

在我小時候，曾經聽老人家說過：以前村中有一個七、八歲的小孩子走丟了，村中便動員找尋這個小孩。找了一個星期之後，他才被人發現：他竟然緊緊地抱著竹子、而卡在竹子的上端，竹子還因為他的重量給壓得彎了下來。那位小孩子被救下來以後，發現他嘴裡有牛糞。老人家便說：他是被魔神仔給抱上竹子去的，而且還被餵了牛糞（潘新通，附錄2—A）。

此例魔神仔事件，即屬於「典型事件」的類型之一：當事人為小孩、數日後被發現在當事人無法自力抵達的地方、被餵食牛糞等等。

2. 非典型事件

除了典型事件的類型，據當地居民口述，「非典型」事件——也就是事件過程與典型事件稍有出入但仍稱為魔神仔者——在旭海村也時有耳聞、而且是跨越年齡隔閡的普遍認知，上逮八十歲的老人家、下迄三十來歲的青壯年階層都曾聽聞，甚至親身經歷過。其中一例非典型事件為：

> 從以前住在旭海以來，就聽說過有滿多的（魔神仔故事）。在我小時候（約莫三十年前），村中雜貨店旁的空地在做布袋戲時，有一個小朋友跑到戲臺下方；散會後才被大家發現，他被找到時，臉上被塗滿了牛糞，而且問他發生了什麼事，他卻說不上來、不清楚自己到底經歷了什麼。老人家便說，這是魔神仔做的（潘儀芳，附錄1—A）。

另一例非典型事例可與其一同參照：

大概距今二十幾年前一個晚上，我和大家一起在村中的廟口看露天電影。看完後在返家途中，發現有一個隨行的同伴沒有回到家，不見蹤影。隔天早上，他被人發現倒在村中的田裡，而且臉被塗滿了牛糞。我身邊也有其他的親友曾聽說過魔神仔、甚至曾經遇過魔神仔的事情，尤其以前村中還沒架設路燈時時常聽說，但裝設路燈以後就很少再聽說過了（潘國輝，附錄3—A）。

這兩例事件，都與誘人失蹤、最後在危險偏僻地點發現當事人的典型事件過程不盡相同。事例1—A的當事人並沒有被「誘失」（鑽進戲臺下方）、可視為留在原地；事例3—A的當事人雖然當下失去蹤影，但是被發現時並非「危險偏僻地點」（倒在村中的田裡），卻都仍與「牛糞」相關，因此尚稱有跡可循，而被當地居民視為魔神仔所為。

此外，尚有其他種類的事件亦被歸入魔神仔所為。例如，走在村中卻突然不見蹤影，或是發生了居民認為可怪的現象等等：

以前還曾聽說，在村中的墓仔埔、萬應公廟那一帶，在人們結伴途經時，走到一半，有時會發現多了一個人，或者走在最後面的一個人被「牽」走而突然消失了。當大家繼續往前走時，會發現原本走在最後面的人，怎麼突然出現在隊伍的最前頭？這時大家才驚覺不對勁，而當事者自己也表示沒有任何自覺奇怪的地方，也不知道為什麼會突然走到最前頭。本地如發生魔神仔事件，大多很快就會被找到，並無事發幾天後才尋獲的狀況（潘儀芳，附錄1—B）。

這種與「誘失」近似的奇怪現象，也自然地被列入魔神仔事件之中。但是口述人稱：發生此類事件時很快就會找到當事人，不會有失蹤數天的狀況；而如同事例4—C所述的「魔神仔不會出現在旭海這樣的淺山地區」、但是後續採集者卻都是發生在旭海當地等等，應當是流傳時所發生的口述變異，亦與口述人本身的認知、記憶有關（胡萬川，二〇一〇年，頁八七—八八）。其次，由於魔神仔本身即是一個定義廣泛的泛稱，本身所屬為何、所作所為又有哪些，本就不固定、亦無唯一的類型（林和君，二〇一三年，頁一八—一九），所以在比對各種魔神仔事件時，發生此種前後不一、彼此出入的口述內容或是特徵，本屬自然。

此例可再從當地的另外一則事件，從中反映魔神仔的廣泛、不固定的定義內涵與性質：

> 在我二十幾歲（距今約六十年前）時，一次我結束田裡的工作、走在回家的路上。突然，在路中間出現了一隻很大隻的白兔子，一點都不怕人，就這樣地坐在那兒。我便想上去抓住牠，但是很奇怪，牠並不怕人，我伸手去抓牠牠也不會跑開，就一直在我的腳邊閃躲逃避，然後又坐在路中間待著。最後我因為抓不到牠而放棄了，可是在我回家之後，我才猛然想起，那隻兔子說不定就是以前老人家們所說的「魔神仔」變成的（潘新通，附錄2—B）。

縱覽各種對於魔神仔的定義、或是故事流傳，有時遇見此種「奇怪舉止的動物」，也可能被閩、客族裔的漢人稱為魔神仔（林美容、李家愷，二〇一四年，頁九三）。可知魔神仔實是一種廣泛而流動的定義對象，旭海部落當地流傳的魔神仔故事正好反映此一特質。

在旭海部落，由於族群融合、開墾先人潘阿別以下的家族實與客家族裔相涉的特質，閩、客漢人文化的人事物自然而然地被傳入了旭海當地，因此具備漢文化背景、或是接觸過相關漢文化的居民，亦曾隨之聽聞、知悉並稱呼「魔神仔」。相對而言，在眾多族群共同居住的旭海來說，在同樣的年齡人口中也有不知道什麼是魔神仔的人，此因出於他們對相關漢文化接觸不深、或是在他們的生活背景裡根本就不曾聽聞「魔神仔」，自然也就不知道「魔神仔」所指為何，不過在村中卻是少數（不願具名，附錄5—1）。簡言之，「魔神仔」是流傳在閩、客文化當中的故事，其流傳在旭海各族群人口中的情況，正代表了閩客文化在當地各族群之間流嬗的影響與彼此的共存關係。

與閩、客族裔接觸而認知其文化的族群，如旭海當地的排灣、阿美、斯卡羅諸人，知道「魔神仔」的故事自有其因，也是一種文化接觸與傳播的現象反映。那麼，「魔神仔」對於鄰近的原住民族群而言，是否也知道閩、客族裔所稱的「魔神仔」？是否如王家祥《魔神仔》所述，也稱這樣子的山林軼聞的對象為「魔神仔」，但實際上兩者皆指小黑矮人？或是如同撒可努書中所述，在他們的文化認知之中，也有類似、甚至與「魔神仔」相同的「另一個對象」？

四、屏東縣麻里巴（東源）部落口述傳說

據旭海部落的口述人表示，「魔神仔」的事件也發生在牡丹鄉當地排灣族部落的生活領域之中，而且並非單一事件，而他們是否也知道、或是稱呼為「魔神仔」？為此，筆者另行造訪了具備前述這些交相錯綜的特質——鄰近所謂「魔神仔」的事發地、也有小黑矮人傳說流傳的排灣族東源部落。

（一）東源部落發展現況

位於今日屏東縣牡丹鄉一九九甲縣道、牡丹溪上游的東源部落（maljipa，麻里巴），原本居於屏東縣獅子鄉枋山溪上游，日治時期劃歸於高雄州潮州郡外麻里巴社，民國二十八年（一九三九年）在日領政府的遷徙命令下，聯同原三地門鄉的排灣族人一同遷移至現今牡丹村鄰近地區，是以昔稱新牡丹社。民國四十五年（一九五六年）在行政制度上改稱為東源村（臺灣總督府臨時臺灣舊慣習調查會原著，中央研究院民族學研究所編譯，二〇〇三年，頁二一八—二二一）。

東源部落依現今行政地區分布而視，隸屬於排灣族中的布曹爾亞族（Butsul）之巴利澤利敖群（Paljizaljizaw），但是東源部落原本從別地遷來，並非本地族系，追溯源起，應為同亞族之查敖保爾群（Caupupulj），也因此東源部落保留的部分儀俗有別於本地鄰近之排灣族（童春發，二〇〇一年，頁一五—一八）。

（二）宗教信仰背景

本地組成人口以排灣族為主體，因此儀俗、傳統信仰亦以排灣族之傳承為主。下列列舉與本文口述傳說調查相關的傳統信仰和儀俗：

1. 靈（精靈、人類之靈）

在排灣族的傳統宗教信仰中，與本文調查對象，同時也與自然、人類本身最密切相關的，當屬 tsumas[14]。但隨著地區、亞族群差異，對於 tsumas 的觀念稍有出入，主要包含兩大部分：

⑴存在於自然界中的精靈（石磊，一九七一年，頁一六一）。

⑵人死之後的靈魂所化成之靈，亦稱為 tsumas。源自於死者靈魂的 tsumas 又可分為善、惡二類：自然死亡、善死者之靈魂即謂善靈，死後可以返回祖靈居地大武山，成為祖靈之屬。善死包含因病死亡，此類情形之善靈稱為 nawawak tsumas，但雖謂為善，如果生人與其接觸仍會因此致病非自然死亡；並非病故而遭遇橫死的死者靈魂將化為惡靈，稱為 nakuja tsumas，會滯留在自己死亡或是下葬的地點，對與其接觸的生人作祟，遭致疾病甚至身亡（衛惠林，一九六五年，頁三三七）。而惡靈作祟時會讓對方陷入與自己橫死方式相同的境況，溺水者亦使對方溺斃、摔死者亦令對方摔亡（石磊，一九七一年，頁一六二）。惡死之靈只能滯留在亡故地點或是下葬地，或是居於大武山腳下，無法返回祖靈之鄉大武山（陳梅卿等，二〇〇〇年，頁四二七）。

2. 女巫

排灣族傳統儀俗中存有職掌祈福、祛邪、治病等各種祭儀的女巫(puringau)，其中地位最高者稱為女巫師(kasraringan)，具備傳授巫術的資格(許功明，一九九八年，頁三一)。直至今日，牡丹鄉的排灣族眾部落中仍存有女巫與女巫師之身分，同時也主持新年時召請祖靈回到部落過年的儀式(施奔娜，附錄1—1)。

3. 祈福(分享)儀式

東源本地族人認為：若在山中途經部落誡令的禁忌之地、或是陰森而令人感到不適的地方，便需進行此項儀式：拿出以對半切剖的竹節為模製成的豬油糕(qaleve)，抹些許在額頭上，然後將其分撒四方，祈求祖靈庇佑此行平安、不受惡靈侵擾。所以以前上山的獵人總會攜帶豬油糕，或者攜帶其他酒肉、檳榔等等，「有什麼就帶什麼」，以

---

14 漢語拼音為zimasi，《番族慣習調查報告書》譯為cemas，《牡丹鄉志》義為tsmas，為免混淆，本文統一採用衛惠林音譯的tsumas。

備途經這些不祥之地時進行儀式，雖然性質為祈福、避邪，但依其形式也稱為「分享」（董實，附錄2—1）。

此地特別重視此項儀式，尤其是以往曾經出入山林打獵的老人家，原因在於：麻里巴族人在遷來此地定居以前，這一帶原本是生長著蒼鬱茂密原始林的盆地，而被原居附近的牡丹社群視為禁忌之地，走在裡頭時常會有令人感覺陰森、不適而致病，或是神智不清，所以獵人們時常刻意繞路避開此地。如果途經此地而感身體不適，返回部落時便需詢請女巫祈禳祛邪。是以遷居而來的麻里巴族人也因而特別重視此項祈福分享儀式。本項儀式至今仍被保留下來，例如以前在東源村一帶曾有一條人跡罕至的古道，族人們在途經該古道時也會進行此項儀式；但一九八九年後林務局開發此地附近的低海拔山林地，該條古道亦已不見原跡（董實，附錄2—1）。

（三）東源（maljipa）部落口述傳說

在牡丹鄉排灣族的生活暨傳統領域一帶不僅流傳著小黑矮人的傳說，甚至也散布著被認為是小黑矮人曾經居住過的石板屋遺跡。本文將於此處列示東源部落的口述傳說紀錄，並且分析其與魔神仔是否存在關聯性。

1. **小黑矮人傳說及其關聯性**

在牡丹鄉排灣族牡丹社群中，早有小黑矮人的口述傳說流傳，依據《番族慣習調查報告書》於日治時期早期所記，小黑矮人的傳說及其特徵內容為：

⑴身高極為矮小，不過一般人的一半；排灣族人起初見到小黑矮人時，以為他們是跟父母走散的孩童，上前詢問後，小黑矮人表示自己就是所謂的父母而不是小孩，才認識了小黑矮人這支種族的存在。

⑵臂力極為強大，舉起大石舉重若輕。

⑶原本住在臺東海岸一帶，後來遷居本地，且與鄰近部落有仇隙。

⑷小黑矮人離開之後的遺跡，被視為禁忌之地，平常不得輕易接近。（臺灣總督府臨時臺灣舊慣習調查會原著，中央研究院民族學研究所編譯，二〇〇三年，頁三一二—

一三三）[15]。

而東源部落流傳著另一則小黑矮人的傳說故事，解釋小黑矮人消失的原因：

> 我們稱小（黑）矮人為Shengere。在現今的阿塱壹古道一帶，有一個地方古稱「布古札安（Buguzang）」，意為「蝦上岸的地方」。傳說海中的龍蝦從此上岸並爬到小黑矮人的住處時，被小黑矮人抓來烤熟吃了，因而引發了「蝦災」：愈來愈多乃至無數的龍蝦爬到小黑矮人的住處，將其淹沒並噬咬小黑矮人，使得小黑矮人滅族。其中一對兄弟倖免於難，兩人拄著竹竿作拐杖攙扶行走。因為口渴而想到水邊喝水，卻不慎陷入沼澤溺死，全數滅族。兩人拿著的竹竿就這麼插在地上，後來成為一片茂密的竹林。排灣族人稱該地為「巴嘓拉嘓（Baguolaguo）」，意為「無數隻的青蛙叫聲」，在雨季時節，族人會到此地捕食青蛙（施奔娜，附錄1—b）。

而東源當地亦有小黑矮人石板屋遺址、甚至聚落的目擊述聞，這些遺址散布於牡丹鄉海岸線一帶，除了東源地區以外，亦存在於現今旭海地區的中山科學研究院九鵬軍事區，而且目擊的口述人也能夠明確指出小黑矮人石板屋與排灣人傳統家屋的石板屋差異何在。（施奔娜，附錄1—a）東源部落的族人視小黑矮人遺址、聚落為禁忌之地，因為依據蝦災傳說，小黑矮人屬於橫死而成的惡靈，所以他們生前所居住的石板屋便成為了死後惡靈的出沒之地；傳說若是在黃昏時分進入小黑矮人的聚落、家屋，便會在空無一人的聚落內聽到許多人在說話的聲音。所以，途經小黑矮人遺址時，也會依例進行祈福（分享）儀式，獲得庇佑而不被侵擾（董實，附錄2—1）。

依據文獻紀錄以及口述資料顯示：本地流傳的小黑矮人，實與「魔神仔」的特色、舉止無關。小黑矮人在口述故事中有明確的對應與描述，雖然小黑矮人在傳說故事中因為蝦災橫死而成為惡靈，但是此後被視為禁忌而極力迴避，未有進一步的接觸故事，也沒有遭遇小黑矮人的惡靈而發生近似魔神仔的事件。再者，依據口述者的反應，可能是因為當地族人的宗教信仰背景，以致族人對「魔神仔」這個名詞十分陌生，既無接觸、認知，自然沒有所謂的影響存在。亦即，因為宗教傳播的關係，閩客信仰的魔神仔未被

---

15 北paiwan番seveng社、kuvulj番內文社、palijau番龍鑾社口述傳說。

信仰基督教的東源部落所接觸。因此，「小黑矮人即為魔神仔」的現象並不存在於小黑矮人傳說發源的東源部落中。

2. 山林惡靈「Wuyawuyatsumas」

從旭海部落的口述傳說可知：除了旭海部落內，魔神仔事件也發生在牡丹鄉的山林一帶；但是在東源部落的口述調查中則顯示，該地實際上並沒有「魔神仔」一詞的流傳和認知，自然也不會將小黑矮人與魔神仔比附為一。然而，「魔神仔」的典型事件在此地的口述紀錄之中亦曾發生過，但是不稱為「魔神仔」，而認為是山林惡靈所為。

筆者向口述人說明典型事件的概況「在山上迷路失蹤了好幾天，被發現時表示不知道過程發生了什麼事、意識不清，而且被餵食牛糞或是其他東西」之後，口述人表示，在他們的認知中，有惡靈會做這樣的事情，其謂：

> 這樣的事情多發生在上山工作、採集山產的人身上。他們走在熟悉的山路上卻突然失神、迷失在山裡。族人會動員部落的人去找，多半經過三至五天才會尋獲

當事者。找到人以後，問他們發生什麼事，他們會說：「我好像在走路、卻又好像不是，意識不清」、「有人帶著我走，而那個人似乎對我很和善很好」、「途中曾經睡在石頭上」、「會給我吃東西（但實際上並沒有進食）」。我們便稱他們是被惡靈帶走了，而且受到幻想的控制以致意識不清，這種事件稱之為 Wuyawuyatsumas 或 Wuyawuyatsumasai。而這樣的事情在東源、牡丹一帶都曾發生（董實，附錄2—A）。

這樣的事件過程，與閩、客族裔所稱的魔神仔典型事件十分相近，包含了「誘迷失蹤」、「意識不清」、「數天後才找到」、「餵食食物的錯覺」諸項因素，當地人稱此為 Wuyawuyatsumas，意思是「被惡靈帶走」，語稱中的 tsumas 即是前述排灣族信仰中的惡靈之稱，但亦稱 Wuyawuyatsumasai。口述人表示，這是很久遠以前的語彙，不確定是否有其他的稱呼，而且沒有特定指涉是哪一種惡靈所致（董實，附錄2—A）。

口述者所知的 Wuyawuyatsumas，近年內有二例：

兩年前，牡丹部落有一位七十歲的老人家，當時他與另一位年齡相近的朋友，時常結伴到山上採集靈芝等山產，對山路十分熟悉。但是一次出發上山後，他的朋友在第二天安然返回，老人家卻沒有回來。部落也派人上山尋找，直到第五天，老人才被尋獲。當時大家對這件事的解釋是：他們在山上時，這位老人家看見了惡靈，但是依族中禁忌所誡，看見惡靈的人不能向同行的人說惡靈的出現，否則同行的人也會跟著看見惡靈；看見惡靈的老人家就因此受到惡靈的影響而被帶走了，另一位同行但沒看見惡靈的朋友便不受影響而安然下山。這位老人家在今年剛過世。施奔娜，附錄1—A）。

這則口述事件所指，與前述旭海村徵訪的魔神仔典型事件幾乎如出一轍，僅是故事中的對象由「魔神仔」改為「惡靈」。另一則是發生在東源部落本地的事例：

這是三年前發生在東源部落的事。當時部落有一對夫妻從部落出發到山上工作，然而妻子卻失蹤了。三天後，妻子在牡丹水庫一帶被發現，牡丹水庫距東源部落很遠[16]，而且一位女性兩手空空、沒有攜帶糧食和飲水，單獨在山中度過三天，被發現時卻看起來完好如初、不像是有受傷或是度過三天的疲憊的經歷。妻子說：「有人帶著我一直走、一直走，我也只能跟著『祂』走」。部落的人便稱，因為「祂」放她走了，她也才清醒了過來（董實，附錄2—B）。

這則事例與魔神仔的典型事例亦幾乎相同：當事人聲稱有「人」在前帶領，但是過程意識不清、無法說清楚那位帶領的「人」是什麼樣貌，而且不僅在荒郊野外中獨自度過數天，更在距離事發地相當遙遠、當事人難以獨自前往抵達的地點被發現。

而將東源的事例1—A、2—A與前述旭海的事例4—A、4—B一同進行比對——地點（牡丹一帶）、時間（或有出入）、事發原因（在熟悉的山林採集山產）、過程（失蹤數天）、結果（被尋獲，被「某人」帶走）諸項相同的因素，幾可推定旭海部落所稱牡丹一帶曾發生的魔神仔事件，便是東源部落所說的 Wuyawuyatsumas 事件。

16 筆者按：約十四公里。

五、山林故事「魔神仔、小黑矮人、惡靈」的相涉析論

在魔神仔與原住民口述傳說的對象之間，擁有十分相近的情境因素：「在時常出入的熟悉山林裡失蹤」、「被尋獲於偏僻或是難以獨力前往的地點」、「當事人在過程中意識不清，似乎被某人引領前去」等等，而且流傳於閩客族裔與原住民族群來往互動頻繁的生活領域內，因而才有相涉、彼此影響的可能性以供尋論；例如，斯卡羅、排灣、阿美與漢人等眾族群共同生活的旭海村，在當地流傳的魔神仔故事已跨越彼此族群之間的隔閡，成為當地的共同生活記憶。甚至，這樣的山林故事「本身可能也是某種跨越族群之人類普遍現象的表達」（李家愷，二〇一〇年，頁一三三）。然而在文化背景差異、文化接觸有無的條件下，同樣情境的山林事件，不同的族群給予了對象不同的名稱與詮釋。

（一）族群間山林故事的三種層次關係

比較前述的各種口述或故事紀錄，正好代表眾族群間流傳的山林故事相涉的三種不同層次關係：王家祥的「小黑矮人就是魔神仔」出於小說，明確指出故事對象就是原住

民口述傳說中的其中一個對象、亦即先住民小黑矮人，導引出小黑矮人仍存在於臺灣的另一種假設，進而證明臺灣各族群之間的山林故事實為同一，同時也是族群之間山林故事內涵最密切結合的一種推測；「互為同一」的層次關係，亦是林美容、李家愷所欲求證的推論（林美容、李家愷，二〇一四年，頁二八八）。然而，這種現象並不存在於小黑矮人傳說流行的東源部落，因為在宗教信仰的影響下，東源的族人不曾接觸到「魔神仔」的語彙認知，所以，魔神仔在旭海地區的口述傳說可證明是來自閩客文化的接觸與輸入，甚至進展為涵化之結果。

撒可努記述幼年時父親曾告誡過他的惡靈，而平地人稱其為魔神那（魔神仔），同樣都會令人神智不清。此說則令山林故事在眾族群間成為一種平行並存、而且有所聯繫的關係——擁有在兩族群間接觸彼此背景、文化的人，即構成了山林故事之間的聯繫條件，他們可以明確提出在眾族群間山林故事的相同描述，以及相異的名稱，是為第二種層次關係「互相對比」；同樣地也是從閩客文化橫向輸入的語彙觀念，而且透過接觸進入其他族群的認知當中。但是，如同撒可努的父親所說，在該族群自身的文化理解中，原來的稱呼和認知仍保有主體認同，並未因此被取代，只是一種類比推稱。此種關係可在臺東海岸阿美族的口述傳說中獲得印證（林和君，二〇一三年，頁一四—一二三）。

撒奇萊雅族中的Tadataha，故事內容、過程以及相關因素，實與閩客族裔傳說的魔神仔非常相似，但是因為對於彼此之間的文化、背景接觸不足，所以並不知道彼此之間擁有相同山林故事、僅是名稱不同的「魔神仔」與Tadataha；此種族群間的山林故事關係一樣彼此平行並存，但是中間缺乏聯繫往來，而互不熟識，是為第三種層次關係「互不相涉」。將旭海、東源兩地的口述訪查合一比對，即是此種關係的例證，雖然兩地的居民都說著同一個故事，但是稱呼、詮釋對象各自不同，彼此以平行的關係各自存在，亦如同閩客的魔神仔故事之於東源部落一般。

決定這三種故事相涉的層次因素之一在於：族群之間是否擁有認知彼此故事、背景的聯繫角色存在，亦即涵化、輸入的接觸條件。例如第一層次的魔神仔、原住民口述傳說對象「互為同一」，以及第二層次的「互相對比」，均有王家祥、撒可努的父親對兩種族群之間各有其必要的認知，才能將兩種族群的口述傳說從共同情境聯想、相繫在一起。然而，王家祥以閩南族裔的認知角度出發，認為魔神仔就是原住民口述傳說的對象（小黑矮人）；撒可努的父親則以排灣族的背景為本位，而認為「平地人稱排灣族的惡靈為魔神那（仔）」。但是，透過東源地區的調查資料可知：魔神仔在名義上的定位和情境成因，與原住民口述傳說中的對象意義，仍然有所區別，或是根本就不存在魔神仔的語彙，不見得能與小黑矮人直接聯結。

(二)「魔神仔」與排灣族「惡靈」的內涵差異

1. 泛稱內涵

根據民間故事採錄所知，「魔神仔」一詞本身擁有多種指涉意義，是一種廣義對象的泛稱：魔神仔可能是人死後的孤魂野鬼化成，或者人死後又被其他的鬼打死而成為魔神仔（邱坤良等，二〇〇二年，頁一四九；李家愷，二〇一〇年，頁八〇），但也有故事稱其為山林間的魑魅魍魎，而非人死後的鬼靈；而且指稱的對象形相、事蹟也不固定，有誘人失蹤的小鬼、或是頭戴紅帽，甚至是抓交替也可能是魔神仔所為。因此，魔神仔在閩客族裔的流傳中是一種廣義的泛稱。

東源排灣族所稱的惡靈（Wuyawuaytsumas），所指的則是發生在單一情境中的對象。在排灣族的泛靈信仰裡，自然山林中最常接觸的便是tsumas，不過本身也具備泛稱的含意，廣義可指神與鬼，狹義則專指生人死後化成的鬼魂（田哲益，二〇〇一年，頁九一）；但是「泛靈」的意義不等同於「泛稱」，在泛靈信仰中，自然界萬物均有靈的存在，一事一物對應一名，Wuyawuyatsumas 據口述者所言，屬於一種沒有特定對象的惡靈，應當歸類於廣義的 tsumas 當中，但在其分屬之下，又是對應於特定情境的一種專名——Wuyawuyatsumas 的成因對象可能不只特定某一種惡靈，但是都造成誘人失蹤的同樣一個現象，不似魔神仔本身發展為對應多種情境成因的泛稱。此點決定了魔神仔與 Wuyawuyatsumas 的定義與內涵的最大差別。

2. 詮釋結果

在魔神仔發展為一個泛稱的定義下，魔神仔的前後因果可謂眾說紛紜，也是造成變異性產生的最大前提；根據田調紀錄文獻，魔神仔的可能成因有孤魂野鬼或人死後的鬼魂再死一次而化成，或者是另一種與人的魂魄無關的魑魅魍魎，亦有口述者會將其與小黑矮人這樣的「野人、矮小的種族」牽涉在一起（李家愷，二〇一〇年，頁一九一）。而魔神仔事件可能出於魔神仔的調皮、惡作劇，或是為了「抓交替」尋找替代自己困境以求解脫的孤魂等等，事件的成因、詮釋的結果在閩客族裔的信仰觀念下紛呈複雜。

在排灣族 tsumas 信仰觀念下，Wuyawuaytsumas 可將其歸列為廣義範疇中的惡靈，不專指人死後化成者，也有可能是自然山林中其他會危害族人的靈，與魔神仔同樣含有泛稱的性質；但是在泛靈信仰中各事各物皆有其對應的觀念下，這些惡靈所造成的誘人失蹤現象都稱之為 Wuyawuyatsumas，在詮釋結果上不會有其他的歧異。

3. 情境成因

變異性是民間文學在口傳過程當中極易產生的特質，故事的情境時時有所更動（胡萬川，二〇一〇年，頁八六）。若將魔神仔與 Wuyawuyatsumas 相比較，魔神仔的變異性及其情境變動，較 Wuyawuyatsumas 更大。

據前述所引，魔神仔除了事發情境有所差異的內緣變異——例如旭海部落的典型事例與非典型事例，其中的情境因素有相當程度的出入，但當地人都稱為魔神仔；若將考察範圍擴及臺灣各地，魔神仔更有著對象特徵歧異的外緣變異——誘人失蹤、戴紅帽的小鬼、抓交替等等各種指涉對象，既然指涉對象不同，情境因素自然也會隨之更動。這點與魔神仔在閩客族裔的民間觀念中發展為一種泛稱相關。而東源部落排灣族口述中的 Wuyawuyatsumas 在情境因素上與魔神仔的典型事例相同，可證實其與魔神仔是排灣族和閩客族群各自存有而又十分接近的文化共象，是一種對山林印象的異聞傳說。但是魔神仔是一種對象未固定、情境亦有歧異對應的泛稱；Wuyawuyatsumas 雖然也屬於泛稱，卻與固定的情境事物相對應，沒有歧異的認定問題，因此在口述者所稱的往昔所聞、近年所知的事例當中，情境因素無甚差異；亦因對象的對應情境固定，也能確知當地的山林故事對象與小黑矮人並不相混淆，「魔神仔即小黑矮人」推論在此無法成立。

（三）「魔神仔」與小黑矮人不一定相涉

王家祥與林美容教授曾就不同的觀察角度，以不同的立場推論「魔神仔就是小黑矮人」。據筆者在小黑矮人傳說發源地之一的排灣族東源部落採查，並比對現有的研究資料，可知小黑矮人在臺灣各原住民族中的稱呼不盡相同，意義也不可相提並論[17]；雖然小黑矮人在某些情境特徵上與魔神仔相近（王家祥，二〇〇二年，頁五－七；林美容、李家愷，二〇一四年，頁二五四—二五九），但是魔神仔本身即是有多重定義與情境的泛稱，並非一一皆可與小黑矮人相繫。其次，即便是類比借稱，也不見得就聯想至小黑矮人身上，例如魔神仔之名並不在東源部落流傳，在名義上就不可能和小黑矮人相涉，而是與魔神仔傳說情境極為近似的惡靈（Wuyawuyatsumas）相類，而臺東海岸阿美族的口述紀錄亦已印證此例（林和君，二〇一三年，頁一四—二三）。

魔神仔對於臺灣原住民族而言是經過接觸，甚至是涵化後來自於漢人文化的語彙名義，而小黑矮人在臺灣原住民族的口述傳說中，是曾與祖先共同生活的先住民，不見得能與魔神仔的各種定義與形象——鬼魂、精怪、頭戴紅帽等等相提並論。而且

---

17 據李壬癸所述，例如小黑矮人對於賽夏族而言，是必須透過矮靈祭敬祀的對象；對於屏東東源的排灣族而言，則是教導先人蓋石板屋、種植小米的協助對象；對於部分布農族來說，可能是曾與祖先交戰的敵視對象。詳見李壬癸，〈臺灣南島民族關於矮人的傳說〉，《臺灣南島民族的族群與遷徙》（臺北：前衛，二〇一一年），頁一五七—一九四。而對魯凱族來說，則可能是血緣關係上的祖先，詳見奧崴尼·卡露斯，〈神祕的消失〉，《神祕的消失》（臺北：麥田，二〇〇六年），頁一二九—一六二。對於臺東海岸阿美族來說，則是曾同在一個生活場域中的自然存在，詳見林和君，〈魔神仔與臺灣原住民關係之傳說——臺東東河鄉阿美族傳說考察〉（二〇一三年），頁一—二六。

就口述傳說的情境和行跡來看，反而與原住民族口述中的惡靈——例如東源部落的Wuyawuyatsumas、或是臺東海岸阿美族的Salaw更為接近。而林美容教授徵集的口述資料中，僅有一則來自於臺灣原住民(布農族，林美容、李家愷，二〇一四年，頁九三—九四)，僅據文獻紀錄與口述孤例即推論「魔神仔就是臺灣版的矮人，而且這點是原漢共通的」(林美容、李家愷，二〇一四年，頁二八八)，忽略了小黑矮人之於臺灣各原住民族實際上的各種意義內涵、以及文獻所無法盡實反映的原住民傳統文化之生活面貌，是難以成立的。

六、結語：近同而異名的山林故事

在文獻資料與田調紀錄的成果呈現下，可證知閩客族裔與原住民族裔之間存在著彼此近似的山林故事，並分別以魔神仔與惡靈等名詮釋稱呼。而在旭海、東源兩地的口傳故事採徵結果，也分別呈現了山林故事在跨族群之間的關係：

(1)旭海原本即是多種族群的共融生活之地，屬於閩客族裔的魔神仔故事，很早以前在當地即已成為跨族群流傳的共同生活記憶，顯示魔神仔故事在各個族群間流布的可能模式與面貌。在這層關係上，即可循脈理出魔神仔故事如何以漢人族裔為核心傳布而出，以及其在各族群間流傳之後的輪廓。

(2)在擁有小黑矮人傳說發源的排灣族東源部落中，由於宗教信仰之故，「魔神仔」之名不存在於當地，加以情境因素、名稱涵義也不相近，所以兩者本就不相指稱；但是東源部落當地的口述故事「Wuyawuyazamasai」，則與魔神仔的情境特徵極為相近，與旭海所稱流行於牡丹一帶的魔神仔故事相比較，在不同的族群之中所稱呼的魔神仔或惡靈，極有可能就是同一個山林故事的事件情境。

但是魔神仔之名不在東源部落中產生影響，所以如同文獻上撒奇萊雅族之中的 tadataha 一般，與魔神仔成為各族群中彼此近似並立、但未成交流影響的山林故事關係，而彼此互不指稱。從這層關係推尋，就能繼續追論「各族群間的共同現象」的山林故事樣貌。

(3)是以，魔神仔即小黑矮人、或魔神仔即臺灣版矮人的說法，在臺東海岸阿美族與屏東東源排灣族的口述傳說印證下，是無法成立的。小黑矮人口述故事的情境、特徵可能與魔神仔相近，但在族群文化內的指稱和詮釋內涵，都不見得與接觸自漢人的魔神仔相關。

不論是閩客族裔所稱的魔神仔，或是在原住民族裔所稱述的其近似他對象，彼此互存而相近的山林故事，除了說明同在臺灣島上眾族群面對不可知的山林時，敬畏的信仰與詮釋的思維有無同異，而成為一則族群共同記憶意象的見證之外，族群之間山林故事的交流、影響，乃至於成為異中見同的一種共識，正是從文化、生活領域上提供一種思考臺灣原漢關係的角度與例證。

附錄：本文採用之受訪者資料暨訪談內容表

編號A、B、C……等：魔神仔或相近的山林故事

編號a、b、c……等：小黑矮人傳說

編號1、2、3……等：相關祭祀或文化背景之說明

<table>
<tr><th colspan="3">屏東縣牡丹鄉旭海部落</th></tr>
<tr><th>口述人及其簡述</th><th>編號</th><th>口述內容</th></tr>
<tr><td rowspan="2">潘儀芳（女）。民國五十八年生，旭海人，斯卡羅族。潘文杰第六代子裔。</td><td>1-A</td><td>以前在旭海就聽說過有滿多的（魔神仔）。以前小時候，在部落裡商店旁空地搬演布袋戲時，有一個小朋友跑到戲棚子的野臺下方；散會後才被大家發現，發現時他臉上被塗滿了牛糞，老人家便說這是魔神仔做的。</td></tr>
<tr><td>1-B</td><td>以前還曾聽說，在墓仔埔、萬應公那一帶，在人們結伴途經時，走到一半有時會發現多了一個人，或者最後一個人被「牽」走而突然消失；當大家繼續往前走，會發現消失的那個人突然出現在隊伍的最前頭，而當事者表示沒有任何自覺。本地如發生魔神仔事件，大多很快就會被找到，並無事發幾天後才尋獲的狀況。</td></tr>
</table>

1-1	1-2	1-3	2-A	2-B
			潘新通（男），七十八歲，旭海人，阿美族。	
旭海本地的斯卡羅族傳統祭儀有：一是以正月初一為新年，吃完飯後，大家會聚在頭目家跳舞、並且吟唱以前為頭目抬轎的歌舞，這項歌舞是本地小孩的學習項目之一。二是以前在旭海曾有過幾年一次的大祭典，但是很久以前就停辦了，不知道跟排灣族有沒有關係。三是潘氏宗親會，有時在旭海、有時則在恆春滿州舉辦。	據宗族間的說法，因為潘阿別脾氣暴烈，因此潘文杰刻意令潘阿別遠離本社里德，來到旭海開墾。而早先要途經旭海此地循古道前往臺東，均須潘文杰的許可、保護或信物始能平安通過，但潘氏其他三子早逝，因此潘文杰的大半信物都傳到四子手上，因而來到旭海掌握此地的扼口地位。而阿美族人在當年潘文杰的眼中，有別與其他受斯卡羅人管轄的眾族群、擁有相對較高的特殊地位。	斯卡羅人（按：潘氏宗族）源起於福建，也就是潘文杰父親林文泉的客家人祖籍。而里德本社尚可見潘文杰的神主牌位，上頭書名「潘林文杰」恢復其原姓。	在我小時候，曾經聽老人家說過：以前村中有一個七、八歲的小孩子走丟了，村中便動員找尋這個小孩。找了一個星期之後，他才被人發現竟然緊緊地抱著竹子，卡在竹子的上端，竹子還因為他的重量給壓得彎了下來。那位小孩子被救下來以後，發現他嘴裡有牛糞。老人家便說他是被魔神仔給抱上竹子去的，而且還被餵了牛糞。	在我二十幾歲（距今約六十年前）時，一次我結束田裡的工作、走在回家的路上。突然，在路中間出現了一隻很大隻的白兔子，一點都不怕人，就這樣

2-B	地坐在那兒。我便想上去抓住牠，但是很奇怪，牠並不怕人，我伸手去抓牠牠也不會跑開，就一直在我的腳邊閃躲逃避，然後又坐在路中間待著。最後我因為抓不到牠而放棄了，可是在我回家之後，我才猛然想起，那隻兔子說不定就是以前老人家們所說的「魔神仔」變成的。	
3-A	二十幾年前一個晚上，我跟大家一起在村中的廟口看露天電影。看完後在返家途中，發現有一個隨行的人沒有回來；隔天早上，他被人發現倒在田裡，而且臉被塗滿了牛糞。身邊也有其他的親友曾聽說過魔神仔、甚至曾經遇過魔神仔的事情，尤其以前村中還沒架設路燈時時常聽說，但裝設路燈以後就很少再聽說過了。	潘國輝（男），年約三十六、七歲，旭海人。
4-A	魔神仔在牡丹一帶聽說過很多。最近幾年我曾經聽過的就有三個，老人家、小孩子都有。遇到魔神仔時，就是會「茫茫渺渺」、「不知恙人」、「找嘸路」，然後被餵牛糞。其中一個是聽說牡丹那兒有一個老人，上山去採靈芝，結果被魔神仔摸走了。	潘金里（女），八十一歲，旭海人。
4-B	另一個也是去年（二一二年）在牡丹發生的，有一個四十、五十歲的中年男性也是上山去找靈芝，結果失蹤了一整個星期。後來他在刺竹叢中被找到，大家才知道他是被魔神仔摸去了，因為平常根本就不會有人走進刺竹叢裡頭去啊！	
4-C	魔神仔都出現在深山裡、像是牡丹那一帶的山裡，像我們（旭海）這裡這種的「淺山」地區是不會有的。	
5-1	我以前住在牡丹村，後來嫁來旭海。你說的山上有人走丟的事件，以前我在牡丹聽說過，但是什麼是魔神仔，我連聽都沒聽過。	不願具名（女），約莫五十歲左右，排灣族。

地點	口述人及其簡述	編號	口述內容
	因婚姻自牡丹嫁入旭海。		
屏東縣牡丹鄉東源部落	施奔娜（Benna），六十三歲，排灣族。繼承祖母之名而未隨夫姓。家族原居三地門鄉德文村，後遷至牡丹鄉旭海，再婚嫁入東源部落。	1-A	這是前年（二〇一一年）發生的事，當事人是牡丹一位七十歲的老人家，但今年（二〇一三年）剛過世了。他與另一位年齡相近的朋友時常結伴到山上採集靈芝等山產，對山路十分熟悉。但是那一次出發上山後，朋友在第二天安然返回，但是老人家卻沒有回來，部落也派人上山尋找。事發第五天，老人才被尋當時對這件事的解釋是：他們在山上時，這位老人家看見了惡靈，但是依族中禁忌所誡，看見惡靈的人不能向同行的人說他看見了惡靈，否則同行的人也會跟著看見惡靈而被帶走。那一位看見惡靈的老人家就因此受到惡靈的影響而被帶走了。另一位同行但沒看見惡靈的朋友便不受影響而安然下山。
		2-A	我小時候曾隨母親到過小黑矮人聚落的遺址，該遺址位於已被中山科學研究院徵作軍事基地的旭海地區內，該遺址所見，與東源地區所見一樣，那裡還有很多小黑矮人遺址。其遺址石板屋高約一米五，但是牡丹鄉不並出產石板，不知這些搭造的石板是從何而來。小黑矮人的聚落周圍以成塊的石堆砌成圈地，並且植種著許多的檳榔、荖葉，聚落中間有一株非常大的榕樹。聚落內每間石板屋大約占地五到六坪，排灣族人會取用其石板屋的石材作為家屋的建材，或是用來建置工寮。

1-b	「蝦災傳說」：阿塱壹古道有一個地方，古稱「布古札安(Buguzang)」，意為「蝦上岸的地方」，龍蝦從此上岸並爬到小黑矮人的住處時，被小黑矮人烤食，因而引發了蝦災、愈來愈多乃至無數的龍蝦爬到小黑矮人的住處，淹沒並噬咬小黑矮人而滅族。其中一對兄弟倖免於難，兩人拄著竹竿作拐杖，因為口渴而想到水邊喝水，卻不慎陷入沼澤溺死，全數滅族。兩人拿著的竹竿就這麼插在地上，後來成為一片茂密的竹林。排灣族人稱該地為「巴嘓拉嘓(Baguolaguo)」，意為「無數隻的青蛙叫聲」，在雨季時節，族人會到此地捕食青蛙。	
1-1	牡丹鄉排灣族尚有巫婆（女巫師），牡丹村有兩、三個，東源尚有年輕女巫正在學習中。巫婆主責喪事、新年前召請祖靈回到部落過年、祛邪治病等等。	
2-A	這樣的事情多發生在上山工作、採集山產的人身上，走在熟悉的山路上卻突然失神、迷失在山裡，部落的人知道事發後，便會動員村內的人去找，多半經過三至五天才會尋獲當事者。當事人描述：「我好像在走路、卻又好像不是，意識不清」、「有人帶著我走，而那個人似乎對我很和善很好」、「途中曾經睡在石頭上」、「會給我吃東西（實際上並沒有進食）」。本地便稱是「被惡靈帶走」，而且受到幻想的控制以致意識不清，稱為 Wuyawuyatsumas 或是 Wuyawuyatsumasai。這樣的事情在東源、牡丹一帶都曾發生。但是 Wuyawuyatsumas 已是很久遠的語彙，而惡靈是一個泛稱、並非專稱。	董實（佐諾克．喬拜）。七十歲，東源人，排灣族。佐諾克意為「破壞、山崩」，子承祖父名；喬拜為家族名，意為「老人的喜悅」。

2-B	2-a	2-b	2-c	2-d
這是三年前（二〇一〇年）發生在東源部落的事。當時部落有一對夫妻從部落出發到山上工作，然而妻子卻失蹤了。三天後，妻子在牡丹水庫一帶被發現，牡丹水庫距東源部落有十四公里，而且一位女性兩手空空、沒有攜帶糧食飲水、單獨在山中渡過三天，被發現時卻看來完好如初、不像是有受傷或是度過三天的疲憊的經歷。妻子說：「有人帶著我一直走一直走，我也只能跟著『祂』走」。部落的人便說，因為『祂』放她走了，所以她也才清醒了過來。這就是Wuyawuaytsumas。	我們族稱小黑矮人為「甚個惹（Shengere，矮人）」，在語意中稱其矮而不述及黑，可能是排灣族人的膚色也與他們相近、不覺得有必要刻意稱述他們的黑。	東源部落的第二個小黑矮人故事是：以前本地有一對夫妻，白天在山上工作時途經小黑矮人部落，看見有兩個身材有如孩童的男女童在田裡舂小米，便上前詢問父母何在，兩人回答：「我們就是爸爸跟媽媽。」排灣族人自此才知道有小黑矮人的存在。	青少年時期曾隨母親到旭海探望她的結拜姐妹，沿溪而下時，就會經過小黑矮人聚落。據說小黑矮人剽悍而聰明，在當地跟其他部落時有紛爭、甚至出草，因此排灣人與其遠離不往來。但也是他們教導排灣人蓋石板屋。	蝦災傳說（1-b）指的是溪中的過山蝦，並不是海中的龍蝦。

2-1
「分享儀式」：當地族人，尤其是以前身為獵人的老人家，若在山中途經部落誡令的禁忌之地、「惡靈陰森之地」或是令人感到不適的地方，便需進行儀式——拿出以對半切剖的竹節為模製成的豬油糕(qaleve)，抹些許在額頭上，然後將豬油糕分撒四方，祈求祖靈庇佑此行平安、不受惡靈侵擾；所以以前上山的獵人總會多帶豬油糕，或者攜帶其他酒肉、飛魚乾、檳榔等等，「有什麼就帶什麼」，以備途經這些不祥之地時進行儀式。 本地附近以往是生長著蒼鬱茂密原始林的盆地，走在裡頭時常會有令人感覺陰森、不適的情況，而讓人致病或是遭遇困境；本地原來是牡丹社群排灣人的禁忌之地，族人都不敢接近，打獵時也都刻意繞山路而不願進入這裡。如果經過這裡而感到不適，回到部落時便需請巫婆祈禱袪邪。例如以往本地曾有過一條古道、罕有人跡，部落的人在經過時，便會在此進行儀式與祖靈分享。經過此條古道的長輩仍會遵循此一儀式。但在一九八九年林務局將本地附近海拔五百公尺以下的林地開發後，該條古道已難以辨識。 又如經過小黑矮人聚落地時也會如此，以此求佑、不受危害隨身，一定要進行分享儀式才能離開該地。族人視小黑矮人遺址為惡靈之地，因為小黑矮人在傳說中罹遇蝦災滅族、「不得好死」而被視為惡靈之故。此種祈靈分享儀式是源於「與大自然和諧共存共享」的觀念。

參考資料

不願具名　二〇一三年八月一日訪問，屏東縣牡丹鄉旭海部落。

王家祥　一九九六年，《小矮人之謎》，臺北：玉山社。二〇〇二年，《魔神仔》，臺北：玉山社。

田哲益　二〇〇一年，《臺灣原住民的社會與文化》，臺北：武陵。

石磊　一九七一年，《筏灣：一個排灣族部落的民族學調查報告》，臺北：中央研究院民族學研究所。

向陽、須文蔚主編　二〇一二年，《報導文學讀本增訂版》，臺北：二魚文化。

李壬癸　二〇一一年，《臺灣南島民族的族群與遷徙》，臺北：前衛。

李卉婷　二〇一三年八月十七日，〈【短片】旭海漁民節 謝天祈豐收〉，《蘋果日報》，來源：http://www.appledaily.com.tw/realtimenews/article/new/20130817/244230/，檢索日期：二〇一三年十月二十九日。

李家愷　二〇一〇年，《臺灣魔神仔傳說的考察》，臺北：國立政治大學宗教研究所碩士論文。

亞榮隆．撒可努　二〇一一年，《山豬．飛鼠．撒可努2：走風的人》，板橋：耶魯國際。

林和君　二〇一三年，〈魔神仔與臺灣原住民關係之傳說——臺東東河鄉阿美族傳說考察〉，《臺灣文化研究所學報》四期，頁一—二六，臺南：國立臺南大學。

林美容、李家愷　二〇一四年，《魔神仔的人類學想像》，臺北：五南。

林逢林　二〇〇六年，〈論臺灣原住民小說中的泛靈信仰〉，《中國現代文學》九期，頁二一—三七，新北：中國現代文學學會。

邱坤良、施如芳等　二〇〇二年，《宜蘭縣口傳文學》，宜蘭：宜蘭縣政府。

施奔娜　二〇一三年七月三一日訪問，屏東縣牡丹鄉東源部落自宅。

胡萬川　二〇一〇年，《民間文學的理論與實際》，臺北：里仁。

國立編譯館主編　二〇〇〇年，《教育大辭書（七）》，臺北：文景。

張宇欣　二〇〇七年，《傳統？再現？——Sakizaya 信仰與祭儀初探》，花蓮：國立東華大學族群關係與文化研究所碩士論文。

許功明　一九九八年，《排灣族古樓村的祭儀與文化》，新北：稻鄉。

陳梅卿等編　二〇〇〇年，《牡丹鄉志》，屏東：牡丹鄉公所。

無作者　二〇一三年，Maljipa home〈部落歷史〉，來源：https://sites.google.com/site/maljipamaljipa/bu-luo-li-shi，檢索日期：二〇一三年十月二十九日。

童春發　二〇〇一年，《臺灣原住民史：排灣族史篇》。臺北：國史館臺灣文獻館。
黃嘉眉　二〇〇九年，〈花蓮地區撒奇萊雅族傳說故事研究〉，花蓮：國立東華大學民間文學研究所碩士論文。
奧崴尼．卡勒盛　二〇〇六年，〈神祕的消失〉，《神祕的消失》，頁一二九—一六二，臺北：麥田。
楊南郡　一九九六年，〈臺灣古道的性質與近況〉，《臺灣百年前的足跡》，頁一四〇—一六二，臺北：玉山社。二〇一〇年，〈踏查半世紀——臺灣矮黑人的傳說與調查〉，《新世紀神話研究之反思：第八屆通俗文學與雅正文學國際學術研討會論文集》，頁三—一五，臺北：新文豐。
董芳苑主講、陳美容紀錄　一九八六年，〈臺灣民間的鬼魂信仰〉，《臺灣風物》三六卷二期，頁四三—七五，臺北：臺灣風物雜誌社。
董實　二〇一三年七月三一日訪問，屏東縣牡丹鄉東源部落自宅。
臺灣總督府臨時臺灣舊慣習調查會原著，中央研究院民族學研究所編譯，一九二〇〔二〇〇三〕年，《番族慣習調查報告書》第五卷第一冊，臺北：中央研究院民族學研究所。
潘心通　二〇一三年八月一日訪問，屏東縣牡丹鄉旭海部落。
潘金里　二〇一三年八月一日訪問，屏東縣牡丹鄉旭海部落。

潘國輝　二〇一三年八月一日訪問，屏東縣牡丹鄉旭海部落。

潘儀芳　二〇一三年八月一日訪問，屏東縣牡丹鄉旭海部落自宅。。

衛惠林　一九六五年，《同冑志》，《臺灣省通志稿》第八卷，南投：臺灣省文獻會。

伊能嘉矩　一九九六年，楊南郡譯，《臺灣踏查日記》（上），臺北：遠流。

移川子之藏等　一九三五年，《臺灣高砂系統所屬の研究》，臺北：臺北帝國大學土俗人種學研究室。

鳥居龍藏　一九九六年，楊南郡譯，《探險臺灣》，臺北：遠流。

謝博剛　二〇〇九年，〈排灣族五年祭〉，《臺灣大百科全書》，來源：http://taiwanpedia.culture.tw/web/content?ID=11098，檢索日期：二〇一三年十月二十九日。

鍾愛玲　一九九七年，〈徘徊在「鬼」「怪」之間：苗栗地區「魍神」傳說之研究〉，新竹：國立清華大學臺灣文學研究所碩士論文。

Linton, Ralph.　1936, *The Study Of Man: An Introduction*, New York: Appleton Century Crofts, Inc.

徐國明

〈當神話變成了歷史——一九九〇年代臺灣原住民族歷史建構與文化政治〉

國立中興大學中國文學系博士。曾任客家委員會諮詢委員、國科會「人文創新與社會實踐計畫」博士後研究員、國藝會表演藝術專案評論人，也參與執行文化部、客委會、國藝會、高雄市政府相關計畫主持人。

在學術研究上，主要關注臺灣原住民族紀錄片、臺灣文學、六堆客家研究、社區營造等領域，相關成果發表於國內重要期刊，並合著《後原運・性別・族裔：當代臺灣原住民族女性運動者群像》一書。此外，也參與「臺灣文學大典」計畫，先後建置比令・亞布（Pilin Yapu）和瓦歷斯・諾幹（Walis Nokan）的數位主題網站。

本文出處：二〇一四年十月，《臺灣文學研究學報》一九期，頁八九—一一三，臺南：國立臺灣文學館。

當神話變成了歷史
——一九九〇年代臺灣原住民族歷史建構與文化政治

一、前言：歷史建構與文化政治

一九九〇年代，在臺灣社會趨於民主化與本土化的時代動能下，國家文化政策也開始由上至下地推動「社區總體營造」（community empowerment），以扎根地方意識、重視族群文化與建立公民社會作為主要目標，一股「新故鄉運動」的文化趨勢，便悄然成形。事實上，這樣的發展方向與樣態，正如同當初全力推動社區總體營造的關鍵人物陳其南所說的：「它可以變成一個新的思考方式，就是對土地、地方、事物的一種看法和價值觀。……我們實際上是在創造一個新的文化現象。[1]」但是，這些投入地方文史重建、追尋族群認同的現象背後，實際上還牽涉到許多複雜、糾結的問題，特別是長久以來臺灣文化的發展，就持續受到政治實體「以文化之名」的權力治理。仔細來看，社區總體營造的結構性驅動力量，直接促成了地方意識的蔓生、滋長，一方面透過國家文化政策積極動員縣市政府、社區居民進行生活環境的營造，一方面社會基層也紛紛響應、成立地方文史工作室，藉由口述歷史、文化地圖、影像蒐集、社區劇場與傳統產業的活動辦理、參與，來連結個人與地方、個人與族群的認同臍帶。

其中，最為人所熟知的，應該就是由臺灣省政府文化處和中華民國社區營造學會共同規劃的「大家來寫村史：民眾參與式社區史種籽村建立計畫」（一九九八年）。而這個計畫的關鍵目的，就是「藉由地方文史工作者的策畫和協助，讓社區居民透過實際的活動操作和工作參與，去追索、挖掘、發現和重建關於自身的、家族的和社區的共同記憶」[2]。時至今日，「大家來寫村史」這個高度涉及地方文史建構的計畫，依然是各縣市政府積極推行的地方文化政策。當時，楊長鎮在〈村史運動的萌芽〉文章中，就已經相當詳細地解釋這樣因應國家文化政策而逐漸形成的「村史運動」背後，所潛藏、伏流的歷史動能：

1 陳其南，〈文史工作與臺灣本土化〉，展顏文化事業工房主編，《在地的花朵：臺灣在地文史工作研討會會議報告暨會議實錄》（南投：臺灣省政府文化處，一九九九年），頁一三。

2 洪孟啟，〈洪序〉，陳板主編，《大家來寫村史——民眾參與式社區史操作手冊》（南投：臺灣省政府文化處，一九九八年十二月），頁三。

如何解放社區歷史重建的可能性，讓民眾在更為開放的空間中進行共同記憶的回溯、交換、重組，挖掘地方歷史更細緻的肌理，重建出小傳統的主體內涵，並成為相互認同與相互主體性建立的基礎，實在應成為社區運動、尤其是地方文史工作的重要課題。……更重要的是，經由社區成員互動建立的「社區史」成為可能，而且，歷史也不再只是文字的堆積，而是可以操作、可以感知並且足以建立人與人深刻連帶的真實動力[3]。

很明顯地，「村史運動」有意提倡的「歷史」，其實是與認同政治（the politics of identity）息息相關的。並且，它關注的對象也經常是以地方基層的日常生活、口述歷史或民俗文化的小歷史（little history）為主，清楚反映出微觀（micro）的特質。然而，這種看似由下而上、實則由上而下的國家文化政策所操作、建構出來的「歷史」，幾乎難以迴避文化政治（cultural politics）的課題，也就是不同意義、價值與規範如何服從或抵抗政治實體對於權力治理的行使。尤其，文化研究學者 Tony Bennett 就已指出，許多現代的文化政治都是文化治理下的副產品，並非自發性的孕育而生[4]。由此看來，歷史建構與文化政治的交互關係，不只會嚴重影響「歷史」形構過程的操作機制，更牽涉到文本以外的重要主導力量。正如同 Chris Barker 說的，文化政治是關於為事物與事件命名的權力，有其正當性，包括了常識以及對於社會與文化世界的官方版本，讓特定的描述成為「固著」的能力[5]。而王志弘也提醒我們，在思考、分析文化政策的權力治理時，必須全面地關注到主導的結構化力量、複數的操作機制、主體化過程、文化抵抗與爭議等不同層次的問題叢結[6]。

事實上，在這股強調「自己寫作自己的歷史，自己也為自己的歷史負責」的地方文史重建趨勢下，臺灣原住民族也正積極展開大規模的還我土地與正名運動。其中，如何形塑出原住民族的「原初」象徵與正名論述——「臺灣這塊土地原來的主人」——提供其

---

3 楊長鎮，〈村史運動的萌芽：「大家來寫村史」發刊詞〉，《南方電子報》（來源：http://bbs.nsysu.edu.tw/txtVersion/treasure/tmm/M.872870915.A/M.904922258.A/M.904922396.H.html），檢索日期：一九九八年七月九日。

4 吳彥明，〈治理「文化治理」：傅柯、班奈特與王志弘〉，《臺灣社會研究季刊》八二期（二〇一一年六月），頁一八六。

5 Chris Barker 著，許夢芸譯，《文化研究智典》（臺北：韋伯文化，二〇一七年一月），頁五八－五九。

6 王志弘，〈文化治理是不是關鍵詞？〉，《臺灣社會研究季刊》八二期，頁二〇七。

他族群互相理解的基礎，便是相當重要的課題。藉此，原住民族不只意識到「歷史」的重要性，更意圖參與、掌握與建立屬於自己族群的歷史文本。在這裡，我們不妨先從孫大川於一九八八年所發表的一篇討論原住民與「歷史」關係的文章談起：

沒有文字，便沒有固結穩定的歷史傳承，原住民的「過去」原來就是不確定的。民族的經驗像流水，隨起隨滅，了無痕跡……民族記憶靠口耳相傳及各項民俗活動、宗教祭儀來傳遞。這樣的歷史傳遞不是以「文字」做媒介，而是以「具體的活動」、「活生生的語言」來完成的。換言之，原住民過去的歷史不是「寫」出來的，而是「活」出來的。歷史對原住民來說，不是去「讀」的，而是去「經驗」的[7]。

很明顯地，這段引文凸顯在當代社會文化情境裡，原住民族在面對「現代的歷史意識」（modern historical consciousness）時，所呈現出的矛盾狀態。這是因為「口述傳統」（oral tradition）所強調的是口耳相傳的記憶傳承[8]，必須透過部落特定的社會活動與文化實踐才能夠經驗、記憶「過去」，但隨著「一種在地、不擴張的口語文化已經迅速地消失、迅速地被另一種宰制性的書寫文化所淹沒」的情況下[9]，原住民族對於「過去」

的記憶方式，也迅速地從「口述言說」轉變為「文字書寫」。這樣一來，我們就不難理解孫大川為什麼會急於拋出「將歷史還給原住民」的強烈呼籲[10]，以及進一步指出「『歷史版本』的更替、重組或詮釋，其實隱藏著力與力的對抗，在權力的宰制關係中，原住民歷史『文本』（text）的書寫將如何而可能」的歷史建構與文化政治課題[11]。

---

7 孫大川，《久久酒一次》（臺北：張老師，一九九一年七月），頁一二五。

8 在這裡，我們也不妨先簡單了解臺灣原住民族的「口述傳統」涵義。關於這個部分，可以透過巴蘇亞．博伊哲努的一段話來理解：「有的擁有神聖的意義而與祭儀有關，有的是部落歷史人物與事件的敘述，或者是人類與自然之間互動與情緒抒發的再現，或者是對於神靈與一切生命的歌誦祝禱。」此外，阿美族作家綠斧固．悟登（黃貴潮）更為精準地說明：「在無文字的民族裡，傳說是涵蓋著神話、歷史、故事、詩詞、哲理、倫理、教育、宗教、藝術文化等知識。」可分別參見浦忠成（巴蘇亞．博伊哲努），〈國家與原住民族文學史〉，《臺灣原住民族研究季刊》二卷四期（二〇〇九年十二月），頁四；黃貴潮，〈評審者的一言：山海文學獎母語創作類詩歌組評審感言〉，《山海文化》雙月刊第十二期（一九九六年二月），頁六四。

9 傅大為，〈百朗森林裡的文字獵人——試讀臺灣原住民的漢文書寫〉，孫大川主編，《臺灣原住民族漢語文學選集評論卷》（上）（臺北：印刻，二〇〇三年四月），頁二一三。

10 同註七，頁一四九－一五一。

11 孫大川，《夾縫中的族群建構》（臺北：聯合文學，二〇〇〇年四月），頁八一。

並且，幾乎與此同時，在政治場域上，原住民籍立委和省議員也輪番地質詢官方單位纂修的歷史文本，清楚地強調不可再以「理蕃」來描述原住民族，或是讓原住民族在臺灣近現代歷史中缺席。更重要的是，他們還強烈地表達「還給臺灣原住民真正的歷史」的文本主義（textualism）訴求[12]，認為沒有文字的原住民族不僅無法記載自己的歷史，也無法對抗官方主流的歷史觀點與相關論述。最後，在原住民籍省議員強力要求的政治介入下，臺灣省政府便指示民政廳委託相關學者辦理、執行所謂「臺灣原住民史」的五年研究計畫。在這個以「族群」為修史單位的「臺灣原住民史」計畫裡，主要目的不只是想要了解臺灣原住民族的族群由來與遷徙過程，探討歷史根源，更「希望將原住民的歷史、傳統文化、英勇及開發事蹟保存下來，供世人及後代子孫了解」[13]，以期能夠「跳脫純粹從漢人眼光來看原住民史，而以原住民自觀立場來掌握原住民史」[14]。

藉此，在接下來的討論中，我想要透過「臺灣原住民史」計畫所完成的一系列族群史著作，一方面觀察原住民族從「口述言說」到「文字書寫」的歷史觀之轉變，是如何重新記憶、表述與建構「現在的過去」（the past in the present）；另一方面，則是想要去思考原住民族「神話」與「歷史」之間的辯證關係，嘗試從「口述傳統」的去脈絡化、再脈絡化與文本化的「脈絡性轉換」（contextual turn）過程，來回應 Claude Lévi-Strauss 所提出的「當神話變成了歷史」這個命題。尤其，隨著官方單位積極推動臺灣原住民族群史的修纂、撰述與出版，許多原住民知識分子也在回歸部落的復振過程中，逐漸意識到歷史建構對於族群認同及主體確立的重要性。然而，當國家文化政策通過文化政治的命名權力，全面扶助地方或族群文史的構成時，我們不禁要追問的是，這樣的「臺灣原住民史」計畫究竟是如何選材、製造與使用「過去」的？

---

12 賴淑姬，〈臺灣原住民史 換單位編寫〉（《聯合報》，一九九四年五月），六版。孫中英，〈二二八中原住民也受害，連戰盼省編纂原住民史〉（《聯合報》，一九九五年三月），四版。

13 黃衡墩，〈原住民史修纂小組將田野調查〉（《聯合報》，一九九五年一月），六版。

14 謝嘉梁，〈序〉，鄧憲卿主編，《臺灣原住民歷史文化學術研討會論文集》（南投：臺灣省文獻委員會，一九九八年四月），頁二。

二、原住民史觀的製作、再現與難題

顯然，我們有必要先針對「臺灣原住民史」計畫的時代背景、編纂模式與遭遇到的問題，進行概要的描述。誠如前面所提到的，一九九二年在四位原住民籍省議員的質詢及建議下，臺灣省文獻委員會便開始承接原住民族史的編纂工作，並且，由中央研究院的石磊教授擔任該計畫的總纂編。若是以時代背景來看，這個計畫的執行歷程是從一九九三年開始，至二〇〇〇年臺灣省政府精省而結束。這段期間也分別經歷了臺灣原住民族運動的正名訴求，還有社區總體營造的政策推行，當時的社會文化狀態更呈現出族群認同、地方意識與歷史建構這三者高度密合的互動關係，甚至「臺灣原住民史」計畫更影響到後來「臺灣客家族群史」的修纂。然而，當文化政治介入了歷史建構，我們便不難發現，原本以「口傳」作為記憶傳承的部落傳統文化，在面臨主流文化所認知的「歷史」概念下，反而是以現代歷史意識的學科規範和知識背景來「書寫」族群的「過去」。更重要的是，在編纂模式上，十個族群史的參與撰稿、編纂者共有十七人次，其中僅有七位具有原住民身分，大多仍是以漢人學者為主，甚至於想要完全達到「我族寫我史」的社會期待，也只有身為排灣族的童春發與其獨立編纂的《排灣族史篇》而已。

其中，當然不乏由漢人自行完成的原住民族群史（參閱表一）。

在這樣的情況下，首先會面臨到一個重要的問題，那就是人類學者 Edward Schieffelin 與 Deborah Gewertz 對於「族群史」（ethnohistory）這個概念，所提出的思考：「對於那些歷史學家（以及許多人類學家）來說，傳統上『族群史』指的是替以前沒有文字書寫歷史的族群重建其歷史，……我們發現這種族群史的觀念是不足的，也不適當。……族群史必須從根本上考慮到當地人自己對於事件是如何構成的看法，以及他們從文化建構過去的方式[15]。」

事實上，王雅萍在〈臺灣原住民族史研究の回顧〉這篇文章裡，就已針對下列表一內各個族群史篇提出簡短的評論與回應[16]。

---

15 15Edward Schieffelin and Deborah Gewertz, "Introduction," in History and Ethnohistory in Papua New Guinea, eds. Deborah Gewertz and Edward Schieffelin (Sydney: Univ. Sydney, 1985), p. 3.

16 可參見王雅萍著，及川茜、石垣直校閱，〈臺湾原住民族史研究の回顧〉，臺湾原住民研究シンポジウム実行委員会編，《臺湾原住民研究：日本と臺湾における回顧と展望》（日本東京：風響社，二〇〇六年一月），頁二九－五三。

表一：「臺灣原住民史」計畫中各族群史篇的編纂模式

書名	出版年分	撰稿作者	族別	編纂模式
《卑南族史篇》	一九九八年	宋龍生	漢族	獨立
《雅美族史篇》	一九九八年	余光弘	漢族	合纂
		董森永	達悟族	
《賽夏族史篇》	二〇〇〇年	林修澈	漢族	獨立
《邵族史篇》	二〇〇〇年	鄧相揚	漢族	合纂
		許木柱	漢族	
《阿美族史篇》	二〇〇一年	許木柱	漢族	合纂
		廖守臣	泰雅族	
		吳明義	阿美族	
《魯凱族史篇》	二〇〇一年	喬宗忞	漢族	獨立
《鄒族史篇》	二〇〇一年	王嵩山	漢族	合纂
		汪明輝	鄒族	
		浦忠成（巴蘇亞·博伊哲努）	鄒族	

《排灣族史篇》	二〇〇一年	童春發	排灣族	獨立
《泰雅族史篇》	二〇〇二年	瓦歷斯・諾幹	泰雅族	合纂
		余光弘	漢族	
《布農族史篇》	二〇〇二年	葉家寧	漢族	合纂

製表／徐國明

雖然，王雅萍認為「身分應該不再是能否做原住民族史研究的問題」，但我們不可否認的是，當這些漢人學者在面對原住民族史（觀）的建構和再現課題時，還是希望由原住民自己來詮釋、提出既「在地」又是「本族人」的族群史（觀）。

不同於《排灣族史篇》以相當篇幅來描述各個排灣族舊部落的形成由來、家族支系與遷徙發展，身為漢人的喬宗忞在其完成的《魯凱族史篇》裡，主要是以「服飾」此一物質文化來呈顯魯凱族的歷史文化變遷。而他在書中前言，更透露出一種文化他者的矛盾性：「我說不清楚魯凱族的文化是什麼樣子，也說不清楚我的魯凱族經驗、博物館經驗，對寫作魯凱族史究竟有什麼影響。」並且，這樣的文化他者的書寫位置，對於現代歷史意識介入原住民族史（觀）的意義、價值與規範，也提出質疑：「魯凱族的歷史是魯凱族人的，不必然具有一定的形式與內容[17]。」

至於，同樣為漢人獨立編纂完成的《布農族史篇》，葉家寧就清楚提出文化他者的書寫位置，在面對族群史的建構時（特別是現、當代歷史時期），所遭遇到的情感／政治困境：「我只能表達我希望這是由族人自己去完成紀錄的部分，因為它牽涉到太多的族群感情和氏族意識。」書末，也強力呼籲「我族寫我史」的族群史課題：「布農族的『史』，應由布農族人自己來決定其存在的方式和內容，讓它成為族群的資產[18]。」藉此，王雅萍相當嚴肅地直指出「臺灣原住民史」計畫本身的主導力量與操作機制問題，認為必須深刻地反省計畫內部的歷史建構與文化政治關係：「臺灣原住民族的歷史研究不應只是政府採購案的學術工程，而是原住民的文化傳承之魂與臺灣社會文化對原住民存在的理解之窗，原住民爭取釐清真相、保存史料，也期待原住民積極地發聲與再現歷史[19]。」

很明顯地，我們不難發現孫大川所拋出的「在權力的宰制關係中，原住民歷史『文本』的書寫將如何而可能」的重要提問，在「臺灣原住民史」計畫的實際操作、編纂模式下，不只是必須面對從「口傳」到「書寫」的原住民史（觀）之轉變，還有原住民史的體例編修問題，甚至在歷史建構與文化政治的權力運作下，文化他者的書寫位置如何透過「從文化建構過去的方式」，加以纂修原住民史、再現其史觀，更是相當棘手的難題。尤其，正如同王明珂所指出的，「無論是蘊含於文獻、口述、圖像與儀式行為之中，『過去』常在一個社會群體中被集體建構、改變或爭論，以應和當前資源分配與競爭下的各種社會認同與區分[20]。」而在文化政治的討論脈絡下，文化也經常被簡化為一種符號的表意實踐，可以被加以挪用來建構或反抗。由此可知，「歷史」的建構必然是選擇的（selected）和人為的（artifical）論述行動，對於原本以「口傳」來延續記憶的原住民族來說，更是歷經了多重變化後的「過去」。仔細來看，在「臺灣原住民史」計畫中的各個族群史篇，無論是漢人或原住民編纂，經過製作、再現與建構過後，裡面的結構安排與彙編方式（collection）都具有某種程度的相似性。具體來說，它們一開始都是以神話傳說來講述該族群的創生和起源，以及族群系統、部落氏族的分殊支脈，接著再透

---

17 喬宗忞，《臺灣原住民史：魯凱族史篇》（南投：臺灣省文獻委員會，二〇〇一年五月），頁三、一一〇。

18 葉家寧，《臺灣原住民史：布農族史篇》（南投：臺灣省文獻委員會，二〇〇二年七月），頁一、二五〇。

19 同註十六，頁四七。

20 王明珂，〈史料的社會意義：事實、敘事與展演〉，《近代中國》一四三期（二〇〇一年六月），頁六。

過不同類型、不同時期的史料文獻，鋪陳出族群的近現代發展脈絡與重要歷史事件。

因此，我們更應該去思考當代原住民族從原本「口述言說」到後來轉變「文字書寫」的歷史觀，是如何在目前的社會文化情境中，重新記憶、經驗、再現與建構「現在的過去」。尤其，黃應貴就精準地提出一個文化的時間分類或觀念，往往影響其歷史建構與再現的方式，甚至於隨著資本主義經濟的世界性擴展，其背後的線型時間也隨其發展，滲入許多非線型時間觀的社會文化中，使當地人同時擁有多種的時間觀念或分類，也使其歷史意識與再現有著多元化的發展[21]。

在接下來的討論中，我將從兩個部分來進行討論：首先是「臺灣原住民史」的各族群史篇裡，有關於族群創生或起源的「神話」；藉由深入分析這些「神話」文本與表徵（representation），來探索與其相對應的社會情境與族群關係。有趣的是，各個族群史篇所採用的口傳神話版本，分別來自於日治時期日籍人類學者的調查報告、官方歷史《臺灣省通志稿》與《重修臺灣省通志》，或是編纂者、部落族人在不同時代背景下所自行採集、抄錄下來的口述資料。而這些原本置身於不同歷史背景、政治經濟與意識形態，而形成不同「脈絡」與「文類」的口傳神話，顯然都被編纂者視為「歷史」的構成。藉此，我想要探討的是，在原住民族歷史建構的過程中，為何「神話」會被當作「歷史」？其次，我將以原住民作家 Walis Nokan（瓦歷斯．諾幹）所「書寫」的一則「口述」傳說為例，藉以提出原住民族在當代主流歷史解構，與自我歷史建構的辯證過程裡，是如何選擇性地、有效地將其「口述傳統」去脈絡化、再脈絡化與文本化，以其具有的特質重新「脈絡性轉換」地創造、轉化到「書寫」裡，並且以此作為傳統文化再造的意義和功能。

三、脈絡性轉換：當神話變成了歷史

在《神話與意義》（Myth and Meaning）一書中，Claude Lévi-Strauss 就針對神話與歷史之間的關係，提出一個非常重要的理論性提問。他說：「神話終止於何處？而歷史

---

21 黃應貴，〈歷史與文化：對於「歷史人類學」之我見〉，《歷史人類學學刊》二卷二期（二〇〇四年十月），頁一二二。

又從何處開始？一個我們全然陌生的案例，一段沒有文獻可徵的過去，當然更沒有文字紀錄，只有口耳相傳的傳說，卻同樣也被宣稱為歷史[22]。」在這裡，Lévi-Strauss 想要抗辯的是，一方面在許多出版的神話材料裡，有的把片段失聯的故事宛若斷簡殘編地擺在一起，毫無任何連帶關係，有的卻是首尾一貫、合乎邏輯秩序的神話故事，如此一來，究竟何者才是神話古始的原形；另一方面，Lévi-Strauss 明確地指出，口述傳統的歷史觀與我們習慣用文字紀錄的歷史觀是截然不同的，並且，「所謂『神話』與『歷史』之間的簡單對立，絕非一種涇渭分明的狀態，兩者之間其實還存在著一個中介的層次」[23]。因此，他認為透過這樣的中介層次，神話細胞（mythical cell）或原本具神話性的解釋細胞（explanatory cell），其實是可以產生無限多樣的組合方式，以確保「歷史」本身的開放性。並且，無論是族群、部落或氏族都可藉此來組構出一套套獨特創意的描述，用以解釋其命運或論據其所擁有的權利，展現出一種具有神話屬性的歷史特徵。以下，我們不妨以原住民族群史篇中的起源神話來談起。

（一）起源神話與族群關係

在《排灣族史篇》一書裡，大致將排灣族的起源神話，區分為太陽卵生、蛇生、石生與壺生四大類型。無論是什麼樣的孕育母體，在其敘事中都展現出不可預知的神意或神性，像是一則記述古樓社的蛇生起源神話，就涉及人獸母題的神話類型：

昔日，Amawang 社有一女神。某日乘鞦韆盪游，盪得過甚，鞦韆斷而掉入穴中，降入下界去。後來，穴中另外出現一女神，亦居住於該社。該女神與瑪家社人 Pulaluyaluyan 交遊，Pulaluyaluyan 一日口渴，女神出去提水，路上撿得百步蛇蛋和龜殼花蛋各一枚攜帶回來。不久，百步蛇蛋生出頭目家祖先，龜殼花蛋生出頭目輔臣（平民）祖先。互婚而生的小孩只有一鼻孔和半個嘴，因此，頭目家與平民禁婚[24]。

---

22 Claude Lévi-Strauss 著，楊德睿譯，《神話與意義》（臺北：麥田，二〇一〇年十二月），頁六七。

23 同註二十二，頁七〇。

24 童春發，《臺灣原住民史：排灣族史篇》（南投：臺灣省文獻委員會，二〇〇一年十二月），頁二〇。

很明顯地，這則神話的敘事重點在於動物生育出某部落的祖先，通過人獸結合的方式，致使部落內部的「血緣關係」意識凝固在神話之中。並且，透過女神所帶回的不同種類的蛇蛋，一方面表現出相同的「蛇生」血緣關係，一方面卻又透過「異種」的蛇生源起，來解釋傳統文化中頭目、貴族與平民的階級意識，甚至於「女神」作為某種程度的神聖化象徵，多少也反映出其母系社會的文化涵義。而孫大川認為，神祇的力量顯然不能單獨解釋自然宇宙的整體奧祕，除了靈獸的介入外，人類神聖家族世系的形成亦逐步竄入神祇的系譜中，成為歷史和世俗力量的支柱[25]。

這樣的血緣關係，也同樣反映在阿美族的起源神話。並且，進一步擴展為整個族群系統的分殊支脈，透顯出族群的空間關係：

從前有兄妹二人，和家人住在舞鶴（Kalala），一天海水突然來了，家人全被沖走，兄妹坐一隻打穀用的方木臼內，任海水沖流，結果流到 Cacoraán 的地方居住下來。後來兄妹長大成人並結為夫婦，共生子女十二人，六男六女，各自互相婚配，並成為馬太鞍、七腳川、里漏等社的始祖，以及木瓜群泰雅族與布農族的始祖[26]。

事實上，阿美族常見的起源神話，大多是兄妹婚配型的洪水神話。特別的是，在這則馬太鞍部落採集得到的起源神話中，除了以兄妹祖先來連結彼此的血緣關係，更描述了中部阿美族如何從「起源地」（舞鶴，Kalala）向北遷移、終至分散與繁衍的空間變化過程。尤其在這樣以地理空間為主的神話敘事裡，所呈現出來的不只是以祖先的兄妹關係，間接說明這幾個阿美族部落的分殊血緣，更納入了「起源地」與遷移空間鄰近的其他族群，像是泰雅族、布農族，藉此維繫當地特殊的文化生態、族群關係與社會情境，以及各個族群之間既合作又有區分、對抗的資源爭奪。

值得注意的是，在不同原住民族群史篇所描述的起源（origin）裡，我們不難發現許多類似這樣納編他族的起源神話，比如說排灣族的太陽卵生的起源神話，就敘述太陽降地生蛋後，孵出的男子成長後下平地成為日本人和平埔族的祖先[27]；而阿美族、賽夏族、

25 孫大川，《神話之美：臺灣原住民之想像世界》（臺北：行政院文化建設委員會，一九九七年六月），頁一七。

26 許木柱、廖守臣、吳明義，《臺灣原住民史：阿美族史篇》（南投：臺灣省文獻委員會，二〇〇一年一月），頁二〇。

27 同註二十四，頁一九。

鄒族、卑南族、泰雅族也都有類似反映族群關係的起源神話，甚至於有的起源神話更確切地顯現出不同族群的性格特質，像是賽夏族「截屍化人」的起源神話，便是如此：

> 太古時代臺灣發生大海嘯，陸地全部變成海洋，只露出 papakwaka、（現在的大霸尖山）山頂，當時織布機的主體部分隨著海水漂流而來，'opoh na bolhon（不確定其為何人，應該是神）把它撈起來，發現裡面有一孩童。'opoh na bolhon 將該孩童殺死，把他的肉、骨及胃腸切成細片，包在樹葉裡投入海中，之後各片即轉化為人類。從肉變來的是我們 saisijat 族的祖先，從骨頭變來的是 saipapaas（'tajal 族）祖先，從胃腸變來的是客家人的祖先[28]。

這則賽夏族的起源神話，具有人群血緣與空間關係的敘事特點。但有趣的是，在後半部分的敘事中，透過同一起源的不同部分（即孩童屍體的不同部位），可以分化出不同族群的始祖。而這樣的差異性，在另一則相關神話的記述，就比較清楚地呈現當中的隱含意義：「將腸弄碎丟入海中，他們是臺灣人的祖先，因為是腸子變的，所以人數多亦長壽。再次將骨投下化為頑強無比的泰雅族的祖先[29]。」在這裡，不只是顯示出賽夏族、泰雅族與客家人這三者在空間關係上的密切性，更由此發展出我族如何認知他族的族群關係。而這樣的族群認知，也出現在卑南族的起源神話：

兄妹按太陽指示行房，之後生出不同顏色的卵石，有白石、紅石、綠石、黃石、黑石，並由這些石頭蹦出人形來。白石蹦出來的人，即漢人；紅石、綠石、黃石蹦出來的人，即不同種族的洋人；黑石蹦出來的人，即為臺灣原住民族。黑石的原住民族，分別有兩人：一個名叫 TinaHi，意即腸子；一個名叫 pudek，意即肚臍[30]。

宋龍生認為，從不同顏色的石頭生出各種族群的人，顯示出人群族眾之間較有直接的利害衝突及互動。而與卑南族發生接觸、生活上影響最深的，莫過於神話定位在從白

28 林修澈，《臺灣原住民史：賽夏族史篇》（南投：臺灣省文獻委員會，二〇〇〇年五月），頁二〇。
29 同註二十八，頁二一。
30 宋龍生，《臺灣原住民史：卑南族史篇》（南投：臺灣省文獻委員會，一九九八年十二月），頁三六—三七。

石所衍生的漢族;其中,由黑石衍生的腸子 TinaHi 是北部的阿美族、布農族與泰雅族的祖先,肚臍 pudek 則是卑南族本身[31]。

藉由這些起源神話的敘事,我們不難發現其中已然含納了晚近才出現的族裔,像是荷西洋人、客家移民等。這固然與「神話」本身具有的變動性的記憶機制有關,卻也和族群對於神話產生的意義有所關連。而孫大川就認為:「神聖化我族部落的起源,並納編他族的系譜,乃是典型的我族中心主義的神話建構,是向內凝聚族群認同的手段。對他族的納編,顯示神話的傳述者有意形塑一個統一的泛族群民族認同[32]。」藉此,孫大川說明這種納編他族的起源神話,在自我意識或認知立場上,已經展現超越部落的泛族群認同,並「推斷此一神話類型版本的完成,應該是相當晚近的事」。的確,林志興就曾說過:「以前部落的長者在講述神話故事時,都只有提自己部落所流傳的故事,很少會說到其他部落,……通常都把自己的部落視為最古老、年代最久遠的[33]。」如此一來,我們可以了解到起源神話如同部落的集體記憶,可以作為歷史的表徵,但在這背後卻也潛藏著文化交流的動態過程,和其他知識一樣,神話、儀式與歷史的呈現都是一種有意識的重構(reconstruct)[34]。或許,對於原本以「口傳」來記憶「過去」的原住民族來說,透過神話與歷史的中介層次,其實是可以組構出一套關於氏族、部落或族群的起源神話，用以解釋當時面臨的社會文化情境，展現具有神話屬性的歷史表徵，而「過去」就是以這樣的方式繼續地被喚起、傳達、表徵與記憶的。

（二）口述傳統與歷史敘事

在這裡，我想從 Walis Nokan 所發表的一篇文章〈臺灣原住民文學與口述傳統〉來談起。在這篇文章中，Walis Nokan 一開始就先摘錄了三則「口述傳統」的「書寫」文本，依序是泰雅族北勢群的大洪水神話、當代流傳在部落的話語，還有涉及「編造」的

---

31 同註三十，頁三三。

32 孫大川，《神話之美：臺灣原住民之想像世界》，頁一八－一九。

33 林志興，〈部落史與傳記文學〉，瞿海良主編，《原住民文化工作者田野應用手冊（三）》（臺北：中華民國台灣原住民族文化發展協會，一九九六年十二月），頁三三。

34 王嵩山、汪明輝、浦忠成（巴蘇亞．博伊哲努），《臺灣原住民史：鄒族史篇》（南投：臺灣省文獻委員會，二〇〇一年七月），頁六。

〈牛津後記〉。這些文本的出現，不僅共處在完全相同的當代情境裡，更展現出作者雕塑、詮釋資料的獨特方式，特別是在〈牛津後記〉的敘事中，作者開始有意識地使用「口述傳統」來創造「過去」的再現內容。事實上，〈牛津後記〉的內容大意，主要是講述Walis Nokan自己在參觀英國牛津大學的博物館時，意外發現少見的Litux（泰雅族小刃）。而旁邊的說明告示牌上，更明確寫出它來自於臺灣中部的山區，並且附有一張泛黃的黑白照片。照片上，是一位蓄鬍的歐洲冒險家與四位平埔族人排坐在一起，座位後方有三位泰雅族人。但是，令Walis感到驚訝的是，其中有一位泰雅族人長相貌似自己的父親。於是，趁著返回部落之際，他告訴父親有關於自己在英國看到Litux與照片的所見所聞。而他的父親也直接證實了照片中的人物，確實是Walis的曾祖父，接著詳細描述Walis的曾祖父是如何與平埔族、歐洲冒險家彼此接觸的事件經過。

當文本敘事甫一結束，Walis Nokan便表明這則不乏歷史修辭與情節鋪陳的「創作」，其實並非「真實」發生於「過去」的「歷史」。然而，透過〈牛津後記〉這樣的「創作」，卻可以清楚地反映出口述傳統、記憶與編造之間的微妙關係，就像他說的：

臺灣原住民族原本就是無文字口傳民族，當說話者將所見所聞「口傳」給族人時，它就成為記憶的一部分，換言之，記憶在某個部分是「編造」的結果。另外一個意思是，當代就不能有口述傳統嗎？事實上，假如我們到每一座部落進行聆聽時，除了對神話的傳述盡皆循著原典轉述之外，對於傳說的編造，時刻都正在進行著，每一個說話人都是一個敘述的小主體，他們敏銳於現象的觀察、時事的捕捉以及記憶的編整。換言之，口傳仍在進行[35]。

很明顯地，Walis Nokan 認為，「口述傳統」本身是容許且具有「編造」的創作動能。若是原住民作者將「口述傳統」嵌入到「文字書寫」裡，在某種程度上，就是「口述傳統」的延續和轉換——「將所見所聞『口傳』給族人，成為記憶的一部分」——這是因為在過去口耳相傳的部落社會裡，記憶內容的傳遞經常會通過不同口傳者產生不同程度的編造；而時至今日，「口述傳統」在原住民作者的「創作」下，就是重新實踐了這種

35 瓦歷斯・諾幹，〈臺灣原住民文學與口述傳統〉，「民間文學與作家文學研討會」（新竹：國立清華大學中國文學系主辦，一九九八年十一月二十一日—二十二日）。

「口傳」與「編造」的過程。更重要的是，長久以來原住民族所擁有的「口述傳統」，一方面可以在口耳相傳的訊息散布過程裡，介入到記憶、經驗傳遞時的意義空隙，進行某種程度的編造；但另一方面，我們也需要明白「口述傳統」的重要特質，在於它相當依賴「記憶」，假如用 Lévi-Strauss 的話來說明，就是「使未來盡可能地保持與過去和現在相同的樣態」[36]。於是，雖然目前文字書寫的發展幾乎已經完全取代了過去的口述言說，但「口述傳統」的深層文化內涵（記憶、口傳與編造），在當前的社會文化情境下，還是具有相當重要的歷史象徵意義。

藉此，我們不難發現「口述傳統」的去脈絡化、再脈絡化與文本化，所潛藏的脈絡性轉換、創造性轉化的動能。人類學者 Richard Bauman 與 CharlesBriggs 就詳盡地解釋去脈絡化、再脈絡化與文本化這三者之間的連帶關係：一個去脈絡化的文本形成，其實是從一個社會脈絡中去脈絡化，再到另一個社會脈絡中再脈絡化的。因此，文本的去脈絡化與再脈絡化是一體兩面[37]。但是，我們必須思考的是，在這個再脈絡化的文本中，它從先前的脈絡裡帶來了什麼？又在新形成的脈絡內，具有什麼樣的形式、功能與意義？

具體來說，當原住民作者將「口述傳統」的語言、記憶與經驗（神話傳說、祭典儀式、歌謠禱詞、文化規範、部落集體記憶等），「嵌入」到自己的創作文本時，這樣的過程其實就已經體現了去脈絡化、再脈絡化與文本化的「脈絡性轉換」；而「口述傳統」原本的性質也已經完全改變，變成具有固定意義的文本化(文本的產生過程)的文本。承上所說，經由書寫和閱讀之間的「口傳」，不只可以在不同讀者身上召喚出共同、集體的記憶與經驗，更「只有當記憶被召回到現實，才能具有共同的時空展開對話，並因為對話而重新建構一組意義」[38]。因此，對於原住民作者來說，其創作文本經常是透過「口述傳統」的運用來召喚潛在的集體記憶。尤其，在這樣新形成的再脈絡化文本當中，除了希望能夠凝聚當代原住民族的族群認同與主體性，藉此產生向主流文化挑戰的發聲效能之外，更可以展現、實踐具有族群意識、目的地主動選擇及自我決定的歷史能動性(historical agency)：「誰是在歷史中有意識、有目的的行動者，有主動選

36 Claude Lévi-Strauss 著，楊德睿譯，《神話與意義》，頁七三。

37 Richard Bauman and Charles L. Briggs, "Poetics and Performance as Critical Perspectives on Language and Social Life," Annual Review of Anthropology 19 (Oct. 1990), pp.74-75.

38 同註三十五。

擇和自我決定的能力，而非歷史中盲目的追隨者和無助的受害者」[39]。

最後，我們不難發現「口述傳統」的去脈絡化，雖然已經無法挽回部落透過特定的社會活動與文化實踐來記憶、經驗「過去」的方式，卻也同時再脈絡化為展現歷史意識與再現「歷史」的多元化建構形式。但是，這樣去脈絡化與再脈絡化的「口述傳統」，其實是脫離了「存在於文化所界定的意義形式之內，並受到地方性的敘事傳統與社會脈絡的規範」[40]。因此，「口述傳統」在歷經去脈絡化、再脈絡化與文本化後，更為重要的實踐行動，應該是如何「從文本的脈絡轉換為脈絡化此文本」的脈絡化（contextualization）過程，並且，持續地進行反思性的詮釋、對話與協商。

四、結語：原住民族歷史的傳統／創造

在〈「起源」的魔力及相關探討〉一文裡，王明珂認為：

「族群認同」所賴的「族源」不一定是歷史事實，也可能是共同的「歷史記憶與想

像」。近代各民族的民族化過程，也是在一些歷史基礎上賴「民族史」與「民族文化」的建立與傳播來完成。因此，我們可以在兩個層次來思考「過去」的意義。一方面，「過去」代表一些真正發生的人群起源、遷徙、分化；一方面「過去」代表當代人相信、想像與建構的人群起源、遷徙與分化。對於這兩層意義上的「過去」，我們都可以思考它們與「現在」之間的關係[41]。

這段引文就清楚解釋了一九九〇年代原住民族的歷史建構，經常會透過「口述傳統」的整理、引用、轉述、融匯與重構，來建立其歷史文本的原因。然而，透過歷史建構的主體化過程，孫大川提醒我們必須留意知識／權力的角力關係，並且撐開動態的視

---

39 譚昌國，〈歷史書寫、主體性與權力：對「排灣人寫排灣族歷史」的觀察與反思〉，《臺大文史哲學報》五九期（二〇〇三年十一月），頁八三。

40 40Mary Margaret Steedly, Hanging Without a Rope: Narrative Experience in Colonial and Postcolonial Karoland (Princeton: Princeton University Press, 1993), p. 239.

41 粗體為本文所特別標示的。王明珂，〈「起源」的魔力及相關探討〉，《語言暨語言學》二卷一期（二〇〇一年一月），頁二六三—二六四。

角來審思弱勢族裔的歷史主體課題：「文化、價值與歷史的解釋都是多元、多層次的，不同的『時空』、不同的『主體』會產生不同的『脈絡』意義[42]。」這一方面呈現出口述傳統與歷史建構之間的中介層次，其實蘊含著龐大的歷史能動性，一方面也展現原住民族在主流文化的宰制下，透過口述傳統的去脈絡化、再脈絡化與文本化，進一步抵抗、挪用與發展不同的記憶機制和歷史再現模式，凸顯出當代原住民族歷史建構的多元性。無論是楊淑媛在探討布農族文化並存著幾種不同的對「過去」和「歷史」概念，「在不同的場合與情境中，過去會以不同的方式被表徵和記憶」[43]，或是黃國超透過泰雅族的gaga文化，縝密地梳理其歷史形式的演變[44]，兩者都透顯出「過去」和「現在」之間的複雜、微妙關係，還有當中可能存在的多重性與爭議性。

這樣的情形，或許就像是周樑楷說的：「任何人對『傳統』的意識是種『歷史意識』，而『創造』傳統的動機及背景涉及個人的『現實意識』。……一方面『傳統』依賴『創造』而再生，另一方面『創造』卻又需要『傳統』的啟發[45]。」

最後，我們在原住民族歷史建構與文化政治的相互指涉下，必須要去檢視，哪些作為歷史表徵的「過去」是經常被重新塑造和解釋的，甚至被認可為集體記憶的，進而比較這些歷史行動者的動機與企圖，去探討所謂「歷史性」（historicity）的結構化可能；

亦即，一個族群得以經驗或了解歷史的模式或規範，這便是接下來可以繼續深入的研究課題。

42 孫大川，〈搭蘆灣手記——身體、歷史與眼光〉，《山海文化》雙月刊第十期（一九九五年五月），頁一。

43 楊淑媛，〈過去如何被記憶與經驗：以霧鹿布農人為例的研究〉，《臺灣人類學刊》一卷二期（二〇〇三年十二月），頁一〇六。

44 可參見黃國超，〈再現過去：歷史的多種形式初探——以泰雅族文化的書寫及霧社事件漫畫為例〉，《臺灣文學研究》五期（二〇一三年十二月），頁一六九—二一四。

45 周樑楷，〈傳統與創造的微妙關係〉，霍布斯邦著，《被發明的傳統》（臺北：貓頭鷹，二〇〇二年十月），頁六—七。

參考資料

王志弘　二〇一一年六月，〈文化治理是不是關鍵詞？〉，《臺灣社會研究季刊》八二期，頁二〇五—二一二，臺北：臺灣社會研究雜誌社。

王明珂　二〇〇一年一月，〈「起源」的魔力及相關探討〉，《語言暨語言學》二卷一期，頁二六一—二六七，臺北：中央研究院語言學研究所籌備處。二〇〇一年六月，〈史料的社會意義：事實、敘事與展演〉，《近代中國》一四三期，頁六—一三，臺北：近代中國。

王嵩山、汪明輝、浦忠成（巴蘇亞．博伊哲努）　二〇〇一年七月，《臺灣原住民史：鄒族史篇》，南投：臺灣省文獻委員會。

瓦歷斯．諾幹　一九九八年十一月，〈臺灣原住民文學與口述傳統〉，「民間文學與作家文學研討會」論文，新竹：國立清華大學中國文學系。

吳彥明　二〇一一年六月，〈治理「文化治理」：傅柯、班奈特與王志弘〉，《臺灣社會研究季刊》八二期，頁一七一—二〇四，臺北：臺灣社會研究雜誌社。

宋龍生　一九九八年十二月，《臺灣原住民史：卑南族史篇》，南投：臺灣省文獻委員會。

林修澈　二〇〇〇年五月，《臺灣原住民史：賽夏族史篇》，南投：臺灣省文獻委員會。

浦忠成（巴蘇亞．博伊哲努）　二〇〇九年十二月，〈國家與原住民族文學史〉，《臺灣原住民族研究季刊》二卷四期，頁一—三七，花蓮：國立東華大學原住民民族學院。

孫大川　一九九一年七月，《久久酒一次》，臺北：張老師。一九九五年五月，〈搭蘆灣手記——身體、歷史與眼光〉，《山海文化》一〇期，頁一。一九九七年六月，《神話之美：臺灣原住民之想像世界》，臺北：行政院文化建設委員會。二〇〇〇年四月，《夾縫中的族群建構——臺灣原住民的語言、文化與政治》，臺北：聯合文學。二〇〇三年四月，《臺灣原住民族漢語文學選集：評論卷》（上），臺北：印刻。

孫中英　一九九五年三月一日，〈二二八中原住民也受害，連戰盼省編纂原住民史〉，《聯合報》四版。

展顏文化事業工房主編　一九九九年，《在地的花朵：臺灣在地文史工作研討會會議報告暨會議實錄》，南投：臺灣省政府文化處。

許木柱、廖守臣、吳明義　二〇〇一年三月，《臺灣原住民史：阿美族史篇》，南投：臺灣省文獻委員會。

陳板主編　一九九八年十二月，《大家來寫村史——民眾參與式社區史操作手冊》，南投：臺灣省政府文化處。

喬宗忞　二〇〇一年五月，《臺灣原住民史：魯凱族史篇》，南投：臺灣省文獻委員會。

童春發　二〇〇一年十二月，《臺灣原住民史：排灣族史篇》，南投：臺灣省文獻委員會。

黃國超　二〇一三年十二月，〈再現過去：歷史的多種形式初探——以泰雅族文化的書寫及霧社事件漫畫為例〉，《臺灣文學研究學報》五期，頁一六九—二一四，臺南：國立臺灣文學館。

黃貴潮　一九九六年二月，〈評審者的一言：山海文學獎母語創作類詩歌組評審感言〉，《山海文化》一二期，頁六四。

黃衡墩　一九九五年一月廿九日，〈原住民史修纂小組將田野調查〉，《聯合報》六版。

黃應貴　二〇〇四年十月，〈歷史與文化：對於「歷史人類學」之我見〉，《歷史人類學學刊》二卷二期，頁一一一—一三〇。

楊長鎮　一九九八年七月九日，〈村史運動的萌芽：「大家來寫村史」發刊詞〉，《南方電子報》，來源：http://bbs.nsysu.edu.tw/txtVersion/treasure/tmm/M.872870915.A/ M.904922258.A/M.904922396.H.html，檢索日期：一九九八年七月九日。

楊淑媛　二〇〇三年十二月，〈過去如何被記憶與經驗：以霧鹿布農人為例的研究〉，《臺灣人類學刊》一卷二期，頁八三—一一四，臺北：中央研究院民族學研究所。

葉家寧　二〇〇二年七月，《臺灣原住民史：布農族史篇》，南投：臺灣省文獻委員會。

鄧憲卿主編　一九九八年，《臺灣原住民歷史文化學術研討會論文集》，南投：臺灣省文獻委員會。

賴淑姬　一九九四年五月十四日，〈臺灣原住民史 換單位編寫〉，《聯合報》六版。

瞿海良主編　一九九六年十二月，《原住民文化工作者田野應用手冊》(三)，臺北：中華民國台灣原住民族文化發展協會。

譚昌國　二〇〇三年十一月，〈歷史書寫、主體性與權力：對「排灣人寫排灣族歷史」的觀察與反思〉，《臺大文史哲學報》五九期，頁六五—九六，臺北：國立臺灣大學文學院。
台湾原住民研究シンポジウム実行委員会編　二〇〇六年一月，《台湾原住民研究：日本と台湾における回顧と展望》，日本東京：風響社。
Chris Barker　二〇〇七年一月，許夢芸譯，《文化研究智典》，臺北：韋伯。
Claude Lévi-Strauss　二〇一〇年十二月，楊德睿譯，《神話與意義》，臺北：麥田。
Eric Hobsbawm and Terence Ranger　陳思仁等合譯，二〇〇二年，《被發明的傳統》，臺北：貓頭鷹。
Deborah Gewertz and Edward Schieffelin　1985, *History and Ethnohistory in Papua New Guinea*, Sydney: Univ. Sydney.
Mary Margaret Steedly　1993, *Hanging Without a Rope: Narrative Experience in Colonial and Postcolonial Karoland*, Princeton: Princeton University Press.
Richard Bauman and Charles L. Briggs　1990.10, *Poetics and Performance as CriticalPerspectives on Language and Social Life*, *Annual Review of Anthropology 19*, p.p.59-88.

劉育玲

〈口傳文學與作家文學的三重對話——以臺灣原住民族文學為考察中心〉

國立東華大學中文研究所博士。大學時期初次接觸民間文學，之後進入花蓮教育大學民間文學研究所，並以原住民口傳文學作為研究方向，完成碩士論文《臺灣賽德克族口傳故事研究》。

博士班期間陸續發表〈神話的詮釋與運用——從姑目．荅巴斯《部落記憶——霧社事件的口述歷史》中三則神話傳說談起〉、〈臺灣原住民的樂園神話——以「豐饒生活」為探討對象〉、〈南鄒族沙阿魯阿（Hla'alua）貝神祭起源傳說試探〉等文，博士論文《臺灣原住民族矮人傳說研究》曾獲國立臺灣文學館二〇一六年臺灣文學傑出博碩士論文獎。

本文出處：二〇〇九年九月，《中外文學》三八卷三期，頁二三五—二七五，臺北：國立臺灣大學外國語文學系。

口傳文學與作家文學的三重對話
——以臺灣原住民族文學為考察中心

一、前言

臺灣原住民族文學因文學表現形態的不同可區分為口傳文學與作家文學兩大範疇。口傳文學（口頭／口語文學，Oral Literature）亦即民間文學（Folk Literature），但是對於沒有文字發明的原住民族而言，「口傳」一語所直接體現出的意義顯然要較「民間」兩字更為貼近其族群；而相對於口傳文學的作家文學，今又有人以「創作文學」或「書面文學」稱之，但嚴格來說，口傳文學本即是一種創作文學，且隨著傳播媒介的改變，在經過文字記載後也可以成為一種書面文學，因此這兩者皆不若以個別作家創作的作家文學以區別集體性創作的口傳文學要來得適宜。

臺灣原住民族文學真正受到藝文界及學術界的關注始自一九八〇年代，而對於臺灣原住民族文學的定義問題，歷來研究者已多有探討。然而，倘若我們細探其整個定義的過程，從吳錦發提出「山地小說」、「山地散文」、「山地文學」始（一九八七年，頁一一七；一九九二年，頁五一一一二），到之後一連串為了界義「何謂原住民文學」而先後提出的「語言說」（瓦歷斯．諾幹，一九九二年，頁一三三）、「身分說」（孫大川，一九九三年，頁一〇〇；二〇〇三年a，頁九）、「題材說」（浦忠成〔巴蘇亞．博伊哲努〕，一九九六年，頁一九三）與「認同說」（瓦歷斯．諾幹，二〇〇〇年，頁一〇七一一〇九）等，其實不難發現這幾種界定標準都只是針對原住民文學中的作家文學而言。

筆者觀察過去到現在臺灣原住民文學之相關研究，在言及「臺灣原住民文學的定義」或「什麼是臺灣原住民文學」時的論述方式，只有少數研究者會先提及原住民的口傳文學，再轉而討論爭議性較大的作家文學，但有不少研究者則直接將吳錦發的「山地文學」之說作為其論述的「起點」，之後再從原住民作家文學的諸多條件說切入，但是其在這些條件說的探討中明顯並不含括原住民口傳文學；因此，在如此原住民文學定義的框架底下，原住民口傳文學可以說形同「消失」[1]。

1 其實在論述原住民作家文學的諸多條件說時，不可能含括口傳文學的原因在於口傳文學之於原住民族，根本無所謂身分、語言、題材乃至於認同上的歧異，也因此，當爭議的聚光燈均投射於作家文學時，口傳文學就容易成為定義下的盲點。

舉例而言，一九九二年所舉辦的「傾聽原聲——臺灣原住民文學討論會」乃是首次正式對「原住民文學」做出明確界義的討論會，此次會議參加的人員包括原住民籍及非原住民籍的作家及學者。

雖然會議過程中約略言及了原住民口傳文學，但最後歸納的結論，在界義原住民文學時卻說：「原住民文學包括山地九族、平埔九族所寫的文學，皆包括在臺灣文學裡，但是原住民文學不包括日本人、漢人所寫的原住民題材作品」（彭瑞金，頁九四）。

由此看來，如果「原住民文學」只是「包括」山地九族與平埔九族「所寫的」的文學，我們就不難感覺到口傳文學的落寞以及瓦歷斯．諾幹（Walis Nokan）的憂慮。瓦歷斯．諾幹說：

> 「至此，『原住民文學』被定義了，被初步典範化了。也就是說，『原住民文學』一詞從八〇年代到一九九三年，從來就不是主體決定、主體敘述的結果，它是因應著臺灣社會政治變遷，與企圖『純化』臺灣文學本土論述操作的結果，換另外一個角度來觀察，這是原住民社會面對文字書寫的論述幾乎缺席所致，因而對『原住民文學』歷史縱深的挖掘、涵義的探究不能不是空白，乃至於是附從他者的界定來界定自

己」（一九九九年，頁三八）。

他更明白表示：

現在原住民文學是由誰來定義的，基本上是由漢人來定義的，所以口傳文學部分不會被納入原住民文學。而我認為，如果是由原住民本身來下定義，口傳文學部分絕對會被納入原住民文學內，不是只有現在的詩、散文和小說才叫原住民文學（一九九四年，頁二二七）[2]。

2 瓦歷斯．諾幹之言，明白表示了口傳文學在原住民文學定義中被漠視，也進一步撞擊出另一個弔詭的問題，亦即：何以瓦歷斯．諾幹認為原住民定義下的原住民文學才包含口傳文學，而由漢人定義的則否？漢民族本身不是也有自己的口傳文學？如果漢民族也有口傳文學，為何定義原住民文學的過程中會「看不見」原住民口傳文學的存在，從而「導致」原住民口傳文學的缺席？事實上，有別於口傳民族，在一個文字傳統發展悠久的社會文化中，文字往往代表著一種「特權」或「階級」，如果掌握文字特權的階級將其所謂的文學侷限於「看得見」的文字上的文學，自然容易忽略那絕大部分屬於「看不見」的口頭文學；因此在漢民族文學的發展過程中，相對於雅文學與通俗文學這兩種文字文學，民間文學（口傳文學）受到正視並被認同成為文學的一部分，同樣有著乖舛的歷程。

雖然原住民作家以文字「所寫的」或「所記錄的」文學作品中可能包含一部分的口傳文學，但口傳文學主要呈現的方式有兩種：一是記載於書面的，二是流傳於口頭的。這兩種都是口傳文學不可或缺的重要內容，所以不是用文字記載於書面的才是口傳文學，其中當前還以語言流傳於口頭的（本即無須借助文字呈現）才更是如假包換的口傳文學。

簡言之，我們當然可以說符合某些特定條件下「所寫的」作品是原住民文學，但如果明白標榜要定義或論述的是「何謂原住民文學」，那麼只言及作家文學而獨漏口傳文學，顯然是不夠周延的[3]。無論如何，至少到今天，在經過原住民學者與原住民作家多年來不斷地反覆辯難後，口傳文學成為臺灣原住民族文學中重要的一部分在學界已少有疑義，而隨著口傳文學的發展以及作家文學創作量的不斷增加，也使得這兩種文學之間的勾連情狀更顯清晰。

本文嘗試以臺灣原住民族文學為考察中心，試圖探討原住民口傳文學與作家文學這兩種不同文學形態之間的對話關係，以及在這些對話過程中衍生出的相關問題。本文所謂的「對話」，指的是原住民口傳文學與作家文學雖然在文學表現形態上有所不同，但仍維持著相當程度的互動與交流，這樣的對話關係既是雙向性的，同時也是交互影響的。

二、從口傳文學到作家文學

文學之所以分為兩種文學，主要地並不是因為有兩種文化，而是因為有兩種形式：一種是口述的，而另一種則是書寫的。

——米爾曼．帕里《希臘與南斯拉夫英雄史詩中的全行套語》（王靖獻，頁一五）[4]。

---

3 在「傾聽原聲」討論會翌年（一九九三年），呂興昌提到臺灣文學的六大內容中，第一個即是原住民文學，而其所謂的原住民文學即包括南島語系的口傳神話、傳說、歌謠與八〇年代以來用漢語創作的詩、小說與散文。見呂興昌，〈臺灣文學資料的蒐集整理與翻譯〉，《文學臺灣》第八期（一九九三年十月），頁二四。另外，除卻定義與範疇，倘若從臺灣原住民族文學史的角度來觀察，則原住民口傳文學緜長的歷史縱深，恐怕更讓人難以忽視。此部分之相關論述可參見以下二文：浦忠成（巴蘇亞．博伊哲努），〈臺灣原住民族文學史建構的可能及其特性〉，政治大學《「文學的民族學思考與文學史的建構研討會」論文集》，（二〇〇七年六月）。劉秀美，〈臺灣原住民文學史的觀察〉，中國社會科學院文學研究所《「文學史寫作的理論與實踐國際學術研討會」論文集》，（二〇〇七年七月）。

4 原文參見 Milman Parry, *Whole Formulaic Verses in Greek and Southslavic Heroic Song*, Transactions of the American Philological Association 64 (0) :179-97.

文藝美學家朱光潛在《談文學》一書中表示：「文學是以語言文字為媒介的藝術」，「每個人只要能說話就能運用語言，只要能識字就能運用文字。語言文字是每個人表現情感思想的一套隨身法寶，它與情感思想有最直接的關係」（頁一－二）。其又言：

我們把語言文字聯在一起說，是就文化現階段的實況而言，其實在演化程序上，先有言說的語言而後有手寫的文字，寫的文字與說的語言在時間上的距離可以有數千年乃至數萬年之久，到現在世間還有許多民族只有語言而無文字。遠在文字未產生以前，人類就有語言，有了語言就有文學。文學是最原始的也是最普遍的一種藝術。

文學因其承載或傳播媒介的不同，區分為語言的文學傳統和文字的文學傳統兩大範疇，其中語言文學的發生與形成又早於文字文學。只不過，並非所有的民族都能先後擁有這兩種文學傳統，根據語言學家的研究顯示：現在世界上大約還有六千種語言，只有七十八種文字化並有文學傳統，只占百分之一點三（李壬癸，頁一八八）。只要有語言就有文學，所以全世界的民族皆擁有以自己的語言建構出屬於自己的文學傳統，而僅有百分之一點三的民族，在擁有語言文學傳統的同時，還發展出文字的文學傳統。

臺灣原住民族屬於南島語族，目前（二〇〇九年）經官方認定共計有十四族、四十三種語群，其語言即是語言學界所謂「未文字化的語言」（unwritten languages），也就是一般人所說的「沒有文字的語言」（李壬癸，頁一八九）。由於沒有發展出文字符號，因此他們的文學絕大部分是屬於語言的文學傳統，即今習稱的「口傳文學」或「民間文學」。不論是「口傳」還是「民間」，字面上都已經直接且清楚地揭示出這種語言文學的特性，亦即它是經過世世代代先祖們的口耳相傳，所形構而成一種屬於民間、屬於群眾的集體性文學傳統。

語言的出現在人類的演化史上乃是一大進步，葉朗曾引生物人類學家的說法表示：「在沒有發明語言之前，人類的信號，包括所有面部表情、身體姿勢和運動接觸，總數也只有一百種左右。人類高於動物的地方在於他的文化活動，在於他的符號化活動」，「語言的出現，不僅在促進人類抽象思維發展的歷程中有重要作用，而且針對詩歌、神話、傳說，以及其他民間文學形式的產生，也有十分關鍵的作用」（葉朗，頁四九九、四八二）。語言的產生使得人類有別於其他動物得以擺脫肢體語言明顯不足與匱乏的窘境，語言的產生除了迅速地擴張了人類在傳情達意時的深度與廣度外，亦使得個體與集體在知識經驗的傳承與累積上成為可能。

而在文學發展的道路上，隨著語言符號不斷地進步，口傳文學所呈現出的內容與形式也就日漸豐富。鄒族學者浦忠成（巴蘇亞．博伊哲努）即表示：「任何一個民族，不論人口的多寡，只要擁有足以充分表達情感思想的媒介——語言，就有創造文學、傳播文學、發展文學的條件」（一九九九年，頁一四）。因此，他更進一步將原住民口傳文學的內涵概分為三類，即：

(1)散文類，包括神話、傳說、民間故事（含童話）、笑話。

(2)韻文類，含民間歌謠、諺語。

(3)其他類，如祈禱詞（一九九九年，頁三〇）。

然而，這樣的分類當然不是一開始即是如此的，以散文類的神話、傳說與民間故事為例，三者之間的分化其實與人類在思維上的過渡與進展息息相關；又如韻文類的諺語，則必須在生活經驗與語言智慧上經過長時間的醞釀、淬鍊和積累後才足以形成。

因此這樣一種口傳文學的內涵與類別，完全可以自成系統，它從語言初生之始就隱然成形，然後又隨著語言不斷地進化後，在時空中流轉千萬年，直到它遇見另外一種形式的形象化符號才產生了較大的變化。

臺灣原住民族既然沒有發展出文字，理當不會有文字文學的出現，但是如同全世界大多數的原住民族一般，當部落的土地成為國際強權「新發現」下的殖民地時，那一刻對原住民而言，從此成為許多巨大變革的起點，而這樣的變革當然也衝擊到其傳統口傳文學的發展。

從荷西時期到日治時期，臺灣原住民族歷經不同政權的統治，而歷代統治者不論官方或私人，多因種種原因，或宣教、或治理、或采風、或獵奇之故，使得原住民族的語言與文化曾經被不同的文字系統作不同面向、不等程度的書寫與記錄，因而此階段對口傳文學的書寫與記錄，可視為是原住民口傳文學與外來文字符號第一次接觸。

以日治時期為例，如臨時臺灣舊慣調查會所出版的《蕃族調查報告書》（一九一三—一九二一年）、《番族慣習調查報告書》（一九一五—一九二一年）、森丑之助《臺灣蕃族志》（一九一七年），以及佐山融吉、大西吉壽《生蕃傳說集》（一九二三年），鈴木作太郎《臺灣の蕃族研究》（一九三二年），小川尚義、淺井惠倫《原語による高砂族傳說集》（一九三五年），移川子之藏等《臺灣高砂族系統所屬の研究》（一九三五年）等書，都有著豐富的口傳文學紀錄[5]。

其後，在日治末期，一批接受日式教育的青年，如泰雅族林瑞昌、卑南族陸森寶、鄒族高一生等，已能夠運用統治者教導的文字進行寫作，或者從事各類文化藝術的創作，但因受限於當時統治者的拘束，而無法呈現族群自主的思考（浦忠成〔巴蘇亞．博伊哲努〕，二〇〇二年b，頁一五六）。簡言之，此時期口傳文學的發展，因為書寫文字的介入，使其在傳播的媒介與形態上產生了前所未有的轉變；而在文字文學方面，雖然部分原住民「菁英」已具備一定程度的書寫能力，但仍少見以「自主思考」所呈現的文學作品。

戰後，口傳文學的採集工作從未間斷，可喜的是，與日治時期不同，除了相關學術單位外，由原住民文化工作者親自投身參與者亦不在少數，如多奧．尤給海、阿棟．尤帕斯《泰雅爾族傳說故事精選篇》，帝瓦斯．撒耘（李來旺）《阿美族神話故事》，鐵米．拿葳（曾瑞琳）《賽德克族神話故事》、巴萬．韃那哈（沈明仁）《崇信祖靈的賽德克人》，林豪勳、陳光榮《卑南族神話故事集錦》、曾建次《祖靈的腳步：卑南族石生支系口傳史料》，浦忠勇《臺灣鄒族民間歌謠》、余瑞明《臺灣原住民曹族卡那卡那富專輯》、余錦虎、歐陽玉（漢）《神話．祭儀．布農人》等[6]。

而在作家文學方面，一九六二年，排灣族作家谷灣．打鹿勒（Kowan Talall，漢名陳英雄）首開先鋒，在《聯合報》副刊發表〈山村〉一文；一九七一年，他更結集相關著作出版《域外夢痕》一書（再版更名為《旋風酋長》），這在臺灣原住民族文學發展史中，不但具有劃時代的意義，也為戰後原住民作家文學的創作之路拉開了序曲。一九八〇

---

5 值得關注的是，日治時期幾乎所有口傳文學的紀錄皆是經由日人調查後所記載，然而也有極少數的原住民「作者」以日文寫下其族群相關的文化習俗時，言及了一部分的口傳文學。例如賽夏族的趙旺華（族名Oebay a Taro，日名伊波仁太郎）就曾在一九三四年於《理蕃の友》的前後期，分別發表了兩篇關於巴斯達隘（pastaai，舊稱矮靈祭）的起源傳說。此外，一九四四年，布農族田銀旺（族名Taugan Tansikian，日名山根太郎）所撰寫的《祖先的故事》，更是包含了其記憶中的二十三則布農族神話傳說。田銀旺在文中進一步表示：「隨著時代的變移，要察知以往祖先們的生活，我確信這本書能夠做為一部分的參考。但是以日文書寫，在內文中有詞與原意未盡貼切之處，這是筆者的遺憾」（頁九一）。衡諸當時的時空環境，有別於統治者的視遇與態度，趙旺華與田銀旺以本族人的身分寫下自己族群的文化習俗與口傳文學，實屬難得，這在臺灣原住民族文學發展史中，當有其不可抹滅的意義與價值。詳見伊波仁太郎，〈サイセットの神タイアイに就て〉，《理蕃の友》3.6:6, 3.8:8-9（一九三四年）。田銀旺，〈祖先的故事〉，李壁年、黃秀敏、許俊德譯，《民族學研究所資料彙編》一四期（一九九九年六月），頁九一－一四一。

6 從日治時期一直到戰後對口傳文學之採集相關書目與研究現況，可詳參：浦忠成（巴蘇亞．博伊哲努），〈臺灣原住民神話傳說與故事研究現況綜論〉，花蓮教育大學民間文學研究所編，《二〇〇六年民俗暨民間文學學術研討會論文集》（臺北：文津，二〇〇六年七月），頁三七三－四〇〇。

年代，社會環境丕變，「原權會」的設立伴隨著臺灣本土化潮流與原住民社會運動的勃興，此時莫那能的詩與田雅各的小說適時地出現，迅速點燃了原住民族創作文學的烽火。誠如孫大川所言：

鬆軟的歷史環境、飽滿的主體自覺、多元文化的價值肯定，的確為原住民介入臺灣的書寫世界創造了相當有利的條件。沒有文字的原住民，借用漢語，首度以第一人稱主體的身分向主流社會宣洩禁錮在其靈魂深處的話語，這是臺灣原住民文學的創世紀，是另一種民族存在的形式（二〇〇三年a，頁五）。

此後，這一批戰後出生的原住民作家，掌握著一定的書寫能力，或以漢語或以族語（羅馬拼音），在這段短短二十餘年的時間，奮筆疾書累積了一定的創作量，而書寫的內容也從早期以抗爭和控訴為主的創作基調重新向族群內部回歸，期望能持續保有或創作出具有山海原色與原味、所謂真正的原住民文學。可以預見的是，一定的創作量帶來了一定的能見度，臺灣原住民族文學宛如一顆耀眼新星墜入臺灣文壇，為臺灣文壇帶來了許多的驚嘆號，而且正如同大多數人所期待的，它愈是樸實無華就愈顯得閃耀動人。

一般人之所以驚嘆，當然是因為南島民族不同於漢民族的文化背景因語言結構而所有意或無意顯露出一種迴異奇特的書寫風格。值得一提的是，過去人類學者在進入到異民族的田野地後，往往會面臨到兩種工作情緒：一是「文化震撼」（culture shock），另一是「民族偏見」（ethnocentrism）。前者是田野工作的「通過儀式」，是不可避免的；後者則視之為禁忌，連想都不該想（潘英海，頁三三）。

只是沒想到今日我們在溫室中閱讀原住民作家的作品時，這兩種情緒亦不時向我們襲來。前者已無需贅述，至於後者，讓人覺得諷刺的是，它曾經是讓感嘆「搬啤酒容易，拿筆太困難」（楊渡，頁二〇三）的原住民作家提筆寫作的「泉源」與「動力」，它讓許多漢人讀者，甚至文評家感到汗顏、自慚形穢而心生贖罪之念。當我們看到排灣族詩人莫那能如此激情地吶喊著：

當我被人如同豬玀般地買賣時，我對平地人的第一個印象便是騙子與剝削者的混合體。……離群單奔的山鹿最容易被獵殺，這是排灣族獵人的經驗；可是，妹妹和我的青春與身體一到了平地就變成一隻隻離群單奔的山鹿，任憑色情市場和工廠的獵人們追獵、愚弄……，但，我們不是野鹿，而是「人」啊（《中國時報》，二十七版）！

文字書寫的魔力與文學的感染力在這一瞬間被擴張到極致，其力道之強，實足以穿透紙張直達人心。平心而論，此時此刻又有誰會在乎這樣的文字符號其實只是借來的呢？而除卻控訴與批判之外，原住民作家文學還有許多的創作面向，如夏曼・藍波安的海洋書寫；拓拔斯・塔瑪匹瑪、瓦歷斯・諾幹、霍斯陸曼・伐伐、亞榮隆・撒可努的山林書寫；利格拉樂・阿𡠄、里慕伊・阿紀、達德拉凡・伊苞的女性書寫；奧崴尼・卡勒盛、巴代的歷史書寫；啟明・拉瓦的報導式文學；多馬斯・哈漾的網路文學；還有乜寇・索克魯曼在奇幻文學上的初試啼聲，以及阿綺骨非常「另類」的「原住民的文學」，在在都映照出戰後原住民作家文學多元書寫的面貌與潛力。

綜上所述，口傳文學曾經是臺灣原住民族文學唯一的表現形態，一直到外來政權的強勢介入，原住民文化被書寫、被記錄而終成為統治者視遇下的被殖民者或被壓迫者，而當口傳文學賴以生存與維繫的整體社會文化語境在飽受了幾個世代的摧殘之後，原住民口傳文學逐漸式微乃是不爭的事實。值此之時，我們欣見原住民作家文學適時地崛起，儘管他們在面對迥然不同於過往、嶄新的文學形態時，曾經遭逢到不少的困難，但是當這些困難一一被克服後，我們終於得以透過一種共通的文字符號一窺原住民文學之堂奧。

因此，完整的臺灣原住民族文學必然包含了口傳文學與作家文學兩大範疇，傳統的口傳文學與新興的作家文學，無庸置疑是撐起臺灣原住民族文學的兩大擎天之柱。孫大川曾說：「口述和樂舞，構成原住民文學的第一個文本」（二〇〇三年b，頁八二）。那麼，理所當然地，當代原住民作家以文字書寫出來的各種作品，自然就是構成原住民文學的第二個文本。

雖然這兩種文本各自代表著兩種截然不同的文學形態，看似差異性極大，但是在經過一定程度文本符號的轉換，以及若干形式的不斷對話之後，頃刻之間便擁有著千絲萬縷的關係。

三、口傳文學與作家文學的第一重對話

愈親近傳統的精神文明，愈發感覺自己只是還在學習的嬰兒，「文學」的封號，

我是應該交給祖靈，而我所做的一切，也才剛開始而已。

——瓦歷斯．諾幹《想念族人》

在口傳文學與作家文學的第一重對話中，我們將焦點鎖定在「原住民作家」，作為作家文學中重要的創作主體，同時也是口傳文學與作家文學之間最重要的連結點，釐清原住民作家自身對文學的認知，以及其最早接觸文學時的景況，將有助於我們更了解兩種文學之間的關係。

（一）原住民作家對文學的認知

什麼是文學？排灣族年輕作家亞榮隆．撒可努（Yalonglong Sakinu）曾經如此回答：「我不知道什麼叫做文學，但是我的生活就是我自己的文學，而我的文學就是我的祖父、祖母、所有愛我的族人所給我的東西」（黃鈴華，頁三〇六）。文學即生活，這是撒可努對文學的定義，這樣的定義當然是正確的，但嚴格說來仍不免過於寬泛。因此，對於相同的問題，我們可以再從達悟族作家夏曼．藍波安（Syaman Rapongan）的一段敘述中略窺端倪。他說：

曾經有朋友鼓勵我採自己的詩作結集，卻被我拒絕了，因為我想先把神話寫出來。我發現自己的詩只不過是自己以前在臺北的空虛生活中，所激發出來的情結，是一種痛苦的表現，相對於我們古老的詩歌和神話，簡直差了十萬八千里，所以，當時我就決定先將神話寫出來，不管別人是否認同它為文學（《聯合報》副刊，三十五版）。

夏曼·藍波安的言下之意，有別於自己的詩作，也不管別人認同與否，古老的詩歌和神話就是達悟族的文學。此外，對於何謂文學，所有原住民作家中，泰雅族的瓦歷斯·諾幹是最明白、最直接也最勇於挑明箇中關係者。瓦歷斯·諾幹說：

千百年來，臺灣原住民各族就流傳著多樣而豐富的口傳神話，這些口傳神話是各族文化社會的重要內容，也可以說是最早的文學原型。（卜衰·伊斯瑪哈單·伊斯立瑞，頁一〇）。

> 現在的情況是，漢人朋友說田雅各的小說是原住民文學，瓦歷斯散文是原住民文學，那神話傳說是不是原住民文學？它是啊！像排灣族每個家屋都有它家屋由來的傳說故事，一般人可能認為這只是每個家屋的口述資料，不是的，它絕不只是限於家族的口述資料，它本身就是很具有生命力的文學作品，只不過是我們把文學的定義弄得太狹窄。……口傳文學是最近百年的事情，在百年以前我們沒有「文學」這個概念，我們的文學基本上就是生活，比如說我們老人家之間的對唱、對吟，這些都是文學啊！像鄒族的「瑪阿斯碧」（祭典）時所用的祭詞，就是最豐富的文學生命，對我們原住民來講它就是文學，祭詞內容相當地棒，再像賽夏族「矮靈之歌」，內容境界之美，是現代原住民文學作家所無法超越的，所以怎能說它不是原住民文學，它絕對是，而且還是最標準的，是正統的（一九九四年，頁二二八—二二九）。

很清楚地，雖然瓦歷斯·諾幹表示百年以前原住民並沒有所謂「文學」的概念，但沒有文學的概念並不表示沒有文學，他與撒可努一樣皆認為文學即生活，只不過瓦歷斯·諾幹更進一步地闡明這種生活中的文學，如口傳的神話傳說、家族的口述資料、老人之間的對唱對吟，以及祭典中所吟唱的祭詞祭歌等，而這些即是前文所言及的任何一個民族即便沒有文字也都會擁有的「口傳文學」。布農族作家拓拔斯．塔瑪匹瑪（Topas Tamapima）曾言：

> 「即使是文字文學，它的基本文字還是語言，所以口傳文學可稱是原住民族早期的主流文學」（孫大川，一九九六年，頁三七）。因此，如上所言，對於一個沒有發展出文字符號的口傳民族來說，口傳文學這種「最早的文學原型」才是最標準、最正統的文學。

雖然有不少的原住民作家已在臺灣文壇上享有盛名，但是對於傳統文學的認知，他們皆不約而同地指向口傳文學。有別於對口傳文學的熟稔，現代文學的文類與內涵對他們來說反而是相對陌生，例如撒可努就曾經表示：

> 書寫這個東西，我比較偏重散文，我現在才知道什麼是詩、散文、小說，我以前搞不清楚；以前有人說，你的文章裡面有小說、你的文章裡面有詩，我說這樣子不是很好嗎，為什麼要把它分清楚，我覺得那是人在講的東西啊，不用分清楚，那人

不就是會有詩又有小說又有散文（柳書琴、亞榮隆・撒可努，頁九）。

撒可努所說「那是『人在講』的東西」、「那人不就是會有詩又有小說又有散文」，或許是不經意卻一語道出了口傳文學文類與作家文學文類之間的扞格，因為在口傳文學的展演過程中，確實可能以不同或多變的組合方式分別融合了詩（歌謠、諺語）、小說（神話、傳說、民間故事）、散文（歷史敘事或一般敘事），甚至於戲劇（肢體表演、舞蹈、儀式），這多少可以解釋為什麼現今有些原住民作家的作品，我們難以用現代文學的文類來加以區別或歸類。

再如魯凱族奧崴尼・卡勒盛（Auvini Kadreseng）是一個已經出版過一本小說與兩本散文集，而且還得過文學大獎（巫永福文學獎）的原住民作家，但對於「文學」這兩個字，他始終充滿了困惑。他曾說：「我剛寫作時，沒有信心，不曉得我寫的東西是不是東西，應該不是東西。……但得獎以後，是不是文學我還不肯定，至少知道它是東西，而我自己不知道。我溺死在漩渦裡，不知道其中的奧妙。」（謝惠君，頁一四一）。

奧崴尼是原住民作家中年紀較長者，他同時也是家中祭司與好茶部落「說史者」之後，因此他所熟悉的，是傳統口傳文學中的神話傳說、口述歷史、歌謠諺語與祭典儀式中的祝禱詞等，而非現代文學中的散文、小說與詩歌。王浩威曾說：「其實對原住民來說，文學是很遠的，他們是被要求才寫小說的。問題是，小說，甚至文學，是存在於原住民的思考中嗎？」（浦忠成〔巴蘇亞．博伊哲努〕，一九九八年，頁五四六）。王浩威所指對原住民來說，很遠的文學當然是指現代文學，而奧崴尼就是被溺死在現代文學、漢語文學這種新興文學的漩渦中而難以自拔。

（二）原住民作家與文學的接觸

釐清原住民作家對文學的認知以後，我們才得以進一步探討其最早接觸文學時的景況。布農族作家拓拔斯曾如此回憶著：「記得童年時，我最喜歡參加老人的聚會，傾聽長老以嚴肅的態度說神話故事，以生動的傳說故事傳授布農族的歷史、生命禮俗等祖先記憶」（林太、李文甦、林聖賢，頁五）。在拓拔斯兒時的記憶中，他的外祖母更是一位講故事的高手，因而帶給他相當豐富的口傳文學資產（許家真，二〇〇三年，頁五三）。

而無獨有偶，另一位布農族作家霍斯陸曼．伐伐（Husluma Vava，一九五八—二〇〇七年）也說：「我從小就因為跟父母、祖父在一起，所以布農族的世界、歌謠，很小就在我的心裡建立起來」（黃鈴華編，頁三〇五）。此外，卑南族林志興（Agilasay）與達悟族夏曼．藍波安亦表示：

> 我與文學的接觸，似巧合又似必然。從小，我就很喜歡聽故事，因為我有一位很會講故事的父親。我們曾住在沒有電視機，沒有收音機，更沒有電話的部落裡，但只要是有星空的夜晚，他一定在樹底下開講各種童話與原住民傳說，總是吸引許多的小孩子們圍繞成圈，那是我童年最美好的夜間活動（林志興，頁一六九）。

> 小的時候，在沒有被褥的冬季的夜晚，父親為了溫暖我瘦瘦的體格，經常以結實有力的胳臂緊緊地把我裹在懷裡，而後講些好聽的雅美童話故事，讓我融在這樣的時空裡安詳地睡著。每年春天的飛魚旺季，我便在海邊期待、祝福阿爸滿載歸來。卵石上條條銀白色的，黑色翅膀的飛魚，更使我在午夜時分精神抖擻。這時，父親又不厭其煩的，用他那善於描繪形容的嘴，清楚地，耐心地口述飛魚故事的來龍去脈，並且一遍又一遍（夏曼．藍波安，一九九一年，頁一）。

類似的經驗與例子在原住民作家中不勝枚舉，這當然是因為他們所處的文化情境與時代背景的雷同所造成的。在過去口述傳統興盛的年代，口傳文學與族群的生活緊密難分，不論在一般生活或特殊場合，幾乎都可見到文學的實踐。浦忠成（巴蘇亞．博伊哲努）即指出：「口頭文學在傳統原住民部落生活裡，是實際生活的一部分，其學習、傳承也在生活的過程逐漸完成，除了掌管族群或部落文化習俗最神祕精微部分的智者，如頭目、巫師之類，一般的口頭文學內涵，是部落或族群的成員都能熟悉的」（浦忠成（巴蘇亞．博伊哲努），二〇〇二年a，頁一三二）。

只不過，隨著現代化腳步一步一步地逼近，曾經滋養口傳文學的沃土也一點一點地乾涸，傳統圍著篝火講故事的情景已難復見，取而代之的已是眩人耳目的聲光媒體。所幸，從上述原住民作家的童年回憶看來，顯然他們所處的時空環境仍然與口述傳統有著相當程度的連結。

此外，在上述原住民作家的敘述中，經常不只一次地出現以下幾種角色，如撒可努的祖父母、伐伐的父母、祖父，拓拔斯的外祖母，以及林志興與夏曼．藍波安的父親等。我們不難發現，這些部落裡的老人家在這些原住民作家心中，明顯占有著舉足輕重的地位，可見口傳民族與生俱來的文學素養，或講述、或吟唱、或表演，早已不知不覺烙印在他們的腦海裡。孫大川說：

我發現部落的長輩們幾乎每一個人都有「文學」的才華。他們擅於玩弄語言，說故事、講神話；開起玩笑來，充滿臨場的機智。更令我沉醉的是，他們每一個人都能用「歌」寫「詩」，吟詠敘事。在沒有電燈的時代，每逢明月當頭，我最愛聽老人家們在院子裡酬答對唱。……對我們上一代部落族老而言，唱歌不純然是音樂的，它更是文學的；他們用歌寫詩，用旋律作文。幾千年來，我們的祖先就這樣不用文字而用聲音進行文學的書寫（二〇〇五年，頁一九七—一九八）。

這些在當代被很多人視為「菁英」的原住民作家，其中不乏警察、教師、醫生、學院派的教授學者以及各大文學獎項的常勝軍，然而一旦站在族內長者（傳統菁英）的面前，他們卻非常一致而且毫不猶豫地將文學的桂冠謙讓而出。例如奧崴尼即認為未曾入學、未識文字的母親乃是他文學的啟蒙老師，母親與眾不同、獨特的敘事風格所引導出一種原生的魯凱思想深深影響著奧崴尼，他曾明白表示：「基本上，我所寫的東西都是她的思想」、「我們用文學的態度看她，她的確是一個文學的孩子啊！」（謝惠君，頁

一三二、一三四）。同樣地，在各大文學獎項上屢獲佳績的瓦歷斯．諾幹也曾如此表白過，他說：「我曾經在不同的場合自白著自己是部落裡最不懂得說故事的『沒有文學的人』，至少，我的父親就比我『文學』得多了」、「『故事』讓父親在我的心目中巨大而堅強起來」（二〇〇五年，頁七九—八〇）。

由於沒有發展出文字，因此在傳統的部落社會，部落的長者即是其族群內龐大口述傳統的繼承者與傳承者，因而也是知識與智慧的象徵，當然更是當代原住民作家心目中不折不扣的「文學家」。對後輩而言，老人家的隻言片語所顯露出的微言大義，不只是一種判準、一種典律，有時候更是一種心靈上的信仰與寄託。

綜上所述，從原住民作家對文學的認知到原住民作家與文學的接觸，我們不難察覺到口傳文學這種功能性極強的文學形態對其傳統生活的滲透程度。在傳統部落社會，舉凡家庭、會所、遊戲、娛樂、工作、休息，乃至從出生到死亡的各種人生祭儀，以及部落裡所舉辦的各式重要祭典，口傳文學幾乎無所不在。也因此，在口傳文學與作家文學的第一重對話裡，我們必須把構成作家文學要素之一的原住民作家視為一種「過渡性文本」，來理解其與口傳文學之間密切的互動。因為原住民作家在整個口傳文學的展演過程中，並非總是單向性、被動地扮演著聆聽者或接受者的角色，他們同時也可以是主動的或積極的口傳文學講述者、表演者，甚至傳承者。除了小時候所習唱的童謠或遊戲歌之外，隨著年齡的增長，至少較為一般性的生活歌謠或故事都是他們能隨口講唱的；尤有甚者，像魯凱族的奧崴尼或阿美族的綠斧固．悟登（Lifok' Oteng）等年紀較長的原住民作家，他們本身就是很優異的「口傳文學家」。

因此，原住民作家隨著自身環境、際遇或天賦的不同，與口傳文學之間一直有著深淺不一的互動關係，這樣的互動關係雖然隱而未顯，卻始終存在，一直要到原住民作家開始提筆寫作，決定以看得見的文字文本表達那看不見的口述文本（或深植在其腦海中的文本）後，如圖一所示，這第一重對話的影響才被選擇性地彰顯出來。

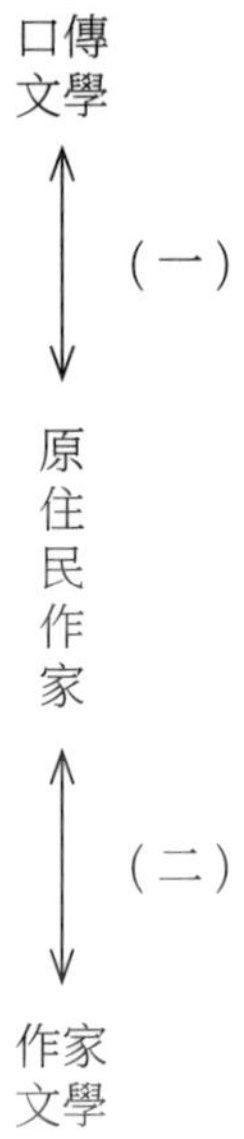

圖一：原住民作家是兩種文學產生交流的重要橋梁。

雖然無可否認，今日原住民社會口傳文學的發展及傳承現況確實堪慮，就如同班雅明（Walter Benjamin，一八九二—一九四〇年）於《說故事的人》一書中所言：

說故事的藝術正在隕落之中，那是因為真理的史詩面向，也就是智慧，正傾向於消失。……這毋寧是一個由具有數世紀歷史的力量所形成的現象：這些力量使得說故事的人一點一點地走出活生生的話語，最終只侷限於文學之中。同時這個現象也使得那消逝中的文類，別具易感之美（頁二三—二四）。

當代原住民文化充滿了黃昏意識，口傳文學當然也無法自外其身。但是，當以口言說的口傳文學遇見了以文字書寫的作家文學，我們認為這為彼此都開啟了另一種形式的對話空間，也為彼此找到了繼續向前邁進的新契機，而這同時是口傳文學與作家文學第一重對話的延伸；因為自幼深受口傳文學影響的原住民作家，口傳文學在其筆下將以種種不同的面容與風貌展現在作家文學中。

四、口傳文學與作家文學的第二重對話

口口相傳的經驗是所有故事敘述者都在其中汲取利用的泉源。把故事以文字寫下來的作家中，其最偉大者，便是最不背離千萬無名說故事人的口語風格者。

——華特．班雅明，《說故事的人》

當代原住民作家在經過與口傳文學的第一重對話後，我們在他們今日的作品中，不論是散文、小說、詩歌乃至戲劇，都不難發現傳統口傳文學的身影，甚至有部分的原住民作家尚且親自採集起自己族群的口傳文學。另一方面，對於個體性及自主性極強的作家文學來說，作家將不同類別的口傳文學運用在其作品中各有其不同的創作意圖，以下即從兩個方向加以探討。

（一）對口傳文學的傳承與保存

在傳統的口傳民族中，口傳文學是透過眾人之口在族群間所流傳，它形成在口頭、

成長在口頭、變異在口頭、傳承在口頭，甚至——連死亡也在口頭。而文字的出現，對口傳文學所造成最明顯的轉變，乃是口傳文學的傳播與保存方式不再以口耳相傳為唯一，在經過文字符號的書寫與翻譯之後，口傳文學從此得以穿透時空以及族群的隔閡，擴大其原有的傳播範圍而被清楚地視見和被長久地保存。

今日有不少原住民文化工作者因有感於急逝中的族群文化，紛紛積極投入族內文化的保存工作，這之中也包含了口傳文學的採集與整理工作，而從迄今相關的出版品觀之，有一部分即是由當代原住民作家在文學創作之餘，親自拜訪部落耆老所具體貢獻出的成果。其將口傳文學整理成專書或專篇者，如周宗經《釣到雨鞋的雅美人》、夏曼．藍波安《八代灣的神話》、浦忠成（巴蘇亞．博伊哲努）《臺灣鄒族的風土神話》、奧崴尼．卡勒盛《雲豹的傳人》、卜袞．伊斯瑪哈單．伊斯立瑞《山棕月影》、霍斯陸曼．伐伐《中央山脈的守護者：布農族》、綠斧固．悟登《阿美族的兒歌之旅》等。然而，這類口傳文學作品即便透過文字來呈現，和一般作家文學還是有著明顯的區別，因而有兩個問題值得做進一步的探討。

1. 關於作者

此類口傳文學作品被書寫成文字以後可再細分兩類：一類是單純的對口傳文學做記錄與整理，一類則是以第一人稱的方式書寫口傳文學。其中第一類作品在與作家文學相較之下，最大的不同之處即在於大部分的作家並非是該作品的「創作者」，他們只是將所聽聞到的口傳文學單純地予以「記錄」與「整理」，這可從部分作家會特別載明該作品之原講述者的名字、年齡、社群等相關資料為證。由於口傳文學是經由眾人之口先後（或同時）創作出來的文學作品，是以過去每一個講述過或傳唱過的人皆可視為是該作品的創作者與傳承者，其流傳的時間愈久遠它的創作者就愈繁多，而終致難考其最初那位可能的「原創者」。因此，口傳文學被轉記成文字，但只要在轉記的過程中沒有經過記錄者或整理者的創作或改寫，儘量適切地保留其原始屬性，該作品即便已成為一種書面文學，實際上依然可歸屬於口傳文學的範疇。

除了單純記錄與整理口傳文學作品外，第二類作品如《八代灣的神話》、《雲豹的傳人》中所記述的神話傳說，乃是作者以「第一人稱」書寫。這類作品中多半未清楚載明原講述者相關的資料，而且既然以第一人稱書寫，就不免夾雜個人之觀感。然而，倘若我們仔細觀察其敘述方式，亦不難發現口傳文學的蹤跡。例如奧崴尼在《雲豹的傳人》的行文過程中，即大量地出現諸如「傳說」、「據說」、「相傳」、「老人家說」等詞語，此外還有更具體的如「西魯凱流傳著神話故事」、「祖先源自於這個地方的珠敢．阿路拉登說」、「東魯凱——大魯馬可的口述歷史相傳」等（頁二四、二一、八五）；再如夏曼．藍波安《八代灣的神話》卷一〈小男孩與大鯊魚〉，在開頭先寫了一段簡短的介紹後，然後說「故事是這樣開始的」，敘述到最後則說「故事說到這兒結束」，並說明此故事來自於他的父親；而其於卷二所夾雜的議論雖然更多，但仍然可以看到如「依據家父口述」的蹤影。

簡言之，奧崴尼與夏曼．藍波安雖然皆以第一人稱敘述本族的神話傳說，但是在夾議夾敘的敘述過程中，前述之詞語通常正是口傳文學出現的信號。一般而言，文字歷史悠久的族群為文時總喜歡引經據典，而既然引經據典就必須註明出處，但對口傳民族而言，他們的「經典」就是老人家口述的一切，因此原住民作家在援引這些經典時，因為並非是這些內容的原創者，除非作家有意加以改編、轉化，否則上述種種的敘述方式即是口傳民族引經據典、註明出處時的特殊表現模式。

但必須正視的是，此類以第一人稱書寫下來的口傳文學作品，卻也不經意地觸及了口傳文學與作家文學之間一個模糊的區塊。亦即，當原住民作家在以第一人稱寫下他所聽聞到的口傳文學，就已非如前所言只是單純地扮演著一個口傳文學的記錄者或整理者的角色，而是搖身一變而扮演著該故事可能的「傳承者」，甚或「創作者」。是傳承者（忠實地記錄整理）還是創作者（以作家之筆改編部分情節），攸關其書寫的作品究竟是歸屬於口傳文學還是作家文學，此部分若欲加以釐清，除了口述風格與寫作風格原本即存在著明顯的不同外，勢必要再藉由親訪作家或與其他異文相比較等方式，才得以抽絲剝繭、一探其可能的原貌。

2. 關於翻譯

口傳文學原是載之於言說的語言符號之上（更精準一點地說，其實還包含了肢體語言與講述語境），因此一旦要以文字符號記載，必然就會面臨到翻譯的問題，而既然採集的目的是要保存族群文化，則翻譯得精準與否就值得加以重視。由於南島語與漢語是完全不同的兩種語系，而口語與文字更是完全不同的兩種符號系統，因此對部分原住民作家而言（尤其對族語較為熟稔者或對漢語不熟者），欲將族語順利地翻譯成漢語，明顯是一種極大的困擾。

例如布農族作家卜袞(Bukun Ismahasan Islituan)即言:「布農族的詩,要用怎樣的體呢?結果我寫的時候,體無完膚,因為沒有辦法對照,沒有辦法用漢語寫詩的方式來對照,真的是體無完膚」(黃鈴華編,頁三〇七)。

而奧崴尼也曾經不只一次地表示過翻譯過程所帶來的痛苦,他說:

> 很痛苦!因為不是我的東西,因為不是我們魯凱的話語,所以最最大的痛苦就是語言,因為你要藉別人的東西來翻譯你靈魂的東西,很痛苦!我真的很想自殺,但我又捨不得死掉。唉!我自己找來的麻煩。……再偉大的翻譯家,心靈的東西,怎麼會澈底(劉育玲,頁四一)?

> 滿多概念沒有辦法用漢語寫:有些歌非常巧妙地在語法裡面,或者概念,沒有辦法用漢語表達。所以有許許多多的詩,我要寫的話常常敗興而歸。我聆聽以後不僅流眼淚,而想要翻出來分享給你們的時候,又不像話,有時候改變了太多,而且我又怕把這些東西亂動,所以我就不敢翻。不過我一直很努力地思考又思考,應該有一種方法把它表達出來,

或者用一種剪接的方式，但沒辦法達到最美的境界（王應棠，頁八一）。

傳統的口傳文學與族語的連結性是無庸置疑的，因此原住民作家在翻譯這些作品時，從「腦譯」再到「文字翻譯」的過程，因為受到不同語系以及口語與文字之間種種異質性的影響，使其翻譯後的文本已無可避免地經過層層的變動。法國哲學家里克爾（Paul Ricoeur，一九一三—二〇〇五年）在其文本解釋理論中提到：

> 文本就是任何由書寫所固定下來的話語，換句話說，由於書寫，本是瞬間的話語由固定不變的文本所取代。當文本取代了話語，發生了什麼重要的事呢？在說話時，談話者不僅出現在我們面前，而且也出現在那個談話語境中，這語境包括了當代周圍的環境、現實問題，以及談話者的聲音、姿態，即使我們可以想像當時可利用現代音像技術把談話者和聽話者的現場對話錄製出來，這種錄製也決不能把不成音像的東西如環境氣氛、現實問題複製出來。話語正是在對於這種氣氛和問題的關係中才是完全有意義的。一旦這種關係和問題消失了，話語也就不成為其原來的話語，這就是文本取代話語的第一層變動。文本取代話語的第二層變動，就是文本所

包含的話語現在變成了持久固定的，由於失去了話語的語境和問題，它的意義成了一種空白，或者更正確地說，成了一種固定持久的形式，也正因為這樣，它為我們的理解開放了無限的意義與可能性。……現在，寫—讀關係不是原來的說—聽關係。我們不能說閱讀就是通過作品與作者的對話，因為讀者對書的關係完全不像原來聽者對話語的關係（轉引自洪漢鼎，頁二八六—二八七）。

任何一種翻譯當然都力求精準，然而口語與文字在本質上本來就不是對等的，換句話說，文字語言永遠都不可能等同於口頭語言，再加上南島語系與漢藏語系這兩種不同語言系統所造成的隔閡，就使得原住民作家在翻譯時，經常在過與不及之間掙扎。因此，由南島語腦譯為漢語這是第一層變動；由漢語再翻譯成文字這是第二層變動；而失去語境後的文字，其意義對讀者而言具有無限的開放性，這是第三層變動。由此可見，無形的口語透過翻譯書寫成有形的文字後（不論是日語、漢語、羅馬拼音或國際音標），早已使其原有的活力與生命力受到框限，因此「失真」就變成是一種必然的宿命。

（二）對口傳文學的轉化與運用

除了前述對傳統口傳文學作完整的傳承與保存外，當代原住民作家在進行文學創作時，小時候所聽聞的口傳文學，也就理所當然地成為其創作時不可或缺的重要素材。而僅次於上述對口傳文學的採集與保存，利用傳統故事加以改寫及再創作者亦不在少數，例如谷灣．打鹿勒《域外夢痕》中有四篇排灣族神話、游霸士．撓給赫《泰雅的故事》、霍斯陸曼．伐伐《玉山的生命精靈》、乜寇．索克魯曼《東谷沙飛傳奇》、伊替．達歐索《巴卡山傳說與故事》等。

以布農族作家伐伐為例，伐伐可以說是原住民作家中，最擅於在作品中運用口傳文學的佼佼者，他甚至曾經將日本學者於調查報告中所記錄的布農族口傳故事，直接編排在他的作品中，可見他對口傳文學濃厚的興趣。以《玉山的生命精靈》一書來說，該書通篇共書寫了二十五則布農族神話故事，而這二十五則故事實已概括了大部分布農族重要的神話傳說，充滿著濃濃的布農風情。然而對於故事書寫時的呈現方式，伐伐表示：

> 故事沒有更動，但是加入一些情節，寫給小孩子看。老人講述的神話都很短，只

有開始、結局，中間的過程沒有那麼口語化，那麼細膩。師專的教育背景讓我在書寫上運用漢文書寫的立場，將之講述得更清楚。……原住民的口傳神話，不管是文獻，或當事人口述都是簡短扼要。當初也是希望引起小朋友閱讀的興趣，因此在不影響故事結構及結局之下，我在背景、對話方面加強了許多（許家真，二〇〇六年，頁八三）。

與上述原住民作家所採集的故事不同，也與日治時期日人學者所記錄於文獻上的故事不同，伐伐不僅在書寫時加入了新的情節，尤其他所寫的故事角色之間對白之繁多、流暢，確實已有別於一般故事講述者的口述風格，因為一般的講述者在講述故事之時，不大可能一人分飾多角，然後在不同的角色對白之間頻頻地轉換。

再以奧崴尼筆下的巴嫩故事為例，這個故事在奧崴尼作品中出現不只一次，然而從《雲豹的傳人》（一九九六年）、《多情的巴嫩姑娘》（二〇〇二年）、〈巴嫩嫁到塔路巴〉（二〇〇三年），一直到〈巴嫩嫁到達露巴淋〉（二〇〇六年），我們發現故事被不斷地鋪陳，而從一開始約六百字左右的敘述，到最後成為近萬字的長篇。毫無疑問，這樣的落差當然是作家匠心獨運的結果，尤其最後兩篇，除了作家的文藝之筆昭然，我們還看到相關歷史背景被清楚地交代、魯凱族傳統歌謠的融入，以及新的故事情節的滲透等。對於神話故事的書寫，奧崴尼說：

神話當然要寫，一定要寫，不過你不要把它當作一個事實，因為不合邏輯啊！我只能把他老人家跟我們講的時候，把它做漂亮一點，讓它有肉，但是不能改它。……當你要寫的時候，放一些血液、放一些青菜、放一些肉，要把它補那個粥啊！不要改變那個輪廓。……當然你再去創作的時候要合乎邏輯啊（劉育玲，頁四十三）！

與伐伐相同，奧崴尼對於所書寫的神話故事，都是在不違背故事思想主題與整體結構下，進行小範圍的改寫。一般而言，由於書寫與口述時的「臨場感」差距甚遠，因此再怎麼擅於講故事的人，在處於與聽者之間雙向性與立即性的訊息交流行為中，並沒有足夠的時間對所述故事做過多的鋪陳，因而我們看到大部分的口述文本多短小而精簡（口頭史詩除外），比起經過作家巧思鋪陳後的長篇累牘，有著明顯的不同。

此外，再如布農族年輕作家乜寇．索克魯曼（Neqou Soqluman）所創作的長篇小說《東谷沙飛傳奇》，則是以大量布農族的口傳故事作為架構其作品的重要背景與元素。

小說中，乜寇藉由布農族內所廣泛流傳的大洪水、巨人、矮人、精靈、地底人（有尾人）及骨骸人等原本就潛藏著奇幻因子的神話傳說，成功地打造出一個圍繞著東谷沙飛（玉山）的奇幻王國，這樣的創作模式在臺灣原住民作家文學中確實是少見而獨特的。值得一提的是，乜寇在序言中並不諱言創作《東谷沙飛傳奇》的構想，有一部分是受到英國著名作家托爾金（J. R. R. Tolkien，一八九二—一九七三年）《魔戒》（The Lord of the Rings）三部曲的刺激，而事實上托爾金在《魔戒》三部曲中所一手構築出的奇幻世界，正是脫胎於北歐神話與民間傳說，堪稱是當代作家對口傳文學重新改造的經典之作。

除了上述對口傳文學進行改寫與再創作，口傳文學被運用在作家文學中，有時也與作家的創作意圖與書寫策略有著密切的關係。如楊翠與瓦歷斯・諾幹曾分別表示：

> 在《紅嘴巴的vuvu》中，阿媯透過書寫自己的vuvu，也詳細地記錄了母系的歷史記憶與文化傳承，這樣的歷史記憶與書寫方式，是經由田野口述、神話傳說而建構的，與主流歷史書寫之講究文字資料截然不同，充滿了顛覆性的意義（楊翠，頁一四三）。

> 布農族霍斯陸曼．伐伐所寫的小說〈獵物〉與泰雅族瓦歷斯．諾幹散文詩〈Atayal〉，不約而同地呈現出原住民族書寫策略常見的「召喚集體的歷史記憶」（《獵物》的神話、儀式、文化規範，〈Atayal〉的神話用典、戰爭的記憶），其對內用以喚醒族群意識，對外而言，是向主流文化尋求溝通與對話；他們也表現出後殖民文學書寫的幾種策略，包括「棄用」與「挪用」的選擇。……（〈Atayal〉）神話原典的嵌入而不加註解，更是「逼迫」閱聽者重尋原住民（泰雅族）文化的源頭，此舉無疑是對中心論述積極的對話與挑戰，也可以說是對中心論述「逆反」的策略運用（瓦歷斯．諾幹，一九九九年，頁四四—四五）。

臺灣原住民作家對於使用漢語書寫始終存在著一種矛盾的情結，一方面原住民文學如果要被「看見」，就必須透過文字的書寫，羅馬拼音雖然是最貼近原住民族語言的一種書寫系統，但是它被看見的對象卻只能是原住民族中的極小眾。因此，當漢語書寫已是必然，面對兩種不同語系的轉換，原住民作家在進行創作之時，不論是有意還是無意，都會對漢語書寫造成一定程度的挑戰，而與族語連結性極高的口傳文學正是挑戰、干擾，甚至顛覆漢語書寫的一種利器。孫大川即曾表示，對原住民口傳文學中祭典文學的翻譯，「有可能引導原住民作家找到不同於漢語的句法形式，獨特的象徵手法」（二〇〇〇年，頁一三二）。

再以上述阿媽與瓦歷斯．諾幹為例，由於原住民的神話傳說充滿了原始的意象，這對於已經脫離神話思維許久，而習慣以邏輯思維思考的漢民族而言，無疑是極為陌生的。傅大為曾在描述完一則泰雅族的巨人故事後，驚奇地表示：

這樣的神話傳說，這樣的想像力，對百朗文化可以造成相當的衝擊、挑戰與困惑。為什麼這個故事可以成為神話傳說的一種而加以流傳？這種口語的流傳方式，乃至介入漢文書寫的方式，都足以使百朗文化中「說故事、寫傳說」的傳統文化結構產生迷惑，暫時失去重心（頁二一九）。

如果單純的故事描述就已經足以對百朗文化造成衝擊、挑戰與困惑，那就更遑論如同瓦歷斯．諾幹那般在作品中嵌入神話而不加註解時，讀者（包括文評家）如果對其文化背景知識不夠熟稔，勢必在閱讀理解上就會受到相當程度的影響，進而「落實」了作家的書寫策略，被迫重尋其族群文化的源頭。

此外，在今日部分原住民作家作品中（尤其與口傳文學相涉者），屢屢出現讓非本族人（除了漢民族外，其實也包括不同族籍的原住民讀者）為之側目的奇異修辭以及語法結構，其絕大部分也都是口語化思維的結果。因此，作家的書寫策略自然是受到作家創作意圖的影響，故不論是召喚集體的歷史記憶以喚醒族群意識，或是有意干擾進而顛覆漢語書寫，其在作家實際層面的操作上皆遠比單純地對口傳文學作品加以記錄與改編要複雜許多。

綜上所述，原住民口傳文學與作家文學的第二重對話，乃是三重對話中最具體有形的一重對話，在原住民作家的作品中，口傳文學一方面經由作家之筆，以專書、專篇或引用的方式得以被視見或保存，一方面也發揮著滋養作家文學的功能，以協助原住民作家實踐其創作意圖、豐富其創作內容。

五、口傳文學與作家文學的第三重對話

當某種傳統或某一個人從口頭走向書面時，他或它便從成年或成熟的文體，走向

蹣跚學步的童年和另一種文體樣式的初期。……這兩種東西可以彼此共存，雖然它們並不在同一個組織之內，但的確在同一個地域之內。

——阿爾伯特．洛德《故事的歌手》

臺灣原住民族文學從口傳文學一直到後來發展出作家文學，這個過程無疑是漫長而艱辛的，因而原住民口傳文學與作家文學的第三重對話乃是著眼在兩者之間的發展關係上。

關於原住民作家文學的「初現」，瓦歷斯．諾幹曾經將臺灣原住民族「由語言化為文字」的書面文學（作家文學）起點，上溯至一九三二年日治時期的《理蕃之友》，並將其視為與原住民口傳文學的「接點」（二〇〇〇年，頁一〇五）。

對於這樣的一種接點關係，瓦歷斯．諾幹進一步表示：

我們可以說臺灣原住民書面文學至少始自日治時期一九三二年，這樣我們才可以以比較開闊且連貫（連結口傳文學）的視野重新探討原住民文學。……一九三二年之後以非族語乃至於以族語從事文學創作的作品通稱「原住民現代文學」，則臺灣原住民文學即由「原住民現代文學」接續「原住民口傳文學」（二〇〇〇年，頁一〇六）。

綜觀臺灣原住民族文學發展史，瓦歷斯．諾幹跨越族語與漢語的籓籬，將臺灣原住民族的文學書寫（非文字書寫）起點上溯至日治時期，並以一種較為開闊而連貫的視域重新觀照臺灣原住民族文學，誠然有其見地。

但是，對於其所說「原住民現代文學」（作家文學）與「原住民口傳文學」之間所呈現出一種所謂「接續」的關係，我們嘗試以圖二說明之。

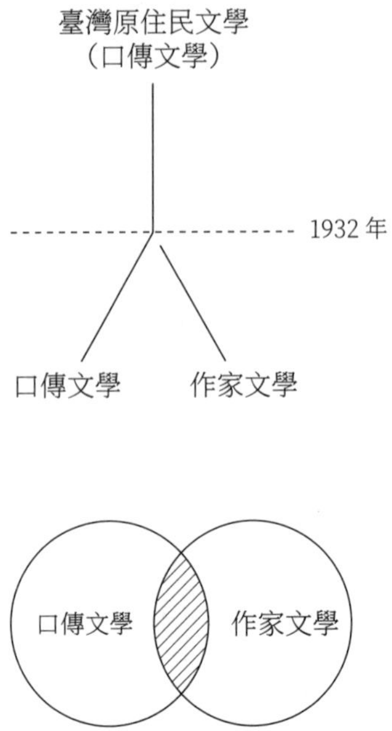

圖二：臺灣原住民口傳文學與作家文學發展關係圖。

筆者借用瓦歷斯．諾幹的「接點」概念，將一九三二年視為臺灣原住民族文學史上一個重要的分野，但一九三二年以後，瓦歷斯．諾幹認為「臺灣原住民文學即由原住民現代文學『接續』原住民口傳文學」，筆者以為此中的「接續」概念，無論是從時序上或內涵上來看，有必要再做進一步延伸探討。

首先，從時序上來看，臺灣原住民族文學的發展，確實是先有口傳文學後有作家文學，只不過，瓦歷斯．諾幹所說的「接續」似乎容易讓人有一種線性般「承上接下」的錯覺，亦即在原住民口傳文學與作家文學之間有一種時序上或實質上的「連結」。

然而，由於原住民作家文學的「初現」與口傳文學並沒有必然的關聯，這兩種文學可以有一定的互動與交流，但是很清楚地，原住民作家文學並不是從口傳文學中分化而來，所以在實際層面上並不存在著瓦歷斯．諾幹所說的這樣一個「接點」；更重要的是，一九三二年以後，原住民口傳文學的發展即便式微，卻從未停滯，則原住民作家文學又如何能接續口傳文學？

再從文學內涵上來看，口傳文學與作家文學之間縱使存在著一定的交集，但終因造就這兩種文學的時空環境、思維模式以及表現形態的殊異，導致它們有更大的區塊其實是無法疊合在一起的；事實證明，從過去到現在，作品中沒有口傳文學成分的作家文學並不在少數[7]，則原住民作家文學又如何能接續口傳文學？

誠然，如同本文於第二重對話中所論及的，我們並不否認原住民作家文學確實具有承載、保存、接續一部分口傳文學的功能，但是其所能承載、保存、接續的「容量」畢竟是有限的。舉例而言，謝世忠在〈眷愛與忽略——《臺灣原住民族漢語文學選集》論評之四：〈評論卷〉〉一文中，曾經對《評論卷》上、下兩冊中的文章做量化的統計分析，他將所有評論分為專論型文論與泛論型文論兩大類，其中泛論型文論中被集中閱讀的作家與作品，大致又可分成兩類：其一是可歸屬於母語文學和口傳文學範疇，其二則是其他分屬詩歌、散文和小說等文類的典型文學創作。

謝世忠分析後表示，泛論型文論中探討到第一類母語口傳文學作品者，多為原住民籍文論家，一般漢人學者則明顯只注意到第二類典型文學作品；而專論型文論九位作者十篇文章中所提及的十一位作家十九部著作，竟無一與母語或口傳文學相關；總之，包括泛論型文論專家和專論型文論專家，顯然均焦點於創作文學。最後，謝世忠將初步結論歸納如下：

(1)泛論型文論專家明顯地比較注意創作文學。

(2)泛論型文論專家凡有注意到母語口傳文學者，多半自己就是原住民。

(3)專論型文論專家從未以母語口傳文學進行評論。

(4)簡而言之，創作文學是主流，母語口傳文學則不僅次要，而且幾等於可有可無（頁一〇六）。

由於謝世忠是以《臺灣原住民族漢語文學選集：評論卷》中的文章作為統計基礎，但是《臺灣原住民族漢語文學選集》這一套叢書[8]，原本即是以漢語文學（作家文學為主）作為其編纂的內容。

7 必須說明的是，原住民族的口述傳統（Oral Tradition）龐大而深邃，口傳文學只是其口述傳統的一部分，也就是說其口述傳統中也存在著非文學的部分，而原住民作家當然可以透過其作家之筆，將此一非文學的部分予以文學化，但不能理所當然地認為所有作家文學中，出現與其口述傳統相關者都是口傳文學，這之間仍然具有一定的區隔。

8 《臺灣原住民族漢語文學選集》由孫大川編纂，共分詩歌卷、散文卷、小說卷、評論卷等四卷七冊。

主編孫大川在〈編序〉中已明白表示，有一些帶有濃厚口傳性質的作品並未收錄，因為那些作者並不以創作者自居，故其勞動的成果自成另一個體系（筆者按：口傳文學體系，二〇〇三年a，頁九）。而作品卷如是，評論卷亦然。

因此《評論卷》中造成如此明顯落差的可能原因，筆者以為有三：其一為編輯者選取文章的標準與考量（孫大川，二〇〇三年a，頁八）[9]；其二為文論專家對原住民母語口傳文學的認知與興趣（即謝世忠所言之眷愛與忽略）；其三則為母語口傳文學分布在整體作家文學中的比例。就第三點而言，以口傳文學為例，倘若除去純粹的採錄與改編之作，口傳文學出現在作家文學中，泰半視作家的創作意圖做零星式的呈現，其能見度實已受到相當大的壓縮。

綜而言之，我們認為：相較於將一九三二年視為原住民口傳文學與作家文學之間的接點，也許轉而將其視為臺灣原住民族文學發展史上一個重要的「轉折點」，會較為適當，因為原住民作家文學的出現，其所象徵的一個要義，即是口傳文學在臺灣原住民族文學的舞臺上從此不再獨舞；而對於所謂的接續概念，與其用單線思維，還不如用雙線思維來詮釋更為合宜，因為臺灣原住民族文學自從發展出作家文學後，其與口傳文學之間的關係，就是分途並行的兩道，而非承接而行的單線道，它們同時共存於當代，只不過是分屬於兩種不同的文學體系。因此，對於口傳文學與作家文學的第三重對話，我們或可以這樣說：假如臺灣原住民族文學是一首樂曲的話，則口傳文學與作家文學就是這首樂曲中兩種不同的旋律，他們之間呈現出一種「對位」（counterpoint）的互動關係，亦即這兩種旋律都具有一定的獨立性與穩定性[10]，但又互有關聯，而臺灣原住民族文學就是在這兩種旋律交織下所譜出的樂章。

9 據孫大川表示，《評論卷》主要分兩個部分：一是綜論，涉及原住民文學生成與界定的問題，也碰觸到原住民文學批評及其美學基礎的討論；一是個別重要作家的鑑賞和評析。

10 對位（counterpoint）是西方音樂中，將兩種或兩種以上不同的旋律組合在一起的一種作曲技巧，在對位法的作品中，每個旋律都擁有自己動態的獨立性，但旋律與旋律之間仍然保持著一定的契合度。

六、結語

我們不曾懷疑(也不容懷疑)，對任何一個不論有無發展出文字符號的族群而言，在其歷史上都必然有過一段口傳文學極為興盛的年代，而對於當代的臺灣原住民族而言，這樣的一個年代，其實還去古未遠。然而，當殖民者與文字書寫開始積極介入原住民傳統社會之後，其口傳文學在遭受前所未有之嚴峻衝擊的同時，卻也催生了原住民作家文學的形成，進而宣告著臺灣原住民族文學的發展除了口頭文學以外，也在文字文學上跨出了一大步。

口傳文學與作家文學縱使文學表現形態不同，但皆因共同植根於同一文化母土而有著相近的文化脈動，從而也成為觀照或反映臺灣原住民族整體文學面貌的兩扇重要窗口。

本文循此思路，將臺灣原住民的口傳文學與作家文學之間的對話關係分為三重。在第一重對話裡，口傳文學除了是原住民作家所認知的傳統文學外，部落裡的老人家更是他們心目中不折不扣的文學家；而生長在一個口傳文學氛圍濃厚的生活環境中，原住民作家不只是被動地聆聽與接受，也會主動地講唱與參與，正是在如此反覆不斷地經歷與體驗之後，也為其日後的寫作之路創造了基礎。甚至，我們還可以說，當原住民作家日後在面臨到創作瓶頸、題材枯竭或是體認到回歸族群的重要性時，這第一重動態性的對話與交流仍然被綿密且清楚地延續著。

而在第二重對話裡，原住民作家將無形的第一重對話以作家之筆化為有形，其或將口傳文學以專書、專篇或引用的方式傳承或保存，或在作家獨立的創造性思維下，使得其筆下的口傳文學開始「變形」，但不論變形的幅度或大或小、現形的方式或隱或顯，其在協助原住民作家實踐創作目的、豐富創作內容的意圖上則並無二致。

最後，在第三重對話裡，儘管原住民作家文學的形成是因為外力強勢介入的結果，但是它的出現確實清楚地標示出臺灣原住民族文學史上一個重要的轉折點，進而使其日後的文學發展呈現出口傳文學與作家文學雙軌並行、齊頭並進的態勢。

值得關注的是，有鑑於文字傳統發展悠久之族群長期以來對口傳文學的忽視，至少就現階段而言，原住民口傳文學與作家文學兩者之間的文學地位與發展關係應該是平等的、是對位的，過於眷愛或忽略其中一種旋律，都將不利於臺灣原住民族文學這一首樂曲整體的和諧；換句話說，唯有同時在這兩種文學的發展上取得平衡，臺灣原住民族文學才能積極而且迅速地厚植其整體的文學能量。

要言之，不論過去、現在或未來，口傳文學與作家文學在臺灣原住民族文學發展的道路上，有其在不同時空領域中各自擅長的文學表現，但是相信在共同戮力灌溉、豐富原住民文學這塊創作園地的目標上則終將是殊途而同歸。

參考資料

卜袞．伊斯瑪哈單．伊斯立瑞　一九九九年，《山棕月影》，臺中：晨星。

王靖獻　一九九〇年，《鐘與鼓——《詩經》的套語及其創作方式》，四川：四川人民。

王應棠　一九九六年，〈棲居、聚落保存與歷史重建——魯凱族好茶的個案〉，《山海文化》一一期，頁七六—八六，臺北：山海文化雜誌社。

瓦歷斯．諾幹　一九九二年，〈原住民文學的創作起點〉，《番刀出鞘》，頁一二七—一三四，臺北：稻鄉。一九九四年，《想念族人》，臺中：晨星。一九九九年，〈臺灣原住民文學的去殖民——臺灣原住民文學與社會的初步觀察〉，《廿一世紀臺灣原住民文學》，頁三六—五一，臺北：臺灣原住民文教基金會。二〇〇〇年，周英雄、劉紀蕙編，〈關於臺灣原住民族現代文學的幾點思考〉，《書寫臺灣：文學史、後殖民與後現代》，頁一〇一—一一九，臺北：麥田。二〇〇五年，〈從問號到驚嘆號——我所體認的原住民運動與原住民文學〉，「山海的文學世界——臺灣原住民族文學國際研討會」，頁七五—八四，臺北：山海文化雜誌社。

田銀旺　一九九九年，李壁年、黃秀敏、許俊德譯，〈祖先的故事〉，《民族學研究所資料彙編》一四期，頁九一—一四一，臺北：中央研究院民族學研究所。

朱光潛　一九七二年，《談文學》，臺北：臺灣開明。

吳錦發　一九八七年，〈悲情的山林　序「臺灣山地小說選」〉，《悲情的山林》，頁一—七，臺中：晨星。一九九二年，〈靜靜流淌過心底的哀歌——序《臺灣山地散文選》〉。《願嫁山地郎》，頁五—一二，臺中：晨星。

呂興昌　一九九三年，〈臺灣文學資料的蒐集整理與翻譯〉，《文學臺灣》八期，頁二二—三五，高雄：文學臺灣雜誌社。

李壬癸　一九九七年，〈珍惜沒有文字的語言〉，《臺灣南島民族的族群與遷徙》，頁一八四—一九八，臺北：常民文化。

林太、李文甦、林聖賢　一九九八年，《走過時空的月亮》，臺中：晨星。

林志興　一九九九年，〈原住民文學創作的反省〉，《廿一世紀臺灣原住民文學》，頁一六九—一七八，臺北：臺灣原住民文教基金會。

花蓮教育大學民間文學研究所編　二〇〇六年，《二〇〇六民俗暨民間文學學術研討會論文集》，臺北：文津。

浦忠成(巴蘇亞．博伊哲努)　一九九六年，〈臺灣原住民文學概述〉，《文學臺灣》二〇期，頁一九〇—二〇二，高雄：文學臺灣雜誌社。一九九八年，〈臺灣原住民小說寫作狀況的分析〉，王浩威評論、陳義芝主編，《臺灣現代小說史綜論》，臺北：行政院文化建設委員會、聯經，頁五二七—五四八。一九九九年，〈臺灣原住民文學概述〉，《原住民的神話與文學》，臺北：臺原，頁一三—二五。二〇〇二年a，〈原住民文學發展的幾回轉折—由日據時期以迄現在的觀察〉，《思考原住民》，頁一二九—一五三，臺北：前衛。二〇〇二年b，〈原住民文學選擇的發展道路〉，《思考原住民》，頁一五四—一五七，臺北：前衛。

柳書琴、亞榮隆．撒可努　二〇〇七年，〈獵人視窗——我們的文學為什麼打獵？〉，《臺灣文學館通訊》第十七期，頁四—一一，臺南：國立臺灣文學館。

洪漢鼎　二〇〇三年，《詮釋學史》，臺北：桂冠。

夏曼．藍波安　一九九三年七月十四日，〈流傳在山海間的歌——臺灣原住民作家座談會〉，《聯合報》三十五版。一九九九年，〈孤舟夜航的驕傲——自序〉，《八代灣的神話》，頁一—三，臺中：晨星。

孫大川　一九九三年，〈原住民文學的困境——黃昏或黎明〉，《山海文化》創刊號，頁九七—一〇五，臺北：山海文化雜誌社。一九九六年，《臺灣原住民文化藝術傳承與發展系列座談實錄報告書》，臺北：行政院文化建設委員會。二〇〇〇年，〈原住民文化歷史與心靈世界的摹寫——試論原住民文學的可能〉，《山海世界：臺灣原住民心靈世界的摹寫》，頁一〇七—一三七，臺北：聯合文學。二〇〇三年a，〈臺灣原住民文學創世紀〉。《臺灣原住民族漢語文學選集：評論卷》（上），頁五—一一，臺北：印刻。二〇〇三年b，〈文學的山海，山海的文學〉，《臺灣原住民族漢語文學選集：評論卷》（上），頁八二—九二，臺北：印刻。二〇〇五年，〈用筆來唱歌——臺灣當代原住民文學的生成背景、現況與展望〉，《臺灣文學研究學報》一期，頁一九五—二二七，臺南：國立臺灣文學館。

莫那能　一九九三年六月二五日，〈走出原住民的悲情城市〉，《中國時報》二十七版。一九九八年，《美麗的稻穗》，臺中：晨星。

許家真　二〇〇六年，〈口傳文學的翻譯、改寫與應用——以布農族為觀察對象〉，新竹：國立清華大學臺灣文學研究所碩士論文。二〇〇三年，〈生命精靈的再現——口傳文學在布農族作家文學中的傳承與運用〉，《第七屆青年文學會議論文集：臺灣文學的比較研究》，頁五一—七三，臺北：文訊。

傅大為　二〇〇三年，〈百朗森林裡的文字獵人——試讀臺灣原住民的漢文書寫〉，孫大川編，《臺灣原住民族漢語文學選集：評論卷》（上），頁二一一—二四六，臺北：印刻。

彭瑞金記錄　一九九二年，〈傾聽原聲——臺灣原住民文學討論會〉，《文學臺灣》四期，頁六九—九四，高雄：文學臺灣雜誌社。

黃鈴華編　一九九九年，〈會議實錄〉，《廿一世紀臺灣原住民文學》，頁二五三—三〇九，臺北：臺灣原住民文教基金會。

奧崴尼．卡勒盛　二〇〇五年，《雲豹的傳人》，臺中：晨星。

楊渡　一九九八年，〈讓原住民用母語寫詩——莫那能詩作的隨想〉，莫那能著，《美麗的稻穗》，頁二〇〇—二〇八，臺中：晨星。

楊翠　一九九九年，〈認同與記憶——以阿𡠄的創作試探原住民女性書寫〉，《廿一世紀臺灣原住民文學》，頁一二八—一四八，臺北：臺灣原住民文教基金會。

葉朗主編　二〇〇〇年，《現代美學體系》，臺北：書林。

劉育玲　二〇〇九年，〈神秘的消失？消失的神秘？——訪魯凱族作家奧崴尼卡勒盛〉，《臺灣文學評論》九卷二期，頁三二—四八，臺北：國立臺灣大學臺灣文學研究所。

潘英海　一九九〇年，〈田野工作的「自我」：從馬凌諾斯基的《日記》談起〉，《臺灣史田野研究通訊》一七期，頁二六—三五，臺北：中央研究院臺灣史田野研究室。

謝世忠　二〇〇四年，〈眷愛與忽略——《臺灣原住民族漢語文學選集》論評之四：評論卷〉。《臺灣原住民教育季刊》三六期，頁一〇七—一一六，臺東：國立臺東大學原住民教育研究中心。

謝惠君　二〇〇五年，〈魯凱族作家奧崴尼．卡勒盛之研究〉，屏東：屏東師範學院教育行政研究所碩士論文。

魏貽君　一九九四年，〈從埋伏坪部落出發——專訪瓦歷斯．諾幹〉，瓦歷斯．諾幹著，《想念族人》，頁二〇六—二三五，臺中：晨星。

伊波仁太郎　一九三四年，〈サイセットの神タイアイに就て〉，《理蕃の友》三卷六期，頁六，三卷八期，頁八—九。

Albert Bates Lord　二〇〇四年，尹虎彬譯，《故事的歌手》，北京：中華。

Walter Benjamin　一九九八年，林志明譯，《說故事的人》，臺北：臺灣攝影工作室。

魏貽君

〈敘事性族語歌詩及其族裔意識認同的線索——巴恩・斗魯、吾雍・雅達烏猶卡那、巴力・哇歌斯的生命敘事〉

現任東華大學華文系副教授。國立清華大學社會學碩士、國立成功大學臺灣文學博士。

著有《戰後臺灣原住民族文學形成的探察》，曾獲巫永福獎二〇二〇年文學評論獎。

本文出處：二〇一三年九月，《戰後臺灣原住民族文學形成的探察》第二章，新北：印刻。

敘事性族語歌詩及其族裔意識認同的線索
——巴恩．斗魯、吾雍．雅達烏猶卡那、巴力．哇歌斯的生命敘事

一、原住民族文學「作者」類型的多義性

臺灣鄒族學者浦忠成（巴蘇亞．博伊哲努）嘗以文學的形成、文類的形態、傳播的方式、創作的目的之分類角度，將臺灣原住民族文學的表現形式、敘事類型，劃分為「口傳文學及作家文學兩種」[1]；他在查核相關的出版資料之後概略推算，「原住民族籍作者已逾三百人，以臺灣原住民族整體人口而言，不可謂少」[2]。

底下，我將嘗試在浦忠成（巴蘇亞．博伊哲努）以及相關學者的研究基礎之上，分疏「作者」（author）這個概念、語詞在臺灣原住民族文學形成脈絡之中的相應涵義，並再進一步分類、比較並探討戰後臺灣原住民以「口傳的／書寫的」、「族語的／漢語的」及混語形式進行文學性的表述、採集、編纂、翻譯、改寫與創作的作者身分形成及來源（authorship）問題。

藉由浦忠成（巴蘇亞．博伊哲努）的觀點之助，一方面擴充了臺灣原住民族文學的

定義容量，另一方面也對以往關於戰後臺灣原住民族文學形成的定年說法、研究取樣偏重於一九八〇年代原運之後的詮釋傾向，做了認識論的翻轉。對於浦忠成（巴蘇亞．博伊哲努）來說，戰後臺灣原住民族文學形成的研究，勢必不能忽略包括卑南族的巴恩．斗魯（Pang Ter，漢名陳實，一九〇一—一九七三）[3]、鄒族的吾雍．雅達烏猶卡那

---

1 浦忠成（巴蘇亞．博伊哲努），《思考原住民》（臺北：前衛，二〇〇二年），頁一三一。

2 浦忠成（巴蘇亞．博伊哲努），《被遺忘的聖域：原住民神話、歷史與文學的追溯》（臺北：五南，二〇〇七年），頁四八五。

3 巴恩．斗魯，一九〇一年出生於臺東的卑南族知本部落，日本名字為「川村實」，一九一八年就讀臺灣總督府國語學校師範部乙科（一九一九年改制為臺北師範學校），一九二二年畢業後任教太麻里公學校，一九二四年轉任知本公學校訓導，戰後的一九四五年擔任知本國校校長，一九四六年更改漢名為「陳實」，一九五〇年官派臺東縣議會議員，一九五二年擔任卑南鄉大南國校校長，一九五五年退休後投入部落史整理及歌詩創作，一九七三年病逝。巴恩．斗魯的譯名，是我根據他的日語族名「パントル」而譯，特此說明。

（Uongu Yata'uyungana，漢名高一生，一九〇八－一九五四年）[4]、卑南族的巴力·哇歌斯（Baliwakes，漢名陸森寶，一九〇九－一九八八年）等人在日治時期[5]、戰後初期以族語或日語創作、發表的歌詩、短文以及在部落進行的傳統歌謠、口傳文學的調查採錄。浦忠成（巴蘇亞·博伊哲努）認為，上述三位的文學行誼及作為，無疑已在一九六〇年代之後漸興的臺灣原住民族文學的作家系譜當中，奠定了先行者、開創者的精神位格，「如果環境允許，他們在文學的成就可能不必讓今人」[6]。

（一）「作者」的雙重作用意態

英國學者丹尼·卡瓦拉洛（Dani Cavallaro）的考察指出，英文的「作者」（author）在拉丁文的字源augere，是被當作動詞的語態使用，指涉著「使之成長」（to make grow）或「用以生產」（to produce）之意，它同時聯繫於「權威」（authority）及「權威行為」（authoritarian）的概念·，卡瓦拉洛認為，作者身分（authorship）這個語詞的含義，標示著「自由的」（liberating）以及「限定的」（restrictive）雙重作用意態[7]。

透過卡瓦拉洛的詮析，任何一位「作者」的形成過程、現身機緣，都不可能抽離了

現實情境底下的歷史、社會的時空因素而單獨式、真空式的存在；「作者」及其「文

---

4 吾雍・雅達烏猶卡那，一九〇八年出生於阿里山的鄒族部落，日本名字為「矢多一生」（ヤタカズオ，Yata Kazuo），一九三〇年臺南師範學校畢業，旋即返鄉任教，一九四五年更改漢名為「高一生」，並被國民黨政府委派為吳鳳鄉（今阿里山鄉）鄉長。一九五一年遭臺灣省保安司令部指控涉嫌「高山族匪諜湯守仁等叛亂案」，一九五二年遭逮捕，一九四五年被判「匪諜叛亂罪」槍決。

5 巴力・哇歌斯，一九〇九年出生於臺東的卑南族部落南王村，日本名字為「森寶一郎」，一九二七年考入臺南師範學校，一九三三年畢業後任教於臺東新港公學校，一九四七年擔任臺東農校的音樂、體育老師，一九八八年去世。

6 浦忠成（巴蘇亞・博伊哲努），《思考原住民》，頁一五六。

7 Dani Cavallarc.Critical and cultural theory:Thematic variations（New Brunswick, NJ:Athlone Press,2001）.p.50.

本」的產生，總是有著脈絡可循的「互文性」（intertextuality）構成質素[8]，無論他（她）們的文學操作形式是以口傳表述或文字書寫，無不受到了那些先於他（她）們的生命經驗之前種種歷史典故、語文環境及意識形態的影響而「使之成長」，即使是如「架空世界」（secondary world）之類的奇幻文學，「作者」的書寫創作條件依然不能免於各該當時的歷史情境、社會氛圍的世俗「限定」，仍然在文本之中藉由對於口傳神話、傳說的超凡人物事蹟的想像、改寫或演繹而「生產」、投射創作者的價值關懷及判斷。因此，「作者」既是其文本的創造者，同時也是歷史文本的閱讀者及詮釋者；「作者」對其文學創造範疇的表述形式、書寫方式的選擇是「自由的」意志作用，但是外在的歷史情境、社會氛圍也以種種形式，內化於、形塑了「作者」個人的生命經驗，並對他（她）們的文學創述條件、書寫模式及題材內容，產生程度不一的限定作用。

（二）「作者」概念的出現

經由以上對於「作者」概念含義的簡略分疏，回到本章的論述脈絡以觀，臺灣原住民族的敘事性口傳文學系統之內，嚴格地說，並不存在著具有個人性的、人格化的

「作者」概念。人類歷史任何一個原住民族的敘事性口傳神話、傳說及故事的原初「作者」，用法國學者米歇爾．傅柯（Michel Foucault）的術語來說，也都共同有著「超驗的匿名性」（transcendental anonymity）特徵；同樣地，浦忠成（巴蘇亞．博伊哲努）也以「佚名性」的觀點詮釋臺灣原住民族口傳文學的所謂「作者」問題：

---

8 「互文性」是法國學者茱莉亞．克莉斯蒂娃（Julia Kristeva）在對俄國文學理論家米哈伊爾．巴赫汀（Mikhail Bakhtin）提出的「複調」（polyphony）理論的研究而衍繹的概念。在她的操作釋義上，「互文性」主要指涉的是所有的文本都會以直接或間接的、明顯或隱微的形式而跟其他的文本進行對話，透過了對前人的文本加以模仿、降格、嘲諷的改寫策略，進而產生複讀、強調、濃縮、轉移和深化的作用。近幾年，克莉斯蒂娃嘗試把「互文性」概念的解讀範圍擴大，希望「跳脫文本自身的藩籬，並將它安置到一個較寬廣的背景，即包含別的文本的歷史和心態的歷史等等」。有關克莉斯蒂娃對「互文性」的釋義轉折，可參見Julia Kristeva.edited by Toril Moi.The Kristeva Reader（New York:Columbia University Press,1986）.p37,111；譯文參引茱莉亞．克莉斯蒂娃著，納瓦蘿訪談，吳錫德譯，《思考之危境：克莉斯蒂娃訪談錄》（臺北：麥田，二〇〇五年），頁一〇－一二、五〇－五一、一四二－一四三；廖炳惠編著，《關鍵詞二〇〇》（臺北：麥田，二〇〇三年），頁一四三。

因為它是藉著口頭和集體去創造、傳播[9]，所以它就不可避免有口頭性、集體性、佚名性（即無法確認其創作者）及變異性等特徵[10]。

原住民族敘事性口傳文學的源起、生成問題，並不適用於以一般定義下的「作者」概念去解釋，以傅柯的觀點來看，「作者」的概念、角色及功能，必須擺置於個體性、所有權的觀念形成、建制之後的脈絡底下，才有進行歷史考察、社會分析的意義效用可言：

> 「作者」概念的出現，構成了人類思想、知識、文學、哲學及科學史上的個人化（individualization）特殊階段[11]。

換句話說，「作者」概念的出現，通常如影隨形於「書寫」及「閱讀」行為。原住民族的敘事性口傳文學系統，則是經由跨世代的非書寫性、集體參與的口語表述、聆聽過程而漸形成，在這個意義層面底下的原住民族口傳文學，並不存在著書寫的、創作的「作者」身分；反之，是以「講述者」、「演示者」的代言或再現方式的傳播身分呈現，惟當原住民的口傳文學被以文字化、書寫化的方式採擷、載錄、翻譯或改寫的形式傳播及被閱讀之後，口傳文學的「作者」概念與定義，也就隨之翻轉。

原住民族敘事性口傳文學的「作者」，雖然普遍存在著「匿名性」、「佚名性」或「作者不詳」（authorless）的特徵，但是這並不對於原住民敘事性口傳文學的價值功能，構成任何的鬆蝕；對於原住民來說，通常透過部落或家族的長者表述而聆聽、接收各該族群的口傳文學，啟動了他們對於自我族裔身分構成的歷史想像。因此，若以「作者」生成的概念角度認識戰後臺灣的原住民族文學，首先意味的是對於原住民族「文學」的重新定義。借用德國詮釋學家漢斯－格奧爾格．噶達瑪（Hans-Georg Gadamer）的話來說：

---

9 筆者按，「它」在此是指「敘事性口傳文學」。

10 浦忠成（巴蘇亞．博伊哲努），《臺灣原住民的口傳文學》（臺北：常民文化，一九九六年），頁一〇六。

11 Michel Foucault. “What Is an Author?” in Textual Strategies:Perspectives in Post-Structuralis Criticism（Ithaca, N.Y.:Cornell University Press,1979）p.141.

文學的概念本質，乃是對應於「智識的存留與移交的功能」（function of ntellectual preservation and tradition）而言，並將箇中的隱祕歷史帶進了每一個世代之中[12]。

順著噶達瑪的觀點來看，我們也才能夠理解，為什麼許多位原住民作家在具備一定程度的漢語文學書寫技巧之後，又都歸返於原住民族「隱祕歷史」的口傳文學尋探之上，採擷並聆聽原住民族的神話、傳說及民間故事流洩而出的素樸生命樣態。

不論是排灣族陳英雄的《域外夢痕》、布農族拓拔斯．塔瑪匹瑪的《最後的獵人》、達悟族夏曼．藍波安的《八代灣的神話》、泰雅族瓦歷斯．諾幹的《戴墨鏡的飛鼠》、魯凱族奧崴尼．卡勒盛的《野百合之歌》、布農族霍斯陸曼．伐伐的《玉山魂》、排灣族亞榮隆．撒可努的《走風的人》、布農族乜寇．索克魯曼《東谷沙飛傳奇》、卑南族巴代《斯卡羅人：檳榔．陶珠．小女巫》、泰雅族里慕伊．阿紀《山櫻花的故鄉》等等原住民文學的文本構成內容，率皆呈現著口傳文學及作家文學之間的「互文性」連帶關係形式；這些「作者」通過各族神話、傳說、故事、歌謠、祭典之類口傳文學的重新聆聽、採擷以及再詮釋、解析之後，擇以不同的文體類型、語文形式而書寫創作。因此，原住民文學在戰後發展而出的地質構造上，口傳文學做為底層岩盤的存在位置及價值，乃是毋庸置疑的，進而帶出另一項關於原住民文學的「作者」是多重涵義存在的觀察命題。

（三）族語吟唱的「作者」

若以「作者形成」（Author formative）的概念角度思考、認識戰後臺灣的原住族文學，首先意味的是對於原住民的「文學」重新定義。

戰後臺灣的原住民開始以華語文的書寫形式發表、出版個人的文學作品而取得「作者」的身分。現有的文獻史料顯示，應是排灣族的陳英雄於一九六二年四月十五日，在《聯合報》副刊發表的第一篇散文〈山村〉；惟將原住民族的「文學」表現形式推及口傳神

---

12 Hans-Georg Gadamer.Truth and Method（New York:Crossroad, 1989）.p.161. 譯文參考漢斯—格奧爾格．加達默爾著，洪漢鼎譯，《真理與方法——哲學詮釋學的基本特徵．上卷》（上海：譯文，二〇〇二年），頁二一一。中國學者洪漢鼎把噶達瑪原著的這段德文譯為「文學其實是一種精神性保持和流傳的功能」，我在對照英譯本的噶達瑪論述語義脈絡，將「preservation」譯作「存留」、「tradition」譯作「移交」。

話、故事的採錄表述，以及歌詩、童謠的詞曲創作範疇，我們可以發現，「作者」的概念在戰後的一九六〇年代之前，就已在國家機器的漢化語文政策滲透力的末稍邊緣地帶，以集體共享的、流變的吟唱形式，出現在各族的部落之中。

卑南族學者孫大川指出：

對我們上一代部落族老而言，唱歌不純然是音樂的，它更是文學的；他們用歌寫詩，用旋律作文。幾千年來，我們的祖先就這樣不用文字而用聲音進行文學的書寫[13]。

歷史事實顯示，臺灣原住民族文學口傳形式「作者」的出現，早於文學書寫形式的「作者」；這個現象，一方面是因為原住民並未創發文字書寫系統，「而用聲音進行文學的書寫」，另一方面這也並不盡然是原住民的文學表述者、書寫者得以自我選擇、決定的結果，毋寧是在戰後初期以迄一九六〇年代之前的臺灣政治社會條件規約之下的結果。

一九四五年八月，日本結束對臺灣的五十年殖民統治，中國國民黨政府接掌臺灣的統治權柄，隨即頒行種種政策法令，強制更易、規範臺灣人民的國族認同內容。戰後初期，臺灣行政長官公署推行的國族建造工程[14]，基本上，是以中國國民黨總理孫文的「建國大綱」、「三民主義」思想論述體系做為行動圭臬，「應該把中國許多民族融化成為一個中華民族……而使蒙藏回滿同化於我漢族，建設一最大之民族國家者，是在漢人之自決」[15]。

一九四六年四月，臺灣行政長官公署央請教育部派員來臺，協助成立「臺灣省國語推行委員會」，希望能在最短的時間重新塑造臺灣的語文環境，期能達成「重國語以尊國體，而造成優勢的國語環境，仍承重慶的戰鬥姿態，在精神上給臺胞以鼓勵安慰，給日語以打擊」的中華國族體制建造目標[16]，遂在一九四六年九月禁止臺灣各級學校使用日

13 孫大川，〈用筆來唱歌——臺灣當代原住民文學的生成背景、現況與展望〉，《臺灣文學研究學報》一期（二〇〇五年十月），頁一九八。

14 臺灣行政長官公署在一九四六年十月二十五日正式成立，一九四七年四月二十二日行政院決議撤廢臺灣行政長官公署，同年五月十六日依「省政府組織法」成立臺灣省政府。

15 中國國民黨中央黨史史料編纂委員會編印，《國父全集》第二冊（臺北：中央文物供應社，一九七三年），頁三九六－三九八、頁四九一。

16 張博宇編，《臺灣地區國語運動史料》（臺北：商務，一九七四年），頁二七。

語，十月公布「報紙日語版禁止令」[17]，而由客家籍作家龍瑛宗主編的《中華日報》日文版文藝欄，也在一九四六年十月廿四日廢刊，使得當時全臺灣的報紙副刊「變成清一色的中文了。日文作家大多數放棄文學創作的路，不得不結束了作家的生涯」[18]。

因為統治政權的更迭、國家語文的轉換，迫使一九四〇年代以日語思考、日文書寫的漢族作家們，成為詩人林亨泰形容的「跨越語言的一代」[19]，他們一方面困頓於統治者強制語文轉換的心理煎熬，另一方面驚懼於一九四七年之後陸續發生二二八事件、四六事件的白色恐怖氛圍，使得「跨越語言的一代」漢族作家若要延續自我的文學生命，就得面對「書寫／語言」的失語斷層，以及「文學／政治」掙扎拉扯的雙重焦慮。

相較於一九四〇年代「跨越語言的一代」漢族作家們，同一時期的原住民在「文學」的表述、創作上，並沒有這方面的問題限制及困擾，原因略之以有三。

其一，戰後臺灣原住民族文學以書寫形式出現的「作者」，當可推自一九六〇年代初期的排灣族陳英雄，在他之前的原住民「作者」大多是以族語或日語的口傳敘事形式，進行「文學」的表述及創作，至於受眾也是透過聆聽、講唱的方式接收、傳播各族的敘事性口傳文學，不像漢族作家們當下面臨著文學表現形式因為語文轉換而產生的書寫、發表及閱讀的跨越障礙。

其二，國民黨政府的「國語政策」推行效力在一九六〇年代之前，仍然未能全面有效作用於山地部落各族原住民的日常生活之中，「國語」及漢文並未完全成為一九五〇年代之前出生的原住民進行言談、書寫以及社會聯繫的表意工具。

換句話說，一九六〇年代之前的原住民據以進行「文學」表述、創作的語文表意工具，是不同於漢族作家。回到史實發展脈絡來看，戰後臺灣的漢人政府在一九五一年特別針對原住民實施「臺灣省各縣山地推行國語辦法」，卻相對忽略了天主教、基督教的教會系統，早在日治時期即已養成了原住民信徒以日語、羅馬字拼寫族語的言說、書寫能

17 賴錦雀，〈臺灣の日本語教育政策に見る臺灣人の日本觀〉，收於《天理臺灣學會第十五回研究大會：臺灣大會紀念演講および研究發表論文報告集》，日本天理大學「天理臺灣學會」主辦（二〇〇五年九月十日），頁B四至一七。

18 葉石濤，《臺灣文學史綱》（高雄：文學界，一九八七年），頁七五。

19 林亨泰，〈跨越語言一代的詩人們——從「銀鈴會」談起〉，收於林亨泰編，《臺灣詩史「銀鈴會」論文集》（彰化：磺溪文化學會，一九九五年），頁七二－八〇。

力[20]，國民黨政府直到一九五八年才對各縣市政府發文公布「勸導制止教會使用日語文傳教」、「在三年內暫准使用羅馬字聖經，以後逐漸淘汰」的禁令[21]，這也意味著至少在一九四六年以迄一九六〇年的這段期間，具有西方宗教信仰的各族原住民仍然具備一定程度以日語、羅馬字拼寫族語的表述、閱讀及書寫能力，至於「國語」、漢文卻是相對陌生的語文表意系統。

其三，戰後初期以迄一九六〇年代的原住民「文學」表述者、創作者，例如卑南族的巴恩．斗魯、巴力．哇歌斯，鄒族的吾庸．雅達烏猶卡那，他們在一九四五年八月之前的日治時期，即已完成體制內的師範學校教育，個人的族裔文化身分意識亦因透過親身採擷部落的神話傳說、民間故事而告厚實；另外，因為他們在各該世居的部落分別擔任教師、鄉長（吾庸．雅達烏猶卡那）的職位角色，這在族人的公眾認知之中具有「權威性」的社會身分，相對有助於他們以日語、羅馬字拼寫的族語敘事性口傳文學的表述及創作，在部落、族人之間的接受度及流傳度。

戰後初期以迄一九六〇年代之前的原住民族文學「作者」的形成及定義，質性上是殊異於同時期「跨越語言的一代」漢族作家們。事實上，當時的各族原住民在日常生活的社會聯繫上，不僅是有著同於漢族作家們面臨跨越語言的深沉焦慮，更有截然不同於漢人的文化重新調適問題[22]。惟就「文學」、「文本」的生產、接收與傳播的層面以觀，原住民族文學在戰後初期的「作者」形成路徑，並非決定於漢文的、書寫的、閱讀的形式機制；反之，廣義來看，他們可以說是戰後首先使用「母語」進行文學性表述、敘事的臺灣文學創作者，以學者林瑞明的話來說：

---

20 孫大川的父母親都是日治時期出生，他曾經描寫父親生前「遺留下來的零星筆記……全是用日文書寫的」，母親則以羅馬字拼音書寫家書，寄給負笈歐洲的兒子。孫大川，《山海世界——臺灣原住民心靈世界的摹寫》（臺北：聯合文學，二〇〇〇年），頁二〇；孫大川，《久久酒一次》（臺北：張老師，一九九一），頁一一八。另如阿美族綠斧固．悟登（Lifok'Oteng）一九五一年開始撰寫《遲我十年——Lifok'生活日記》的語文使用轉折「簡直就是一個社會歷史變遷的反映。早期以日文為主，後來用更多的漢字；有注音符號，有羅馬拼音」。孫大川，《山海世界——臺灣原住民心靈世界的摹寫》，頁二〇四。

21 張博宇主編，《慶祝臺灣光復四十週年臺灣地區國語推行資料彙編》（上）（臺北：商務，一九八九年），頁四六八－四六九。

22 孫大川曾經訪問一位八十五歲的卑南族老婦人，老人家說：「孩子們都不在身邊，年輕人又不會說我們的話，老朋友們一個個先我而去，『老弟啊』和『百朗』的話，我又不會講，我這個身體讓我活得好辛苦啊」。「老弟啊」是卑南族人用來指稱外省人、「百朗」指涉閩、客族裔的臺灣人。孫大川，《夾縫中的族群建構——臺灣原住民的語言、文化與政治》（臺北：聯合文學，二〇〇〇年），頁三九。

從日文跨越語言而使用中文的作家，在五、六〇年代，即使寫得再好，在整個文壇中僅處於聊備一格的邊緣位置而已[23]。

戰後初期原住民族文學的表述者、書寫者的創作思路，並未是以作家的身分聯繫於文壇的位置爭取，他們以日語、羅馬字拼寫的族語進行敘事性口傳文學的表述及創作，直接對應的受眾是部落族人，並在不同的部落、世代的族人之間流傳，不僅從中陶鑄各族原住民的族裔文化身分意識，也為各自的族群部落存留珍貴的語文史料，進而支撐一九八〇年代之後的原運得以維繫、傳承族裔文化意識的生成觸媒。

二、第一位採集卑南族歌謠的原住民——巴恩．斗魯

大正七年（一九一八），巴恩．斗魯從臺東的卑南族卡地布（katatipul，知本部落）負笈臺北，就讀臺灣總督府國語學校師範部乙科（一九一九年改制為臺北師範學校）。已可確認的一點，他是比鄒族的吾雍．雅達烏猶卡那、賽德克族的花岡一郎（族名：拉奇

斯．諾敏，Dakis Nomin，一九〇八—一九三〇年）更早入學、畢業的原住民師範生24。

一九二二年，巴恩自臺北師範學校畢業後，先後在臺東縣卑南族聚落的太麻里公學校（今大王國小）、卑南公學校（今南王國小）、知本公學校（今知本國小）任教，期間也

---

23 林瑞明，《臺灣文學的歷史考察》（臺北：允晨，一九九六年），頁五一。

24 根據陳素貞的研究，吾雍．雅達烏猶卡那「是原住民第一位師範畢業生」；陳素貞，〈高山哲人其萎——原住民在白色恐怖時代的一幕悲劇〉，《臺灣文藝》新生版第二期，頁六。另據莊永明的說法，花岡一郎在一九二五年二月考上臺中師範學校，「為『先住民』接受中等教育的嚆矢」；莊永明，《臺灣記事——臺灣歷史上的今天》上冊（臺北：時報文化，一九八九年），頁一八六。但在二〇〇一年、二〇〇三年關於巴恩．斗魯的生平年表陸續公開刊行之後，陳素貞、莊永明的論點似有商榷的必要。經查，巴恩．斗魯在一九一八年就讀臺灣總督府國語學校師範部乙科，時間上早於花岡一郎考上臺中師範學校的一九二五年，再者巴恩．斗魯是在一九二二年畢業，時間上也早於吾雍．雅達烏猶卡那從臺南師範學校畢業的一九三〇年。但因我能掌握及閱讀的相關史料有限，既不敢也不願驟然斷論巴恩．斗魯是臺灣第一位原住民的師範生或畢業生；事實上，同為臺東卑南族的林再成（族名：庫拉．沙以，クラサイ，一八六九—一九七二年）也在一九二一年以在職教員的身分，獲推薦就讀臺北師範學校的公學校講習科，並在一九二二年畢業，是和巴恩．斗魯在同一年的同校不同科畢業的師範學校原住民畢業生；引自姜祝山撰，施添福總編纂，〈林再成〉，《臺東縣史：人物篇》（臺東：臺東縣政府文化局，二〇〇一年），頁二〇六—二〇七。

曾在一九四三年，協助日本音樂學者黑澤隆朝在卡地布部落採集卑南族歌謠[25]，戰後擔任知本國校、大南國校校長[26]。巴恩在執教期間及退休之後，根據林頌恩、蘇量義的研究：

> 他憑藉在學校奠定的樂理基礎，將身邊可以聽到的老歌記錄下來……可說是當時第一個在東部以系統化方式進行傳統原住民歌謠採集與整理的臺灣人[27]。

林頌恩、蘇量義的調查指出，巴恩．斗魯原本可能成為第一位留學德國的原住民：

> 在學校他開始接觸現代音樂，會用簡譜寫歌，也學習鋼琴、小提琴與簧風琴等樂器。老師發現他在這方面有天分，曾希望畢業後送他到德國繼續深造，但因父親不答應而作罷[28]。

巴恩．斗魯以羅馬字拼寫的族語作曲、填詞的卑南族歌詩多達兩百餘首，目前已難判定哪些作品是在戰後創作，另據其子陳明仁（族名：Mizin，「北原山貓」樂團、原住民部落工作隊「飛魚雲豹音樂工團」成員之一）指出：

父親一生採集、創作歌曲達兩百多首，然而，因為歌謠手稿散失，僅能憑靠高齡八十七歲的母親的記憶所及，再加上過去父親的口述記憶與自己的整理，來探究他的音樂[29]。

---

25 黑澤隆朝，《臺灣高砂族の音樂：The music of Takasago tribe in Formosa eng》（東京：雄山閣，一九七三年），頁二二八－二三四；駱維道著、殷麗君譯，〈卑南族的多聲部歌唱技巧及社會組織〉，《山海文化雙月刊》第二十一期、二十二期合刊，頁三四。

26 有關巴恩．斗魯的生平事蹟及詞曲作品，可參見孫民英撰，施添福總編纂，〈陳實（一九〇一－一九七三年）〉，收於《臺東縣史：人物篇》，頁六九－七〇；林頌恩、蘇量義，《回憶父親的歌之一：海洋 hohaiyan》（臺東：國立臺灣史前文化博物館，二〇〇三年）。

27 林頌恩、蘇量義，《回憶父親的歌之一：海洋 hohaiyan》，未編頁碼。

28 林頌恩、蘇量義，《回憶父親的歌之一：海洋 hohaiyan》，未編頁碼。

29 同前註。

事實上，巴恩．斗魯以羅馬字拼寫的族語作曲、填詞的卑南族歌詩「常被他人另外填詞或改編，大量流傳」[30]，惟若細聽巴恩創作的歌詩旋律、細讀他以羅馬字拼寫的族語歌詞，即使是在一九五〇年代之後出生的漢人，也會頓時萌起了似曾相識的耳熟之感。

（一）「nalowan」吟嘆曲被漢人擅自填詞為〈臺灣好〉

巴恩．斗魯以羅馬字拼寫的族語詞曲旋律當中，頻繁出現「nalowan」（那魯灣）[31]、「hohaiyan」（荷嗨雅）的襯詞[32]，這是研究戰後臺灣原住民族文學「作者」形成的文化混雜多義性的關鍵轉折點。

「nalowan」是在花蓮、臺東地區的阿美族、卑南族及排灣族原住民之間跨族使用的語詞，阿美族語意指「山上的草寮」[33]，另據一九六〇年代知名的阿美族歌手盧靜子（一九四三年—）指出，「早期老人的歌沒有歌詞，都是na-lo-wan、na-lo-wan」[34]；原本做為早期的阿美族人在山上耕作、狩獵之時遮風避雨的草寮、吟唱自娛的襯詞「nalowan」，卻在一九八〇年代中期的原運之後，逐漸成為各族原住民用以自我指涉共同原鄉想像的代名詞。

戰後初期，首先是由巴恩．斗魯以羅馬字拼寫的卑南族語，將「nalowan」從襯詞的位置提升譜成吟嘆曲，前兩段為「na lo wan- na lo wan-na i ya na-i yo ya on ／ ho i na lo wan- na i ya na- i yo yan ho-hai yan」[35]，此曲主要表現襯詞「nalowan」的旋律轉調，詞意並無具體的敘事涵義，主要表現族人在日常生活之中對於家園「nalowan」依戀、感恩的吟嘆，但是透過時而高昂、時而低吟的旋律起伏，賦予了吟唱者、聆聽者對於「nalowan」這個語詞象徵的寄情想像空間，正如林頌恩、蘇量義所言：

---

30 同前註。

31 例如陳實詞曲、陳明仁整理的〈臺灣好〉。林頌恩、蘇量義，《回憶父親的歌之一：海洋 hohaiyan》，未編頁碼。

32 例如陳實詞曲、陳明仁整理的〈海洋〉。林頌恩、蘇量義，《回憶父親的歌之一：海洋 hohaiyan》，未編頁碼。

33 孫大川，〈搭蘆灣手記〉，《山海文化》雙月刊第三期(一九九四年三月)，頁一。

34 江冠明編著，《臺東縣現代後山創作歌謠踏勘》(臺東：臺東縣立文化中心，一九九九年)，頁三〇三。

35 陳實詞曲、陳明仁整理〈臺灣好〉。林頌恩、蘇量義，《回憶父親的歌之一：海洋 hohaiyan》，未編頁碼。

唱歌的人可以隨時依照當下的情景，將襯詞換為具有實際意義的歌詞來唱出當時的心聲；唱歌的人不用受到固定歌詞的限制，能夠以旋律為主來抒發自己的情感。這種自由的形式讓歌曲本身可以擁有很寬闊的表現，也讓唱歌的人可以在不同時空背景去自由詮釋一首歌，唱歌的人也可以跟歌曲之間發展出更多互動的可能性[36]。

花東地區阿美族、卑南族、排灣族傳統歌謠的襯詞「nalowan」，透過巴恩·斗魯在戰後初期以羅馬字拼寫的族語譜曲填詞，傳唱於東臺灣各族部落的吟嘆曲，逐漸在一九五〇年代之後向平地社會擴散流傳，變異而成臺灣各個族裔交織著文化混雜、國族想像的敘事文本。

一九五〇年代初期，曾經擔任考試院副院長的羅家倫，將此曲取名〈臺灣好〉，填入充滿著國仇家恨之情、孤臣孽子之心的漢文歌詞：

> 臺灣好，臺灣好，臺灣真是復興島／愛國英雄、英勇志士，都投到她的懷抱／我們受溫暖的和風，我們聽雄壯的海濤／我們愛國的情緒，比那阿里山高，阿里山高／我們忘不了，大陸上的同胞在死亡線上掙扎，在集中營裡苦惱／他們在求救，他

們在哀嚎／你聽他們在求救，他們在哀嚎／求救，哀嚎／我們的血湧如潮，我們的心在狂跳／槍在肩刀出鞘，破敵城斬群妖／我們的兄弟姊妹，我們的父老／我們快要打回大陸來了／回來了，快要回來了[37]。

在羅家倫填詞〈臺灣好〉的國族想像之中，巴恩．斗魯及「nalowan」俱為不在場的缺席存在，作曲者成為「佚名」、東臺灣原住民族的家園想像「nalowan」成為復國基地的想像符號，即使是臺灣的空間意象，在歌詞當中也是飄浮的不確定性，僅只充作國民黨政府「打回大陸」的復興島而存在。

不同於羅家倫在一九五〇年代初期以漢文填詞的〈臺灣好〉，出自於中華國族的法統意識，強調「大陸上的同胞在死亡線上掙扎」的愁苦境遇、營造「槍在肩刀出鞘，破

---

36 林頌恩、蘇量義，《回憶父親的歌之一：海洋 hohaiyan》，未編頁碼。

37 根據林頌恩、蘇量義的說法，羅家倫填詞的〈臺灣好〉旋律已與原曲唱法不太一樣，「這首歌很可能是因為曲調優美而被他人應用填詞，再加上當時的歌詞可能具有宣導臺灣寶島形象功能而廣為流傳」；引自林頌恩、蘇量義，《回憶父親的歌之一：海洋 hohaiyan》，未編頁碼。

敵城斬群妖」的肅殺氛圍，用以呼應「快要打回大陸」的動員戡亂體制正當性，巴恩．斗魯以族語創作的吟嘆曲卻賦予了族人在日常生活的節奏之中，對於「nalowan」這個語詞做為家園方位象徵、集體心靈依戀的開放想像空間[38]，此如也是臺東知本部落出身的卑南族音樂工作者高子洋（漢名：高飛龍）初中畢業後，十六歲「第一次流浪到臺北，在永和一棟新建公寓擦油漆時，因想念故鄉而創作」[39]，他在一九七三年服役期間以漢文詞曲創作的〈我們都是一家人〉，即是取材於童年時期在部落聆聽父母吟唱巴恩的「nalowan」吟嘆曲：

> 你的家鄉在那魯灣，我的家鄉在那魯灣／從前的時候是一家人，現在還是一家人／手牽著手肩併著肩，盡情的唱出我們的歌聲／團結起來，相親相愛，因為我們都是一家人，永遠都是一家人。

這首〈我們都是一家人〉創作於原運勃興至少十年之前的歌曲，詞意訴諸於「nalowan」的想像以召喚泛原住民意識的凝聚，不僅成為一九八〇年代中期之後各族原住民自我形塑文化身分指涉、建構共同原鄉想像的音符曲目，同時跨越原漢的族群邊界、政黨立場的對壘，在臺灣「現已膾炙人口，李登輝唱過、宋楚瑜唱過，幾乎成為現代原住民的『國歌』」[40]。另據江冠明的研究，〈我們都是一家人〉從中國青年反共救國團的團康歌謠，成為一九八〇年代國民政府黨政軍活動場合的團康歌，江冠明指出：

九〇年代兩岸文化交流，中共進行臺灣原住民文化統戰，受邀交流的原住民又將這首帶到中國大陸，經過許多類似的團康活動，成為中共少數民族地區的新民歌，風行在中共官場。兩岸官場的流行，使〈我們都是一家人〉的詮釋，變成國共兩黨各

---

38 新竹市香山區鹽水港的堤岸旁，即有一處陸續自一九八九年從花東地區遷居而來的阿美族人聚落，名之「那魯灣村」，透過租地的方式以石棉瓦搭建低矮房舍，村內共有二十一戶約一百二十多位阿美族人居住，大多從事近海捕撈、遠洋船員或短期粗工的體力勞動，村民每兩年自選頭目，村內仍舊保留傳統部落的規範與道德約束力，重要事務由族人共同商議後交由頭目決定，每年八月舉辦豐年祭；引自鍾祥賜，〈原住民在都市〉（來源：http://www.csps.hc.edu.tw/dns/country/c11.htm）。

39 江冠明編著，《臺東縣現代後山創作歌謠踏勘》，頁二七一。

40 林志興撰，孫大川主編，〈從唱別人的歌，到唱自己的歌：流行音樂中的原住民音樂〉，收於《舞動民族教育精靈——臺灣原住民族教育論叢．第四輯：樂舞教育》（臺北：行政院原住民族委員會，二〇〇六年），頁一八三。

取所需的政治統一想像[41]。

巴恩．斗魯以羅馬字拼寫的詞曲，頻繁出現跨族性的「nalowan」、「hohaiyan」襯詞旋律，以及對於生活周遭的人文、地文、水文景觀的詠嘆，應該是因為他成長並生活於多個族裔文化流動、交揉、混雜的空間場域之故，而這也正是大多數的戰後臺灣原住民族文學「作者」形成脈絡的共同胚體。

(二) 生命經驗異質的、多語的文化混雜空間

以「作者」的個人生成背景來看，巴恩．斗魯之所以具備歌詩詞曲創作的能力、條件，來自於三個層面的形塑，亦即日本殖民體制師範教育灌輸的文明想像、西方樂理訓練的卡農(canon)對位式吟唱[42]，以及對於世居部落的傳統歌謠與民間故事的採擷。

另以「作者」的外在形成脈絡來看，巴恩的生命歷程、日常生活穿梭於異質的、多語的文化混雜空間；臺灣的統治者在他四十四歲那年易幟，由於擔任公學校、國民學校的校務主管職務，日語及「國語」（漢文）遂成巴恩對外進行社會聯繫的主要語文工具[43]，

且因世居、教學之地均為卑南族、阿美族、魯凱族及漢人混居之處，使得他除了具備嫻熟的卑南族母語言說能力，尚還略通一定程度的阿美族語、魯凱族語與漢族的福佬

---

41 江冠明，〈動盪時代的歌聲〉，《臺灣新聞報》西子灣副刊（二〇〇一年一月二十一日）。高子洋在戒嚴時期服役之時，因為協助籌組部落族人創業基金的「愛心互助會」而創作的〈我們都是一家人〉等曲，遭到情治單位約談，質疑他籌組「愛心互助會」的動機並勒令解散，退伍後又遭管區警員的監視，隨後並以「地方首惡分子」的罪名移送管訓三年；江冠明編著，《臺東縣現代後山創作歌謠踏勘》，頁二七二—二七三。

42 巴恩．斗魯創作的曲目旋律，絕大多數採取對位式的卡農吟唱法。樂理上所謂的「卡農」指涉的是一種曲式，亦即「輪唱」之義，數個聲部的旋律依次出現、交叉進行，相互模仿又彼此追隨，藉以產生綿延不斷之感。卡農曲式的旋律簡單，但有精密完美的樂曲結構，例如巴恩．斗魯以族語創作詞曲的〈海洋〉，「這首歌在旋律運用上採用卡農唱法，巧妙地展現海浪一波又一波的氣勢。這種輪唱法是以前卑南族傳統歌謠所沒有的」；引自林頌恩、蘇量義，《回憶父親的歌之一：海洋 hohaiyan》，未編頁碼。

43 國民黨政府在一九五一年實施的「臺灣省各縣山地推行國語辦法」規定，山地各學校的教師必須直接以國語教學，禁用日語，「違者免職」；張博宇主編，《慶祝臺灣光復四十週年臺灣地區國語推行資料彙編》（上），頁九八。巴恩．斗魯在一九四五年至一九五五年間，分別擔任臺東縣知本國校、大南國校的校長，主持校務及教學自然必須「以身作則」，使用「國語」（漢文）。

話[44]。

巴恩・斗魯跨越日本殖民體制、中國國民黨政權的生命經驗，以及具備多語的言說能力，允為足堪供給做為文學書寫的珍貴資財，以浦忠成（巴蘇亞・博伊哲努）的話來說，「如果環境允許，他們在文學的成就可能不必讓今人」[45]。

由於臺灣的歷史構造情境、原住民族傳統的語文表現形式使然，巴恩・斗魯的「文學」成就，自然不是建築在於書寫性、個人性的「作者」名聲之上，他的「文學」表現模式，提供了我們在思考戰後臺灣的族裔文化混雜性、流動性、互文性的社會關係底下，關於原住民文學「作者」形成脈絡的各種可能性，以及在「文學」表述、書寫的過程如何聚焦於文化身分意識的連帶與實踐。

巴恩・斗魯在日治時期的一九四二年獲得臺灣總督府敘勳八等，授予「瑞寶勳章」，也曾在戰後的一九五〇年被國民黨政府官派為第一屆平地山胞臺東縣議員。對於殖民者、統治者頒賞的名銜榮寵，巴恩並未訴諸於文化抵抗意識而拒絕接受，但也並未因此產生族裔文化身分認同的傾斜。截至目前為止，尚未看到他以日語或漢文創作的詞曲作品，至於已可確認是巴恩輯編、創作的詞曲，則是皆以羅馬字拼寫的族語形式書寫，內容亦多環繞於對部落族人的日常生活網絡之中可見、可觸、可思的人事景物的吟唱詠嘆。

另一方面，巴恩·斗魯不是一個耽戀於自我孤寂美學、自外於文學受眾的「作者」，他以親身實踐的方式連帶並踐履於詞曲創作的族裔文化身分意識認同。根據年表所載，他在戰後擔任知本國校的校長後「開始教導學生所採集與創作的歌曲」，並在退休之後的一九六〇年「率領知本族人於口傳史所述之祖先發祥地立碑紀念祖先」[46]；由

---

44 巴恩·斗魯在一九四七年協助臺東縣政府教育科主辦鄉土歌謠活動，講述他所採集的阿美族歌譜；一九五二年擔任臺東縣卑南鄉大南國校的校長，該處的「大南社」是唯一居住於臺灣東部的魯凱族聚落，學童大多數是魯凱族，巴恩·斗魯從學生及家長那裡學會簡單的魯凱族語；另據人類學者宋龍生、喬建、陳文德的調查研究，臺東縣卑南族人的主要聚落知本、南王部落在戰後的原漢混居複雜程度，遠遠超過外界的想像，例如一九六三年的南王部落人口數原住民占百分之六十二·八七，漢人占百分之三十七·一三，然而到了一九九四年的原住民人口數僅占百分之四十二·三，漢人則有百分之五十七·九七之譜；引自陳文德，〈「族群」與歷史：以一個卑南族「部落」的形成為例（一九二九年—）〉，收於夏黎明、呂理政主編，《族群、歷史與空間：東臺灣社會與文化的區域研究研討會論文集》（臺東：國立臺灣史前文化博物館，二〇〇〇年），頁二〇一。由此可以推論，巴恩·斗魯因為教育工作需要，可自混居於卑南族聚落的漢人處學得某種程度的福佬話。

45 浦忠成（巴蘇亞·博伊哲努），《思考原住民》，頁一五六。

46 林頌恩、蘇量義，《回憶父親的歌之一：海洋 hohaiyan》，未編頁碼。

此可見，早在戰後的一九四〇年代中期以迄一九六〇年代之前，巴恩的族語歌詩詞曲、族裔意識創作，即已為往後的原住民文學書寫鋪設了流動性、延展性與實踐性的多義認同軌跡。

若以戰後臺灣原住民族文學「作者」形成的角度來看，無疑地，巴恩的生命歷程、生活空間、創作理念的實踐，及其作品被以填詞改編、轉譯再現的形式呈現流傳的過程，毋寧具有更進一步研究的價值。現有關於巴恩的「作者」研究資料，散見於國立臺灣史前文化博物館在二〇〇三年出版的《回憶父親的歌之一：海洋 hohaiyan》，江冠明在一九九九年編著的《臺東縣現代後山創作歌謠踏勘》也收錄多首巴恩以族語採集、創作的歌詩[47]，另在「北原山貓」的專輯《摩莉莎卡》亦有巴恩以族語創作詞曲的〈生命之歌〉。

三、悲劇性的鄒族先行者——吾雍．雅達烏猶卡那

同樣是為一九一〇年代出生的原住民族知識菁英，影響效應也逐漸在一九八〇年代

之後萌現的原住民族文學「作者」，相較於巴恩．斗魯的生命歷程、創作理念及其族裔身分認同意識的柔軟實踐方式，生不逢時的吾雍．雅達烏猶卡那夾纏著聰穎早熟、多情易感，又錯放位置的公職行政身分，已然註定了他在政治場域扮演著謗譽糾纏的悲劇性角色。他在戰後以族語、日語，及偶爾間雜漢字的文學書寫、歌詩表述的語文操作形式，則為戰後臺灣原住民族文學的「作者」形成類型，展示了書寫主體的混語化基調。

（一）文化身分認同線索的斷裂與重塑

吾雍．雅達烏猶卡那在一九一八年的十歲之時，父親因故身亡，母親依鄒族習俗改

47 《回憶父親的歌之一：海洋 hohaiyan》書中收錄巴恩．斗魯以卑南族語創作的〈海洋〉、〈歡迎好友之歌〉、〈臺灣好〉、〈歡樂歌〉、〈海洋歌〉，參見林頌恩、蘇量義，《回憶父親的歌之一：海洋 hohaiyan》之〈陳實的代表作品〉，未標頁碼；《臺東縣現代後山創作歌謠踏勘》則收錄巴恩．斗魯的〈讚美卡地布〉、〈知本古老民歌〉詞曲簡譜，參見江冠明編著，《臺東縣現代後山創作歌謠踏勘》，頁三一九－三二〇。

嫁，遂被嘉義郡的日籍警部收養，並從部落的達邦教育所轉學到嘉義市區的平地學校就讀[48]；少年階段的生命歷程重大轉折，不僅使得吾雍的生活空間移動於部落及都市之間，也讓他的文化身分認同、文化想像圖景，流動於鄒族傳統生命禮儀及日本殖民者現代性啟蒙的曖昧混雜之間。綜觀吾雍在日治時期發表的詩文或談話，顯示出了一位置身於殖民體制底下的原住民知識菁英，遭遇著國族身分認同、現代文化想像，既矛盾又含混、既妥協又堅持的雙重結構性擠壓：有一股外在的社會分類機制，把他的階層身分推向日本人或其權力代理者的位置；但有另一股內在的族裔認同趨力，把他的文化身分拉回阿里山的鄒族部落及族人之中——一推一拉的來回之間，吾雍的任何一個抉擇，都已注定了沾帶悲劇性的酸澀滋味。

父親意外身亡、日籍警部收養之故，十歲的吾雍．雅達烏猶卡那，遂從「蕃童」就讀的達邦教育所，轉學到「本島人」學童就讀的嘉義市玉川公學校，未久即被轉入專供「內地人」學童就讀的嘉義尋常高等小學校[49]。一九二四年十六歲的他又被保送進入臺南師範學校。少年時期的吾雍，因為個人不可抗力的社會分類機制，入學資格的身分判定從「蕃童」轉變而成「內地人」，日常生活的文化學習空間網絡，也從山林的部落轉換而至平地的都市，入學身分的轉變及學習空間的轉換，無疑是對這位聰穎早熟、十幾歲鄒族少年文化身分認同的線索產生斷裂並重塑。

嚴格來說，吾雍・雅達烏猶卡那是第一位臺灣原住民以文學書寫、個人署名形式在報刊雜誌發表詩文的「作者」；十三歲就讀嘉義尋常高等小學校高等科五年級之時，即以日本姓名「矢多一生」在大正十一年（一九二二）七月十日的《臺灣日日新報》，以日文發表一篇題為〈昨日の日曜〉的短文，描寫他跟隨、觀察並模仿哥哥在屋旁持鏟挖掘蚯蚓，到公園池邊釣魚的動作，後因看到東方的天色轉暗、雷聲悶鳴而悵然返家的情景。文中採取第一人稱的敘事角度，情節固然簡單，唯卻顯示了「少年一生的心思柔

48 浦忠成（巴蘇亞・博伊哲努），〈帶領鄒族現代化的第一人——高一生（吾雍・雅達烏猶卡那）〉，收於莊永明總策劃，詹素娟、浦忠成（巴蘇亞・博伊哲努）等撰文，《臺灣放輕鬆5：臺灣原住民》（臺北：遠流，二〇〇一年），頁一三九。另見浦忠成（巴蘇亞・博伊哲努），《政治與文藝夾纏的生命：高山自治先覺者高一生傳記》（臺北：行政院文建會，二〇〇六），頁二三－二七。

49 馬場美英撰，下村作次郎編集，〈高一生（矢多一生）からのメッセージ—I〉，《高一生（矢多一生）研究》二號（東京：草風館，二〇〇五年），頁一四－一八。原文為日文，感謝王惠珍老師協助翻譯。另見浦忠成（巴蘇亞・博伊哲努），《政治與文藝夾纏的生命：高山自治先覺者高一生傳記》，頁二七。

軟、洞察力敏銳」，以及對於「自然現象的觀察眼、一體感」[50]，當年僅只十三歲的學童，即有敢予具名的膽氣向報刊投文，顯示少年的吾雍確實是有聰穎早熟的資質才氣。

一九二七年六月，當時正在日本大阪外國語學校任教的俄國語言學者聶甫斯基（N.A.Nevskij，一八九二—一九三七年），來到阿里山的特富野部落研究鄒語。時年十九歲、就讀臺南師範學校普通科四年級的吾雍．雅達烏猶卡那，經由部落駐在所的日本警察推介而結識聶甫斯基，「在為期一個多月間，吾雍教導他鄒族語，並協助採集鄒族的民間傳說」[51]、「採集兩千餘條當時特富野部落的詞彙語料，和不少口傳文學的資料，後來這些調查成果，編成了《臺灣鄒族語典》」[52]。透過以上兩項事例，不難看出吾雍在廿歲、弱冠之前，即已具備了以日文書寫、族語表述的文學敘事能力，雖然他因個人不可抗力的因素而被日本殖民者的官員收養，但仍可以看到他勉力於自我維繫對部落族人的歷史記憶、語言詞彙、人我關係的連帶。

但在一九三〇年結束師範生的修業身分，吾雍．雅達烏猶卡那選擇返回故鄉阿里山的達邦教育所執教，並被派兼達邦駐在所巡查補之後，他就必須不時面對隨著多重身分而來的矛盾、衝突及抉擇。歷史事實顯示，吾雍希望能夠面面俱到，終究是不斷苦吞了立足點流失的愁悒之果，致使老一輩族人對他的評價褒貶不一。

誠如浦忠成（巴蘇亞．博伊哲努）的觀察，政治及文藝的本質矛盾性，夾纏於吾雍的生命歷程之中；在我看來，吾雍「悲劇性」生命歷程的不幸，除了是政治及文藝的矛盾性夾纏之外，更重要的是聰穎早熟、才智兼具、易於感動又常率性作為的他，二度生不逢時於國族身分認同意識的轉折之際，偏偏這位生性浪漫的理想主義者又被殖民者、統治者交付或委派以權力代理人的行政職位，時代情境使然的角色位置錯放結果，最後的結局就是吾雍的鄒族自治理念，不見容於戰後初期的軍事威權政體而遭逮

50 馬場美英，〈高一生（矢多一生）からのメッセージ－I〉，頁一四－一五。

51 范燕秋，〈倡議自治．族群導師——吾雍．雅達烏猶卡那〉，收於臺美文化交流基金會編印，《島國顯影》第三輯（臺北：創意力，一九九七年），頁三〇四。

52 浦忠成（巴蘇亞．博伊哲努），〈帶領鄒族現代化的第一人——高一生（吾雍．雅達烏猶卡那）〉，頁一三九。關於聶甫斯基的生平事蹟以及他在阿里山鄒族部落研究鄒語、採集鄒族民間故事的過程，可參見李福清（B.Riffin），〈俄國學者與鄒族結緣——《臺灣鄒族語典》譯者序之一〉，收於聶甫斯基著，白嗣宏、浦忠成（巴蘇亞．博伊哲努）、李福清譯，《臺灣鄒族語典》（臺北：臺原，一九九三年），頁七－一八。

捕入獄，一九五四年槍決之時，僅只得年四十六歲[53]。

做為原住民族文學的代表性創作者之一，吾雍·雅達烏猶卡那的「作者」位格形成及其創作理念，固然一方面體現了政治及文藝的夾纏糾葛，另一方面則是顯示了在日治體制底下，受到殖民者刻意栽培扶植為文化樣板、權力代理人的原住民知識分子，徘徊於殖民者灌注的現代性文化想像、族人傳統文化習承之間的越界遊走，以及隨之而來的迷離困頓；換句話說，吾雍之為原住民族文學「作者」的文化混雜性、悲劇性宿命，已然早在日治時期埋下伏筆。

（二）部落景物、族裔意識的認識與認同

根據一九三〇年代臺灣總督府警務局理蕃課的機關刊物《理蕃の友》記載，返鄉執教之初的吾雍·雅達烏猶卡那，除了兼任達邦駐在所的巡查補，並在一九三〇年開始以「高砂族青年團」幹部身分，介入仲裁部落事務，另以部落族人「代表」的名義，發表應和於殖民者理蕃政策、依附於皇民化運動的詩文或談話，立論的思量層面率皆是向殖民者灌輸的現代文明想像的立場傾斜。然而，值得注意的是，吾雍在返居部落娶妻、生子的

一九四〇年代之後，當他逐漸在日常生活之中接近、認識、感受部落族人的真實面貌，以及日本殖民者強制徵召年輕族人離鄉投入戰爭的粗暴事實，吾雍的創作視域、敘事風格明顯轉向，改以悲憫的、召喚的角度，展露他對部落景物、族裔意識的珍惜及強調。

昭和十一年（一九三六）十一月，返鄉擔任教師、兼任警察未久的吾雍·雅達烏猶卡那，在《理蕃の友》發表一篇以日文書寫的新詩〈更生の喜び〉（〈更生的喜悅〉）：

---

53 吾雍·雅達烏猶卡那的生平詳細事蹟，可參見陳素貞撰寫的〈我為什麼要寫高一生：詳敘結緣和追蹤的過程〉、〈高山哲人其萎——原住民在白色恐怖時代的一幕悲劇〉、〈高一生的背景資料〉、〈高一生與鄒族人參與二二八事件始末〉、〈獄中書信點點滴滴訴真情〉、〈力搏宿命的高一生——高一生的原住民自治區論犯了叛亂罪〉、〈冤情告白〉等文，均載於《臺灣文藝》新生版一期、二期；范燕秋，〈倡議自治·族群導師——吾雍·雅達烏猶卡那〉，收於《島國顯影》第三輯，頁三〇〇—三三九；浦忠成（巴蘇亞·博伊哲努），〈帶領鄒族現代化的第一人——高一生（吾雍·雅達烏猶卡那）〉，收於莊永明總策劃，詹素娟、浦忠成（巴蘇亞·博伊哲努）等撰文，《臺灣放輕鬆5：臺灣原住民》，頁一三八—一四三；浦忠成（巴蘇亞·博伊哲努）編撰，《政治與文藝交纏的生命：高山自治先覺者高一生傳記》。另外，日本學者下村作次郎在二〇〇五年七月結合臺灣的鄒族學者浦忠成（巴蘇亞·博伊哲努）、馬場美英（PaitsuYatayongana，漢名高美英，吾雍·雅達烏猶卡那的么女，父親被捕時她只有八個月大）、日本學者內川千裕、魚住悅子、塚本善也、橋本恭子、森田健嗣等人，共同成立「高一生（矢多一生）研究會」（Uongu Yatauyogana Study Group），同時在二〇〇五年七月五日創刊會誌《高一生（矢多一生）研究》，同年十月三十一日發行研究會誌第二號，有系統蒐集、研究吾雍·雅達烏猶卡那生前創作的文稿、歌詩等史料。

吳鳳の殺身成仁に／其の名を謳はれた／阿里山のツオウ族／だか其の現實は／桃源の夢を實りて／來ろ日も來ろ日も飲酒に耽り／因製にさいなまれて／再び起つ氣力さへもなく／あはれ自滅の道へと急いで行く／間一髮／見よ旭光を負ふて／母國人は慈愛の手を差しのべて／あはれな迷夢者阿里山蕃を／自滅の淵より希望の彼方へと／自力更生の喜びが／中央山脈の一角阿里山に湧く／そして村の若人は／獵銃を棄て、鍬を取り／老人は因襲をかなぐり棄て／若者の後を追ふ／目指すは希望に輝く／鄉土の開拓へ——／永年の迷夢今覺めて／堅く堅く踏みしめろ／自力更生の第一步／石鑿の音も高らかに／山田の稔りを樂みつ／夜は國語の學習に[54]……

全詩意譯略以：吳鳳「殺身成仁」的事蹟、名聲受到謳歌，但是現實中的阿里山鄒族人卻仍貪戀於桃花源之夢、沉溺於飲酒而醉生夢死，失去再度奮起的氣力，急速走向自我毀滅的道路，所幸在千鈞一髮之際，祖國人們慈愛的手，將迷夢者阿里山蕃從自滅的深淵拉向希望的彼方，自此之後，族人獲得自力更生的喜悅，村中的年輕人丟棄獵槍、拿起圓鍬，老人們也棄絕貪杯的因襲而在年輕人的後面追趕，開拓鄉土的目標閃爍著希望，長年的迷夢如今覺醒，使勁扎實踏出自力更生的第一步，石鑿開墾的聲音響亮、山田豐收的樂音響起，夜夜學習國語。

詩中，隱約可以感受到剛自師範學校畢業未久，返鄉執教並兼警察職務、青年團幹部之初的吾雍．雅達烏猶卡那的心理矛盾撞擊之情，他的敘事角度及書寫位置徘徊、糾纏於對部落族人的愛怨情結之間，一方面以局外人(outsider)的書寫位置，將日本殖民者統治之前的鄒族人形容為因襲傳統積習的「迷夢者」，貪戀於「桃源の夢」、瀕臨於「自滅の淵」，另一方面又以局內人(insider)的敘事角度，感念日本「母國人」伸出朝陽旭光一般的「慈愛の手」，使得部落族人放棄傳統的狩獵維生模式，改以墾荒農耕的生產方式，進而獲得更生的覺醒喜悅。

透過〈更生の喜び〉這首以日文書寫、發表於殖民者理蕃機關刊物的新詩，不難窺見吾雍在歸返部落之初的國族文化認同意識，是以依附、同化於殖民母國的現代文明想

---

54 矢多一生，〈更生の喜び〉，載於臺灣總督府警務局理蕃課編，《理蕃の友》二卷，總號第五年十一月號（東京・綠蔭書房，一九九三年），頁一二。感謝王惠珍老師協助翻譯。

像、文化優越意識的權力共謀角色，逕將維繫部落族人的生命禮儀停格於吳鳳「殺身成仁」之前的蠻荒之域。

發表〈更生の喜び〉的稍早之前，臺灣總督府在昭和十年（一九三五）十月廿九日以「紀念始政四十週年」、「慶祝臺灣博覽會」為名，召集來自各州各族三十二位「高砂族青年團」幹部在臺北舉行懇談會。根據《理蕃の友》記載，受邀與會的吾雍．雅達烏猶卡那在發言時，痛陳部落族人將往生的死者葬之於屋內的傳統習俗「是極不衛生的陋習，非打破不可」，他並透露自己曾經無視於死者的遺族意願、族老的反對，指示青年團的團員強行將已埋於屋內的腐屍挖出，改葬於共同墓地[55]，顯然地，吾雍此刻的發言位置，是以殖民者的權力代理人、文化監理人的上位角度凝視、監察並督飭部落族人的言行作為。

昭和十五年（一九四〇）五月，吾雍．雅達烏猶卡那受邀參加「高砂族青年內地視察團」，前往日本各地參訪三週[56]，返臺後在《理蕃の友》製作的專輯「神國日本の感銘」，發表一篇題為〈憧れの內地へ、我等の祖國內地へ！〉（〈到我憧憬的內地去、到我們的祖國內地去！〉）的近萬字遊記[57]，此文允為臺灣原住民族文學史上首度出現以類近於「報導文學」形式書寫、發表的作品，不僅意味著吾雍做為原住民文學「作者」的創作視域、書寫位置的關鍵性轉折點，同時預告他將不再以殖民者、統治者權力代理人的上位凝視角度，鄙夷看待部落的傳統文化、族人的日常生活。

在〈憧れの內地へ、我等の祖國內地へ！〉一文，吾雍・雅達烏猶卡那以連載兩期的近萬字篇幅，展現了他對於日本近現代歷史智識發展的博學涉獵，及以蘊含詩質的流利日文進行文學性書寫的能力。文中，吾雍除了毫不掩飾描述他對於親臨「母國」、「內地」而遭遇現代性、機械化的文化撞擊的瞠目眩暈之感，引發高砂族青年的孺慕之情，但他顯然更加側重於觀察並讚嘆日本境內神社、佛閣的建築格局充滿文化寓意，體現了住民對於土地、建築的集體感情及歷史記憶，尤其是在視察當時被譽為「天下の模範村」的岡山縣高陽村之時，吾雍的敘事角度明顯是以自己的鄒族部落做為參照比較。

55 〈高砂族青年團幹部懇談會〉，《理蕃の友》二卷，總號第四年十一月號，頁四—五。

56 視察團成員包括吾雍・雅達烏猶卡那在內的五十七位各族青年團幹部，另有七名臺灣總督府警務局的高階日本警官隨行，一九四〇年五月三日從基隆港搭乘富士丸出發，行程參訪橿原神宮、伊勢神宮、遙拜皇居，視察東京、京都、大阪、廣島、岡山等都市及鄉村，五月二十二日返臺。〈神國日本の感銘〉（一）編按，《理蕃の友》三卷，總號百二號，頁四。

57 矢多一生，〈憧れの內地へ、我等の祖國內地へ！〉，《理蕃の友》三卷，總號百二號、百三號，頁四—六。

透過吾雍．雅達烏猶卡那的敘事描述，高陽村從二十幾年前的「貧乏村」一躍而為「模範村」，主要是村中老幼男女的協力總出動，每個家戶充分利用空地以發展養雞、養豬的副業，白天共同經營村落的產業組合，晚上共同炊事、歌唱娛樂，村中住民彼此友愛；文中，吾雍以感性的語詞發下豪語，有生之年將讓自己的部落「阿里山地方」成為另一個高陽村，這是「一生懸命」的奮鬥目標[58]。

相較於初返部落之時的詩作〈更生の喜び〉批評族人貪戀於「桃源の夢」，隨著年歲漸增、部落生活日久，以及高陽村民建築在友愛基礎之上的協力互助模式，吾雍隱約察覺部落族人編織形構的「桃源の夢」，並不是可被譴責的。

（三）敘事性歌詩體現鄒族的傳統生命哲學

結束「高砂族青年內地視察團」行程、發表〈憧れの內地へ、我等の祖國內地へ！〉之後，吾雍．雅達烏猶卡那自此未在《理蕃の友》發表詩文或談話，開始頻繁地以族語、日語創作歌詩，題材主要取自於對阿里山鄒族傳統生活場域的歷史典故、自然景觀的感懷或詠贊，這些歌詩作品在當時均未公開發表，僅向親友、族人教唱時，流傳於各個部落之間。其中以日語創作的〈登山列車〉，當是吾雍在日治時期的代表作之一[59]：

阿里山の森の汽車 今發車
たちまち灣橋 鹿麻產
鹿の群れ 平埔族の村は今何處
山鹿 山小屋 稻田

竹崎の丘越へば奮起湖
下ればララウヤ イムツ社へ

阿里山的森林火車　就要出發了
經過北門越過灣橋　來到鹿麻產
昔日鹿群　平埔族的村落今何處
山鹿　山林小屋　稻田
越過竹崎的山崗　來到奮起湖
下望是福山樂野　還有石鼓盤

---

58 矢多一生，〈憧れの內地へ、我等の祖國內地へ！〉，《理蕃の友》三卷，總號百三號，頁四。

59 〈登山列車〉的日語原文，引自馬場美英，〈高一生（矢多一生）からのメッセージ—I〉，頁一六—一七；漢文翻譯，引自陳素貞，〈移民之歌〉，《臺灣文藝》新生版二期（一九九四年四月），頁二一；陳素貞將這首歌詩的篇名譯為「登山火車」，另在日語原文的比對上，《臺灣文藝》的版本多有漏植或誤植之處，故以《高一生（矢多一生）研究》二號的版本為準，特予說明。

遙かな空の果ては草領か
ヨヨリン蛤里米社 雪の海

トロエンの森越えれば十字路へ
見れはダパン社 ララチ社へ
ヘイシの山越えば阿里山へ
先祖の御魂しぃ塔山に

お祝いの山越えればタータカへ
見えるばルフト社 ナマカバン
白き森 松林 羊の群れ
見えたぞ聖山—— Patunguonu

遙望北邊白雲盡處是草嶺
幼葉林　蛤里米社在雲海中

越過多林　穿過杉林　來到十字路
看見達邦社　還有來吉社
越過平遮那 穿過二萬坪　來到阿里山
祖先靈山——大塔山就在眼前

越過祝山　來到塔塔加
遠望可見魯富都社　那瑪卡萬
白樹林 松樹林　長鬃山羊群
終於看到聖山——八通關

吾雍・雅達烏猶卡那在一九四〇年創作的〈登山列車〉，以鄒族人的觀察視域出發，不僅把一九一二年竣工通車、全長七十一點四公里的阿里山森林火車，從發車的嘉義站到終點站沼平的沿線各個車站，包括北門、竹崎、灣橋、鹿麻產、奮起湖、多林、十字路、平遮那、二萬坪、阿里山等站入詩[60]，且以歷史的、人文的、族群的變遷省視角度，融入於對沿線不同海拔的自然景物變化的細膩觀察，遂讓阿里山森林火車在吾雍的筆下，呈現出了鄒族人得以認識、歸返祖靈的豐饒意象，借用馬場美英的話來說，吾雍的這篇〈登山列車〉既是「地理學的、自然環境學的、生物學的、文化人類學的貴重資料之歌」[61]，也是體現了鄒族「以山養山，得與自然調和、共生共存」的傳統生命哲學[62]。

---

60 阿里山森林鐵道原有的灣橋、鹿麻產等站，現已裁廢。洪致文，《臺灣鐵道傳奇》（臺北：時報文化，一九九二），頁一一八—一二二。

61 馬場美英，〈高一生（矢多一生）からのメッセージ—I〉，頁一六。

62 馬場美英，〈高一生（矢多一生）からのメッセージ—I〉，頁一七。

吾雍·雅達烏猶卡那生前最為外界熟悉的歌詩創作，當屬〈春の佐保姫〉（〈春之女神〉）這首作品[63]，此曲的確切創作時間尚待更進一步的考證確認，有一說是約寫於一九四〇年[64]，另有一說是吾雍在一九五二年因案被羈押於臺北市青島東路的軍法處看守所期間所寫[65]，唯就歌詩的詞意以觀，佐以吾雍在一九四〇年代初期感受戰爭時局肅殺氛圍愈趨緊凝的心情轉折研判，〈春之佐保姫〉創作於一九四〇年代日治末期的可能性居高；為了便於論述，茲將〈春之佐保姫〉的日文歌詞及漢譯抄錄如下[66]：

誰か呼びます　深山の森で	是誰在森林的深處　呼喚
靜かな夜明けに	在寂靜的黎明時候
銀の鈴のような　麗しい聲で	像銀色鈴鐺一樣　華麗的聲音
誰を呼ぶのだろう	呼喚著誰
ああ佐保姫よ	啊！佐保姫呀
春の佐保姫よ	春之佐保姫呀
誰か呼びます　深山の森で	是誰在森林的深處　呼喚

淋しい夜更けに　　在寂寞的黃昏時候
銀の鈴のような　麗しい聲で　　像銀色鈴鐺一樣　華麗的聲音
森に響き渡り　　越過森林

63 新臺唱片股份有限公司在二〇〇四年製作發行的《臺灣傳記音樂1：高一生紀念專輯》音樂光碟，即以〈春之佐保姫〉做為封面詞曲，總計收錄吾雍．雅達烏猶卡那創作的〈杜鵑山〉、〈打獵歌〉、〈長春花〉、〈想念親友〉、〈登山列車〉、〈登玉山歌〉、〈春之佐保姫Ⅰ〉、〈春之佐保姫Ⅱ〉、〈移民之歌Ⅰ〉、〈移民之歌Ⅱ〉、〈移民之歌Ⅲ〉、〈古道〉等十二首作品。二〇〇五年五月十七日在綠島舉行的「綠島人權音樂祭」，高美英（馬場美英）也為父親獻唱〈春之佐保姫〉；馬場美英撰，下村作次郎編集，〈「綠島人権音楽祭～関不住的歌声～」参加記〉，《高一生（矢多一生）研究》創刊號（東京：草風館，二〇〇五年），頁五－七。

64 根據陳素貞的調查，〈春之佐保姫〉這首曲子「寫於約一九四〇年，是高氏與妻子春芳女士共勉的心聲」；陳素貞，〈魂魄永遠守著山川家園——歌聲迴響人已遠〉，頁八。

65 根據馬場美英的說法，吾雍．雅達烏猶卡那被羈押在軍法處看守所之時，自知已然無法再歸返故鄉，遂在「嚴酷的、絕望的環境之中，基於對所愛家族的思念，作成了獻給最愛之妻的永遠名曲〈春之佐保姫〉」；馬場美英，〈「綠島人権音楽祭～関不住的歌声～」参加記〉，頁六。

66 日語原文引自馬場美英，〈「綠島人権音楽祭～関不住的歌声～」参加記〉，頁六；漢文翻譯則由吾雍．雅達烏猶卡那之子高英傑意譯，引自盧梅芬、蘇量義，《回憶父親的歌之二：杜鵑山的迴旋曲》（臺東：國立臺灣史前文化博物館，二〇〇三年），未標頁碼。

ああ佐保姫よ
春の佐保姫よ

誰か呼んで　深山の奥で
ふるさとの森の　奥の彼方から
麗しい聲が
誰か呼んでいる
ああ佐保姫よ
春の佐保姫よ

啊！佐保姫呀
春之佐保姫呀

是誰在高山的深處　呼喚
在故鄉的森林　遙遠的地方
用華麗的聲音
有人在呼喚
啊！佐保姫呀
春之佐保姫呀

全詩乍讀之下，明顯地吾雍．雅達烏猶卡那是把日本名字為「湯川春子」（ゆかわはるこ）的妻子高春芳（一九一三—一九九九年）喻為「はるの佐保姫」，歌詞意境流露出春之女神思念著遠方的親人，遂以銀色鈴鐺的華麗聲音呼喚著，召喚遊子從遙遠的他方回返故鄉森林。若放大歷史的視域來看，〈春之佐保姫〉，毋寧是為日治末期遭到殖民者徵召投入太平洋戰爭，充當「高砂義勇隊」而遠赴南洋作戰的鄒族子弟而寫。

一九四二年，吾雍．雅達烏猶卡那顯然不再只以兼任巡查補身分的殖民權力代理人的上位角度凝視、規訓族人的身體，他因為公開反對日本殖民者以勸誘、威逼的手段徵調鄒族青年赴南洋征戰，「因而被日警處罰在神社面壁思過」[67]；一九四四年，日本帝國在太平洋戰爭的敗象已露、「高砂義勇隊」傷亡慘重[68]，吾雍銜命前往高雄軍港領回陣亡的鄒族子弟骨灰之時，「當晚大醉，高唱悲傷曲」[69]。據此研判，吾雍創作〈春之佐保姬〉並不單單只是眷戀夫妻之間的兒女情長，毋寧是藉這首歌詩，能讓因故而遠離鄒

---

67 范燕秋，〈倡議自治．族群導師——吾雍．雅達烏猶卡那〉，頁三〇五；陳素貞，〈高一生生時年表〉，《臺灣文藝》新生版第二期，頁一五。

68 《理蕃の友》百三〇號（昭和十七年十月）、百三一號（昭和一七年十一月）、百四四號（昭和一八年十二月）等期的報導。值得注意的是，昭和十七年（一九四二年）對「高砂義勇隊」壯烈奮戰的報導，頻繁出現了諸如「神迅進擊」、「獅子奮迅」、「如隼俊敏」、「如豹精悍」的語詞，然而到了昭和十八年（一九四三年）對「高砂義勇隊」的征戰報導，卻是一再出現司令官、部隊長頒給陣亡「高砂義勇隊」的賞狀、賞詞或感謝狀，宣稱「高砂義勇隊不滅の榮光」、「皇國の道と高砂族」，然而做為日本殖民者在一九三〇年代之後的理番政策機關刊物《理蕃の友》，卻在一九四三年的十二月廢刊，顯示了即使壯烈奮戰、陣亡南洋的「高砂義勇隊」，也無力協助日本殖民者扭轉不利的戰局。

69 陳素貞，〈高一生生時年表〉，頁一五。

族家鄉的族人在吟唱之時，真切感受到來自於故鄉森林的家人、親友的思念召喚。

（四）浪漫的理想主義者遭威權政治戕害

可悲復可嘆的造化弄人，吾雍．雅達烏猶卡那在戰後的一九五二年，遭到國民黨政府羅織罪名而囚禁於臺北的軍法處看守所，獄中寫給妻兒子女的家書屢屢提到〈春之佐保姬〉這首曲子，例如在一九五二年十一月三十日寫給妻子的信中說：

> 我的魂不在臺北，每夜都在家裡的小房間陪伴妳，妳不會寂寞的。想到〈春之佐保姬〉這首歌嗎？想起來的話，請用妳的感情去唱，我想妳最合適唱這曲子[70]。

又如一九五二年十二月七日寫給女兒的信中提到：

> 貴美信上說〈春之佐保姬〉是很有美妙的歌，大家都很喜愛。我眼前彷彿看到菊花和貴美大聲唱這首歌，妳在旁邊凝神地聽，眸子閃亮著光芒……此冬的苦楚將會

不知不覺地隨著〈春之佐保姬〉的歌聲消去，我會早日歸去。我以此向神明祈求，神必體念我的心[71]。

遺憾的是，夫妻再次相見之時，卻是春之女神離開故鄉的森林，黯然來到臺北認屍，「一九五四年四月十七日，春子女士與其他同案受難者家屬被帶至臺北，認出自池中撈出的高氏屍體，火化後攜回達邦村家園中下葬」[72]。一九九〇年代初期，首開先河

70 引自陳素貞，〈獄中書信點點滴滴訴真情〉，頁二四。

71 陳素貞，〈獄中書信點點滴滴訴真情〉，頁二六。

72 陳素貞，〈高一生生時年表〉，頁一五。關於吾雍．雅達烏猶卡那被控涉嫌「高山族匪諜湯守仁等叛亂案」的案情經過，可參見李敖審定，《安全局機密文件》（上）（臺北：李敖，一九九一年），頁八六－八七；《安全局機密文件》上、下兩冊，乃是根據國家安全局在一九五九年四月出版的《歷年辦理匪案彙編》的原寸影印方式印製，有關吾雍．雅達烏猶卡那被控涉嫌「高山族匪諜湯守仁等叛亂案」的原始文件，陳素貞的研究亦有引用，但是在這份原始文件當中卻有明顯的錯誤，亦即本案的偵破時間為「三十九年十月」（一九五〇年十月），判決文號及日期為「國防部四十三年二月十七日(四三)清澈字第四三三號令核定」，然而死刑執行日期卻載為「三十九年二月二十三日」（一九五〇年二月二十三日），死刑執行的時間點竟然早於偵破時間及判決日期，顯示國民黨政府的情治單位在白色恐怖時期偵辦政治案件、判人死生之時的草率。

研究吾雍．雅達烏猶卡那的陳素貞，數度進入阿里山的鄒族部落，試圖透過有限史料、田野調查以還原這位鄒族菁英的悲劇性生命歷程，她在當時發表的文章當中以感性口吻指出：

四十年後的現在，已經八十歲進入老年失憶狀態的春子，聽到次女貴美哼出這首歌（即〈春之佐保姬〉）的旋律時，還能清晰地唱出每一句歌詞，陶醉的神情彷彿她的丈夫回到了她的身邊[73]。

回到戰後初期臺灣原住民族文學「作者」形成的論述脈絡來看，倘若不是因為誤判政治情勢而遭槍決殞命，吾雍．雅達烏猶卡那的文學書寫成就，或可使得戰後臺灣的原住民族文學呈現出截然不同於今天的發展曲線。吾雍在日治時期曲折的生命歷程經驗、國族身分意識認同的轉折、現代文明想像的體驗、族裔歷史記憶的實踐、西方樂理音律的熟稔、勤於閱讀典籍的博學，以及在漢人政權統治初期即已練就達意的漢文書寫能力[74]，在在都是足以支撐他進行文學性表述、書寫的資財條件，然而隨著馬場町的暗夜槍響[75]，如今這些假設卻已成為歷史的悲劇註腳，盡都付諸於慨嘆的遺憾之中。

根據鄒族學者浦忠成（巴蘇亞．博伊哲努）、汪明輝，漢族學者陳素貞、范燕秋、王嵩山、吳叡人的調查研究顯示，吾雍．雅達烏猶卡那的理想主義者浪漫性格，顯然是他在戰後初期錯估臺海兩岸政權「內戰」狀態延續的政治時勢，驟然地以官派鄉長的身分向原住民各族賢士提出「高山族」自治的行動訴求，自陷於複雜、險惡的政治意識型態清算名單之列，卻仍渾然不察的主要肇因。統治政權更迭的戰後之初，吾雍的政治性外顯作為，場景轉換的速度讓人目不暇給，這對生性浪漫、易於感動的吾雍來說，恐怕也有像是陀螺一般，被抽鞭、身不由己而旋轉的莫名感。

73　陳素貞，〈魂魄永遠守著山川家園——歌聲迴響人已遠〉，頁八。高春子一九九九年病逝，享年八十六歲。

74　根據吾雍．雅達烏猶卡那一九五二年在監期間以漢文寫給家人的多篇獄中家書內容研判，他在戰後初期已能掌握一定程度的北京話文書寫能力，同世代「跨越語言」的漢族作家漢文書寫障礙似乎在他的身上並不明顯。吾雍．雅達烏猶卡那以漢文書寫的獄中家書原件影本，參見陳素貞，〈獄中書信點點滴滴訴真情〉，頁二二一—二二三。

75　馬場町（新店溪畔的臺北市青年公園十一號水門一帶，今設「馬場町紀念公園」）為蔣介石政府在一九五〇年代白色恐怖時期槍決政治犯的主要刑場，死刑執行前的吾雍．雅達烏猶卡那監禁於臺北市青島東路的軍法處看守所，研判應是依例「就近」押送馬場町刑場執行槍決。

一九四五年八月之後，日本殖民地的臺灣主權改隸於中國國民黨政府的接收、統治之下，當時儼然是鄒族領導者的吾雍．雅達烏猶卡那，在未見到國民黨軍隊的一兵一卒之前，主動申報更改漢名為「高一生」，同時加入「三民主義青年團」，並在一九四六年被漢人政府委派為吳鳳鄉（今已改名阿里山鄉）鄉長；一九四七年的二二八事件之後，吾雍庇護入鄉「避難」的外省籍臺南縣長袁國欽（隨後也保護遭到國民黨政府追捕而入山躲藏的二二八事件參與者，多為漢人），一九四八年率領原住民各族代表共組的「南京致敬團」遠赴中國向蔣介石領導的國民政府致敬，之後又因國民黨政府的特務單位在一九五〇年藉故逮捕多名鄒族菁英，身為鄉長的吾雍被迫「繳交武器」以輸誠，並且再組「致敬團」而赴臺北向統治者再度輸誠，之後不論是時任總統的蔣介石，或是人稱「太子妃」的蔣經國之妻蔣方良到阿里山避暑渡假、政令宣導，身為鄉長的吾雍在招待準備的前置作業上，莫不戒慎、力求周到。

諷刺的是，戰後初期在政治場域的鄉長角色上，勉力於周旋權貴、政要之間以求面面俱到，且已多次獲得統治者蔣介石約見會談的吾雍．雅達烏猶卡那，卻在一九五一年遭到臺灣省保安司令部指控涉嫌「叛亂」，隔年即遭逮捕入獄，未經任何的合法審判程序即在一九五四年被以「匪諜叛亂罪」的罪名執行槍決，留下一具充滿「福馬林」（甲醛）消毒水氣味的冰冷遺體，浮沉於屍池之中，殘酷地讓為人妻的高春芳辨認、完成領屍手續。

（五）隱藏在獄中家書之內的憂鬱靈魂

截至本書出版之前（二〇一三年），尚未看到吾雍．雅達烏猶卡那在戰後初期以漢文書寫、發表的文學性作品，在以日文或以羅馬字拼寫族語而流傳於部落族人之間的歌詩作品當中，幾乎找不到任何一篇是單純表現「作者」個人情感、美學想像的自娛之作，主要都是扣聯於族人生活場域、部落歷史記憶的兩大敘事脈絡。

一九四七年的二二八事件之後，時任臺南縣長的袁國欽為了答謝吾雍．雅達烏猶卡那庇護他入鄉避難，特案批准吾雍的請求，而將日治時期軍用牧場的縣府公共用地劃歸吳鳳鄉所有（當時的吳鳳鄉屬於臺南縣政府管轄）[76]；吾雍之所以向縣府請增新地，顯

76 此處即為目前阿里山鄉的新美村、茶山村，已是鄒族人發展農牧、經營民宿的主要聚落；王嵩山、汪明輝、浦忠成（巴蘇亞．博伊哲努）著，《臺灣原住民史．鄒族史篇》（南投：臺灣省文獻委員會，二〇〇一年），頁一六八。

然是想以日本岡山縣高陽村的村民協力經營模式為本，擴增部落族人的生活空間，期以發展農牧協作的產業組合。

吾雍為了鼓勵族人前往移居墾殖，遂以羅馬字拼寫的族語創作三首〈移民之歌〉，包括〈來到尤依阿那〉、〈離別家園〉、〈來吧！來吧！〉並廣為教唱[77]。在這三首〈移民之歌〉的音律節奏上，吾雍參考鄒族傳統祭儀的吟唱方式，採取卡農式的男女多部合音、對位誦吟形式，為族人的移居墾殖賦予肅穆的、神聖的意義，歌詞的意境則是藉由鄒族先民為了後代子孫而冒險遷徙以找尋豐饒新天地的傳說寓意，祈求祖靈祝福移居墾殖的族人們。

戰後初期的吾雍·雅達烏猶卡那以鄉長的身分，透過合法的行政程序，為部落族人爭取新增的生活墾殖空間，此舉既不是對於他族領土的武力侵略，也不是對於國有土地的違法侵占，卻種下了他命喪馬場町的伏因。另一方面，吾雍並非是以鄉長的身分而強制命令族人前往移居墾殖，他以結合族人歷史記憶傳說的歌詩創作及教唱方式，鼓勵族人移居墾殖的意願。

吾雍在戰後以迄一九五〇年之前政治性作為的梗脈、文學性創作的肌理，相當比重奠基於對族裔生命意識、部落生活場域的保全及維繫，一九五〇年之後漸有「泛高山族」

集體意識的認同行動，串連全臺各地多位原住民籍的民意代表共同提出「高山族自治縣」的構想[78]，發函邀請各族領導人、賢士集會討論高山族自治區的問題，豈料消息走漏、信函遭到情治單位截獲[79]，吾雍及多位原住民菁英在一九五二年九月被以涉嫌叛亂的「匪諜」罪名逮捕；根據陳素貞的調查統計，吾雍從入獄到槍決之前，「一年半裡，寄達到太太手中的書信，計有五十六封、一百一十一頁」[80]。

---

77 吾雍·雅達烏猶卡那以族語創作的三首〈移民之歌〉，現有陳素貞、高英傑的歌詞漢譯版本，詳見陳素貞，〈移民之歌〉，頁一九；盧梅芬、蘇量義，《回憶父親的歌之二：杜鵑山的迴旋曲》，未標頁碼。

78 王嵩山、汪明輝、浦忠成（巴蘇亞·博伊哲努）的調查顯示，吾雍·雅達烏猶卡那提出「高山自治區隸屬於縣長所轄，下設警察、產業、教育、建設、財政及衛生六課，故並非搞高山族獨立或分離主義」；王嵩山、汪明輝、浦忠成（巴蘇亞·博伊哲努）著，《臺灣原住民史·鄒族史篇》，頁一六八。

79 陳素貞，〈力搏宿命的高一生——高一生的原住民自治區論犯了叛亂罪〉，頁三三一—三三七；王嵩山、汪明輝、浦忠成（巴蘇亞·博伊哲努）著，《臺灣原住民史·鄒族史篇》，頁一六七。

80 陳素貞，〈獄中書信點點滴滴訴真情〉，頁二二一。

（六）國族文化身分認同過程的躑躅、徘徊及無悔抉擇

吾雍．雅達烏猶卡那的獄中家書，即使受限於獄方的通訊字數及審核規定，猶仍不時流露為人夫對妻子的深情眷戀、為人父對子女的掛念叮嚀、身為族長對部落的思念牽掛；家書之中，如實描述他的獄中心情轉折，如何地從自信清白而終必獲釋返家，再到屢屢夢回部落親人而苦遭鄉愁啃囓，最後自知冤情難雪而坦然交待後事。透過吾雍的獄中家書，我們看到一位戰後初期的原住民菁英心靈夾纏在國家政權轉替、族裔身分意識之間的遊移、徬徨、抉擇及無悔的顯影。吾雍的獄中家書，投射出了一個憂鬱的靈魂漫遊在時代悲劇背幕的身影，無疑是研究戰後臺灣原住民族文學的珍貴史料，允有輯註出版的歷史見證價值。

礙於篇幅，此處摘錄一首吾雍．雅達烏猶卡那在一九五四年自忖死期不遠，遂以遺書形式寫給妻子的最後一封家書當中，以日文寫詞、作曲的〈つつじの山〉（〈杜鵑山〉）[81]，據以論探吾雍的國族文化身分意識想像夾纏於殖民統治體制底下的終極掛懷。〈杜鵑山〉的日文歌詞及漢譯如下[82]：

つつじの山を離れきて
思いは懐かし くぬぎの林
彼の山戀し 彼の山戀し
雲がちぎれて 何處へやら

つつじの山の 夢見たが
くずれて消えた くぬぎの林
彼の山見えぬ 彼の山戀し
青い鳥さえ 何處へやら

自從離開杜鵑山
時時刻刻懷念橡樹林
想念那山，真想念那山
拆散的白雲啊！不知飄到何方？

夜裡夢見了杜鵑山
橡樹林的影像漸漸模糊不清
那山竟然看不見，真想念那山
可愛的藍鵲，現在不知飛到何方？

---

81 馬場美英根據母親高春子收藏吾雍·雅達烏猶卡那的獄中家書及遺物推測，〈つつじの山〉是父親生前最後一首以日文創作的詞曲作品；馬場美英，〈高一生（矢多一生）からのメッセージⅡ〉，載於塚本善也編集，《高一生（矢多一生）研究》三號（東京：草風館，二〇〇六年），頁二四－二九。

82 日語原文引自馬場美英，〈高一生（矢多一生）からのメッセージⅡ〉，頁二六－二七；漢文翻譯參考高英傑的節譯，引自盧梅芬、蘇量義，《回憶父親的歌之二：杜鵑山的迴旋曲》，未標頁碼。

つつじの山は 南向き
廣い野原の くぬぎの林
夕日に赤い 彼の山戀
山のかっこう鳥 鳴くであろう

つつじの山の 細道は
森をよぎりて くぬぎの林
彼の山いずこ 彼の山戀し
こずえに小鳩が また歸る

つつじの山は 彼のあたり
やがてもみじが 色づくだろう
彼の山戀し 彼の山戀し
からすも古巣へ 歸るだろう

杜鵑山在南邊方向
就在遼闊原野的橡樹林
看見灼紅的夕陽，更使我想念那山
山上的郭公鳥，正在哀鳴吧！

杜鵑山有個小山徑
橫越森林，到達橡樹林
那山現在怎樣了？真想念那山
斑鳩現在是否安然又回到樹梢？

杜鵑山好像在那個方向
現在正是楓葉著色的時節吧！
想念那山，真想念那山
這時烏鴉也該回到了牠的老巢窩吧！

身陷死牢、歸期無望，吾雍．雅達烏猶卡那以他最熟悉的語文創作〈杜鵑山〉，向他最摯愛的家人告別；詞意之中，透顯著吾雍表述鄉愁之切、靈魄回歸之處的雙重意象隱喻。一方面，正如吾雍最小的女兒高美英所言，杜鵑山對於父親來說，既是故鄉阿里山的代名詞，同時承載著他在幼少時期最美好的生命記憶；他在歌詩之中將鄉愁託寓於杜鵑山的天空、山野、森林及河川，以向家族及鄒族傳達深沉思念的最後告別[83]。

另一方面，吾雍．雅達烏猶卡那在已知不久人間的告別之作〈杜鵑山〉，不用具體地理指涉的「阿里山」（アサトヤマ），改採另富意象隱喻的「杜鵑山」（つつじの山），並不盡然是為了文學性書寫、創作意境，以呼應詞中思念「郭公鳥」（杜鵑鳥的同類）啼鳴的故鄉山林。吾雍留給家人、族人的告別遺作，之所以使用日文書寫，毋寧是因為兼備著族語、日語及漢語等多種語文言說能力的他知道，杜鵑「つつじ」的日文漢字為「躑躅」，這在漢文的詞義指涉著心有所慮、欲行又止，終得舉步向前的涵義，杜鵑鳥的啼聲亦被古來的文人賦予「不如歸去」的想像意境，對於少年時期下課返回日籍警

83　馬場美英，〈高一生（矢多一生）からのメッセージⅡ〉，頁二七。

部的家門口，即被僕人高聲叫喊「蕃人的一夫（蕃人のかつお）回來了」的吾雍來說[84]，國族文化身分意識的認同過程多有躑躅、遲疑及徘徊的跌宕轉折，但在一九四〇年代初期不忍看到部落青年遭到殖民者誘惑、徵調投入戰場而寫下〈春之佐保姬〉，以及他一九五〇年代初期倡議高山族自治理念，卻遭統治者羈禁死牢而寫下〈杜鵑山〉之後，吾雍的文化身分認同的終極掛懷，顯然已從浪漫想像的國族意識轉向於部落生活實踐之下的族裔認同。

正如現今部分老一輩的泰雅族、賽德克族人（尤其是女性），對於一九三〇年向日本殖民者發動「霧社事件」武力對抗行動的馬赫坡社頭目莫那．魯道，有著愛恨糾纏、褒貶夾雜的評價一般，在老一輩鄒族人的記憶之中，對於他們所認識的吾雍．雅達烏猶卡那，也是夾雜著既熟悉又陌生、既敬之又畏之、既愛之又惡之的矛盾情結[85]，這都顯示吾雍的生命位格在殖民統治體制底下，留給族人們複雜的、矛盾的、流動的歷史記憶；唯就戰後臺灣原住民族文學「作者」形成的脈絡以觀，吾雍的歌詩作品及獄中家書，當是提供了搜尋原住民的族裔意識、文化身分的認同實踐線索，以及原住民族的集體政治心靈在戰後初期蒙難驚懼、自我禁錮的歷程再現，值得更進一步的探討研究。

目前已可確認是吾雍在戰後初期以日文、族語創作的歌詩作品，包括〈登玉山歌〉、〈移民之歌〉三首、〈古道〉、〈杜鵑山〉、〈長春花〉、〈獵鹿歌〉等[86]，這些作品仍在鄒族四、五十歲以上的族人之間傳唱[87]，至於獄中家書僅有部分摘錄於相關學

---

84 陳素貞，〈高一生的背景資料〉，頁一一—一二；吾雍．雅達烏猶卡那的日本名字原為「矢多一夫」，後來才改為「矢多一生」。

85 老一輩鄒族人對於吾雍．雅達烏猶卡那的褒貶評價說法，參見陳素貞，〈我為什麼要寫高一生：詳敘結緣和追蹤的過程〉，頁七六—七九；陳素貞，〈冤情告白〉，頁四一—五五。王嵩山、汪明輝、浦忠成（巴蘇亞．博伊哲努）著，《臺灣原住民史．鄒族史篇》，頁一六六。

86 根據陳素貞的研究，吾雍．雅達烏猶卡那生前創作了許多詞曲或填詞的歌詩，但是除去他在獄中家書提到的〈美麗的山峰〉、〈高地的花園〉、〈奇妙之泉〉等幾首已經失落了，和其他不知名的或是族人不敢明指出來的，有完整傳留下來的總共有十一首，分別為〈春之佐保姬〉、〈登山列車〉、〈杜鵑山〉、〈移民之歌〉、〈古道〉、〈登玉山歌〉、〈想念親友〉、〈長春花〉、〈獵鹿歌〉等；陳素貞，〈魂魄永遠守著山川家園——歌聲迴響人已遠〉，頁八。

87 浦忠勇（依憂樹．博伊哲努），《臺灣鄒族民間歌謠》（臺中：臺中縣立文化中心，一九九三年），頁二〇八—二三三。書中，浦忠勇對吾雍．雅達烏猶卡那創作〈移民之歌〉的時間及動機的註解有誤，浦忠勇指出「當時吳鳳鄉第一任鄉長高一生也配合日人政策，極力遊說族人往新的地方居住」，事實上，吾雍是在戰後的一九四六年被中國國民黨政府官派為吳鳳鄉第一任鄉長，一九四七年臺南縣政府將新美、茶山聚落劃歸吳鳳鄉，吾雍遂以族語創作三首〈移民之歌〉以鼓勵族人移居墾殖，箇中過程無關乎「配合日人政策」。

者的著述之中[88]，尚待吾雍的家人及學者們彙編註解出版。

四、以族語講述、吟誦普悠瑪——巴力．哇歌斯

另一位在戰後初期臺灣原住民族文學「作者」形成脈絡之中，堪稱為先行者、開創者的是卑南族的巴力．哇歌斯，他在日治時期的成長經驗、創作背景，與鄒族的吾雍．雅達烏猶卡那在某些面向上，有著既相似又差異的生命軌跡（現有的文獻史料尚不足以判斷兩人在生前是否相識，或者交往）。

兩人都在少年之時失怙[89]，不同的是，出生於頭目之家的吾雍．雅達烏猶卡那在父喪後被日籍的警部收養，並從部落轉學遷居都市，出生於窮苦家庭的巴力．哇歌斯在父喪後靠兩位姊姊砍柴、農作的收入供讀，課餘則在臺東公學校的日籍校長家中打掃，賺取微薄工資；兩人是臺南師範學校的前後期學生，不同的是，吾雍在一九二四年以保送方式入學，巴力則在一九二七年以優異成績考取入學（當年的臺東公學校畢業生，僅有他及校長的兒子錄取）；兩人在臺南師範學校就讀期間的拿手科目均為音樂，嫻熟樂

理及鋼琴演奏，畢業之後陸續返回各自的部落任教，且以歌詩的創作共鳴於族人的生活、詠贊於部落的景觀，不同的是，吾雍在日本的殖民體制、國民黨的統治時期被委派兼任警察、鄉長的行政職位，巴力在有生之年未曾以任何公職身份參與政治事務[90]。

透過兩人之間的生命軌跡對比，顯示吾雍．雅達烏猶卡那、巴力．哇歌斯在同為戰後初期臺灣原住民族文學的「作者」形成肌理之中，呈現著結構性相似、主體性差異的

---

88 包括陳素貞的〈獄中書信點點滴滴訴真情〉，盧梅芬、蘇量義的《回憶父親的歌之二：杜鵑山的迴旋曲》，以及浦忠成（巴蘇亞．博伊哲努）的《政治與文藝交纏的生命：高山自治先覺者高一生傳記》等。

89 吾雍．雅達烏猶卡那的父親在一九一八年因意外身亡，吾雍當年僅十歲；浦忠成（巴蘇亞．博伊哲努），〈帶領鄒族現代化的第一人——高一生（吾雍．雅達烏猶卡那）〉，頁一四三；巴力．哇歌斯在就讀臺東公學校五年級時，父親因病去世；胡台麗，〈陸森寶——唱「懷念年祭」，憶已逝的卑南民歌作家〉，《文化展演與臺灣原住民》（臺北：聯經，二〇〇三年），頁五一八。

90 關於巴力．哇歌斯的生平事蹟及詞曲作品，可參見胡台麗〈陸森寶——唱「懷念年祭」，憶已逝的卑南民歌作家〉、〈懷念年祭——紀念卑南族民歌作家陸森寶（Bali Wakas）〉、鍾肇政〈卑南歌聲——懷念卑南族作曲家陸森寶先生〉以及阿道．巴辣夫〈卑南族的心靈之歌〉、〈巴力．哇歌斯——一代民歌作家〉、〈陸森寶（巴力．哇歌斯）先生創作民歌表〉，均收錄於吳錦發編，《原舞者》（臺中：晨星，一九九三年），頁一二〇—一六二；另可參見胡台麗，《文化展演與臺灣原住民》所附的「卑南族民歌作家陸森寶（Bali Wakas）作品選集」，頁五二五—五五九；孫民英撰〈陸森寶年表〉，收於《臺東縣史：人物篇》，頁七一—七二。浦忠成（巴蘇亞．博伊哲努），《思考原住民》，頁一五六。

既交叉又分歧的發展曲線。

（一）族語歌詩維繫擴散的族裔生命意識

如同吾雍·雅達烏猶卡那一般，巴力·哇歌斯也曾在青年時期以嫻熟族語、日語的師範生身分，返回部落協助外籍學者記錄採集部落的神話傳說、民間故事。臺北帝國大學的「言語學研究室」自一九三〇年開始，利用第十一任臺灣總督上山滿之進（任期一九二六年七月－一九二八年六月）提供的高山族研究補助費，針對原住民各族的部落組織、親屬結構、語言系統、神話傳說進行長期的田野調查，其中由小川尚義、淺井惠倫合作編寫、一九三五年出版的《原語による臺灣高砂族傳說集》，獲得當年日本學術界最高榮譽的「學士院賞」及「恩賜賞」[91]，書中，關於卑南族的族語語法、神話傳說的採錄，小川尚義、淺井惠倫即是在昭和五年（一九三〇年）八月、昭和七年（一九三二年）八月，分別透過兩位卑南族師範生的協助採錄、翻譯及註解而來，其中一位正是當時就讀臺南師範學校的巴力。

根據《原語による臺灣高砂族傳說集》一書的記載，巴力·哇歌斯以族語講述卑南社的四則神話傳說，篇名分別題為〈pujuma：卑南社の人〉、〈biau：鹿〉、〈takio；タキオ〉、〈sakino：サキノ〉[92]，內容主要集中在描述卑南族的卑南社南王部落的源起、遷徙過程、海祭由來、英雄傳奇、愛情故事，以及與阿美族人之間的摩擦、緊張關係等等，顯示當時年僅廿歲的巴力已能透過族語、日語的詞義對譯，協助日籍學者採錄流傳於卑南社的神話傳說、民間故事；另據人類學者胡台麗的調查，在巴力留存下來的

---

91 劉斌雄撰，黃應貴主編，〈日本學人之高山族研究〉，《臺灣土著社會文化研究論文集》（臺北：聯經，一九八六年），頁七九。

92 小川尚義、淺井惠倫，《原語による臺灣高砂族傳說集》（東京：刀江書院，一九五三年），頁三一四－三二三。此書在臺灣有詩人陳千武以漢文節譯的《臺灣原住民的母語傳說》，但對各族的神話傳說並未特別註明口述者，巴力‧哇歌斯在日文版原著講述的四則卑南社神話傳說，漢文的節譯版亦只選譯了〈卑南社的人〉、〈鹿〉兩則；陳千武譯述，《臺灣原住民的母語傳說》（臺北：臺原，一九九一年），頁一四九、頁四七－四八。至於〈takio：タキオ〉講述名為takio的小偷到火燒島（sanasan，綠島）打獵遇困，幸為大魚搭救的奇遇故事，漢文翻譯可見林道生編著，《原住民神話、故事全集(1)》（臺北：漢藝色研，二〇〇一年），頁一一九－一二〇，標題改為〈大魚與海祭〉，未註明講述者。〈sakino：サキノ〉則是講述一位名為sakino的男子被兩名女子欺騙，且被淋上滾燙的豬油而變成烏鴉報復的故事，漢文翻譯可見林道生編著，《原住民神話、故事全集(2)》（臺北：漢藝色研，二〇〇二年），頁一二三－一二五，標題改為〈撒基諾變成烏鴉〉，亦未註明講述者。

五十餘首詞譜當中，只有一首〈春子小姐〉創作於日治時期，「濃濃的日本味道，呼之欲出的是對日本女友的思念」[93]，曲名的構思設計上與吾雍．雅達烏猶卡那在日治時期創作的〈春之佐保姬〉，頗有巧合之妙。

不同於吾雍．雅達烏猶卡那的文學才識夾纏、陷困而夭折於陰森的政治泥淖之中，巴力．哇歌斯在戰後蔣介石、蔣經國父子統治的威權時期，婉拒擔任任何可能要與政府部門進行政治事務接觸的行政主管職位（一九四七年曾經短暫擔任臺東市加路蘭國校的校長，隨即應聘轉往臺東農校擔任音樂、體育老師，直到一九六二年退休）[94]。同樣是在日治時期完成師範教育、返鄉任教，並在當時的部落族人之間受到敬重（敬畏）的知識菁英，戰後的巴力並沒有選擇出任類似巴恩．斗魯、吾雍．雅達烏猶卡那被統治者權力納編的行政公職位置，刻意拉開政治權力的直接凝視距離，但這並不表示族人認識的巴力是個自我放逐於部落事務的孤僻隱士，他在統治者的威權效力未能滲透、震懾的隙縫空間之內，持續了近四十年（一九四九—一九八八年）以羅馬字拼寫族語歌詩、詞曲的創作及流傳形式，維繫並擴散跨世代、跨部落的族裔生命意識和歷史記憶，連結著吟唱者及聆聽者對於自我與部落、生活與信仰、傳統與現代、族人與時局之間的多重對話關係。

（二）召喚族人認識部落的歷史記憶

根據林娜玲、蘇量義、孫民英的調查研究，巴力・哇歌斯「每作完一首歌，陸森寶就會將詞曲抄寫在大海報上，騎著腳踏車邀集部落族人練唱。現在部落裡祖父、祖母輩的長者及天主堂的教友，幾乎沒有人不會唱陸森寶的歌」[95]，另據巴力的么子陸賢文（族名：bun）指出：

---

93 胡台麗，〈懷念年祭——紀念卑南族民歌作家陸森寶（Bali Wakas）〉，頁五二〇。巴力・哇歌斯在臺南師範學校畢業後，分發到臺東的新港公學校任教，後與同校的日籍女老師「春子」相戀，但當論及婚嫁時遭到雙方家長的反對，且因日籍校長、督學的阻撓而被調職，巴力遂作此曲以抒心中的情思愁鬱；戰後，巴力在〈春子小姐〉後加夏、秋、冬三段而成〈四季歌〉，其中的第二段即是以同族妻子夏陸蓮的日本名字「夏子」（ナツユ）為名。

94 孫民英撰，施添福總編纂，〈陸森寶年表〉，《臺東縣史：人物篇》，頁七一－七二。

95 林娜玲、蘇量義，《回憶父親的歌之三：愛寫歌的陸爺爺》（臺東：國立臺灣史前文化博物館，二〇〇三年），未標頁碼。

父親的歌曲有一個很大的特點是別人少有的，就是凡是他所作的歌都是免費的，是誠心送給族人的。後來我才知道父親的心意，他說族人過去幫他不少忙，尤其是求學那段時期，所以今天他僅以棉薄之力回饋鄉親，這就是他創作的動機[96]。

巴力·哇歌斯在戰後創作了近六十首以族語吟唱的歌詩，率皆是以這種直接面對部落公眾的無償教唱、傳播形式，將歌詩詞意的族裔認同、生命哲理以及族人的感情連帶意象託喻其中，他在一九四九年以族語書寫的歌詩〈卑南山〉（penansan）當是戰後初期最早一首的實驗之作；族語歌詞及其漢譯抄錄如下[97]：

a denan　i kamaiDangan　a tengal　i kapuyumayan
那山　古老的　那山　是　普悠瑪的
temabang　i　kababutulan temungul i DiLaDiLan
眺望到　蘭嶼　眺望到　里壠（關山）
amau na mingalad i kalalauDan
是　有名的　東方

amau la na kimangangay
是　　傳話
la kaDiu kan emu i kinaDiwan
到那邊　先祖　本土
pakasaT Da kali kuTeman bulay tu inudawayan
高到　　那　雲海　美　　形狀
temabang i kadaybuan temungul i maLagesag
眺望到　　大武山　眺望到　　海天交接處
amau tu dinawa i kan demaway
是　　創作　　造物者

96 林娜玲、蘇量義，《回憶父親的歌之三：愛寫歌的陸爺爺》，未標頁碼。

97 此作的另一個曲名為〈頌讚聖山〉（a denan i kamaiDangan），卑南族語歌詞由林豪勳、林娜玲漢譯，收於林娜玲、蘇量義，《回憶父親的歌之三：愛寫歌的陸爺爺》，未標頁碼。

amau tu pinakababulay kanta kaDini i makalauD

是　　為美化　　我們　　這裡　東方

歌詞意譯：高高的山是卑南族的老山，可眺望蘭嶼島及關山，是東方（東部）有名的山，祖公可傳話到那邊。形狀美麗、聳入雲霄的卑南山，可眺望到大武山及都蘭山，創造者要我們成為美好的東方（卑南族）[98]。

巴力．哇歌斯在一九四九年創作的族語歌詩〈卑南山〉，時值臺灣的政局情勢陷入空前的混亂、險惡之際，犖犖大者如漢人作家楊逵撰寫一篇呼籲族群和解、權力下放的〈和平宣言〉而遭逮捕，北部多所大學發生「四六事件」的學生運動，警備總司令部發布「全省戒嚴令」，中央政府由重慶移轉臺北等等；國民黨政府鑑於二二八事件、國共戰爭失敗，嚴厲緊縮對於臺灣各個公共領域的言論、思想檢查的網孔，伴隨著統治者下達「動員戡亂」、「復國備戰」的政治作戰指令，戰後初期臺灣社會原本就因為二二八事件之後整肅異己、清鄉運動而瀰漫的白色恐怖氛圍，更是在一九四九年之後呈現肅殺、緊凝的趨勢。據此以觀，巴力在一九四九年創作的族語歌詩〈卑南山〉，對於當時的統治權力掌控者來說，絕對不是符應於中華國族意識的所謂「政治正確」（political correctness）之作，惟就〈卑南山〉的詞意來看，巴力固然無意於干擾或挑戰統治者的意識型態權威，但也間接顯示了他欠缺政治敏感嗅覺的純樸創作理念。

巴力．哇歌斯的〈卑南山〉創作動機，有著兩種詮釋說法，一是他在一九四九年任教於臺東農工之時，「常聽說，東部是臺灣最落後的地區，但是陸老師不以為然。他認為臺東有那麼多高高的山，他以高山為榮，東部的山是東部所有人的精神堡壘」[99]，另一種詮釋說法是「普悠瑪部落的傳說故事中，卑南山（都蘭山）是卑南族南王社（puyuma）祖先的登陸地。卑南山俯瞰平原、展望海洋的傲人英姿，也是族人引為典範的精神標竿，過去老人家會告誡孩子要向卑南山看齊，擁有好名聲。陸森寶離家遠行前總會朝卑南山默禱行禮，以祈得祖靈的智慧與庇祐」[100]。

98 全曲歌詞的意譯者為巴力．哇歌斯的二女婿陳光榮，由胡台麗整理，收於胡台麗，《文化展演與臺灣原住民》，頁五二七。

99 胡台麗，《文化展演與臺灣原住民》，頁五二七。

100 林娜玲、蘇量義，《回憶父親的歌之三．愛寫歌的陸爺爺》，未標頁碼。

對於巴力・哇歌斯在一九四九年創作〈卑南山〉動機的兩種詮釋說法，彼此之間並沒有衝突矛盾，率皆顯示了他以身為卑南族南王社的「普悠瑪」（puyuma）後裔的身分認同視域出發，對於標示著部落族人傳統生活領域、文化衍生空間的卑南山（都蘭山）象徵涵義的認同及實踐。換句話說，即使是在戰後初期統治者漫天蓋地強力宣傳中華國族認同意識之際，巴力仍以族語創作的歌詩提示、召喚部落族人認識祖先登陸、生活、傳衍後代的地理空間及傳說話語。

（三）〈美麗的稻穗〉衍繹的泛族認同意識

巴力・哇歌斯在一九四九年創作〈卑南山〉的動機，回到當年的時空脈絡來看，固然無意針對統治者的中華國族認同意識所展開迂迴的文化抵抗戰略考量，卻間接另闢了戰後臺灣原住民族「文學」以族語歌詩創作、吟詠及傳唱的表述形式游離於權力凝視的族裔認同蹊徑；巴力的族語歌詩作品最為知名、傳唱最廣，並與一九七〇年代中期的民歌運動、一九八〇年代後期的原運有著直接連帶關係之作，即是一九五八年掛念「八二三砲戰」之時在金門前線服役的部落子弟而創作的〈美麗的稻穗〉（pasalaw bulay naniyam kalalumayan）」，族語歌詞及其漢譯抄錄如下[101]：

pasalaw bulay naniyam kalalumayan garem

非常　美麗的　我們的　稻子　現在

o-i-yan o-i-yan a-ru-ho-i-yan

（歡呼呀！我們高聲歡呼！）

adaLep mi adaLep mi emareani yo-ho-i-yan

近了　我們　快了　割稻了

o-i-yan o-i-yan a-ru-ho-i-yan i-ya-o-ho-yan

（歡呼呀！我們高聲歡呼！）

---

101 卑南族語歌詞由林豪勳、林娜玲漢譯，收於林娜玲、蘇量義，《回憶父親的歌之三：愛寫歌的陸爺爺》，未標頁碼。

patiyagami patiyagami kanbaLi etan i king-mong
寫信　寄信　給哥哥　在　金門

pasalaw bulay naniyam kaongrayan garem
非常　美麗的 我們的　鳳梨　現在
o-i-yan o-i-yan a-ru-ho-i-yan
（歡呼呀！我們高聲歡呼！）
adaLep mi adaLep mi epenaliDing yo-ho-i-yan
近了　我們　快了 我們　搬運
o-i-yan o-i-yan a-ru-ho-i-yan i-ya-o-ho-yan
（歡呼呀！我們高聲歡呼！）
apaaatede apaaated kanbaLi etan i king-mong
寄　寄　給哥哥　在　金門

pasalaw bulay naniyam kadadolingan garem
非常　美麗的 我們的　造林　現在
o-i-yan ɔ-i-yan a-ru-ho-iyan
（歡呼呀！我們高聲歡呼！）
adadep mi adadep mi emarekawi yo-ho-i-yan
近了　我們 快了 我們 砍木材

o-i-yan o-i-yan a-ru-ho-i-yan i-ya-o-ho-yan
（歡呼呀！我們高聲歡呼！）
asasangaan asasangaan da sasudang puka i king--mung
製造　製造　船　送　到　金門

歌詞意譯：今年是豐年，鄉裡的水稻將要收割，願以豐收的歌聲報信給前線金門的親人；今年是豐年，鄉裡的鳳梨將要收割，願以豐收的歌聲報信給前線金門的親人；鄉裡的造林，已長大成林木，是造船艦的好材料，願以製成的船艦贈送給金門的哥兒們[102]。

一如吾雍．雅達烏猶卡那的〈春之佐保姬〉，巴力．哇歌斯的〈美麗的稻穗〉也是因為掛慮、思念身在戰場前線的族中青年而作的懷鄉曲；不同於〈春之佐保姬〉在一九六〇年代的白色恐怖時期，僅在吾雍的家族親人、鄒族部落之間私下吟唱，〈美麗的稻穗〉在同時期即已傳唱於東臺灣地區的卑南族、阿美族及排灣族部落[103]，一九七〇年代中期還被當時校園民歌運動的代表歌手之一的楊弦選錄在個人的唱片專輯，胡德夫（族名：阿勒．路索拉門，一九五〇年出生，父親卑南族、母親排灣族）亦曾將之改編成藍調版演唱，「進入當時民歌排行版第二名，傳遍全國校園」[104]。胡德夫曾經自述，他在一九六二年從臺東部落北上淡江中學念書之後，每每因為思鄉心切，獨自跑到學校旁的相思樹林唱著家鄉的歌謠，胡德夫表示：

這首〈美麗的稻穗〉，就是唯一能哼唱的家鄉歌謠，是父親從部落中學來……這首歌就是我創作生涯的開端，也好像是自己的另一張身分證[105]。

巴力．哇歌斯的〈美麗的稻穗〉在一九七〇年代透過漢人楊弦、族人胡德夫的傳唱，間接使得原住民的自我關懷、族裔認同之聲在當時飄浮著中國想像式的鄉愁、流浪、邊疆及荒涼意象為尚的校園民歌運動之中[106]，挺現而出一股對於現實生活所在的土地、作物及族人的思念關懷。

一九八〇年代中期的原運之後，〈美麗的稻穗〉及〈我們都是一家人〉這兩首曲子，更儼然成為泛原住民族文化身分、認同意識的指標性符碼。正如曾將〈美麗的稻穗〉改編為管絃樂曲的指揮家姜俊夫所言，巴力這首以族語創作的歌詩作品：

---

102 胡台麗，《文化展演與臺灣原住民》，頁五三三。

103 一九五六年出生在臺東縣達仁鄉的排灣族詩人莫那能，一九八九年出版的戰後臺灣原住民第一本個人詩集，即以《美麗的稻穗》為書名，他在自序中表示自幼就常聽到族人吟唱這首曲子，只是不知創作者為何人，甚至一度認為「這首歌本來是卑南族的傳統民謠，歌詞的內容大概是從日治時期就延留下來的」；莫那能，《美麗的稻穗》（臺中：晨星，一九八九年），頁六。

104 江冠明，〈動盪時代的歌聲〉，《臺灣新聞報》西子灣副刊（二〇〇二年一月二十一日）。

105 胡德夫，《匆匆》音樂專輯（臺北：參拾柒度製作公司，二〇〇五年），頁三二。

106 張釗維，《誰在那邊唱自己的歌》（臺北：時報文化，一九九四），頁一七八－一九一。

好像在吟頌而不是在唱歌。如說是從原住民的靈魂深處吟唱出來的（夾雜著宗教信仰、種族意識、文化傳承）的詩篇，我想會更為貼切[107]。

巴力．哇歌斯在戰後創作的歌詩作品，皆以羅馬字拼寫的族語發音，但他不曾以個人署名的方式向公開發行的和營利性質的報刊雜誌投寄作品，即使是在生前得知自己的歌詩創作被不同族裔的歌手、作家以不同的形式、動機演唱、改編或引用，他也並未因此訴諸於智慧財產所有權而有爭名、爭利、爭權的興訟之念；與其說巴力是戰後臺灣原住民族文學的「作者」，毋寧說他的人格特質是讓人敬重的長者。

一九六二年他從臺東農工屆齡退休，但因新的教師尚未到任而志願留校教學，並且「經常背著一臺錄音機，四處採譜，他的曲子便多半是以這些採得的旋律為基礎，另加他的創意構成」[108]，這些作品「都是以母語表達，而且與普悠瑪的人、事、物息息相關」[109]；巴力在戰後創作了近六十首皆以族語吟唱的歌詩，較為知名的包括一九四九年〈卑南山〉、一九五三年〈散步歌〉、一九五七年〈頌祭祖先〉、一九五八年的〈美麗的稻穗〉、〈思故鄉〉、〈俊美的普悠瑪青年〉、一九六一年〈再見歌〉、〈祝福歌〉、一九六三年〈卑南王〉、一九七一年〈蘭嶼之戀〉、一九七二年〈神職晉鐸〉、一九八五年〈海祭〉、一九八八年〈懷念年祭〉等。

一九九二年七月，原住民舞團「原舞者」藉著巡迴全臺展演的《懷念年祭——陸森寶》專輯，獲得該年度「吳三連文藝獎舞蹈類獎」，並獲文建會遴選為「扶植國際表演藝術團隊」，並於一九九三年間，在十三所大專院校巡迴演出〈懷念年祭〉，觀眾反應熱烈，學者胡台麗指出：

透過陸森寶的創作，認識了卑南南王聚落的發展軌跡，再以他的最後一首遺作〈懷念年祭〉中的懷想年祭、寄望年輕人不要忘記傳統習俗[110]。

---

107 轉引自江冠明編著，《臺東縣現代後山創作歌謠踏勘》，頁一五六。

108 鍾肇政，〈卑南歌聲——懷念卑南族作曲家陸森寶先生〉，收於吳錦發編，《原舞者》，頁一四七。

109 阿道・巴辣夫撰，吳錦發編，〈卑南族的心靈之歌〉，《原舞者》，頁一三五。

110 胡台麗，《文化展演與臺灣原住民》，頁四八八－四八九。

要言之，巴力．哇歌斯一方面是以第一人稱的敘事角度，進行族語歌詩創作、分享傳唱的形式再現（representation）卑南族傳統口述式文化的「作者」，另一方面他也是被不同世代、族裔的創作者以第三人稱的詮釋形式展演、再現的「作者」。透過巴力的族語歌詩傳唱、展演及詮釋，某個角度來說，已為一九八〇年代之後臺灣原住民的族裔認同及社會認識，預留了文化想像、文學書寫的增值動能空間。

（四）敘事性族語歌詩的價值重估

綜合上述以巴恩．斗魯、吾雍．雅達烏猶卡那、巴力．哇歌斯為例的戰後初期臺灣原住民族文學的「作者」研究，扼要歸納以下允可留待日後更進一步探討的觀察線索。

第一，他們固然都是成長於、生活於、游移於文化混融空間的原住民知識菁英，因而具備多語的閱讀、思考、言說及書寫的表述能力，唯皆歸返各自的部落定居生活，這也使得他們的文學性歌詩創作是籠罩於族裔生命意識底下的「生活」表現形式，尚還不是對應於統治者意識型態、漢人社會文化強勢滲透及控制的文化抵抗，也不是經營個人名聲位階的文學「生產」，至於部落族人則是其文學表述作品的集體分享者、承載者及傳播者，而不是滿足美學感官想像的「消費者」。

第二，他們在制式教育體系的知識學習位置之外，均曾親自採擷、記錄族群部落的神話傳說、祭儀歌舞及敘事性的民間故事，成為日後進行文學性歌詩創作的思緒基底，即使曲調轉音的旋律結構不乏西方的卡農式、對位式及日本民謠、音頭（おんどう）的樂理形式，但是詩詞的構成肌理仍然多以部落的人文、地文、水文之類的描述、詠贊及感懷為主，直接供給一九七〇年代之後原住民漢語歌謠創作、文學書寫的族裔意識認同線索。

第三，他們以羅馬字拼寫的族語歌詩作品，並非是以書寫形式刊登、發表在一九五〇年代期間的報刊雜誌，因此同世代的漢人作家在戰後初期「跨越語言」以漢文書寫的障礙，並未作用於原住民的「作者」身上，也讓他們的族語歌詩創作既未受到漢文書寫的格律形式規約，同時避開了統治者文藝政策的思想檢查機制，得以在不受政治權力直接凝視、干預的罅隙底下，透過敘事性的族語歌詩創作以傳承、召喚或凝塑部落族人的歷史記憶及族裔意識。

陳敬介

〈文學與文化觀光行銷策略——以南庄鄉賽夏族實例觀察〉

東吳大學中國文學博士。現任靜宜大學中國文學系副教授兼任臺灣研究中心主任，東吳大學中文系兼任教師、社團法人臺灣展創協會理事長。研究興趣頗為廣泛，涉及中國古典詩及現代詩理論與創作、文化創意產業研究、文學旅遊理論與實務、臺灣原住民文學、出版與編輯、企劃理論與實務等。

著有：《鮑照詩研究》、《李白詩研究》、《頑銅點頭——吳宗霖的藝術生命》、《文學招領——文學、旅遊與文創產業的多元共構》、《忘山詩集：放．逐》等。

本文出處：二〇一四年三月，《臺灣原住民族研究季刊》四卷一期，頁九一—一一二，臺北：臺灣原住民族研究學會。

文學與文化觀光行銷策略——以南庄鄉賽夏族實例觀察

一、前言

世界觀光組織(World Tourism Organization, WTO)把文化觀光定義為：「本質上出於文化動機而產生之人的移動，如遊學，藝術表演和文化之旅；旅行去參加節慶或其他活動；造訪歷史遺址遺跡；旅行去研究自然、民俗或藝術；和宗教朝聖等。」（李雨柔，二〇一四年，頁一二），故所謂「文化觀光」的特色即在於，強調旅遊移動內涵及目的的豐富性，而非只是單純的消費及娛樂兩大目的；亦即，希望在旅遊的過程中，兼顧文化的感知性與學習性。

近年來由於國人對旅遊內涵的認知有所轉移，所謂「文化旅遊」或「文化觀光」的需求更加擴大；而「文學」作為當代文化產業結構的一環，一般認為與出版、電影、舞臺劇、音樂(歌詞)等產生最直接的連結，和旅遊似乎有著一段遙遠的距離。

其實文學是最貼近生活，也最容易實際呈現於旅遊過程中者；就導覽的操作面而言，也是最親切而較無禁忌者，如建築、藝術、宗教、生態等文化旅遊類型，均有其較高的知識門檻或信仰限制與禁忌，故就產業的實務推廣而言，「文學旅遊」將是最具故事性、普遍性、趣味性的一種「文化觀光」方式。

筆者多年從事原住民文學作品之研讀接觸，而至原住民部落田調採錄，深覺文學的研究與閱讀，不僅可從文本轉為風景的「全六感接觸」（眼耳鼻舌身意），更可進而規劃建構全新的原住民文學旅遊實踐行程，然而這其中所需補強與轉化的文學導覽資料及行銷宣傳的手法，則需要縝密具體的規劃與步驟穩健的落實，甚具推廣與深化的價值。

基於此，本文乃從：「文學旅遊的特性」、「從文創產業角度看文學旅遊」、「文學素材在文化觀光行銷中之運用」三個角度探討苗栗縣南庄鄉賽夏族部落文學旅遊與行銷之可行性。

因其深具文學與文化內涵的豐富性、山水景觀的特殊性、節慶祭典的獨特性；且南庄鄉已為知名觀光景點，在交通及品牌行銷上有其優勢，卻在某種程度上造成對原初文化的扭曲甚至異化，而當地族人對於現有的觀光操作亦有反省的聲浪出現。因此，如能充分尊重其文化主體性，強化其文學與文化內涵之應用及專業創意的傳播行銷策略，必能活化內容，獲得雙贏的成果。

二、「文學旅遊」的特性

據嚴長壽先生的觀察，目前國內的觀光業早已從第一階段的「走馬看花」邁入第二階段的「深度旅遊」（嚴長壽，二〇〇八年），而所謂第三階段的「無期無為」，雖然歐美國家已行之有年，但就國內旅遊或目前最熱門的大陸團而言，則尚未形成趨勢；事實上，目前我國的觀光行程仍以第一及第二階段的旅遊為大宗。以第二階段言，「觀光成了整合各種在地資源、文化、生活面貌的複合產業……。這個階段的觀光客，出發前多半做過詳盡的功課，對要去的地方並不陌生，觀察的面向也更廣。所以，每一個觀光區的公民，都是地方的門面。唯有提供更完善的服務，才能贏得這些旅行家的掌聲，讓他們一來再來」（嚴長壽，二〇〇八年）。故而深度旅遊就其廣泛的意義而言，可以有以下的涵義：

(1)它並非是指某種特定的旅遊型態，而是可以涵蓋如生態、藝術、宗教、歷史、文學等許多不同的旅遊內涵。

(2)相對於粗淺、表面或走馬看花式的旅遊活動，它更強調知性與感性的豐富旅遊體驗。

⑶它可作為提升國家旅遊水準，整合在地資源的全民性產業。

故可知，深度旅遊與以往走馬看花的觀光有著極大的區隔，深度旅遊兼具文化的知性與感性，故文化性質的旅遊屬於深度旅遊的範疇，而文化旅遊內涵豐富，文學旅遊即屬於其中的一類。而文學旅遊與其他產業連結之情形如下頁附圖一所示。

此外，觀光行為時常涉及到「偏離常軌」（departure）這一觀念：一種有限度的擺脫那些日常生活的慣例與行事作風，好讓我們的感官投入一連串與生活上的「平凡無奇」形成強烈對比的刺激。藉由思索觀光客的主要凝視對象，我們可進一步來了解與他們作為對比的其他社會元素（Urry，二〇〇七年）。而臺灣原住民族各部落生活場域及其文學的展現，正好符合「偏離常軌」的觀光基礎需求，甚至比一般旅遊更為強烈；李維斯陀（二〇〇七年）在《神話與意義》中亦談到：

> 事實上，差異是充滿生機的，唯有通過差異，才能有所進步。當前真正威脅我們的，可能是我們稱為過度交流（over-communication）的趨勢——意即：站在世界的某一點上，卻可以精確地知道全世界各地的現況的趨勢。一個文化若要能活出真正的自我並創生出一些東西，這個文化和它的成員必須堅信自身的原創性，甚至在一定

程度上，相信自己優於其他人類；只有在低度交流（under-communication）的條件下，它才能創造出一點東西。

善哉斯言，對於文化上尊重的保存差異，欣賞的彼此學習交流，正是文學旅遊與一般旅遊在文化基礎上的差別之處。但即使如此，觀光目的地與出發地的差異愈大，固然是吸引觀光客前來的必要條件，但並非唯一條件；觀光內涵與觀光客的連結度愈高，則愈具吸引力，如近年來陸客對臺灣行的偏愛程度。而就做為文學旅遊重要素材來源的原住民族文學而言，因其歷史文化、民族經驗的特殊性，必然要創造出不同於漢族文學的語言與內涵；二十世紀以前，原住民以口傳的、生活的、舞蹈的、祭儀的、狩獵的多種形式，將他們的文化內涵表現並傳承下來；二十世紀後，文字進入他們的歷史，也成為他們建構歷史、表現情思的新工具，對此漢語表達工具，他們從陌生至熟悉，甚而進入巧妙操弄的層次，原住民文學近十餘年來，更成為臺灣當代文學園地中，姿態殊異動人的花朵，而且十四個族群（二〇一四年）各具其妙，益顯其繁複多元的特質。

而原住民文學因為族群文化發展的背景差異，更與漢族文學作品有著語言、思想價值、文化特質等不同，尤其原住民口傳文學中的神話傳說部分更具特色，其中最重要的

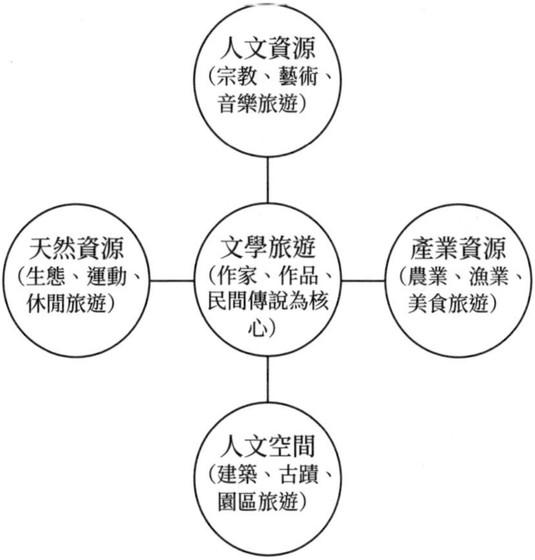

圖一：文學旅遊與相關產業聯繫圖。
（陳敬介提供）

是，幾乎大部分的神話傳說內容，還可以在現代的部落生活及祭典中展現其意義與影響力，浦忠成（巴蘇亞．博伊哲努）即認為：

> 口傳文學在原住民族部落生活裡是真實生活的一部分，其學習、傳承也在生活的過程逐漸完成，除了掌管族群或部落文化習俗最神祕精微部分的智者如頭目、祭司、巫師之類，一般的口傳文學內涵是部落或族群的成員都能熟悉的。口傳文學的內涵結合部落重要儀式、習俗、價值觀念及歷史傳述系統，成為教育文化訓練的主要媒介。進入新的世紀，口傳文學對於原住民族而言，依然是思念的原鄉、創意的沃土與掌握文化本質的起點。
>
> 口傳文學有集體、無作者、變動等主要特色，隨著時空轉移，它的形式與內容就可能產生各類變化，所以對於口傳文學作品必須經常從事調查、觀察與分析，方能掌握它的演進及風格。擁有儀式、禁忌的部落，足徵其口傳文學仍然存在，這是原住民族值得珍惜的文化資產。

若以文學旅遊角度觀察，族群的口傳文學不只是「思念的原鄉、創意的沃土與掌握文化本質的起點」，更應該與當代的漢語原住民文學作品結合運用，成為形塑部落意象的文化內涵與符號指標，而由此出發建構既傳統又現代，既原初又新穎的部落新意象，亦是對遠古祖靈的誠敬回應與尊重。

從觀光目的地的意象營造而言，許多城市或觀光地點會藉由廣義的文學素材來營造具有高識別、有意義、特殊性的符號意象；如臺南市選擇葉石濤文學作品規劃文學旅遊行程，〈高山青〉、〈外婆的澎湖灣〉以歌詞來引導觀光客，白先勇的《臺北人》之於臺北市，夏曼．藍波安作品之於蘭嶼，《海角七號》（電影）之於恆春，《賽德克巴萊》以抗日歷史霧社事件為原型，使林口片廠亦成為喧騰一時的觀光景點，即使所有的觀光客都知道那是虛構的空間。

此外，國外以文學作品結合旅遊的情形亦多，如《東京文學散步》一書（下頁附圖二、三、四），對於出生、居住或重要作品談及東京者，均加以編輯設計成為文學散步的路線，引用作家約三十人，地方政府在解說牌設計、故居維護、雕像布置等，更是投入大量人力、物力，值得國人、政府思考學習。

以現況觀察，南庄賽夏族的文學作家作品，有伊替．達歐索的《巴卡山傳說與故事》，神話及口傳文學則非常豐富，如矮靈傳說、雷女、姓氏傳說等均可加以活化運

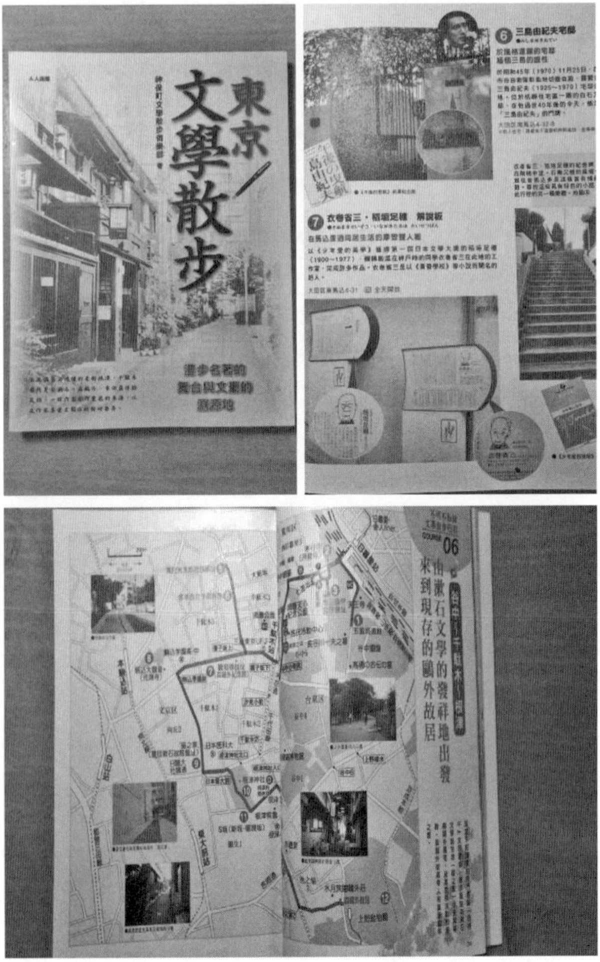

圖二～四：《東京文學散步》一書剪影。（陳敬介提供）

用，塑造屬於自己的部落文化意象，建構導覽解說時的故事行銷內容，如此必能深化國人對於南庄賽夏族群歷史、思想及其生活特質的認識，更具有活化部落經濟發展的效益。

三、從文創產業角度看「文學旅遊」

全球最早提出國家級「創意產業」政策的英國，於一九九八年及二〇〇一年提出「創意產業圖錄報告」（Creative Industries Mapping Document），將「創意產業」（Creative Industries）定義為：

> 起源於個體創意、技巧及才能的產業，通過知識產權的生成與利用，而有潛力創造財富和就業機會。

而聯合國教科文組織（United Nations Educational, Scientific and Cultural

Organization, UNESCO）對「文化產業」（cultural industries）的定義為：

> 結合創作、生產與商業的內容，同時這些內容在本質上具有無形資產與文化概念的特性，並獲得智慧財產權的保護，其形式可以是貨品或服務。從內容來看，文化產業也可以被視為是創意產業；或在經濟領域中，稱之為未來性產業（Future Oriented Industries）；或在科技領域中，稱之為內容產業（Content Industries）

UNESCO將文化創意產業分成文化產品、服務與智慧財產權三項（薛嘉齡，二〇〇五年）。

文化產品指書本、雜誌、多媒體產品、軟體、唱片、電影、錄影帶、聲光娛樂、工藝與時尚設計。文化服務包括表演服務（戲院、歌劇院及馬戲團）、出版、出版品、新聞報紙、傳播及建築服務，也包括視聽服務（電影分銷、電視、收音機節目及家庭錄影帶；生產的所有層面，例如複製與影印；電影展覽、有線、衛星，與廣播設施或電影院的所有權與運作等），圖書館服務、檔案、博物館與其他服務，故而其內容可謂包羅萬象，橫跨多種產業類型。

而我國則於二〇一〇年二月三日審查通過「文化創意產業發展法」並正式公布，其第一章總則第三條云：

本法所謂文化創意產業，指源自創意或文化積累，透過智慧財產之形成及運用，具有創造財富與就業機會之潛力，並促進全民美學素養，使國民生活環境提升之下列產業：一、視覺藝術產業；二、音樂及表演藝術產業；三、文化資產應用及展演設施產業；四、工藝產業；五、電影產業；六、廣播電視產業；七、出版產業；八、廣告產業；九、產品設計產業；十、視覺傳達設計產業；十一、設計品牌時尚產業；十二、建築設計產業；十三、數位內容產業；十四、創意生活產業；十五、流行音樂及文化內容產業；十六、其他經中央主管機關指定之產業。

由以上條文及內容範圍的規範可知，就「文化創意產業」的整體概念而言，首先是具有跨領域、整合性的特徵，它並非傳統認知的「一種」產業，即使他可以是較單純的一種產業的多元延伸；如建築物設計、室內裝修設計、原型與模型製作、網頁多媒體設計、企劃編輯、發行流通等，均為存在既久、大眾熟知且頗具產業規模者，如欲投入該產業之技術門檻也相當明確，從人才的培育角度看，亦人才濟濟而無貧乏斷層之虞，則文化創意產業之所以能有其高度的涵蓋性，而又有別於既有產業者，其原因為何？就文化創意產業發展的社經脈絡看，文化創意產業是典型社會進入「後工業」型態下的產物。

現代社會的生產模式，從追求大規模、標準化的福特主義（Fordism），轉向以資訊科技為基礎、透過彈性積累（flexible accumulation），和大量客製化（mass customizatiom）來滿足個性化需求的後福特主義(Post- Fordism)。生產規模的轉向亦帶動了消費涵義的變化，以及傳播／資訊科技日新月異帶來的全球化浪潮，各國都面臨經濟轉型與國際競爭的壓力：不僅生產要素從土地、勞力、資本等傳統有形資產，轉變為知識與創新主導的無形資產；企業經管主軸也從製造導向與功能導向，轉變為客戶導向與個性導向(卓珊，二〇〇八年)。

因此在生產規模、消費需求及知識資產投入的三重變易之下，舊有的產業遂產生質變，而「文化」與「創意」即其質變的催化劑。故文化創意產業就在以「文化為本」、「創意為用」的特質上，內化而非凌駕於傳統或舊有的產業中，成為近十幾年來全球先進國家產官學界共同關注的重點。

當然，也因其與既有產業的界限模糊，亦即「全新」的「文化創意產業」其實是建立在「舊有」的產業基礎上，套一句意象鮮明的詩句——「千江有水千江月」來說明：雖然文化創意產業殊相萬千，但本體究竟惟一。而此本體之月，即文化主體，恒久長存；偶有陰晴圓缺之變，即創意發想各有巧妙不同，而原本即存有的「千江」萬水就如同社會百業，所以從事文化創意產業之工作，必須把握文化本有的主體性、消費需求的特殊性、創意發想的變異性，如此才能永續發展文化創意產業，而非流於形式拼裝、膚淺近利，反而影響既有文化產業的發展或衰敝。

以此觀之，文化創意產業中與「文學旅遊」相關者計有：音樂與表演藝術（歌詞、劇本、微電影等）、文化展演設施（文物館、文學館、故居等）、出版產業（相關文學出版品、導覽手冊等），其涵蓋的層面甚廣；但旅遊業在以上十三項產業中，居然沒有被具體地提出，雖然從第十二類：「創意生活產業」的概括說明可以發現，「文學旅遊」頗符合該產業之特質（經濟部文化創意產業推動小組）：

(1)源自創意或文化積累，以創新的經營方式提供食、衣、住、行、育、樂各領域有用的商品或服務。

(2)以創意整合生活產業之核心知識，提供具有深度體驗及高質美感之產業。

這些說明提供我們更清楚的思考，「以創意整合生活產業之核心知識，提供具有深度體驗及高質美感之產業」的旅遊，與屬於「創意或文化積累」的文學（接近於文化主體——「月」的概念），在全新的思考與經營模式的連結下，的確能創造出一種感覺特殊的旅遊或閱讀方式（接近於創意發想——「陰晴圓缺，姿態各異」的概念）。而「具有深度體驗及高質美感之產業」，在旅遊形式中（亦即「千江萬水」中本來存有的旅遊產業），應屬「深度旅遊」範疇，但即使透過以上合理的詮釋與連結，旅遊業在文創產業體系中，似乎仍有被邊緣甚至忽略的情形，這情形將會造成文學旅遊在實踐與推廣上的困難甚至失焦。

四、文學素材在文化觀光行銷中之運用

Bob Mckercher 與 Hilary du Cros 在《文化觀光》一書提到：

非物質遺產，或稱為無形遺產（intangible heritage），是傳統文化、民俗，或與地

方密切相連、不需要複雜技術即可表演或練習的通俗文化。更簡單地說，如果物質遺產資產代表某一社群的硬體文化、地方和事物，那麼非物質遺產資產就代表它的軟體文化、人民、他們的傳統和他們所知道的事物。此一描述結合了聯合國教科文組織關於口傳與非物質遺產定義的幾個方面，後者把口傳與非物質文化定義為「某一文化社群在歷史基礎上所創造，由群體或個體表達，被承認為體現該社群的期望，並因而體現其文化和社會認同的民俗（或傳統和流行文化）之整體」。它包含語言、文學、音樂、舞蹈、遊戲、神話、儀式、風俗、手工藝品、建築和其他藝術。

非物質遺產需要傳統文化繼承者賦予其生命。因此，民間的合作和參與是展示真正非物質遺產之先決條件。同樣地，背景或文化空間也是重要的，因為非物質文化與地方或環境有著內在的固有聯繫。遺產資產一旦脫離其環境，真實性即可能受到侵害。

非物質遺產對觀光界提出了一些有意義的問題。在最為簡明的意義上，非物質遺產是一種重要的觀光資產，因為它使觀光客對造訪地獲得更為深刻的了解。它是透過現場表演、節慶活動、故事講述和當地市集來表現的。的確，觀光客經常談到「吸收」當地文化，這是他們的消費手段。

對於非物質遺產的承認是以更即興的方式進行的，其推動力往往是原住民群體和其他派別的政治行動主義。例如，在北美、澳洲和紐西蘭，為承認活的原住民文化之重要性而做的種種努力中，有舉行文化節慶活動、為學校教授原住民語言而遊說、透過各種媒介包含網路來發布資訊等。文化復興和對年輕一代的教育是這些計畫所追求的重要成果。觀光可是這個程序的一個主要啟動者，也是主要受益者。外人的興趣為原住民社區重新發現自己的文化提供了動機和經濟合理化證明，此一點已得到承認。

任何一個族群均有其特殊的非物質遺產的傳統，亦各有其不可抹滅的價值存在，不論是政經強勢或弱勢的族群皆然，於此是一體平等的。然而以臺灣而言，十六個原住民族的物質及非物質遺產，均遭受到強烈的政治或經濟干擾或破壞，即使我們已然了解「非物質遺產是一種重要的觀光資產，因為它使觀光客對造訪地獲得更為深刻的了解。它是透過現場表演、節慶活動、故事講述和當地市集來表現的。」

但據筆者的理解，所謂原住民非物質遺產，其實仍活潑地在部落生活中發揮指導甚至實踐的功能與角色，它不僅僅是「遺產」或博物館中僅被觀賞或研究的「陳列物」。故將此類「非物質傳統資產」結合部落生活場域，以一種輕盈而深入、真實而具體、導覽且體驗的文學旅遊觀光模式進行，將是重要可行的。同上所揭書再提到：

觀光客了解原住民文化的興趣正不斷增強，這也給保管者帶來了與觀光客分享其知識的更大壓力。是否分享知識、應提供何種知識、如何提供、敘述何種故事、由誰來敘述，這些便成為重要的管理問題。只有在向非物質遺產的保管人和傳統繼承者進行澈底的諮詢後，這些問題才能得到解決。某些可能會引起觀光客強烈興趣的資訊，或許在文化上十分敏感或不適宜向觀光客提供，儘管它們有著潛在的吸引力。同樣地，管理原則還提議，所有的資訊應由保管人直接或透過翻譯來展示，目的是保證所展示的資料是準確的，且是在合適的環境下以合乎文化敏感性的方式進行的。讓汽車司機或導遊展示非物質文化遺產，而無遺產保管人和傳統繼承者的密切合作和監督是不恰當的。

……

同樣地，原住民群體也依賴於他們的非物質文化層面來確立自己與其文化認同之間的聯繫。在任何時候，他們都承受著比任何其他群體更多來自外部經濟、社會，文化和政治力量的壓力。諸如：智慧財產權侵犯、文化資產的營利性盜用、觀光促銷中的濫用、開發等問題，乃是大多數原住民群體所關切的。非物質遺產，尤其是以口傳文化和當地知識為形式的非物質遺產，在永續發展環境管理領域，正變得愈來愈重要。

綜上所論，透過傳統神話傳說的整理與當代原住民文學作品的表現，在導覽素材的本質上，比較能避免所謂的「管理問題」，也比較符合這樣的期望：「所有的資訊應由保管人直接或透過翻譯來展示，目的是保證所展示的資料是準確的，且是在合適的環境下以合乎文化敏感性的方式進行的。

其實不論城鄉、部落或社區營造與開發，它本就具有內向探索及對外開放的矛盾統一性，不論原居住民眾或參與開發規劃的外來者、各類型需求驅使而來的觀光客，其直接、間接的互動，必須建立在一個互信、互諒與彼此尊重的認知上，才能獲得營造成果的永續發展。

此外，西村幸夫（二〇一〇年）亦提出居民自身尋找城鄉特色，打造輕盈觀光的見解：

讓居民去發展喜歡的慶典活動或住所，打造出具有存在價值的城鄉，進而可以吸引觀光客的來訪，創造出良性循環。因此，不會讓觀光客和城鄉生活完全分開，而是讓人可以去感受在地生活的感覺。這也是整體城鄉營造所不可或缺的一種觀點。

打造觀光城鄉，並非激進的商業主義，也不奠基於崇高的城鄉營造奉獻精神。說來不過是為了活活潑潑過日子所必須的手法。在地居民為了讓自己的生活延續下去有所自覺，不仰賴今後連如何變化都搞不清楚的政府，知道需要主動進行「地域經營」，而且若不同時發展經濟活動將無未來可言。

在中小型都市及歷史聚落的打造觀光城鄉活動中，雖然會徘徊於觀光及生活之間找尋平衡，但就連觀光本身，也只是快樂生活的工具之一。在其中可以洞見超越了觀光及城鄉營造的二元構圖，作為一種新手法的輕盈的觀光。（小單元的自立具有杜絕外部資本胡亂侵入的免疫力）。在這些小單元的活動之中可以見到，居民們從交流中吸取能量、自力崛起，是一種能夠提高在地價值以打造觀光城鄉的新方向。

城鄉觀光理論建立在城鄉居民自主闡發、建構及參與的基礎，化繁為簡，將可能對城鄉或部落歷史文化及其特色傳統，產生干擾甚至破壞的觀光活動轉化為「快樂生活的工具之一」，這種「輕盈觀光」的概念是最適合部落觀光的型態，畢竟，如大型道路開通、主題樂園及觀光飯店等建設的規劃，其實絕對不符臺灣原住民部落的地理生態環境。

二〇一三年一月八日，許多達邦部落以及特富野部落的居民都聚集在達邦部落的活動中心，為的就是要參加嘉義縣政府所召開的第二次「達邦地區都市計畫通盤檢討暨莫拉克颱風災後重建專案檢討」說明會，不過說明會一開始，鄒族人就砲聲連連。因為大社、部落畢竟是部落族人的生活空間，絕非可任人窺伺、出入的遊樂區，所以規劃的主體在於居民、土地及產業；而規劃所依循的準則是人權、文化、生態永續的確保。

以上所論，即在說明原住民部落的文學旅遊運用的文學素材，必須建立在真實呈現及文化尊重的基礎上，在行銷操作層面更必須結合在地意願與在地生活的內涵，這也是文化觀光行銷與一般行銷有所區別之處。

一般行銷的中心理念是「市場導向」，而文化行銷除了市場導向之外，更重要的是「文化導向」。所以強化品牌或產品特色，則更需要運用文化的差異性來進行各種行銷組合及行銷策略，進而強調所推出的不只是一種 品牌或產品，而是一種文化。

就南庄賽夏族文學旅遊的文化行銷而言，有以下幾點特質可供參考：

(一)文化行銷類型

1. 文化市場的總體行銷與個體行銷的結合

它既要提升賽夏族群或是南庄原住民文學旅遊，進行整體的文化創意之行銷工作，藉以帶動苗栗縣或南庄鄉總體文化觀光市場的消費人口數量，而前提是南庄鄉所在各觀光協會團體或是個人工作坊、民宿、餐飲業者，必須在其活動企劃、產品開發等方面，就文學、傳說故事、神話等資源上加以結合運用，方能刺激提升整體文化消費的產值。

2. 有形文創產品與無形文創產品的行銷整合

就前者而言，包括賽夏族神話傳說、當代漢語原住民文學出版品、紀錄片、音樂作品(圖文、影音類)、及相關文學素材及符號創作之工藝品、飾品、服飾、美食等。後者如神話傳說、傳統音樂及節慶祭典活動、表演藝術活動、文化觀光、文化教育學習等。

以神話傳說而言，南庄鄉賽夏族作家伊替．達歐索《巴卡山傳說與故事》一書，便收集書寫了十七個傳說：(1)截屍化人、(2)巴斯達隘的由來、(3)化成鷹的男孩、(4)家族通婚惡果、(5)猴女、(6)釀酒人、(7)織女、(8)流氓達若、(9)大霸尖山神祇、(10)四腳蛇與百步蛇、(11)山蕨叢、(12)巨陽、(13)古老的咒怨、(14)鹿與少女、(15)射日、(16)祈天祭、(17)占卜。

當然，賽夏族的神話傳說絕不止於此，如「雷女」傳說，伊替．達歐索即曾以小說形式撰寫，參加原住民文學獎並獲得獎項，現亦收入該書第四輯中。可見，藉此無形文化財概念延伸的文創商品及活動應該相當多元豐富，深值期待。

然而由苗栗縣政府國際文化觀光局策劃執行的《愛苗栗——文創散散步》一書中，共以(1)穿戴用調色盤、(2)霧裡丘陵茶飄香、(3)土與火的故事、(4)雕出木竹中的靈魂、(5)硬頸創業曲、(6)原鄉新吃法、(7)傳統取材在地巧思等七大單元，規劃二十三帖在地文創微旅行的特色觀光點，其中竟無一處能表現出賽夏族原住民文化特色；而自二〇一〇—二〇一二年苗栗縣政府認證的一〇八項文創商品中，具賽夏族原住民文化特色的僅有二〇一一年位於南庄鄉東河村的石壁染織工坊「組菱」：手織圍巾、披肩兩項入選（苗栗縣政府國際文化觀光局，二〇一二年），顯見原住民文化類型的觀光及文創發展，在苗栗縣還有很大的努力空間。

（二）文化行銷主題

1. 以空間規模大小而言，為區域文化行銷、部落文化行銷等

再以其主題特性可區分如博物館行銷（如賽夏族民俗文物館，可獨自規劃行銷計畫，亦可結合矮靈祭行銷）、歷史聚落行銷、藝術村行銷、觀光風景、自然地景、文學地景等。

以歷史聚落行銷、藝術村行銷角度思考，如八卦力社區，係賽夏族的傳統聚落，在賽夏族語原稱「拉嘎散」，意指樟樹繁生的地方，日治時代以本地從大湳橋下的南河往南算起，總共有八個山頭起伏，因此以日語「八個山」的發音稱為「HAKALIKI（哈嘎哩基）」，轉為漢字音讀諧音為八卦力。最初以原住民的仿竹造民宿而興起，社區入口豎立了一座雕刻賽夏族圖騰的木石柱，最上層是賽夏族婦女及勇士；中間為人頭蛇，即是百步蛇。賽夏族人對於百步蛇，心存敬畏，所以人頭蛇圖騰，僅用在矮靈祭的靈鞭上；

最下層，則都是賽夏族的人物圖。目前在社區中，有一座賽夏族民俗廣場，提供作為族民的活動場所，也兼作與觀光客互動的場地，是表演歌舞的地方。

以觀光風景、自然地景、文學地景三者加以結合而言，如蓬萊溪自然生態園區，過去由於很多遊客到河床戲水、烤肉，嚴重破壞水中生態，因此自二〇〇二年，社區民眾自行組成志工巡守隊，嚴格保護溪中生態。如今封溪護魚有成，獅頭山國家風景區管理處，更沿溪岸砌築了一條長約一公里的木製賞魚步道，直到較上游的蓬萊國小，讓遊客沿著步道賞魚，也可感受天地的盎然生機，而溪石與林木、湍流，渾然融合，更見天地的造化兼具剛烈與溫柔之美。伊替．達歐索（二〇〇八年）〈大自然與矮靈的對話〉寫道：

近午時分，盤坐溪中巉岩。岩板溫柔的冰涼由下身煨燙而上，無限的紓解平攤開來。周遭，跳躍的水花，繁複盎然的生命樣相，天與地，所有的神經、感官擒住在一種孤獨的感動。溪床上，壘壘然遍布著卵石，沒有稜角，沒有鋒芒，像被棄的孤兒，任風吹雨打，人畜踐踏，連一聲嘆息都沒有。

圖五、六：蓬萊溪護漁步道。（陳敬介提供）

圖七：蓬萊溪護漁步道。（陳敬介提供）

人類文明的進程，與族群命運的興廢，在賽夏族作家伊替．達歐索的筆下，充滿了深刻的反思。這片山水已不止是純粹的山水，大自然充滿了隱喻與暗示。然而一日遊的旅人，能了解南庄原始住民的悲苦命運，以及他們族群的神話傳說是如何與土地緊緊結合？這些文學素材似乎是一個不錯的引導與開端。然而今年（二〇一四年）十月筆者再走訪，在颱風侵襲下，土石流又摧毀了木棧步道，此一觀光景點又亟待政府的修護與整建了。

2. **以活動事件分，如傳統節慶祭典行銷**

位於海拔七三八公尺的南庄鄉向天湖，天光雲影相映湖面，純淨如鏡；或晴光夕嵐，或濃霧漫布，時而可親，時而神祕，這是賽夏族矮靈祭的祭場所在（賽夏族語稱為巴斯達隘，巴斯是祭典，達隘是矮人的意思）。

向天湖面積不大，湖畔設立了「賽夏族民俗文物館」，陳列許多賽夏族文物，內容豐富；並與臺灣迪士尼公司合作製播賽夏族神話動畫片，定時於館中播放，對於初訪賽夏族文化的民眾而言，是一個頗為輕鬆有趣的開端。一樓湖畔則已經出租經營咖啡屋及餐廳，亦有民宿經營，可供遊客住宿、用餐、飲茶、欣賞湖畔美景。

而賽夏族矮靈祭，是目前最原始、保存最完整、純樸的原住民民俗祭典，固定二年一小祭、十年一大祭，通常在農曆十月十五日左右舉行，但每年確切日期，由南北兩群長老在兩河交會處商議決定。祭典開始時，南群早一天舉行，北群則晚一天，共四天三夜，儀式分為迎靈、娛靈、送靈三層形式。

矮靈祭跟其他原住民的豐年祭不同，具有祈天、播種、懺悔、贖罪、感恩等複雜的內涵；一般遊客如果沒有基本的賽夏族文化知識，或者藉由深度的文化導覽，將會只是表面性地感受到一股奇特而神祕的氛圍。筆者兩次受邀參加祭典，尤其二〇一一年的十一月十九日娛靈之夜，筆者帶著學生穿梭在夜霧的山中，來到向天湖畔，平日調皮慣了的青春學子，亦在歌謠與臀鈴、濃霧與沁冷的神祕氛圍中靜默了。

圖八：向天湖。（陳敬介提供）

根據傳說，矮人曾教導賽夏族耕稼，卻因戲弄賽夏婦女而反遭賽夏族人殺害，因此賽夏族人懺悔、贖罪、感恩的情感複雜交織，意義深刻。伊替．達歐索的〈低迴不盡的憂傷——矮靈祭〉寫道：

圖九：每個臀鈴設計均有其深意，於二〇〇九年矮靈祭。（陳敬介提供）

圖十：祭典場外的市集，於二〇〇九年矮靈祭。（陳敬介提供）

圖十一：臀鈴，於二〇一一年矮靈祭。（陳敬介提供）

圖十二：二〇一一年矮靈祭。（陳敬介提供）

> 每當歌謠穿過人心，靈魂因謙卑而綻放出光和熱，才能夠領悟和感動，才能婆娑起舞。……對賽夏人而言，巴斯達隘是遙遠的回憶，一個凍結在時光裡的儀式活動，而賽夏人必須在某個約定的日子刻意溫習，自發性透過祭典的洗禮，交會在命運共同體的高昂情緒之中。

這篇優美的文字，由於文長，無法全引，但其中對於迎靈等階段的文化內涵描述，深刻獨特，其實可擷取做為最佳的文化導覽素材。

3.以人物主題區分，名人故居、遺跡及其食衣住行特色用品行銷等

南庄老街以發展現況來看，是客家族群的聚居處，以充滿特殊的客家風情及每年四、五月間的桐花祭而成為熱門觀光景點；但據有關資料記載，南庄地區，原是賽夏族的居住地，清嘉慶年間，粵人黃祈英（生於清乾隆五十一年（一七八六年），為廣東嘉應人），相傳於嘉慶十年（一八〇五年），隻身渡臺，並在現在的斗煥坪，與賽夏族人進行物品交易，後娶賽夏族頭目樟加禮女兒為妻，時人稱為「斗乃」，所以當年交易的地

點，便被稱為斗煥坪，也就是斗乃與原住民交換物品的地方，即現在頭份鎮的斗煥里（也許煥與換同音，因此換被煥所取代了）。

至此，客家人氏才進入南庄開墾，並在田尾（今南庄鄉田美村）地方落腳，他的住家，便是後來清政府招募漢人入山開墾的據點「田尾公館」，也是南庄正式納入行政轄區的開始。從黃祈英進入田尾到現在，大概有二百餘年的歷史了，但目前南庄老街一帶幾乎已看不見賽夏族的遺跡，而這一段斗煥坪故事的描繪與開發，實在有待當地原住民作家的健筆投入。故事的傳播如未以文字加以傳承，恐怕要面對的，不是口傳的多變與不定，而是凋零，甚至消失。又如南庄抗日事件中日阿拐的傳說，亦是值得開發的故事及文學導覽的重要材料。

而前述賽夏族矮靈祭乃是世界原住民族中難得一見的完整祭典，但隨著部落居民的外移以及許多外來因素，完整祭典面臨破壞與變質的危機。社會大眾也一直對賽夏族矮靈祭充滿好奇，卻沒有適當的管道可以接近、認識。本研究在後續操作部分，建議建立南庄賽夏族文學旅遊的行程，並編撰文學旅遊導覽手冊、APP導覽建構、微電影製作等，藉此文學旅遊的落實，讓旅遊者走進不同視野的南庄，進而更深刻認識南庄賽夏族的特殊風情。

五、結語

事實上，「觀光活動可能是入侵性的，當目的地的人們感知到觀光活動是強加於所在地的時候，情形就更是如此(Gorman，一九八八年)。觀光客為尋求體驗而旅行，目的地社區則希望從旅客那裡獲得經濟效益。處理這兩者如此不同的需求，是一般觀光業，且尤其是文化觀光部門，所面臨的一項最大挑戰」(McKercher & du Cros，二〇一〇年)。

如現代的原住民部落祭典活動而言，雖然尚保有一定的生活性與莊嚴性，但也增添或考量了一些觀光活動性質；但就傳統的祭典活動而言，它的本質並非為觀光而存在。而部落在看似現代的生活節奏與制度下，仍保有相當的自主管理性，所謂的觀光概念或觀光客，在非從事觀光導覽、工藝、民宿、餐飲工作的原住民心中，他們短暫的停留(大多約一至三天左右)，並無太大的經濟效益，但大量的觀光人次又對其生活造成頗大的干擾。

從深度旅遊的文學旅遊切入，在一定程度上可以藉著過濾和控制觀光客的質量，提升其自主管理的比重。總之，本研究如能擴大與落實，將能獲致以下可預期之成效：

（一）擴大原住民文化學術研究之實務應用領域

文學的存在，不僅是傳統的讀本，國人對文學疏離態度的養成，在於對文學本質上的誤解，文學家將生活所感受的一切提煉成文學作品，文學或文化之美的本質在於精神心靈提升；而學術研究的成果亦絕非量化或深化的數據與論述，更重要的是能否實質提升國家社會的整體文化素養。

本研究之內容取源於原住民文學海洋，立基於原住民部落大地，並將延伸結合部落耆老及住民領袖之意見論述，如能落實執行將有效擴大原住民文學研究之實務應用領域。

（二）強化產官學結合之功能

整體上看，國內對於文化創意產業的推廣成效頗佳，但政府部門與部門之間的整合似有待加強。目前主管此產業的單位計有文化部、經濟部等，本計畫之執行，將能橫向結合交通部觀光局及教育部、原民會之部分相關業務。

就經濟效益層面而言，將透過文學旅遊輕盈觀光的模式，結合旅遊業落實推廣，將帶來活化區域經濟之成效，並強化產官學結合之功能。

（三）豐富國內旅遊之內涵

文學旅遊不僅可滿足深度旅遊的要求，在既有的好山水、好美食、好文化的基礎下，透過文化加值與文化行銷，將使國內旅遊的內涵更為豐富，落實：(1)源自創意或文化積累，以創新的經營方式提供食、衣、住、行、育、樂各領域有用的商品或服務。(2)以創意整合生活產業之核心知識，提供具有深度體驗及高質美感之產業的特質，不但可擴大國內旅遊的市場，更進而寓教於休閒，在國人親身接觸的過程中，真正領會原住民文化之美。

（四）多元連結、部落觀光再造之效益

由於原住民文學蘊含豐富深厚的內涵，透過其內涵的整理分析，與盤點歷史文學景

點與地理資訊，並整併相關已開發的資／通訊技術、ＡＰＰ裝置實作開發的數位科技支援運用、微電影製作等，將其成果落實於部落文學旅遊，將可使本研究之原住民部落獲得傳統層面主體認知、文化層面地景維護、教育層面族語活化、傳播層面導正誤解、經濟層面之觀光活動等效益。

參考資料

瓦歷斯．諾幹　二〇一二年，《迷霧之旅》，新北：布拉格文化

伊替．達歐索　二〇〇八年，《巴卡山傳說與故事》，臺北：麥田。

西村幸夫編　二〇一〇年，《大家一起來！打造觀光城市》，臺北：天下雜誌。

李天鐸編　二〇一一年，《文化創意產業讀本》，臺北：遠流。

李雨柔　二〇一四年，〈臺灣定目劇、常銷式劇場與其文化奇觀之研究〉，高雄：中山大學劇場藝術學系碩士論文。

來撒．阿給佑　二〇一一年，《部落．文化．產業發展》，臺北：秀威。

施鴻志、陳冠位　二〇〇一年，〈廿一世紀亞太城市全球化競爭策略之比較〉，《看守臺灣》三卷一期，頁一二一—一二〇，臺北：看守臺灣雜誌社。

苗栗縣政府國際文化觀光局　二〇一二年，《愛苗栗——文創散散步》，臺北：天下遠見。

神保町文學散步俱樂部　二〇一三年，《東京文學散步》，臺北：人人。

馬繼康　二〇一二年，《跟著原住民瘋慶典》，臺北：貓頭鷹。

張鈺婕　二〇〇九年，《文學觀光景點旅遊摺頁及其地景書寫分析》，花蓮：國立東華大學社會發展研究所碩士論文。

陳銘磻　二〇一一年，《我在日本尋訪源氏物語的足跡》，臺北：樂果文化。

陳艷秋　二〇〇三年，《佳里火鶴紅》，臺北：紅樹林文化。

彭修良、高玉合　一九九五年，《旅遊美學》，臺北：五南。

路寒袖編　二〇〇三年，《玉山散文》，臺中：晨星。

鄒本濤、謝春山　二〇〇八年，《旅遊文化學》，中國北京：中國旅遊。

廖世璋　二〇一三年，《文化創意產業》，臺北：巨流。

蔡宏嘉　二〇一〇年，《文學的空間再現與城市觀光行銷之研究》，屏東：屏東商業技術學院休閒事業經營系暨休閒遊憩與創意產業管理研究所碩士論文。

鄭永孝　二〇〇三年，〈文學作品當旅遊導讀〉，《臺大文史哲學報》五九期，頁三六九—四〇〇，臺北：國立臺灣大學文學院。

鄭自隆、洪雅慧、許安琪　二〇一〇年，《文化行銷》，新北：國立空中大學。

Bob Mckercher and Hilary du Cros　二〇一〇年，劉以德譯，《文化觀光——觀光與文化遺產管理》，臺北：桂魯。

Claude Lévi-Strauss　二〇一〇年十二月，楊德睿譯，《神話與意義》，臺北：麥田。

John Urry　二〇〇七年，葉浩譯，《觀光客的凝視》，臺北：書林。